ZHONGGUO XIAOSHUO
100 QIANG

中国小说100强(1978—2022)

一个故事刚刚开始

张 炜 著

北京联合出版公司
Beijing United Publishing Co.,Ltd.

图书在版编目（CIP）数据

一个故事刚刚开始 / 张炜著. -- 北京 ：北京联合出版公司，2023.9

（中国小说100强）

ISBN 978-7-5596-7030-4

Ⅰ.①一… Ⅱ.①张… Ⅲ.①长篇小说－中国－当代 Ⅳ.①I247.5

中国国家版本馆CIP数据核字(2023)第106807号

一个故事刚刚开始

作 者：	张 炜
出 品 人：	赵红仕
出版监制：	张晓冬 范晓潮
责任编辑：	李 伟
特约编辑：	和庚方 郭 漫
封面设计：	武 一

北京联合出版公司出版

（北京市西城区德外大街83号楼9层 100088）

北京兴星伟业印刷有限公司印刷 新华书店经销

字数200千字 650毫米×920毫米 1/16 22印张

2023年9月第1版 2023年9月第1次印刷

ISBN 978-7-5596-7030-4

定价：68.00元

版权所有，侵权必究

未经书面许可，不得以任何方式转载、复制、翻印本书部分或全部内容。
本书若有质量问题，请与本公司图书销售中心联系调换。
电话：010-65868687

中国小说100强（1978—2022）丛书

编委会

丛书总策划

张　明　著名出版人
张　英　资深媒体人

编委主任

吴义勤　中国作协副主席
　　　　中国小说学会会长

编　委

吴义勤　中国作协副主席、中国小说学会会长
宗仁发　《作家》杂志主编
谢有顺　中山大学教授、中国小说学会副会长
顾建平　《小说选刊》副主编
张　英　资深媒体人
文　欢　作家、出版人

总　序

"中国小说 100 强"（1978—2022）是资深出版人张明先生和腾讯读书知名记者张英先生共同策划发起的一套大型文学丛书。他们邀请我和宗仁发、谢有顺、顾建平、文欢一起组成编委会，并特邀徐晨亮参与，经过认真研讨和多轮投票最终评定了 100 人的入选小说家目录。由于编委们大多都是长期在中国文学现场与中国文学一路同行的一线编辑、出版家、评论家和文学记者，可以说都是最专业的文学读者，因此，本套书对专业性的追求是理所当然的，编委们的个人趣味、审美爱好虽有不同，但对作家和文学本身的尊重、对小说艺术的尊重、对文学史和阅读史的尊重，决定了丛书编选的原则、方向和基本逻辑。

从文学史的角度来说，1978 年以后开启的新时期文学是中国当代文学的黄金时代，不仅涌现了一批至今享誉世界的优秀作家，而且创造了许多脍炙人口的文学经典，并某种程度上改写了 20 世纪中国文学史的版图。而在中国新时期文学的经典家族中，小说和小说家无疑是艺术成就最高、影响力最大的部分。"中国小说100强"（1978—2022）就是试图将这个时期的具有经典性的小说家和中国小说的经典之作完整、系统地筛选和呈现出来，并以此构成对新时期文学史的某种回顾与重读、观察与评判。呈现在读者面前的这套丛书是对1978—2022年间中国当代小说发展历程的一次全面、系统的整体性回顾与检阅，是中国当代文学经典化的重要成果，从特定的角度集中展示了中国新时期文学在小说创作方面的巨大成就。需要说明的是，与1978—2022年新时期文学繁荣兴盛的局面相比，100位作家和100本书还远远不能涵盖中国当代小说的全貌，很多堪称经典的小说也许因为各种原因并未能进入。莫言、苏童、余华等作家本来都在编委投票评定的名单里，但因为他们已与某些出版社签下了专有出版合同，不允许其他出版社另出小说集，因而只能因不可抗原因而割爱，遗珠之憾实难避免，而且文学的审美本身也是多元的，我们的判断、评价、选择也许与有些读者的认知和判断是冲突的，但我们绝无把自己的标准强加于别人的意思。我们呈现的只是我们观察中国这个时期当代小说的一个角度、一种标准，我们坚持文学性、学术性、专业性、民间性，注重作家个体的生活体验、叙事能力和艺术功力，我们突破代际局限，老、中、青小说家都平等对待，王蒙、冯骥才、梁晓声、铁凝、阿来等名家名作蔚为大观，徐则臣、阿乙、弋舟、鲁敏、林森等新人新作也是目不暇接，我们特别关注文学的新生力量，尤其是近10年作品多次获国家大奖、市场人气爆棚的新生代小说家，我们秉持包容、开放、多元的审美立场，无论是专注用现实题材传达个人迥异驳杂人生经验、用心用情书写和表现时代精神的现实主义作家，还是执着于艺术探索和个体风格的实验性作家，在丛书里都是一视同仁。我们坚信我们是忠实于自己的艺术理想、艺术原则和艺术良心的，但我们并不认为自己的角度和标准是唯一的，我们期待并尊重各种各样的观察角度和文学判断。

　　当然，编选和出版"中国小说100强"（1978—2022）这套大型丛书，除了上述对文学史、小说史成就的整体呈现这一追求之外，我们还有更深远、更宏大的学术目标，那就是全力推进中国当代文学"经典化"的历程和"全民阅读·书香中国"建设。

从1949年发端的中国当代文学已经有了70多年的发展历程，但对这70多年文学的评价一直存在巨大的分歧，"极端的否定"与"极端的肯定"常常让我们看不到当代文学的真相。有人认为中国当代文学达到了前所未有的高度和水平。王蒙先生在法兰克福书展上就说：中国当代文学现在是有史以来最繁荣的时期。余秋雨、刘再复甚至认为中国当代文学的成就远远超过了现代文学。也有人极端否定中国当代文学，认为中国当代文学都是垃圾。他们认为现代文学要远远超过当代文学，中国当代文学连与现代文学比较的资格都没有。比如说，相对于鲁（迅）、郭（沫若）、茅（盾）、巴（金）、老（舍）、曹（禺）这样大师级的人物，中国当代作家都是渺小的侏儒，根本不能相提并论，两者比较就是对大师的亵渎。应该说，与对中国当代文学的肯定之声相比，对当代文学的否定和轻视显然更成气候、更为普遍也更有市场。尽管否定者各自的角度和出发点不同，但中国当代作家、作品与中外文学大师、文学经典之间不可比拟的巨大距离却是唱衰中国当代文学者的主要论据。这种判断通常沿着两个逻辑展开：一是对中外文学大师精神价值、道德价值和人格价值的夸大与拔高，对文学大师的不证自明的宗教化、神性化的崇拜。二是对文学经典的神秘化、神圣化、绝对化、空洞化的理解与阐释。在此，我们看到了一个非常有趣的悖论：当谈论经典作家和文学大师时我们总是仰视而崇拜，他们的局限我们要么视而不见要么宽容原谅，但当我们谈论身边作家和身边作品时，我们总是专注于其弱点和局限，反而对其优点视而不见。问题还不在于这种姿态本身的厚此薄彼与伦理偏见，而是这种姿态背后所蕴含的"当代虚无主义"。这种"虚无主义"的最大后果就是对当代作家作品"经典化"的阻滞，对当代文学经典化历程的阻隔与拖延。一方面，我们视当下作家作品为"无物",拒绝对其进行"经典化"的工作,另一方面又以早就完全"经典化"了的大师和经典来作为贬低当下泥沙俱下的文学现实的依据。这种不在同一个层面上的比较,不仅毫无意义,而且只能使得文学评价上的不公正以及各种偏激的怪论愈演愈烈。

其实,说中国当代文学如何不堪或如何优秀都没有说服力。关键是要进行"经典化"的工作,只有"经典化"的工作完成了才有可能比较客观地对当代的作家作品形成文学史的判断。对当代的"经典化"不是对过往经典、大师的否定,也不是对当代文学唱赞歌,而是要建立一个既立足文学史又与时俱进并与当代文学发展同步的认识评价体系和筛选体系。当然,我们也要承认,"经典化"问题是一个非常复杂的问题,并不是凭热情和冲动一下子就能完成的,但我们至少应该完成认识论上的"转变"并真正启动这样一个"过程"。

现在媒体上流行一些对于中国当代文学经典化冷嘲热讽的稀奇古怪的言论,其核心一是否定中国当代文学有经典、有大师,其二是否定批评界、学术界有关"经典化"的主张,认为在一个无经典的时代,"经典"是怎么"化"也"化"不出来的,"经典化"是一个实实在在的"伪命题"。其实,对于文学,每个人有不同的判断、不同的理解这很正常,每一种观点也都值得尊重。但是,在"经典"和"经典化"这个问题上,我却不能不说,上述观点存在对"经典"和"经典化"的双重误解,因而具有严重的误导性和危害性。

首先,就"经典"而言,否定中国当代文学早就不是什么新鲜事,对当代文学的虚无主义态度在很多人那里早已根深蒂固。我不想争论这背后的是与非,也不想分析这种观点背后的社会基础与人性基础。我只想指出,这种观点单从学理层面上看就已陷入了三个巨大误区:

第一个误区,是对经典的神圣化和神秘化的误区。很多人把经典想象为一个绝对的、神圣的、遥远的文学存在,觉得文学经典就是一个绝对的、乌托邦化的、十全十美的、所有人都喜欢的东西。这其实是为了阻隔当代文学和"经典"这个词发生关系。因为经典既然是绝对的、神圣的、乌托邦的、十全十美的,那我们今天哪一部作品会有这样的特性呢?如果回顾一下人类文学史,有这样特性的作品好像也没有。事实上,没有一部作品可以十全十美,也没有一部作品能让所有人喜欢。在这个问题上,我们应该明确的是,"经典"不是十全十美、无可挑剔的代名词,在人类文学史上似乎并不存在毫无缺点并能被任何人所认同的"经典"。因此,对每一个时代来说,"经典"并不是指那些高不可攀的神圣的、神秘的存在,只不过是那些比较优秀、能被比较多的人喜爱的作品而已。从这个意义上说,当今中国文坛谈论"经典"时那种神圣化、莫测高深的乌托邦姿态,不过是遮蔽和否定当代文学的一种不自觉的方式,他们假定了一种遥远、神秘、绝对、完美的"经典形象",并以对此一本正经的信仰、崇拜和无限拔高,建立了一整套关于中国当代文学的伦理话语体系与道德话语体系,从而充满正义感地宣判着中国当代文学的死刑。

  第二个误区,是经典会自动呈现的误区。很多人会说,是金子总是会发光的。但对文学来说,文学经典的产生有着特殊性,即,它不是一个"标签",它一定是在阅读的意义上才会产生意义和价值的,也只有在阅读的意义上才能够实现价值,没有被阅读的作品没有被发现的作品就没有价值,就不会发光。而且经典的价值本身也不是固定不变的。如果一个作品的价值一开始就是固定不变的,那这个作品的价值就一定是有限的。经典一定会在不同的时代面对不同的读者呈现出完全不同的价值。这也是所谓文学永恒性的来源。也就是说,文学的永恒性不是指它的某一个意义、某一个价值的永恒,而是指它具有意义、价值的永恒再生性,它可以不断地延伸价值,可以不断地被创造、不断地被发现,这才是经典价值的根本。所以说,经典不但不会自动呈现,而且一定要在读者的阅读或者阐释、评价中才会呈现其价值。

第三个误区，是经典命名权的误区。很多人把经典的命名视为一种特殊权力。这有两个层面的问题：一，是现代人还是后代人具有命名权；二，是权威还是普通人具有命名权。说一个时代的作品是经典，是当代人说了算还是后代人说了算？从理论上来说当然是后代人说了算。我们宁愿把一切交给时间。但是，时间本身是不可信的，它不是客观的，是意识形态化的。某种意义上，时间确会消除文学的很多污染包括意识形态的污染，时间会让我们更清楚地看清模糊的、被掩盖的真相，但是时间同时也会使文学的现场感和鲜活性受到磨损与侵蚀，甚至时间本身也难逃意识形态的污染。此外，如果把一切交给时间，还有一个前提，那就是对后代的读者要有足够的信任，要相信他们能够完成对我们这个时代文学的经典化使命。但我们对后代的读者，其实是没有信心的。我们今天已经陷入了严重的阅读危机，我们怎么能寄希望后代人有更大的阅读热情呢？幻想后代的人用考古的方式对我们这个时代的文学进行经典命名，这现实吗？我不相信后人对我们身处时代"考古"式的阐释会比我们亲历的"经验"更可靠，也不相信，后人对我们身处时代文学的理解会比我们亲历者更准确。我觉得，一部被后代命名为"经典"的作品，在它所处的时代也一定会是被认可为"经典"的作品，我不相信，在当代默默无闻的作品在后代会被"考古"挖掘为"经典"。也许有人会举张爱玲、钱钟书、沈从文的例子，但我要说的是，他们的文学价值早在他们生活的时代就已被认可了，只不过很长时间由于意识形态的原因我们的文学史不谈及他们罢了。此外，在经典命名的问题上，我们还要回答的是当代作家究竟为谁写作的问题。当代作家是为同代人写作还是为后代人写作？幻想同代人不阅读、不接受的作品后代人会接受，这本身就是非常乌托邦的。更何况，当代作家所表现的经验以及对世界的认识，是当代人更能理解还是后代人更能理解？当然是当代人更能理解当代作家所表达的生活和经验，更能够产生共鸣。因此，从这个角度来说，当代人对一个时代经典的命名显然比后代人更重要。第二个层面，就是普通人、普通读者和权威的关系。理论上，我们都相信文学权威对一个时代文学经典命名的重要性，权威当然更有价值。但我们又不能够迷信文学权威。如果把一个时代文学经典的命名权仅仅交给几个权威，那也是非常危险的。这个危险表现在什么地方呢？就是几个人的错误会放大为整个时代的错误，几个人的偏见会放大为整个时代的偏见。我们有很多这样的文学史教训。在这个问题上，我们既要相信权威又不能迷信权威，我们要追求文学经典评价的民主化、民主性。对一个时代文学的判断应该是全体阅读者共同参与的民主化的过程，各种文学声音都应该能够有效地发出。这个时代的文学阅读，最理想的状态应该是一种互补性的阅读。为什么叫"互补性的阅读"？因为一个批评家再敬业，再劳动模范，一个人也读不过来所有的作品。举个例子：现在我们一年有5000部以上的长篇小说，一个批评家如果很敬业，每天在家读二十四小时，他能读多少部？一天读一部，一年也只能读三百部。但他一个人读不完，不等于我们整个时代的读者都读不完。这就需要互补性阅读。所有的读者互补性地读完所有作品。在所有作品都被阅读过的情况下，所有的声音都能发出来的情况下，各种声音的碰撞、妥协、对话，就会形成对这个时代文学比较客观、科学的判断。因此，文学的经典不是由某一个"权威"命名的，而是由一个时代所有的阅读者共同命名的，可以说，每一个阅读者都是一个命名者，他都有对经典进行命名的使命、责任和"权力"。而作为一个文学研究者或一个文学出版者，参与当代文学的进程，参与当代文学经典的筛选、淘洗和确立过程，更是一种义不容辞的责任和使命。说到底，"经典"是主观的，"经典"的确立是一个持续不断的"过程"，"经典"的价值是逐步呈现的，对于一部经典作品来说，它的当代认可、当代评价是不可或缺的。尽管这种认可和评价也许有偏颇，但是没有这种认可和评价，它就无法从浩如烟海的文本世界中突围而出，它就会永久地被埋没。从这个意义上说，在当代任何一部能够被阅读、谈论的文本都是幸运的，这是它变成"经典"的必要洗礼和必然路径。

总之，我们所提倡的"经典化"不是要简单地呈现一种结果，不是要简单地对一个时代的文学作品排座次，不是要武断地指出某部作品是"经典"，某部作品不是"经典"，不是要颁发一个"谁是经典"的荣誉证书，而是要进入一个发现文学价值、感受文学价值、呈现文学价值的过程。所谓"经典化"的"化"实际上就是文学价值影响人的精神生活的过程，就是通过文学阅读发现和呈现文学价值的过程。可以说，文学的经典化过程，既是一个历史化的过程，更是一个当代化的过程。文学的经典化时时刻刻都在进行着，它需要当代人的积极参与和实践。因此，哪怕你是一个对当代文学的虚无主义者，你可以不承认当代文学有经典，但只要你还承认有文学，你还需要和相信文学，还承认当代文学对人的精神生活具有影响力，你就不应该否定当代文学经典化的重要性。没有这个"经典化"，当代文学就不会进入和影响当代人的生活，就失去了存在的意义。每一个人，哪怕你是权威，你也不能以自己的好恶剥夺他人阅读文学和享受文学的权利。

从这个意义上说，当代文学的经典化当然是一个真命题而不是一个伪命题。在一个资讯泛滥的时代，给读者以经典的指引是文学界、出版界共同的责任，而这也是我们编辑出版这套书的意义所在。

最后，感谢张明和张英先生为本套书付出的辛劳，感谢北京立丰天文化传播有限公司、北京金圣典文化有限公司的资金支持，感谢全体编委和北京联合出版公司各位编辑，感谢所有对本套丛书的出版给予大力支持的作家和他们的家人。

是为序。

吴义勤
2022年冬于北京

目 录
Contents

我跋涉的莽野（代序）

——我的文学与故地的关系____1

黑鲨洋____10

梦中苦辩____32

海边的雪____48

马　颂____69

护秋之夜____84

唯一的红军____146

逝去的人和岁月____155

射　鱼____170

狐狸和酒____178

钻玉米地____189

割　烟____207

槐花饼____215

三　想____228

书　房____246

一个故事刚刚开始____257

阳　光____267

面对星辰____274

童年的马____283

蜂　巢____296

致不孝之子____306

问母亲____317

纸与笔的温情（代后记）____333

我跋涉的莽野（代序）
——我的文学与故地的关系

一

我常常觉得，我是这样一个作家：一直在不停地为自己的出生地争取尊严和权利的人，一个这样的不自量力的人；同时又是一个一刻也离不开出生地支持的人，一个虚弱而胆怯的人。这样讲好像有些矛盾，但又是真实的。我至少具有了这样两种身份，这两种身份统一在我的身上，使我能够不断地走下去，并因此而走上了一条多多少少有别于他人的道路。

我如果有机会为自己命名，那么我就想把自己称为一个"胆怯的勇士"。

我的出生地今天叫做"龙口"——好像日本也有这样一个名字；我上次来日本时听说过，但没有去过，也不知道它是怎样的地方，与我的龙口有怎样的区别。在过去，中国的秦始皇时代设立了一个郡县，叫黄县。这个县城今天还在，不过它所管辖的范围已经大大变小了，小到过去的十几分之一（？）。龙口市的设置当时没有，只是隶属于黄县的一个小渔村。到了本世纪三四十年代，才有了龙口市，与黄县并列。六十年代，龙口缩为黄县的一个镇。八十年代初，黄县开始称为龙口市，当然它已经包含了过去的"龙口"。

龙口市今天的主要辖区是一片海滩冲积平原，只有市区的南部是山地，西部和北部濒临大海。占土地面积百分之八十的是平原。在过去，只有中间部分是发达的，而南部的山区和近海平原不仅贫穷，而且荒凉。我这儿要说的是我的更具体的出生地，它就是渤海湾畔的一片莽野。当时这儿地广人稀，没有几个村庄，到处都是丛林。五十年代中期依靠国家的力量在丛林当中开垦了几个果园，但总体上看还是荒凉的。我出生时，我们家里人从市区西南部来到这片丛林野地也不过才七八年。当时只有我们一户人家住在林子里，穿过林子往东南走很远才能看到一个村子，它的名字很怪，叫"灯影"。

"灯影"在我童年的眼里差不多是人间的一座城郭。那里有过多的喧哗和热闹，这一切在当时的我看来简直有些吓人。而今天看它当年不过是一个非常简陋的小村，村民以林业农耕为主，多少捕一点鱼。

我们家到丛林里来本为了躲过兵荒马乱的年月，所以只搭了一座小茅屋。想不到我们就在这样一座小屋里一直住下去，并且不再挪动，我也出生了。我一睁眼就是这样的环境，到处是树，野兽，是荒野一片，大海，只很少看到人。我的父亲长年在外地，母亲去果园打工。我的大多数时间与外祖母在一起。满头白发的外祖母领着我在林子里，或者我一个人跑开，去林子的某个角落。我就这样长大，长到上学。

二

　　我们家躲进林子的时候带来了许多书。寂寞无人的环境加上书，可以想象，人就容易爱上文学这一类事情了。我大概从很小时候起就能写点什么，我写的主要内容是两方面的，一是内心的幻想，二是林中的万物。心中有万物，林子里也有万物。这些，完全不是林子外的同龄人所能理解和知道的。这成了我的特长，入学后，这一特长变得越来越明显了，也就飞快发展起来。简单点讲，这就是我的文学之路的开始。

　　随着年龄的增长，我接受的一个越来越大的刺激，就是人，特别是成群的人对我的刺激。许多的人一下出现在我的眼前我的世界里，不能不说是惊喜中又有些大惊慌。我从小形成的一个习惯，一个见解，这时候都受到了冲击。我习惯的是无人的寂静，是更天然的生活，是这种生活对我的要求。只有从学校回到林子里，才能恢复以前的生活和以前的经验，但这要等到假期。童年的经验是顽固而强大的，有时甚至是不可改变的。这就决定了我一生里的许多时候都在别人的世界里，都在与我不习惯的世界相处。当然，我的苦恼和多少有别于过去的喜悦，也都缘此而生。

　　说起来让人不信，我记得直长到二十多岁，只要有人大声喊叫一句，我心上还是要产生突然的、条件反射般的惶恐。直到现在，我在人多的地方待久了，还常常要头疼欲裂。后来我慢慢克服，努力到现在。但是说到底内心里的东西是无法克服的。我得说，在反抗这种恐惧的同时，我越来越怀念出生地的一切。我大概也在这怀念中多多少少夸大了故地之美。那里好像到处都变得可亲可爱了，再也没有了荒凉和寂寥之苦。那里的蘑菇和小兽都成了多么诱人的朋友，还有空旷的大海，一望无边的水，都成为我心中最好最完美的世界。

对比我的童年，我的成人世界是这样地不同。我对这个越来越吵闹的成人世界是反应强烈的。我当然不喜欢，不习惯，本能地要躲避和反抗。同时我也越来越明白一个简单的道理，就是这个世界的大部分、它的大多数时间，总是要充满了喧哗的。这是我们不得不接受的一个事实。问题是每个人接受的过程和方法都不一样。我在接受的同时也充满了幻想和反抗，我对付它的方法就是不断地靠想象返回自己的过去，进入我的那片莽野。我觉得四十多年了，自己一直在奔向自己的莽野。我在这片莽野上跋涉了这么久，并且还要继续跋涉下去。我大概永远不能够从这片莽野中脱身。

这样，我的写作大约就分成了两大部分。一部分直接就是对于记忆的那片天地的描绘和怀念，这里面有许多真诚的赞颂，更有许多欢乐。另一部分则是对欲望和喧闹的外部世界的质疑，这里面当然有迷茫，有痛苦，有深长的遗憾。我这当中有一个发现，就是拥挤的人群对于完美的生存会有致命的毁坏。他们作为个体有时是充满了建设的美好愿望的，但作为一个群体是必要走向毁坏的。我的这个悲观影响了我的表达，也影响了表达的色调和方法。

我觉得与人的交流和交往既是通向极大发现和惊喜的过程，也是引起最大沮丧的原因。人与人的交往奇累无比，许多时候是痛苦的、劳心劳神的。而与自然万物的交往则简单明了得多，容易得多。人在自然中的欣悦，简直是无以形容的。人离开了这种交往，就是陷于苦恼的开端。这儿我要举一些例子。如中国和东方的许多国家，其中的一大部分智者都出家了，当了和尚或者尼姑。他们那么聪慧，未必不知道人间的欢乐幸福，可是他们权衡之后，也仍然要放弃世俗生活。还有，西方的一些大智者，大文学家艺术家在闹市中过着一种波希米亚式的生活，也是对世俗生活的拒绝。其原理非常简单，就是说他们不是不爱人，而是被人人之间的繁琐悲伤折腾得实在是够了。

作为一个不自量力的人，我觉得身上有一种责任，就是向世人解说我所知道的故地的优越，它的不亚于任何一个地方的奥妙。一方面它是人类生活的榜样，是人类探索生活方式的重要补充，另一方面它也需要获得自身的尊严，需要来自外部的赞同和理解。奇怪的是我有时甚至觉得它的尊严的取得必要加上自己的一份努力才行。基于这样的理念，我没有过多地回避，相反我是更深刻地介入了当前的生活。我的一大批文字正是因此才充满了呼喊之尖利的。将眼前这个世界与我心目中即过去的海边世界作一比较就可以发现许多问题。大遗憾大觉悟，还有一些想法，也就产生了。我在很长一段时间认为两个不同的世界是可以互相交融的，后来才渐渐发现这只是一种妄想。我只能永远地属于原来，而后来的世界我是无法真正地进入的。就是说，对于这个热热闹闹的社会而言，我可能永远保持了外来人的感觉。

三

我 1975 年发表了第一首长诗，现在已经找不到了。我记得那是写一个复员的老红军在海边上吹号的故事，是一首叙事长诗。海边上要开垦荒地，要兴师动众，所以也就有了一个在工地上吹号的人——

他把垦荒多多少少当成了打仗。这是怎样可怕的一场战斗,开垦的结果是大片丛林不见了,我过去的莽野不见了,各种植物动物不见了,代之以农田之类——后来就是沙漠化,干旱,是惨不忍睹的环境。我当时不懂得后果的严重性,还觉得好玩,迷着他的大铜号。

如果是现在,我当然是做不出这样的诗的。那时吹号的人在莽野上,他与它一起组成了一个童话。我喜爱这童话,不知道这童话背后隐含的可怕的东西。

大约就是从那一场开垦开始,我的那个真实的世界被破坏了。现在它已经不成样子,树木稀少,尘土飞扬,人比树多得多。还有,大多数楼房也比树高得多。海也变浑了。我们现代都市人都知道这意味着什么。我的母亲常对我回忆起往昔,回忆那时在莽林里迷路,还有捡不尽的蘑菇之类的事。她说,当时柳树林里的鸟儿太多了,它们每天夜里翅膀碰下的干树枝就是用不完的烧柴。其实这些我都记得一清二楚,母亲的叙说不过是加深了我的疼痛而已。我心痛我们的林子,我们蓝蓝的大海和洁白的沙滩。

这种痛,还有因痛而生的恨,是外地他乡的人无法理解的。想想看吧,一个人只有依靠幻想才能回到心爱的故地,这是多么悲伤。造成这悲伤的是纵横交织的一些人和事,好故事和坏故事。所谓的人世变迁,残酷与善良,动荡的岁月,就是这些组成了历史。我不得不写这样的历史,写这样的一些愉快和痛苦的故事。我的不懈的写作是基于这样的情结的,它是关于维护一个人生来就有的一切的,那是幸福和美好的拥有。它是关于活着的理想,关于这个理想的强调。有人可能认为这又是许多人谈过的环境保护之类,当然,也包括了它。可惜还远远不止于它。我在谈人类生存的全部,谈人类追求完美的权力、执拗和本能,她的现在和将来。

也许美好的理想在我童年的眼中给放大了，但我心中的真实感受是不能剥夺的。说来有些可笑，我神交日久的日本朋友，还有西方一些朋友，当他们提出到我的故事发生地龙口去看一下的时候，我常常要产生一种莫名的羞愧感。我甚至多少害怕他们看到现在的龙口。不是说它现在一无是处，绝不是；而是过去的最美好的一切全都没有了。那个近似于童话般的世界没有了。人类生活是充满了不少苦难的，没有童话的世界是非常难熬的。失去了童话的地方，这在我看来还有什么可看的，还有什么值得骄傲的？众所周知，日本是一个"卡通"（Cartoon）大国，"卡通"即充满童话童趣。可见日本尚有许多人向往童话。

我强烈地、不屈不挠地维护着我的故地。

在我看来，整个世界都变成了一片莽野，它由于变得狼藉，就和现在的故地连成了一片，变得眉眼不分。而过去它们是分开的，它们有所不同，并且是极大地不同。我还相信，世界的每一个角落，最初都和我原来的故地差不了多少，也都是绿意盎然的。也就是说，更早更早，大地也是连成了一大片的；从某种意义上说，那时的人可以在大地上随意创造，随意行走，并且永远欣喜愉快。

四

不用说，我对于正在飞速发展的这个商业帝国是心怀恐惧的。说得更真实一点，是心怀仇视的。商业帝国的中心看来在西方，实际上在自私的人的内心——包括我们的内心。我之所以对前途不够乐观，是因为我们实在难以改变我们的内心。许多人，古往今来的许多人都尝试改变人的内心，结果难有效果。这说到底是人类悲观的最大根据。

东方国家的文化中有一种优雅的东西，那真是一种好东西。可惜，它在今天已被商业扩张主义给彻底戕害了。优雅是人类与自然智慧相处的结果，是人获得真正自由的表现。而现在的商业扩张主义对自由的包装，是多么虚假和脆弱。人成了单纯的商品的经济的动物，还有什么自由可言？商业扩张主义会在一切领域培养出一大批粗野的人，并最终让这些人统治我们的生活，那时的人类将最后告别"知书达理"的文明社会。

如上所谈的一切，很容易让人想到文学，想到文学的作用。不能说只有文学才有反省和幻想的力量，但文学的确是商业扩张主义和物质主义的死敌。可见，文学家在今天不自觉地就成了浪漫的战士。而作为一个战士，我心中却装着莽野，一路跟跟跄跄地跋涉。但我自己并不觉得这有什么滑稽，就像我不觉得文学有什么滑稽一样。

在以金钱和性的欲望为中心的这个世界上，我们的生活真的变得越来越危险了。在谈论这种危险的时候，我发现最真诚的人，仍然还是那些文学家，是诗人。其实我们要求这个世界的并不多也不过分，在自然环境方面能像过去的黄县/龙口一样就行了，像那时候，我们还有个"灯影"。战乱，贫寒，这些不能要。可是战乱和贫寒并不是美好的自然环境带来的。相反，历史上的大多数战争，还有贫困，都是商业和物益的争夺造成的。

我不仅希望文学家，而是希望所有的人，都能对这个疯狂的物质世界有一种强烈的反应，都不要与之合作。到了这样的时候，世界才能慢慢走向良性发展。现在的人对商业扩张主义是很顺从的，并且积极投身其中。这等于是在玩火。

没有对于物质主义的自觉反抗,没有一种不合作精神,现代科技的加入就会使人类变得更加愚蠢和危险。没有清醒的人类,电脑和网络,克隆技术,基因和纳米技术,这一切现代科技就统统成了最坏最可怕的东西。今天的人类无权拥有这些高技术,因为他们的伦理高度不够。我们今后,还有过去,一直要为获得类似的权力而斗争,那就是走进诗意的人生,并有能力保持这诗意。

文学的意义说到这里已经非常之清楚了。

文学家是一些一往情深的挑剔者,他们很关注人们与这个物质世界的关系,也很难与这个世界融洽相处。

我如果能像一个外人一样遥视自己,会看到这样一个图像:一个人身负行囊,跋涉在一片无边的莽野之上。对我来说,这是一次真正的奔赴和寻找,往前看正没有个终了……

2000年11月于日本一桥大学的演讲

黑鲨洋

一

　　老七叔新搞了一条船，请曹莽入伙打鱼去。曹莽正犹豫。
　　这时候正是初秋，天还很热，曹莽穿了条裤衩，露出了两条圆圆的、黑红色的长腿。他今年十九岁，脸庞很粗糙，也是黑红的颜色。他不怎么说话，这使人觉得他的所有憨劲儿全憋到两条腿的肌肉里去了。这的确是两条诱人的腿。老七叔看重的可能就是这两条腿。
　　老七叔敢做大事情，有时甚至让人觉得他莽撞。可是每样事情做过之后，细想一想，又觉得他非常精明，事先将一切都冷静地打算过了。所以他从来不失败。
　　但是对于他新搞的这条船，大家都在议论，结论是老七叔必定要失败。
　　为买这条船他花去了几千元，加上必需的一些网具，特别是造价昂贵的一盘"袖网"，他一共花去了近万元，其中一大部分是借贷来的。袖网可是捕鱼的好东西！它栽到海流里，就好比筑了一座迷宫，等着逮大鱼吧！不过一个人携带着这么多钱到波涛汹涌的海里去，还是有说不出的危险。最要紧的是，他搞的是海边上十几年来的第一条船！

以前当然有很多船的，都是公社里的，打来一些鱼，也死了一些人。海滩平原可以种很好的庄稼，人们偏要执拗地跑到海里去，这常常使上级领导十分愤怒。有一次，捕鱼船在有名的黑鲨洋一带出了事，死了好几个人，其中包括有名的壮汉曹德（曹莽的父亲）。这终于使大家惊醒了。人们发誓再也不去捕鱼了。

近一二年海边人除了种好庄稼，还做起了十分有趣的活儿：将山楂粘了白糖卖；将艾草搓成绳儿卖；沙滩上的酸枣核儿也可以卖钱。但老七叔全不做这些，他买来一条船。

大家的眼睛都默默地注视着他。谁心里都明白，这样一条船老七叔一家可驾不了。老七叔是海上的好手，有两个儿子。可他的两个儿子不行啊，很瘦弱的样子。他必定要请人入伙。每个人都坚定地在心里告诫自己：永不入伙。

他们当时如果知道老七叔是怎么想的，也就不会那样告诫了。老七叔从来就没有打算过邀请他们。他看中的只是一个人：曹莽。

大家知道之后，都长长地出了一口气。谁入伙上船，谁就要和倒霉的老七叔一块儿背负那上万元的经济重压，一块儿钻海搏浪，很可能还要一块儿去死。曹莽才十九岁啊，他还没娶媳妇，是个又强壮又稚嫩的小伙子呢。这简直是欺负曹莽。

曹莽却不这样想。他不说话，听了人们一些议论，泰然自若地从大街上走回家去。他的黑黑的、裸露的腿显得很有弹性，走着路，脚掌把土碾上一个个深窝儿。他在心里想：老七叔多么看得起我啊。

虽然是这样想，但他并没有立刻答应入伙。他跟老七叔讲，他要好好想一想。老七叔也没有逼他立刻应允下来，这样重大的事情嘛！曹莽真是个有心计的孩子。回到家里，他躺在炕上，将手掌垫到脑袋下，认真地想着。他一口气想了几个钟头，还是没有想好。

这个夜晚正好是有月亮的日子，屋子里黄蒙蒙的。曹莽有些烦闷地跳下炕来，在中间屋子里走着，木头拖鞋"嗒嗒"地打着地面。屋子里真空旷，曹莽想，有个人商量一下也好啊。母亲怎么死的他不记得；父亲死在黑鲨洋乱礁里，死得惨，他还记得。从那时起他一个人住在这座结实的房子里，自己做饭吃了。没有人在闲时和他说话，他一个人也没有多少好说的……上不上船呢？曹莽想，这回可遇到了难题，如果同意，可能这一辈子就交给大海了。

他决定明天找一个人商量一下。

平常曹莽不怎么找这个人。其实曹莽完全应该和这个人亲近起来，只是由于有些怕他，也就不常去他那儿。那人和父亲曹德是最好的朋友，曹德死后，最有资格管教曹莽的，就是他了。

他叫"老葛"，是个老头儿了，前几年刚从水产部门的一条大船上退休回来。他就是那条大船的船长，中了风才回来的。由于一辈子都在海上，脾气和样子都有些特别，所以曹莽心里对他有些莫名其妙的畏惧感。他半边身子不灵便，说话也含混起来。但无论如何他对船、对海，是海边上最有发言权的一个了。还有，曹莽觉得父亲不在了，这时候应该听他的话。如果他说一声"去"，那他无论如何也是要去的了。

天明了，曹莽却陷入了新的犹豫：找不找老葛呢？

最后，曹莽还是去找老葛了。

老船长正在家里看一本书，是躺着看的。曹莽看了看书的封皮，知道是一本捕鲸鱼的书。枕边还有一本书，名字太怪，读不出，封面上画着两个壮汉斗拳。老葛就像没有看到来人一样，翻弄几下，又换成那本斗拳的书。曹莽叫一声"葛伯"，他才慢慢坐起来。

老葛很瘦，穿着宽领儿白衬衫，露着又紫又硬的胸脯。他已经没有多少牙齿了，嘴巴使劲瘪着，反而显得特别执拗。一对眼珠很黄了，但是亮得很，盯着曹莽，就像用锥子戳过来一样。他的背驼得十分厉害了，头低着，这时却硬挺起来看着曹莽。曹莽说："葛伯……老七叔拉我上船……可，可我又怕出事。我想听听你的！……"

"嗟?！"老船长先是用心听着，接着含混不清地大吼了一声。

"老七叔拉我……"曹莽又重复一遍。

"你……"老船长咳嗽起来。他咳得非常厉害，涨得脸色紫红。曹莽离得太近，看得见那脸上的几个伤疤在抖动，就有些害怕地往后退开一步。

老船长咳着，声音更加含混不清。曹莽差不多一句也没有听得懂。他愣愣地看着那张瘪嘴里的两颗半截的牙齿。老船长的眼睛一直没有离开过他的眼睛，曹莽被这双锥子似的目光戳得有些难受。好像老人突然生起气来，那胸脯一起一伏，同时大咳。

曹莽什么也听不清，也有些害怕。他脸色红涨着支吾几句，退出了老人的屋子。

他后悔不该来问老船长……海边上，老七叔和他的两个儿子正围着那条新船。曹莽走过去了。

老七叔热情地招呼着，让他在船舷上坐了。这条船真是新哪，浑身散发着桐油味儿。老七叔的两个儿子光着脊背，低头用油泥塞着一条小缝子。老七叔吸着烟锅说："来吧，咱是进海的第一条船。你不用担心……"

曹莽用手抚摸着船舷，没有做声。

"不用再想你爸了,那样的事不会有了。有天气预报,再说船又新,停一年,我们还安上机器。我不骗你!"老七叔盯着曹莽说。

两个瘦瘦的儿子也嚷:"来吧莽兄弟!船、尼龙网,崭新崭新……"

曹莽说:"我还得再想想,好么?"

二

老七叔耐心地等着曹莽上船。他一直睡在海岸上新搭的渔铺里,守着他漂亮的船。村里人来看过他的船,都觉得漂亮,也都觉得是个不祥之物。

曹莽总也没来。老七叔就决意先搁起袖网,和两个儿子到浅海里放放流网。

三个人把船摇到海里。

浅海的水是一种迷人的蓝色,波纹那么柔和。橹打在水上,水沫溅到身上,很舒服。一丝一丝的水草,一群一群的海鸥。海鸥飞过船的上方时,可以看到它们白白的腹。两个儿子很快活,他们把腮鼓得老大,迎着海鸥吹出呜呜的声音。老七叔很看重第一次出海,但他强压着心底的兴奋。他看到儿子的样子,就有些不高兴。

"下网吧!"老七叔喊。

儿子往下抛网。他用力摇着橹,看着海水在橹梢上打着小小的漩儿,冒出一串很白的小水泡。大海太平静了,像一个人在不怀好意地微笑。老七叔一声不吭地做他的事情,想着心事。十几年没有在海上飘荡了,今天的各种感觉好像都不那么真切……小儿子笨拙地扯着网纲，脊背用力弓着，椎骨凸出，像一根要折断的陈旧的弓。他用手提起网浮，吃力地挣脱网脚缠乱的生铁环子。他的哥哥过来帮忙，使劲撅着屁股，一件又破又小的裤头儿正对着父亲的脸。他的腿怎么晒也不够黑，白里显灰，从大腿根处，爬下来一条细细的青脉管儿……老七叔喊一声："扯松一些，浪涌会把网扣儿摆弄好。"这样喊着，他心里却在想，委屈了两个儿子：长到这么大，没有好好地吃上几顿鱼！他们亏了算是生在海边上，就因为父亲胆子小，没有鱼吃。有一次，他在芦青河汊子里捕到几条泥鳅，放在锅里烧一烧，让小兄弟俩争得打了起来……老七叔把目光从儿子身上移开，看船后漂起的一道好看的塑泡网浮子了。

流网布好之后，他们按海上的规矩在一端竖一杆做标志用的小黑旗子，就往回摇船了。

大海正在落潮，浅滩的地方，需要他们下来推船。父子三人将船推在浅滩上，一时不想到岸上去。他们仰躺在浅水里，水将金色的细沙子扬到身上。太阳把一切都烤热了，水流温和地从他们的身上和身下通过，像一双双又软又小的巴掌轻轻地摸过来。老七叔已经很久没有过这种体验了。他兴奋地活动着胡须，让鼻孔里喷出的气冲开漫到脸上来的水和沙子。

当他的目光转向东北方向时，脸立刻就绷紧了。在一片水雾后面，隐约可见一个黑影，像天上的两团乌云落进了海里。黑影越来越大，那是露出潮面的一个暗礁：像一条搁浅的巨鲨。

老七叔闭上了眼睛。他像自言自语，又像说给儿子听："曹德就死在那里。那就是黑鲨洋。自古就是险地方，也是个出大鱼的地方。那一次死了好几个人，淹死、冻死、还有吓死的……我想有一天在那儿栽我的袖网。"

两个儿子盯着父亲的脸,没有说话……

傍黑的时候,他们要去拔流网了。

涨潮了,风也大起来,船在海里颠簸着,两个年轻人直跌跤子,胳膊和腿跌上了青紫的印痕。老七叔脸上挂着水珠,阴沉着脸摇橹。他见小儿子趴在船头上,就用一只手举起一个铁钩,钩到他的腰带上,将他拉了起来。他说:"这已经是不错的天气了。这还不算打鱼。"

流网上系的小黑旗子被风吹得摇晃着,像在召唤他们这条船。两个年轻人刚看见小旗子,就吐了起来。天突然有些冷,兄弟两个身上起了鸡皮皱,使劲缩着身子。一只海鸥在他们头上大笑起来,笑得十分欢畅痛快。

老七叔两只脚像粘在了甲板上。他想起了十几年前的一次出海。那时候他还是个壮汉,什么都不怕。可那是最后的一次出海了,几乎给他留下了永久的遗憾。

那是一个冬天的早晨,他,还有两个老头子,一起去取最后一个流网。他们穿了棉衣,上面都套一层雨衣。涌很高,可是没有多少惊险的浪。水花在船的四周拍散了,发出欢笑似的声响:"哈、哈哈哈……"船上人都听惯了这种海的冷笑,若无其事地坐着……开始拔网了。这网不久就会在屋角里烂掉,反正是最后一次出海了,他们都懒洋洋地做着活儿。突然间,他们拔出了一条身上生了黑斑的特大家伙。毫无准备,一时慌了手脚,找不到木棍。他记得这个特大家伙在船舷上蹭了一下身子,蹭掉了几片五分硬币那么大的鳞片,就凶猛地跳了起来。它跳得那么高,实在让人惊奇,如果身上没有缠上网丝,它准跳到海里去!他是用两只手把它抱住的,就像抱着一个胖胖的娃娃那样。但他明白这是个老家伙了。他给它脱了网丝。他和鱼离得很近,它那么凶恶地看着他,牙齿咬出了声音。它的嘴巴张开来,使他闻到了一股令人厌恶的腥臭气味。就在他喊着船上的两个老人时,这家伙在他怀中拧起来,将他拧倒在甲板上,然后跳起来,跳到海浪里去了……

这最后一次出海,不能不说是十分晦气的。

老七叔摇着船,还在懊悔着十几年前的事。他后来想过失败的原因,他知道坏就坏在那是"最后一次"。人人做事情都有最后一次,可你别想这是哪一次,这样才能将锐气凝聚在十根手指上,再愣冲的大家伙也休想从这样的手中逃脱掉。

"小黑旗子……流网到了!"小儿子嚷着。

老七叔的眼睛圆圆地睁起来:"舱盖打开!"他嚷着,放下橹柄,两腿叉着站到甲板上。

流网慢慢拔上来了。凉鱼、偏口鱼、燕鱼,用嘴巴衔着网丝,摆动着雪亮的尾巴。三个人高兴极了。老七叔嘴里发出"啊、啊啊"的声音,一边摘鱼一边咕哝:"……凉鱼死在'夹'上,偏口死在'钩'上——这东西嘴巴像钩,钩到网丝上就跑不了!看看,这是黑皮刀鱼,这东西气性大,一碰着网眼就气死了……小心那条䲠鲅鱼!它的嘴狠……"老七叔太兴奋了,胡子上也沾着闪亮的鱼鳞。他现在看不出鱼的大小,他被这第一次收获激动得眼睛迷蒙起来。

兄弟两个,一边摘过鱼,一边将流网再放到海里。小儿子两腿叉开,但不敢站到船头上,常常跌倒。他跌倒的时候,鱼就趁机跑掉。老七叔又焦急又兴奋地放尖了声音喊着:"哎!哎!"

网贴着船舷往上滑去,好像流网是从船底生出来的一样。老七叔后悔船上得太急促,让船靠网时背了流!他怕船底划破渔网,就拼力地用橹掉着船尾巴。这时有一个黑黑的东西从水中慢慢钻出来,像打足了气的黑胶胎那样光滑滑的、圆鼓鼓的。兄弟两个惊呼着,看出那是一个大鱼的脊背！大鱼离水了，闪出了白肚儿，"咕咕"叫着，狂跳起来。

老七叔立刻扑上前去，可惜船剧烈地簸动一下，将他掀倒了。他一边爬起来一边喊："用手指！别用胳膊……"兄弟两个果然在用胳膊，搂紧了它，又用拳头砸它的头颅。老七叔爬起来时，大鱼正割破了小儿子的皮肉，怒气冲冲地跳到了浪涌里去。

"应该用手指。"老七叔蹲在了甲板上，声音低低地、亲切地说。他觉得十分可惜。他想这条船上该有一个人，该有曹莽！曹莽第一次进海就懂得使用手指，在几秒钟内用木棍击中鱼的脑壳。

这条船上真该有个曹莽啊。

三

曹莽睡了一个好觉。他已经几夜没有睡好了。醒来时，他首先听到的是海潮的声音，想到的是那条船。他早知道老七叔和两个儿子把船推到海里去了，夜里就为这个失眠。

他睡不着时常想老葛的话。他那天没有听明白，因为中了风的老船长说话含混不清，再加上不住地咳嗽。但他看清了那一副涨红的脸庞，看清了满脸抖动的黑斑。老船长显然在生着气。不过他不明白老人为什么生气，也不敢问。如果说曹莽在这海边上还有害怕的人，那就是老葛船长了。他也怕过父亲，不过父亲现在已经管不着他了。

老葛退休回来的时候，村领导曾经建议曹莽接到他家里一起住。曹莽虽然怕他，却把他看成父亲一样的人。他去请他，老船长却怎么也不离开那间屋子。他含混地喊着,用黑色的花椒拐杖捣着地,用力地摆手。曹莽见他果断而坚决地拒绝了,也就回到自己结实又宽敞的大房里了。

老葛的脾气实在太怪。村里人都不敢沾边,他也从不与村里人来往。他一个人种点菜蔬,闲下来就躺着看书。人们说:他一辈子没有娶老婆,又是在海上渡过的,脾气怪异是很自然的。由于曹德和他的特殊关系,所以曹莽总要礼节性地去看看老船长。这就使大家也用奇怪的目光看着曹莽了。人们仿佛觉得敢于和那样一个老人来往的小伙子,也必定多少有些怪异。实际上曹莽和老人很少感情上的交流,他自己不愿说话,老船长也不愿意吱声。老船长有时说很少的几句话,他也听不明白。过节时,他送去鸡、苹果,老船长只用拐杖指指窗台,让他放在那儿。

曹莽眼下可以说来到生活的岔路口上了。村子里近年来很活跃,人们都在雄心勃勃地做事情。可是他还没有认准做什么。上不上船,事情的确太重大了。他需要琢磨老船长的话,更需要自己拿个主意。他十九岁了。

早上,他茫无目的地从房子里走到街上。天还早,人们都在街头上站着。他故意将头低下来,看着自己的腿和脚。走了一会儿,他又将脸扬起来,让阳光照在这张粗糙的脸庞上。他的神气很拗,这点儿大家都看出来了。

有人突然喊了一句什么,接着大家都向一个方向望去。曹莽见有个人背着霞光走过来,看不大清,仔细些瞧,才认出是老七叔。原来他肩上扛了一根又细又长、弹性十足的竹竿,竿子的末梢拴了两条胖胖的鲈鱼。老七叔故意将竹竿根部扛在肩上,让拴了鱼的竹竿拉出一个可笑的大弧。

曹莽愣怔怔地看着那对漂亮的鲈鱼。他知道这是老七叔刚捕来的。街道两旁的人用嫉羡的眼光看着他和鱼，他却只顾按紧了竹竿往前走去。

老七叔并没有看到曹莽。曹莽被吸引着，跟在他的后面走着。

他拐过几道巷子，站在了一个小屋子跟前。曹莽愣住了：这不是老船长的家吗？……他眼盯着老七叔取下鱼来，两手高高地托起，推开门走了进去。

老葛船长唯独这次没有躺着看书，而像有过什么预感似的，端坐在小院子正中的一个大草墩上，身后，是一株威风的铁皮榆树。他见了捧鱼进来的老七叔，高兴地摩挲着手中的黑花椒拐杖。

"老船长！老七进海了……两条鲈鱼，不成敬意！"老七叔半蹲着，样子十分严肃。

老船长微笑着点点头，让老七叔将鱼放在他身边。

老七叔说："过去买不得船，如今行了。怕个什么？我偏要把这条船开进海里……"

老葛瞪圆了黄色的眼珠，费力地活动着身子，样子十分激动，连连说："嗯。嗯。你！……"他说着大咳起来，脸色涨得紫红，一道道皱纹和疤痕又抖动起来。

曹莽一直站在门口，这时不由自主地跨进门来。

老七叔高兴地招呼他，老葛却像没有看见来人一样。

老葛请老七叔留下喝酒，老七叔同意了。他提着鱼就要去收拾，随口对老船长说了句："让曹莽也留下喝酒吧！"谁知一句话出口，老船长竟站了起来。他费力地往前跨一步，用拐杖敲了一下曹莽的腿。曹莽胆怯地叫了一声"葛伯"，但一动没动。

老葛继续用拐杖敲着曹莽这两条腿。他敲得很认真，不轻也不重。

他从大腿处敲到腿弯,像要验证点什么似的,最后将拐杖收起。他愤怒地嚷起来:"你!……咳咳!咳……"

"葛伯,我……"曹莽尖利的目光盯住老船长黄黄的眼珠,大着胆子喊道。他的两条腿像两根石柱,硬硬地拄在脚下的泥土上。

老船长的眼睛也盯着他。老人的嘴巴张开了,又显露出那两枚半截的、却不甘躺倒的牙齿。他满脸的深皱活起来。从脖子到胸膛有一道斜划下来的伤痕——曹莽好像第一次发现了这道伤疤,见它抖动着,闪着亮。曹莽慌乱地退后一步,嗫嚅着,扭过脸去走了。

老七叔提着鲈鱼,一直不解地站在那儿……

曹莽走了,他出了一身大汗。

走近海岸,他又看见了那条船——两兄弟正光着脊背在上面砸着什么。他避开船,到远一点的地方脱了衣服。

他跳进海里,游得很深、很远,然后爬上岸来,沾一身沙子。太阳晒干了他的全身,全身都渗出一层油样的东西,闪着光亮。他把手捂在脸上,泪珠儿顺着手指缝流出来。他狠狠地抹干了眼泪,坐起身来,望着东北方黑黑的海水。黑鲨礁神秘地藏在一团雾气里,他盯着,咬了咬牙关。他的父亲就死在那片黑色的海水里了。

他还记得父亲的模样。他长得很瘦小,脸色蜡黄,说话的声音很低。他是公社船队的总指挥,说一不二,人们叫他"小霸王"。他把很小的曹莽带到海上去,半年之后,曹莽就能离开船游到很远的地方去了。有一次小曹莽跟上一个舢板去查网,舢板被浪掀翻了,他就"失踪"了。四天以后,父亲才从一个小小的礁子上找到他。父亲自豪地对别人说:"这个孩子再也淹不死了。"曹莽很小就知道自己这一辈子交给大海了,读书也不用心,只想早些回到海上。

老葛从老洋里回来,第一件事是找父亲喝酒。父亲说话时,任何人都得闭上嘴巴。可是老葛说话时，父亲总是很用心地听。老葛的个子也不高，可是满身都是横肉，年轻时曾经跟海盗打过架，杀了三个海盗。父亲每一次送走了老葛，回头都对曹莽说一句："全村里就出了这么一个英雄。"

可是后来，曹莽恨老葛了。那是一年秋天，父亲淹死不久。老葛从老洋里回来了，红着眼睛，就睡在曹莽的家里。白天，他找到几个辣椒，把曹莽父亲留下的酒全喝光了。夜里，曹莽想念父亲，呜呜地哭，惊醒了老葛，他就给了曹莽一拳头。曹莽大概忘记了他曾杀死过三个海盗，竟然像个小豹子一样猛扑过去……结果是挨了更重的一顿拳头，曹莽趴在了炕上。尽管老葛酒醒之后十分后悔，曹莽还是恨着他。

当时曹莽只有九岁。老葛临出海的前一天晚上对曹莽严厉地嘱咐道："以后再不准哭！好好念书，至少念完高中！学费我按月寄给你，吃的用的也跟我要，我就算你爸了！"……

老葛果然按他说的做了。曹莽长大了。他对老葛还存有一丝怨恨，但更多的，却是一种莫名的惧怕。大约就是从父亲死的那天起，他和海边上的人一样，开始疏远大海了。

他疏远了海，却没有忘记海。浪涛声日夜响着，谁也不可能忘掉它。大海像个谜，解不开；大海像匹烈马，永难驯化！父亲死在黑鲨洋里了，可父亲不能不说是条硬汉子；老葛船长中风败下阵来，嘴里只剩下两颗半截牙齿，可他杀死过三个凶猛的海盗，也不能不说是条硬汉。曹莽长壮了，长高了，却不信自己能超过前两条硬汉。他就是这样想的。

所以，他犹豫着，上不上老七叔的船。

眼下他感到委屈的，是弄不明白老船长的话，老船长却对他发了那么大的脾气！第一条船哪，诱惑力实在是不小。他从老船长抖动的嘴唇上，知道老人有很多话要说。老葛就是这样怪异的脾气，这怪异中主要就是霸道。曹莽又想到了小时候吃过的恶拳。海浪呼呼地涌上岸来，泡沫溅了他一身。无数的大涌耸动着肩膀，炫耀似的靠到岸边来了……曹莽用力抓紧了手中的沙子，又狠狠捶了一下自己结实的腿，站起来，穿好衣服，大步往前走去了。

他有些愤恨地想：为什么非要弄明白老葛船长的话不可呢？自己十九岁了，自己的主意呢？他回身望着海滩上一串串深深的脚印，站住了。他在心里说：我可以不超过前两条硬汉，但我怎么就不能成为第三条硬汉？！

四

老七叔的船上，终于有了曹莽。

这个初秋将会长久地留在海边人的记忆里。他们十几年前告别了船帆，心头滞留的欲望和惆怅又被一条新船搅动起来。老七叔和强健如牛的曹莽合伙搞一条船了，这条船带着一股可怕的生气冲入人们的生活中去了。多少年来，人们已被教训得像些腼腆的小媳妇，看到果断刚勇、一往无前的男性的强悍，那种惊讶确是非同小可。

老七叔的两个儿子见到船上有了曹莽，比老七叔还要高兴。曹莽沉着脸不说话，单是那粗糙的、黑红色的面庞就给人以力量。他们都相信曹莽是不会怕海浪的。

开始的时候，船仍旧在浅海里放流网。每次的收获都差不多。鱼不太大，也不太多。带鱼几乎没有了。捉过两条海狗鳝鱼，两天后从船舱里拿出来，它们还会撩动尾巴。这是生命力最强的一种鱼。大头鱼永远是笑眯眯的样子，擒到甲板上，还兴奋地晃着大头颅。没有诱人的鲈鱼，也见不到身上生了灰斑的、出水时像一把大片钢刀一样的鲅鱼。老七叔每一次拔网时都遗憾地摇头。

他们还试着撒过小眼网，结果网上来那么多小鲇鱼、沙拱子，还有一团一团的海草。这些差不多都得重新还给大海。老七叔说："我要到那个地方栽袖网去——这盘网让我花去了几千元。大鱼遇上它，就像入了迷魂阵！……不过这东西经不得大风，六、七级风就得取网，也怪麻烦……"

曹莽望着那片黑色的海水，没有做声。

老七叔压低了嗓门："要捉大鱼，非上那个地方不可。"

曹莽点点头："明天，把袖网装到船上去吧！"……

第二天，船张了帆，果真向那片黑色的海水驶去了。

这片神秘的海域！这片藏下了无数可怕的故事的海域！此刻它是碧蓝碧蓝的，没有一点波澜。它是透明的，像溶化了的，但仍然浓稠的绿色结晶。没有破碎的浪花，船是在柔软光润、丝绒般的质料上滑动。这里的气息也不像浅海那样腥咸，倒有一股特异的清香。太阳就在不远处微笑，她仿佛变得可以亲近了。在这里，她的手掌不会是滚烫的，不会在那一个个黝黑的打鱼人的脊背上揭皮。这里吹动的的确是九月的海风，船没有颠簸，人可以不眨眼睛。

由于曹莽一路上没有讲话，老七叔也不做声。他的两个儿子互相对视着，用力压抑着心底的兴奋。很快看得清那像鲨鱼似的怪石了，风开始凉爽一些。落在礁上的海鸟尖叫着。船体常要莫名其妙地微微震动，船上人终于能觉出湍急的海流了。

他们很快开始下底锚了。这些巨大的铁锚就是袖网的根，大风来时，取走袖网，却依然留下它的根——风过之后，袖网很快又系在这些根上了……老七叔做活时咬住一个空空的烟斗，他要说什么，都用鼻子"哼"出来。这时他用烟斗指指海里：三个年轻人都看到在新栽的网浮旁边，一条小鲨鱼腼腆地游着……

曹莽一声不响地做活。他整天都是紧绷着脸皮的，抖索、下锚，都是用牙咬着嘴唇，发出"嗯、嗯"的屏气声。他的脚蹬在船舷上，船被他踏得浑身震颤……四个人不停地干了多半天，太阳偏西时，袖网栽成了！

……

老七叔的船闯到黑鲨洋里了，村里人都面面相觑。可是很快的，他们又齐声惊叹起来。

崭新崭新的船，鼓胀着白帆，一次又一次向东北方驶去，他们在那儿，将走进"迷宫"里的鱼不断装进船舱里！这简直有些神奇了。黑脊背的大鲅鱼、黄鱼、白皮刀鱼……都乖乖地给运到岸上来。村里人啧啧地咂着嘴。

他们不知道四个人是怎样搏斗的。

船驶进那片黑色的海水。四个赤裸的脊背在太阳下闪光，从网上摘下的鱼也在甲板上闪光。鱼蹦跳着，死命挣扎，用尖尖的鳍割破他们的脚背。这里的鱼大，力气也大得惊人，特别是刚闯到网里的，要摘下它们来简直就是一场拼杀。老七叔咬着一个空空的烟斗，他前边就是曹莽那两条粗黑的脚杆。网丝水淋淋的，不断勒到这腿上，这腿动都不动，真像两根生铁柱。曹莽可以一口气拔上十二托网，腰都不直一下。大鱼用尾巴拍他的脸，他用拇指和食指钳住鱼鳃，按到甲板上。大鱼锉刀般的牙齿发狠地磨动着，咬不到曹莽的手指，跌到甲板上，就用力咬穿了另一条大鱼的肚腹。曹莽常在两兄弟的惊呼声里将大鱼踢进船舱。

甲板上满是鱼血、鳞片和黏糊糊的液汁。老七叔的小儿子有一次跌倒，让船舷磕掉一颗牙齿。老七叔的烟斗不知何时甩到海里去了……

一直收获到中秋季节，他们没有取过几次网。

中秋之后，风凉了，涌大了，取网躲风的次数也渐渐多起来。四个人累得腰都要断了，每个人都明显地消瘦了。老七叔甚至真想让袖网闲息一段。但风过之后，他们还是将网系到根上了。

正像好多打鱼人一样，他们本来是要等更多的大鱼，可是他们等来了一场灾难。

这一天并没有变天预报，老七叔斜倚在铺子外边的油毡纸上吸烟。他是在磕烟斗时瞭了一眼天空，发现了一片奇怪的云彩。他立刻跳起来，呼喊着曹莽和两个儿子去海里取袖网。

网很快要取上来了，天还没有黑。可是西北天空变得那么紫，老七叔看了看，手都有些抖动了。偏偏剩下的一截儿网拖不上来——疾流不知何时竟将坚牢的网根移了位，网脚勒在乱礁上了！当老七叔弄明白这一切，脸上立刻渗出了一层冷汗。他犹豫了一会儿，抹掉脸上的汗珠说："割网吧……"

扔掉半截子袖网，心太狠了些！曹莽摇摇头。

黄昏即将来临了。两兄弟说："莽弟，再不走，要挨上风了。"

曹莽咬着嘴唇，两眼死盯住变黑了的海水，沉着脸说："挨上吧。"

老七叔暴跳起来："你这个黑汉！割网走船！"

曹莽还是沉着脸。

老七叔使个眼色，两个儿子突然拦腰将他抱住了。曹莽愤怒地大叫一声，叉开两腿，一下子将他们摔倒在甲板上，接着翻身跳到水里。不知过了多长时间，他从水中露出脑袋喊："我爸爸就死在这上面，这就是那片乱礁！"他说完乌黑的头发在水中一闪，不见了。

老七叔的两个儿子哭起来。老七叔喊："住嘴！"

后来曹莽又在水上露过两次脸，但并没有上船。他再一次潜下时，水面上有一道血水。老七叔见了，赶紧跳下水去。

两兄弟喊叫起来，声音里透着无比的恐惧。

住了一会儿，曹莽终于浮上来了。他周身带着血口子，身边的水立刻红了。老七叔也浮上来，一把将曹莽拉到船边。两兄弟和父亲把曹莽放在了甲板上。他身上的血口子深深浅浅，多得数不清，还在往外流着血。两兄弟把他血乎乎的腿伸开，看到左脚被什么咬掉了一个脚趾，腿肚上，是黑乎乎的一个肉洞。

老七叔流下了眼泪。

他用嘶哑的嗓子喊道："割网！走船！"

曹莽还想爬起来。可是他正要伸出手和两兄弟争刀子，昏了过去。

网割断了。船往回开去了。老七叔告诉两个儿子："网真是勒到乱礁上了。曹莽身上的血口子是礁上的蛎子皮割开的。他可能还遇见过鲨……"

黄昏来临了。巨涌一个紧连着一个出现了。

老七叔不断向两个儿子呼喊着，可大海的呼啸淹没了他的声音。船体好像陡然落到了狭窄的巷子里，水的墙壁，柔软而可怕的墙壁，随时都有可能坍塌。他们的船在挣扎。他们听见了船的骨头在"咕咔"地响着。后来，他们不得不将一个流网抛到海里，拖住摇摆的船……

岸上有人为他们点起了大火，他们可以看到在火边活动的影子了。两兄弟奋力扳橹。老七叔喊着："瞪起眼来，别让船横了！……"

大火离他们只有半里远了。两兄弟兴奋地呼喊起来。老七叔却一动不动地伏在甲板上听着。他听到了"呜——扑!"的声音,绝望地说:"海边有'瓦檐浪'。坏了,靠不了岸啦!"……

五

老葛的病几天来加重了。人们都到他的小屋子去,看他大口地喘息。他不喜欢人,可他已经没有力气赶走别人了。

这天傍黑的时候起了罕见的大风,海水出奇地响。人们突然记起了老七叔的船,就跑到海边上张望。

老葛一个人蜷曲在小屋里,昏昏地睡去了。睡梦里,他跟一条巨鲨打了一架,他赢得很险,折了一条腿。醒来后,他用力扳着那条腿,扳也扳不动。那是属于中风后不再灵活了的另一半身子。他想这是鲨鱼给他咬折的——那条凶狠的家伙,他是用拳头把它打败的,敲碎了它的脑壳!老船长费力地张大嘴巴呼吸,一个人在黑影里笑着。

他突然听到一种奇怪的声音。这声音好大,又是时隐时现的。他用力听了一会儿,听出是大海的咆哮。他在心里说:"这家伙又在发脾气!这家伙又在叫了!"他竭力要爬起来,可总也没有成功。跌倒几次,他最后还是坐了起来……屋子里空洞洞的,人们都走了。他猛然记起人们在这儿议论过船,然后就一齐跑走了。他终于听出了"瓦檐浪"的嘶叫,伸手去摸索黑花椒拐杖。他刚一动,就重重地跌到了床下。可他还是伸出手掌去摸索着……

海岸上,人们还在往火堆上投着火柴。天渐渐亮了,船还是没有靠岸。船上的人奋力挣扎了一夜,随时都可能被大浪吞噬。可他们还是不让船"横",不让船靠近"瓦檐浪"——这种浪会把船抛起来,再重重地甩进浪谷深处。岸上的人们喊叫着,嘈杂的声音里充满了恐怖和焦灼。

与此同时,正有个黑影子缓慢地朝火堆这边移动着。

由于他走得很慢,所以天大亮时才来到火堆边上。大家一看,大吃了一惊——老葛船长!有好几个人不信似的看着他,往后退开两步,惊呼起来。这个不久还躺在床上喘息的人,怎么会一个人摸索到海滩上来!

这真像有神力帮助他一样。大家一时说不出话,只是一起瞪圆了眼睛看着他。他走得真是费力极了,两手拄着那个黑花椒拐杖,一点一点往前挪动。他的小黄眼睛亮得吓人,不看任何人,只盯着海浪、盯着那条挣扎的船。大家上前搀扶他,他定住似的一动不动;再要去拉,被他厉声喝退了。

"你!啊啊哦……咳!咳咳……"

老船长向着大海吆喝起来,这声音大得简直不像他喊的。他的脸又变成紫红色了,衣怀敞着,一条又长又亮的伤疤让所有人都看到了。

船上老七叔向岸上喊着:"老葛船长——老船长……"

老葛大吼起来,钝钝的声音像打雷。好几个围在他身边的人胆怯地退开了。他吼叫着,两手举起拐杖,举得高高的,然后猛地往怀里一拉。

船上老七叔看得真切,命令两个儿子:"拔流网,把网拉上船来!"

老葛又吼起来,一边跺着脚。他将拐杖费力地顶、顶,横到左肩前边,然后再往右前方奋力一推。

船上老七叔又命令儿子:"快,把船尾巴拨北一点,用橹,下狠力……"

老葛船长又向西走了半步,同时两手握住拐杖根儿,往西捅着。他一边呼喊,一边把拐杖拄起来,费力地向西挪动着。

这段时间,所有人都一声不吭地看着老船长。他们谁也不明白老船长喊叫了些什么、比划了些什么,只是惊惧地、钦敬地望着他。

海中的船往西,斜压着浪涌,十分艰难地驶去。

人们也背起老船长,向西走去。

船到了芦青河入海口停住了。河口处,扑向海岸的浪涌没有遇到浅滩的阻力,那"瓦檐浪"竟小好多!大家一下子全明白了。

老七叔指挥着儿子,艰难地将船往岸上划。船是向着河与海的交角处往上来的,刚一驶近,几个壮小伙子就冲上去,帮着把船推了上来……

老葛船长这时却松脱了手里的黑花椒拐杖,倒在了河滩上。老七叔抱着一身血渍的曹莽,伏在了老人身边,大声地呼唤着。所有人都叫着"船长"和"葛伯"……老人紧闭着眼睛,仰躺着。大家第一次凑近这个老人,看到了大大小小、不同颜色的疤痕。

海浪在轰响。曹莽睁开了眼睛。他看到了躺倒的老船长,从老七叔怀里爬了下来……老船长终于也睁开了眼睛,他把手放在了曹莽血淋淋的腿上,声音极其微弱地咕哝着什么。曹莽眼角流出了两滴晶莹的泪珠。老七叔告诉了曹莽受伤的经过,老船长嘴角似乎有一丝微笑,对曹莽点点头,又点点头。老七叔转脸对曹莽说:

"老船长眼里……你是一条硬汉了……"

曹莽抹去了泪水。他这会儿心中一亮,突然像是明白了老船长,明白了他以前那些话。

他转过脸去,久久地向黑鲨洋望去……他看着岸上的船,崭新崭新的一条船。不过它会在某一天被浪打得粉碎。不过——曹莽想——

还会有第二条、第三条……船!

老七叔背起了老葛船长。他让小儿子背起曹莽,大儿子拿着老人的拐杖。所有人都跟上他们往前走去了……

1984 年 1 月于郯城

梦中苦辩

在这个小小的镇子上,任何一点事情都传得飞快。新来了一个会算命的人啦,谁家生了一个古怪小孩啦,码头上的一艘外国船要卖啦,等等。所有传闻大都与我无关。

但现在传的是:镇上要打狗了。根据以往经验,我相信会有这样的事。接着又传出,打狗从今天一早就开始了——看来事情准确无疑了。

不幸的是我有一条狗,已经养了七年。我不说这七年是怎样与它相处的,也不说这狗有多么可爱,什么也不想说。消息传来时,全家人都放下手里的活儿,定定地望着我。它当时正和小猫逗玩,一转身看到了我的脸色,就一动不动了。

家里人走进屋,商量怎么办。送到亲戚家、藏起来,或者……这些方法很久以前都用过,最终还是无济于事。他们七嘴八舌地商量,差不多要吵起来了。有人说已经从镇子东边开始干了,进行到这里也不需要多久。妻子催促我："你快想办法呀！"孩子揪住了我的衣襟。我一直在看着他们，这会儿大声喊了一句："不！"

这声音太响了。他们安静了一会儿，互相看了看，走出去了。

整个的一天外面都吵吵嚷嚷的。我把它喊到了身边。我们等待着。

这个时刻我回忆了以前养过的几条狗。它们的性格、长相都不同，但结局是一样的。我又闻到了血的气味。

有人敲门，我站了起来。进来的是邻居，他要借东西，爱人拿给他，他走了。两个钟头之后又有人敲门，我又一次站起来。——这一回是孩子的朋友来玩……天黑了，我对家里人说："把门关上吧！"

这个夜晚我睡不着了，总听到有人敲门。我不止一次从床上欠起身子，妻子都把我阻止了。她说这是幻觉。可我睡不着啊。

半夜里，她睡着了。就在这时候，我异常清晰地听到了重重的敲门声。我再也不信什么幻觉，立刻起来去开门。

门开了。有一个穿了紧身衣服的年轻人笑着点了点头，闪进来。他蹑手蹑脚的，背了枪，挎了刀。我明白了。我尽量平静地问："轮到我了吗？"

"是的。"他笑一笑，将刀子放在桌上，搓了搓手。他坐下，问："有烟吗？"

我把烟递给他。

他慢慢吸着烟，一点也没有焦急的样子。我知道他从镇子东边做起，做到这儿已经十分熟练、十分从容了。或许他本来就是个操刀为业的人。我心里为他难过。他还这么年轻，正处在人一生最美好的年纪里。我看着他。

他被看得多少有点不好意思了，揉了烟站起来说："开始吧。它在哪？来，配合我一下……"

他弯腰紧了紧鞋子,又在衣兜里寻找什么。

我冷静地、每一个字都很清晰地告诉他:"不用找它了。我也不会配合你。我不同意。"

他像被什么咬了一下,猛地抬起头。这回是他端量我了。他有些结巴地问:"为、为什么?"

"因为我不同意。"

"你——?"他按在桌上的手小心翼翼地抬起来,"这是镇上的规定。再说,你不同意,有什么用?"

我再不做声。我等待他的行动。这时候我觉得自己的两臂,还有拳头,都在抖动。我等着他的行动。

可他偏偏坐下来了。他说:"自己家养的东西,谁愿意杀。可没有办法,要服从公共利益。你这么大年纪了,这些道理应该明白……"

"我不明白!我不明白一条狗活得好好的,为什么要把它杀掉。我的狗从不自己跑出这个院子,它危害了什么?它咬人吗?它从生下来就没有伤过一个人!怕传染狂犬病吗?它一直按要求打针,你看它脖子上的编号、铜牌……不过这些都来得及谈,我现在要问你的还不是这些,不是。我要问的是最最起码的一句话,只有一句。"

他惊愕地望着我,问:"什么话?"

"谁有权力夺走别人的东西——比如一条裤子,谁有权力夺走它?"

他很勉强地笑了笑:"谁也没有这个权力。"

我点点头:"那么好。这条狗就是我的,你为什么从外面走进来,硬要把它杀掉呢?"

"这是我的工作!我是来执行规定的!"他提高了嗓门,有点像喊。

我也提高了嗓门:"那么说做出这个规定的人,他们就有权力去抢掉。你在替他们抢,抢走我的东西!"

他大口地呼吸着,不知说什么才好。

"有些人口口声声维护宪法,宪法上明明规定公民的私有财产得到保护——只要承认这是我的狗,而不是野狗,那么它就该得到保护。这种权力是宪法上注明了的,因而就是神圣的……"

那人发出了尖叫:"你的狗是'神圣'的?"

我不理会这种尖叫:"……如果我没有记错,这个镇上已经强行杀狗十一次,几乎每隔几年就要来一次,也就是说十一次违背宪法。我怀疑他们嘴里的宪法是抄来的,是说着玩的。镇上人失去了自己的狗,难过得流泪,有些人倒觉得这种眼泪很好玩,每隔几年就让大家流一次。不,这种眼泪不流了,我要说出两个字:'宪法'!……"

一股热流在我身上涌动。我知道自己已经相当激动了。面前的年轻人盯着我,像在寻找着什么机会。他突然理直气壮地说:"狗咬人,人得病,那么就是'危及他人人身安全'!"

"它危及了谁,就按法律惩罚好了!但我的狗明明谁也没有伤害。可你要杀它。原来这种冷酷的惩罚只是建立在一种假设上!一个人可能将来变为罪犯,但谁有权力现在就对他采取严厉行动?你没有行动的根据。到现在为止,我的狗还是一条好狗;它下一秒钟咬了人,下一秒钟就变成一条该受惩罚的狗。不过它现在冲进来咬了你,你倒应该多多少少谅解它一点……"

"为什么?"

"因为你要无缘无故地把它杀掉。"

"我真遇到怪事了!"他气愤地看了看表,又瞅瞅桌上的刀子。"我们几个人分开干,我负责完成这一条街。这下好了,全让你耽误了。"

我长长地吐了一口气,拍拍他的肩膀:"坐下吧,小伙子,坐下来谈个重要的问题——怎么保护自己的东西、什么是自己的东西。你可不要以为我老糊涂了，连什么是自己的东西都分不清。在我们这儿，这个简单的道理早给搅乱了。比如你就能挨门挨户去杀死别人的狗，原因就是分不清什么是自己的。街道上，一天到晚都响着高音广播喇叭，吵得别人不能读书也不能睡觉。这就是夺走了别人的安静。人人都有一个安静，那个安静是每个人自己的东西。再比如……太多太多了，这些十天八天也讲不完，你还是自己去琢磨吧……"

"我不愿琢磨！"小伙子有些不耐烦地打断我的话。他白了我一眼，伸手去摸烟。他吸着烟，头垂下去，像是重新思索什么。他咕哝说："养狗有什么好？浪费粮食。镇上有关部门核算过，如果这些粮食省下来，可以办一个养猪场，大型的！"

我不知听过多少类似的算账法。我真想让小伙子把那个先生即刻请来，让我告诉他点什么！我对小伙子说："粮食是我自己的，是我劳动换来的，我认为用粮食养狗很好；你认为是一种浪费；那是看法不一致。你只能劝导我，但不能把自己的看法强加给我。还有，我可以从狗的眼睛里看出微笑，一种特别的微笑——这种微笑给我的安慰和智慧，是你那个先生用养猪场可以换取的吗？"

他不安地活动一下身子，小声说了句什么，说完就笑。

"你说什么？"

"我说精神病！"

我冷笑道："不能容忍其他生命，动不动就要屠杀，那才是丧心病狂。我刚才强调它是自己的东西，强调它不能被随意掠夺和伤害，只不过是最最起码的道理——事情其实比这个还要复杂得多、严重得多！因为什么？因为它是一个生命！"

"什么？"他又一次抬起头来。

"它是一个生命!"

他撇撇嘴巴:"老鼠也是一个生命……"

"可它毕竟不是老鼠!它毕竟没有人人喊打,恰恰相反,它与人类友好相处了几千年,成为人类最忠实最可靠的伙伴。那么多人喜欢它、疼爱它,与它患难与共,这是在千百年的困苦生活中作出的抉择和判断,是在风风雨雨中洗练出来的情感!你也是一个人,可你把这一切竟然看得一钱不值!我不明白你了,我害怕你了,小伙子!我怕的不是你的刀枪,我怕你这个人!我怎么也不明白你会面对那样的眼睛举起刀子……那是什么眼睛啊,你如果没有偏见,就会承认它是美丽无邪的。你看它的瞳仁,它的睫毛,它的眼白!我告诉你吧,没有一条狗能得到善终,你弄不明白它有多长的寿命——它其实活不了太大的年纪。一条五六年的狗就知道什么是衰老,满面悲怆。你注意去研究它们吧,你会发现一双又一双忧郁的眼睛。它们老了,腿像木棍子一样硬,可见了人仍要把身体弯起来贴到他的腿上,就像个依恋大人的孩子。它太孤独无援了,它的路程太短暂了,它又太聪明,很快就知道关于自身的这一切,于是变得更加可怜。它心中的一切没法对人诉说,它没有语言或者没有寻找到人类可以接受的语言。它生活在我们中间,就像一个人走到了完全陌生的国度里。它多么渴望交流,为了实现一种交流不惜付出生命。它自己待在院子里,当风尘仆仆的主人从门口进来的时候,它每一根毛发都激动得颤抖起来,欢跳着,扑到他的怀里,用舌头去温柔他,眼睛里泪花闪烁……我不说你也会想象出那个场景,因为每个人都见过。你据此就可以明白它为人类付出了多少情感,这种情感是从内心深处迸发出来的,没有一丝欺骗和虚伪。由此你又可以反省人类自己,你不得不承认人对同类的热情要少得多。你进了院子,它扑进你的怀中,你抚摸它,等待着感情的风暴慢慢平息——可相反的是它更加激动,浑身颤动得更厉害了。你刚刚离开你的家才多长时间呀?一天,甚至不过才半天,而它却在这短短的时间里孕育出如此巨大的热情。你会无动于衷吗?你会忽略它的存在吗?不会!你不知不觉就把它算作了家庭中的一个成员。所以,你看到那些突然失去了狗的人流出眼泪、全家人几天不愿言语,完全应该理解。这给一个人、一个家庭留下的创伤是无法弥合的,是永久的……"

小伙子一直用手捧着双颊,这会儿不安地活动了一下身子。

"我丝毫也没有夸大什么。我甚至不敢回想前一条狗是怎么死的。那时也是传来了打狗的消息,也像现在这样,全家人心惊肉跳。那是一条老狗,它望着我们的眼神就可以明白一切。当我们议论怎么办的时候,它自己默默地走进了厢房。厢房里放着一些劈柴,它就钻进了劈柴的空隙里。我们以为它这样藏起来很好,就每天夜里送去一点水和饭。谁知道送去的东西一点也没有见少,唤它也没有声音。我们搬开劈柴,发现它已经死了,一根柴棒插在脖圈里,它绕着柴棒转了一圈,脖圈就拧得紧紧的。它自杀了。它的眼睛还睁着。全家人吓得说不出话,怔了半天,全都哭起来。当时我的母亲还在,她拄着拐杖站在厢房里,哭得让人心碎。你想一个白发老婆婆拉扯着这么多儿女,还有一个多灾多难的丈夫——我停一会儿再讲他的事情——她一生的眼泪还没有流完吗?她哭着,全家人更加难过。母亲的哭声做儿女的不能听,如果听了,就一辈子也忘不掉。我们把老人扶走,可她不,她让我们把狗抬到一个地方,亲眼看着把它埋掉了。第二天杀狗的一些人来了,到处找它。领头的说:'还飞了它不成?'我告诉他:'真的飞了,它算逃出这个镇子了!'那个人哼一声说:'它除非再不回来!'我说:'放心吧,它再也不会回这个伟大的镇子了!'……这以后多少年过去了，我们再没有养过狗。我们差不多发誓永不养狗！可是后来，后来——真不该有这个后来——我的小儿子从外面捡回一个小花狗，疼爱得了不得。我看它，它也看我，扬着通红的小鼻孔。我狠狠心，决定只养两个星期就送走。两个星期到了，儿子死也不干，接着全家人都心软了。它就是我们现在这条狗。那时多么轻率！我当时想，毕竟不是过去了，又不是'备战备荒'的年头，或许再也不会发生那样的事了。我太无知！我把事情看得太简单了……"

我讲到这儿，面前闪动着那一双不愿闭合的眼睛，心头一阵阵痛楚。我不得不去桌上取烟。我拿起一支烟，发现自己的手在抖。小伙子用打火机给我点着了烟，这时问了句："老同志，我想问一问，您是做什么工作的？"

我回答他："教师。不过早就退休了……"

小伙子若有所思地点着头："嗯，教师，教师……"

我重重地吸一口烟，又吐出来："我是个教师。不过我没有在本镇教书，所以你不是我的学生。在东边那个镇子上，像你这么大的小伙子，有不少都是我教出来的……愿意听听那个镇子的事情吗？那好，你听着。怎么说呢？一开头就赞扬那个镇子吗？我不能，因为我们这个镇子的人可没有轻易赞扬别人的习惯，我也是一样；更重要的，是那个镇子确实也有很多毛病，有的甚至极端恶劣。不过我接下去要说的是其他的方面，是他们与其他生命相处的方法和情形。因为咱俩眼下讨论的正是这个问题。我要告诉你，那个镇子上几乎没有多少裸露的泥土——到处是草地、庄稼和森林。各种鸟儿很多。它们差不多全不怕人。我早晨到学校去，一路上不知有多少鸽子飞到肩上。如果时间充裕，我常停下来与路边水湾里的天鹅玩一会儿。我对野鸭子招招手，它们就游过来。我不止一次用手去抚摸野鸭子的脊背，去摸翅膀上那几道紫羽，感受热乎乎滑腻腻的奇妙滋味。它和天鹅、还有鸽子，眼睛都各不相同，却是同样可爱。它们用专注的神情盯着你，让你多多少少有些不好意思。离开它们，我一整天的心情都比较愉快。它们安然的姿态影响了我，使我也变得和颜悦色。这就是那个镇子的情况。如果你不怀疑这一切都是真实的话，你会怎么想呢？

"回头再看看我们这儿吧！没有多少树和草，没有野鸭子和天鹅，如果从哪儿飞来一只鸟，见了人就惶恐地逃掉。鸽子也怕人，所有的动物都无一例外地要躲避我们。我真为这个羞耻。我仿佛听到动物们一边逃奔一边互相警告，'快离开他们，虽然他们也是人，但他们喜欢杀戮，他们除了自己以外不容忍任何其他生命！'它们没命地奔逃，因为一切结论都付出了血的代价。无数远方的动物，比如一只美丽的天鹅在这儿落脚，只停留一个小时就会被镇上人用枪杀掉；一群野鸭子莽莽撞撞地飞到河边游玩，只半天功夫就会被如数围歼，吃到肚子里去了。实际情形就是这样。尽管我们要挖空心思做一番事业，但我想，如果连一些动物都对我们不屑一顾，对我们从心底里感到厌恶和惧怕的话，那我们是不会有希望的。对野生动物这样残酷，野生动物可以躲开；于是我们的目光就转向家庭饲养的动物，对温驯的狗下手了。我相信这是一部分人血液里流动的嗜好，很难改变。事实也是如此。如果我没有想错的话，那么下一步轮到的很可能是一些更小更可怜的家养动物，比如猫和鸽子。这些行为会一再重复，因为它源于顽劣的天性，残酷愚昧，胆怯猥琐，在阴暗的角落里咬牙切齿。这些人作为一种生命，怎么会去宽容其他生命？！他们憎恨和惧怕一切生机勃勃的东西，砍伐树木，连小草也不让生存。我不止一次看到一些人走上街头搞卫生，第一件事就是蹲下来拔小草。绿色很快没有了，留下来的是肮脏的脚印。当然，镇子上也有人种草植树，正像有人热爱动物一样；但严重的问题是树和草越来越少，动物或者远离了我们，或者被大批大批地杀掉。

"对其他生命不宽容，对自己也是一样。我这里不想去复述镇子上的几次械斗，点到为止，你心里完全清楚。算了吧，不说这些了……但我不得不跟你讲讲我的父亲——我曾说过要讲那个多灾多难的人。我相信你不会怀疑这是真的。我要说的是他生活在这样的情形中，有这样的结局是多么自然；而一些人在今天的行为，与昨天的如出一辙；这二者之间究竟有一条什么线在连接着——我由一些不该杀戮的其他生命想到了一个生命，想到了这个生命与我的关系，他对我的至关重要、他留给我的疤痕、他流动在我身上的血液……他死的时候满头白发，而我如今也满头白发了——我想说，我并不一定安然自如地走完我生命的里程，正像我的父亲到了暮年还遭到意外一样。小伙子，我羡慕你的年轻，可也忧虑你的岁月。因为生活的道路比你想象的坎坷万倍，你手中的刀子也许很容易就刺得自己遍体鳞伤……不说这些。我还说我的父亲，说说他吧。他七十多岁了，行动不便，但头脑也还清晰。他对于镇子一片忠心。他看到什么不利的地方，就要说上两句。有一次他议论起新修的一条马路，指出这条柏油路耗资巨大，但却效益不好。他有理有据，虽然尖锐无比，可是态度和蔼。谁知道这就惹火了镇上的一些人。开始他们寻茬儿让他进了一个什么学习班，后来又说他在学习班上态度不好，就把他转到了一个农场——就是我们镇子的明星农场。父亲那么大年纪了怎么能种地？我和母亲去找了管事的人，他们说已经照顾他了，让他做农场的饲养员。我去看过他一次，见他弓着腰给猪搅拌饲料，饲料里有拇指大的一块地瓜，他抓出来就吃……我偷偷地哭了，没有让父亲看见，也没有将这些告诉母亲。又过了半年，父亲的罪行不知怎么又加重了，被调到了一个石墨矿去。

那里更苦更累，而且劳动时有人看守。去了石墨矿的人，他的家里人不能随便探望，直到父亲死，我只见过他两次。第一次见他，我给吓了一跳：他的白发全给石墨染黑了，连牙齿上也沾了黑粉。我问他在这儿做什么？他不回答，只用包了破布的手去擦脸。最后一次见他，是他在小床上喘息的时候，我和母亲被通知去矿上探视。可母亲病了，丈夫临死她也没能见上一眼。我自己去了，路上尽管做好各种思想准备，也还是被父亲的样子吓呆了。他握住我的手，不说话。我也不说。最后，老人突然从身子底下取出一个小纸包，指了指说：'哑药！'他又指了指自己的嘴，说：'祸从口出啊……'他把哑药递给了我，我明白了。父亲本来是为自己准备的，后来见用不上了，就留给了他的儿子……我两手捧着这最后的礼物，向父亲跪下了……"

我的声音渐渐低得快要听不见了。小伙子拧着眉毛看着我，嘴角活动了几下，问："你，吃了哑药？"

"我捧着它离开了石墨矿，沿着芦青河堤往回走去。好几次我想塞进嘴里，但最后一次我抬头看到了自己的镇子，心里一热，就把那药撒到河水里去了！"

小伙子大松了一口气。

"尽管父亲的话是千真万确的真理，但我还是不想使喉咙变哑。我的镇子！我的镇子！请摸一下我这颗滚烫的心……我之所以给你讲了父亲的死，是因为我想到了有些人像潜伏病菌一样潜伏了一种仇恨，它会像流感一样突然而迅速地蔓延。眼下我又看到了这种危险。无数的狗被杀死，鲜血染红庭院，惨叫声此起彼伏——那些人是不是正期待着这种效果？这一切，又是不是他们宣泄仇恨的一种方法？我确信会是这样。宣泄的方法各种各样，但确定无疑的是每一次宣泄都留下了巨大灾难。我忘不了有一年春天的所谓'垦荒'——毫无必要地将镇子北面的树林毁掉！那片林子茂盛得可爱，当时槐树正开满了银色的槐花，引来了全世界的蜜蜂；蓉花树刚长出粉茸茸的叶子，柳棵爆开小绒球，灰暗的枯草里挺起红的紫的鲜花。它们好不容易告别了冬天，又要在挥动的镢头下呻吟。我亲眼见到有些人狠狠地刨倒了一棵开满鲜花的槐树，双脚把花朵踩到土里时的那种微笑，那是掩饰不住的快感。连续五天的围垦，树林没有了，留下来的是一片焦土。他们疲惫地走了，头也不回。这片垦出的沙土至今没有种什么东西，只是冬天里旋着沙丘，那沙末在空中转着，像是树木的魂灵。就是这样，你怎么来解释这种种举动呢？你能说这不是另一种宣泄的途径吗？

"我更不明白的是，街道上有多少刻不容缓的事情需要去做，他们恰恰对这一切视而不见。垃圾成堆，苍蝇一球一球在那儿滚动，捡垃圾的老人用赤裸的双手去抢一堆碎玻璃。又破又响的汽车轰隆轰隆地跑在街上，让人白天晚上不得安宁，冒出的油烟半天也散不开。在窄巴巴的街道上，常常有几个贼眉鼠眼的人窜来窜去，总有人被掏兜、被欺侮。妇女和老人丢了东西就哭，一个乡下来的小姑娘被几个歹徒拖到了防空洞里。没有腿和手的人在街上行乞，垫着小板凳一挪一挪往前走。各种宣传车来来往往，无数大喇叭吵翻了天，野蛮无理地强行掠夺你的宁静。为什么要这样？有什么权力要这样？不知道。你放眼往南望，你望到了那一溜儿黑影吗？那就是南山，是我们这儿唯一的山区。那儿没有水，没有柴草，也没有多少粮食。那儿的人衣衫褴褛，一代一代都面黄肌瘦。因为没有可以燃烧的东西，就往灶坑里填地瓜干，锅里煮的还是地瓜干。你可以想见那里的生活。你知道那里有多少事情需要立刻去做。可惜这些一年一年延续下来，没有多少变化；而与此同时，有人却毫不含糊地强令杀了十一次狗……"

小伙子的眼睛转向了窗子，望着很远的地方。他听到这里，认真地插话说:"我不是反对你的意见;不过我想到了两件事儿。一是你把我们这儿说得太吓人了;二是山区里的人那么苦,为什么不把养狗的费用使到他们身上?难道这些狗比那些人还重要吗?"

这都是直接的意见,然而十分尖锐。我不由得握住了小伙子的手,我感谢他终于开始和我一起思考起如此严肃的问题了。我不知怎么回答他这两个简单极了也是复杂极了的问题。我说:"你问得好,我没法回避。让我试试吧。先说第一个问题。你认为这地方被我说得太吓人,但你没说我编造了什么,这就好。当然,我们这儿还有一万条值得赞扬的,这也是事实。而我要说的,是那些刻不容缓地需要根除的方面,这一切只要存在一天,我就有理由用手指去指出来。但愿你不要真的被吓住,而是变得更勇敢。我在指出这一切的时候,有时会手指抖动,但那不是为了吓你,而是一个老人真诚的激动。再说说第二个问题吧,它更难以辩解。首先我想说,饲养狗是人类的一种需要,这种需要看起来似乎可有可无,但你只要看一看镇上人在这方面的经历,看一看最困难的山区还有很多人养狗,就会否定那种看法。镇子上十一次对狗进行围剿,无数人流下了眼泪,受到了很大的挫伤,发誓再不养狗。可奇怪极了的是,大家像我一样发誓,如今也像我一样地违背了誓言。看来这是没有办法的事,是一个生命最深层的一种渴望,必须去满足。至于这种渴望到底反映了什么,我还说不清。我朦朦胧胧觉得,一种生命需要另一种生命的安慰,他们必须在这种无形的交流中获得某种灵感。在通向永恒的路上,也许真的需要它来陪伴。这个谁也讲不清,你默默地用心灵去感觉,也就知道了。所以从这个意义上讲,你那种切近的功利换算的方式就无助于理解这个问题,二者没有任何可以沟通的。这是一方面,另一方面,我想说对待困苦和艰难勇往直前的,究竟是世界上的哪一种人,是些什么人,这种人到底有什么样的素质。

那些坚决主张杀狗的人当然不是为了节俭,他们恰恰在情感上是极其吝啬的一种人。而对于自然界的各种生灵倍感亲切,每时每刻都试图去理解和接近的人,他们才对苦难特别敏感,也最愿意为消除那些痛苦贡献出自己的一切。勇敢的人从来都不是冷酷的人,你可以在生活中找到无数的例子。"

他倾听着,眨动着眼睛,不知是否真的理解了我的话。当我停顿下来的时候,他就将头埋下去。看来他已经准备再听一听,他由厌烦这种谈话转为渐渐习惯和可以容忍,又变为希望去接受……但我这会儿也想听听他的了。我问:"这次打狗进行得顺利吗?已经完成了多少?"

他像困倦了一样揉着眼睛,把头扭向一边。停了一会儿他转过脸来,抿了抿嘴角说:

"大约进行到一半以上了。这次比过去困难。把狗藏起来的太多。有的狗冲出来,疯了一样。我们有枪,可怕伤了人。狗冲到小巷子里,急得乱跳。我们堵上巷口,用枪扫,有的中了弹还迎着我们反冲过来。天哪,真可怕,它们一边流血一边跑。好多狗跑出镇子,往南,往山里跑。我们联合起来堵截。有一次围住一个山包,往前缩小圈子,一抬头,看见几百只狗昂着头站在山坡上。它们一起看我们,这一回没有一只跑掉,也不逃,我们吓得不轻。后来当然开了枪,几百只狗叫成一片,有的腾到半空,像给打飞了一样。那面山坡都给染红了……"

我们都沉默了。

我像被什么烧灼着,心上一阵阵刺痛。我说:"真不简单,小伙子,真不简单。在你这儿,一切需要暴力、需要用强制手段去对付的方面,都干干脆脆地做了;一切需要胸怀、需要眼光、需要高瞻远瞩才能办到的事情,都搞得一塌糊涂……"我差不多要碰到小伙子的脸了,声音大得有些吓人:"你能否认这是一场屠杀吗?你没法否认!崭新的屠杀,就发生在这里!可是,一切就这样过去了吗?没有!不会这么便宜。一种反击正在悄悄地开始,只要你好好睁大眼睛就会看到。你到医院,你看看有多少人在排队治病,他们横一行竖一行,人山人海,天天如此;你再看看手术台上有多少人在流血,看看病床上有多少人在死命地绞拧。不治之症越来越多,肿瘤医院天天满员,今天一个好友死于肝癌,明天一个熟人因肠癌开刀;我的一个学生前不久还给我送来一盆花,昨天听说他已经查出了肺癌。无数的人患上了肝炎,验血的、做B超的要提前一个星期预约。屠杀吧!与大自然的一切生命对抗吧,仇视它们吧!这一切的后果只能是更为可怕的报复!不要胆怯,不要逃遁,来收获自己种植的果子吧!最近,那些热衷于种种屠杀的人据说又有了一个愚蠢之极的可笑举动:阖家迁到镇子北边的小河滩上居住!他们把大街上的树伐光了,堆满了垃圾,如今又要逃了!他们就忘了南风一吹,街心的毒气照样吹到河滩上去,忘了他们身上已经积满了毒素!他们假使逃掉了惩罚,他们的儿孙呢?他们一手糟蹋了我们的镇子,如今倒想一逃了之!可惜这绝对办不到,大自然不会放过他们!凶狠残酷地对待生活、对待自然,必遭报应!你听说这样一个故事了吧?一个人无法战胜他的仇人,最后就在身上缚满了炸药,紧紧地抓住了仇人,然后拉响了导火索!人类身后此刻就紧紧跟随着这样的一个自然巨人,他的身上缚满了炸药。我们跑吧,跑吧,躲避着他要命的手掌……真的,我总觉得大自然与人类决战的时刻就要来到了!……"

我说着,说着,不知何时流下了滚烫的泪水。泪水流下脸颊,又流进密密的胡须。

我看到小伙子站起来,眼睛里也有两汪泪水。他看着我,木木地站着。他的身体突然像秫秸一样疲软，两手抖着，肩上的枪一下子掉在地上……他感激地点了点头，转过了身子。他推开了门，跨了出去。

我捡起了地上的枪，追出门去。

"小伙子！你的枪！枪！……"

我大声地呼喊。他没有回应。我再一次呼喊。

有人在摇动我的肩膀。我猛地睁大了眼睛，看到了身穿睡衣的妻子。她用手来擦我的泪水，说："你梦中喊得好响。你哭了。我听了都有点害怕……"

我一下坐起来。我说："我总算把杀狗的人劝阻住了，他刚刚走。"

妻子苦笑着："这是一个梦。你一直在睡觉。"

是的。一夜的辩解，没有目标的辩解！我推开了被子，走下来……太阳从窗棂射进，彤红彤红。我不知怎么急于到院子里看看我的狗——我相信它这个夜晚会像我一样睡得很糟。它的温暖的小窝就垒在院子的一角，是我的杰作。我向它小心地走去。我惯于在它清晨睡熟时去逗弄它一下……我走过去，低下头去看它。我身上抖了一下——这是真的吗？

它闭着眼睛，眼前是一汪凝住了的血。它昨夜被人杀掉了！刀痕在脖子上，刀子插得很深、很准……屋子里，爱人和孩子在说笑，他们在笑我夜里说梦话……我的眼泪夜间流过了，因此这会儿没有再流。我轻轻地把它托起来，像托一个孩子。我小声对它说："我对不起你。我没能保护你。我现在才明白，原来这一次已经不需要通知，也不需要辩解了……"

海边的雪

一

　　海边的雪越积越厚。一个个渔铺子为了冬天暖和,都是半截儿埋在沙土里的。如今它们的尖顶儿也都是雪白雪白的了。赶海人剥下的蛤蜊皮堆成了小山,这小山也被雪蒙起来了。雪花儿还在从空中飘下来,飘下来。

　　海水很静。浪花一下下拍击着沙岸。海水的颜色渐渐变黑了,它迎接并融化了无数朵洁白的雪花。

　　有人从远处走过来。他背了一身的雪粉,摇摇晃晃地走着,那穿了大棉靴的脚一下下深深地扎到积雪里面,给海边留下了第一行脚印。海鸥"嘎咕、嘎咕"地叫着,样子有些焦躁。他仰脸望一眼海鸥,继续低头走着。老头驼背很厉害了。他最后在一个大一些的铺子跟前停住,用脚踢了踢铺门,喊了一声什么,嘴里喷出了粗粗的一道白气。

　　渔铺子的小门紧紧地关着。他骂了起来,大声地喝着:"金豹——你这头'豹子'!"

一个老头子在里面瓮声瓮气地应了一句："是老刚么？"接着"哐"地响了一声，门开了。门外的人钻了进去。

像所有渔铺子一样，它只在地面露着一人来高的尖顶儿，里面却很宽绰。铺子是用高粱秸和海草搭成的。隔成两间，外间有一个睡觉的土台子，上面垫了厚厚的麦草和半截苇席。台子下、二道门里，全是一团团的渔网和绳子。地上铺了草荐；露出沙土的地方，满是蟹腿和鱼骨什么的。油毡味儿、腥臭和湿气，一块往鼻子里涌……这就是渔铺子，自古以来看海的"铺老"就住这样的铺子。它能给打鱼人别一种温馨。在海上斗浪的人想得最多的是哪里？就是这卧到土中半截的渔铺子、这里面的气味！

那头"豹子"这时就在土台子上舒服地睡着。他的脚伸在被子外面，原来刚才他是用脚勾掉了顶门杠儿，并没有爬起来。

钻进门来的老刚两手攥住了他的脚，用力一拽。金豹只得起来穿衣服了。他光着身子，抖着沾了沙土的衣服说："不服不行，不服不行——夜里抬了一会儿舢板，这身上乏得不行！唉，快七十的人了……"

金豹仔细地抖着沙子，也不嫌冷。铺子里倒也不怎么冷，铺门的一侧生了一个小铁炉子。他的确老了，身上很瘦，多少根肋骨都看得出来。可是他的肌肉很有力气，手脚十分利落。他很快穿好了衣服。

老刚从铺边的沙子里扒拉出半盒烟卷儿，凑近火炉吸着说："昨夜下了一场大雪，还在下哩。"

"唔？"金豹也点了一支烟，穿上了鞋子。他问："雪挺大么？"

"挺大——我估计这会儿半尺深了。"

金豹特意探出身子望了一会儿，然后缩回来说："好！嘿，好！"

他们都是留下来看冬铺的"铺老"。沿岸的一些渔铺大多家当很少，一入严寒就卷了行李回家去了，唯有老刚和金豹要留下来看冬铺。

整日孤独得很，他们天天在一块儿说话，已经没有多少好说的了。老刚这会儿在想，金豹夸这场雪好是什么意思。

金豹不做声，只是吸着烟。炉子里的火苗儿映着他脸上那一道道黑色的皱纹，皱纹像要跳动起来。

铺子里面黑乎乎的。老刚丢了烟蒂，很费力地摸到了烟盒儿。他咕哝着："也怪，渔铺子上就没有一个开窗户的，白天也像黑夜。"

"铺子黑好睡觉。"金豹使劲吸一口烟，望望铺门上那个小小的玻璃片，说："好！嘿，好！"

"怎么就好呢？"老刚忍不住问了一句。

金豹拨着炉里的火说："雪天咱焖一条大鱼，关了铺门喝它一天酒，不好吗？"

老刚笑了："好。"

"喝醉才好。天冷，寒气都攻到心里去了。寒气这东西怪，像小虫一样，能顺着脚杆和手腕往心窝里爬……"金豹说着回身从沙子里挖出一瓶酒，放在老刚跟前说："怎么样？这是来赶海的老伙计们送我的。你哩，那个戴眼镜的儿子什么也不给你……"

老刚的儿子就在附近的一个煤矿做助理工程师，差不多忘了还有个父亲。老刚从来羞于让别人提这个儿子，这会儿就大声咳嗽起来。

金豹又将酒瓶插到了一边的沙子里去了。

外边几乎没有了声音。两个人都在吸自己的烟。要说的话都说完了。像今天一大早就说了这么多话，似乎很久以来还是第一次。这完全是因为下了一场大雪的缘故。

又吸了一会儿烟，他们弓了腰钻出了铺子。两个"铺老"都叼着烟卷儿，看着漫天飘舞的雪花。

哈嘿！这可是这个冬天的第一场雪，崭新崭新，飘到海边上来了。

往日朝前看去，看到的全是衰败的杂草，坑坑洼洼的沙滩——如今都是一片白了，干净漂亮得很。雪花笑着落到他们的脸上、手上，马上就融化了。脸上手上都痒痒的，怪舒服。

站了一会儿，老刚要回他的铺子了。金豹让他过一个时辰再来，那会儿就把大鱼逮上来了。

二

雪花笑着落到金豹的脸上、手上，马上就融化了。脸上手上都痒痒的。他穿着高筒儿胶靴，将旋网搭在乌黑的手腕上，沿着浪印儿往前走。他觉得这面小旋网漂亮极了。他曾经用它逮过一条三尺长的胖鳁鱼呢，他至今记得那鱼发红的、恶狠狠的眼睛。

海水映着天空的颜色，阴沉沉的。没有什么鱼，这使金豹有些失望。他很想吃一条焖鱼，如今这条鱼就远远地躲起来不肯让他来焖。他生气地在水浪边缘上来回踏了一个时辰，最后只得回到铺子里，扔了旋网。

小火炉子燃得正旺，发出"噜噜"的声音；真像待在自己的小屋里一样舒服——金豹曾经有过那样一座小屋，漂亮得使他常常想它，不过如今没有了……他想老刚该回来了。他钻出铺门，看着乱纷纷的雪花在半空里飞动，看着远处老刚那个渔铺子的尖顶……海鸥烦躁地叫着，海里好像还传来什么人的喊叫——一辈子交给大海的"铺老"才有这样的耳朵：能从海的嘈杂中区分出细小的人语。他吃惊地往海里看了看，发现有两个人用力划着小舢板，离海岸已经几里远了。金豹想，如今允许打鱼发财了，也就有了不怕死的人！不过他不明白这样天在海里能做什么。

金豹就站在雪地里看那小船、等老刚。铺子里不断传出炉子燃烧的声音，他想炉子上没有那条鱼，老刚来了会失望的。说来也怪，一个人待在铺子里，总想找老刚说会儿话。老刚真的来了，又觉得没有什么可说的了。老刚真是个古怪东西。这儿离了老刚不行。

又等了一会儿，金豹骂着去找老刚了。

老刚的那个铺影儿越来越清晰。金豹想起有一次等他不来，闯进那铺门儿一看，他正一个人把蛤蜊皮堆成一座小塔。那全是小孩玩意儿。

铺子里面有人说话。金豹惊奇地推了铺门钻进去，看到老刚正和两个猎人说话，其中一个是他的儿子"眼镜"！金豹是从放在一边的双筒猎枪知道他们是来打猎的。那两个猎枪真漂亮。

"雪真大，今天停不了啦……""眼镜"客气地朝进来的金豹点着头，说。

"停不了！"一边的黑瘦青年肯定地说。

老刚咳嗽着。

金豹觉得老刚的脸有些红涨。他想，怪不得老刚不到他的铺子去，原来儿子来了。有这么个倒霉儿子就忘了老朋友了！金豹有些气愤地瞥了他一眼。

"眼镜"搓起了手，越搓越快。

金豹盯着他那两只又白又嫩、很像鲅鱼肚皮似的手，觉得这手可真不多见。

"这鬼天气！死冷……有酒么？""眼镜"说。

老刚阴沉着脸："没有。有酒也没有菜。"

"有条鱼不就行么！""眼镜"冲一边的黑瘦青年挤了一下眼。

"没有鱼！没有！"老刚愤愤地说了一句，有些得意地看了金豹一眼。"再说你不嫌你爸的孬酒辣嘴吗？"

金豹讨厌这个"眼镜"，也讨厌他挤眼睛。金豹不明白海边上怎么出了这么个背着双筒猎枪、不管老父亲的人。他早就不耐烦，这时"哼"了一声，从铺子角落里站了起来，干瘦的脸上堆满了嘲弄的笑容。

助理工程师不解地看看他，叫了一声"豹伯"，往父亲一边挪动了一下。金豹笑着说："又白又胖，你长得好！手和鱼肚那么细，我们的手和老槐树皮差不多，上面还有血口儿。这是捉鱼捉的。你从来不管我们，只是冻疼了，才躲进这铺子要酒喝。嘿嘿！"

"眼镜"脸红了。他咬了咬嘴唇。

金豹继续说："看见你爸住的地方了么？进门时要使劲弓起腰，铺子里也全是沙子。不错，有酒喝，不过杯子砸了，用蛤蜊皮盛酒。你也该送个杯子来啊……"

黑瘦青年觉得有趣地笑了。"眼镜"有些恼怒地说："我跟我爸要，又不是跟你要！"

金豹笑容没了。他暴躁地说："你爸的事情我说了算！你是谁的儿子！你也进这铺子？你该滚到雪地里去。"

老刚慌慌张张地站起来，大声地咳嗽着，站在儿子和金豹中间。

助理工程师气得身上抖动起来。显然他很少有这样气愤的时候，这时用手推一推眼镜，执拗地说："我偏要……待在这儿！"

金豹扩了扩胸，又搓弄着手掌。他像在故意活动着筋骨。他急促地说："我让你走！我让你走！"一边说，一边要用手推开挡在中间的老刚。他的脸像喝足了酒一样红，每一条皱纹都在可怕地活动。

黑瘦青年捡起猎枪，拉着"眼镜"的手出了铺门。"眼镜"回转身嚷着什么，往雪地里走去了。

老刚追出铺门，好像要说什么，但他吐出一口气，蹲了下来。

金豹愤愤地盯着远去的两个黑影："儿子这东西，没有也就算了。有，就让他像个儿子的样子！"

"逮到那鱼了吗？"老刚有气无力地问。

金豹摇摇头。他看看外边的天色，说："我身上筋骨老要疼。这都怨我们抬那条舢板抬的。和你儿子干一架，这会儿身上轻了点……"

老刚哭丧着脸笑了笑。

他们走出门来，向着金豹那个渔铺子走去。海是灰的，天是灰的，茫茫的一片灰暗阴沉。海边的雪积得更厚了。雪花儿落得差不多了，又开始飘细碎的冰凌。他们"吱吱"地踩着它。昏暗的海面上，隐隐约约看出一条小船。金豹说："看到了吗？这样天还有人出海。肯定是年轻人，年轻人才做这种险事情。"说到最后一句，他又想到了老刚的儿子，不由得大声骂了一句。老刚怪异地看看他问："骂谁啊？"

金豹摇摇头："我是说，年轻人欺负老头子，是以为老头子不敢跟他干架。老头子又怕什么！老头子的筋骨才硬……"

老刚没有做声。

金豹先一步走到铺子跟前，掀开铺门说："哎哎！要是里面有条焖鱼多好啊，这么大雪的天……"

三

他们到了铺子里都喘息起来。金豹一边喘着一边从角落里端出一碗咸鱼，又从沙子里摸出了那瓶酒。

两个人默默地喝着酒。金豹捏酒盅的手有些颤抖，那酒老要泼出来。金豹说："我们是老了，手也抖了。"

老刚说："我的手不抖。"

咸鱼放得时间长了些，又硬又咸，两个人用力地嚼着。酒很醇厚，又是热透了的，喝得他们鼻尖上渗出了汗珠儿。老刚说："就缺那条焖鱼了。如今人变灵活了，鱼也变精巧了。"金豹点点头："人是变精了。去年划分渔业承包组，年纪大的，人家不愿要哩。"老刚说："你这把年纪了，还不是也进了承包组。"金豹喝了一大口酒，抹抹嘴巴说："比我么？我这样的老把式，他们争还争不到哩！"

外边有了一些风。两人听到风声，都放了盅子走出来。雪花舞得厉害了，它们想方设法钻到领子和袖口里。老刚说："你看云彩有多么低。"金豹眯着眼端量了一下，说："雪停不了，再一刮风，海边上准会旋起一道道雪岭子。"

他们重新钻回铺子里喝酒了。

咸鱼又硬又咸，他们费力地嚼着，倒也一时忘了那条焖鱼……近午时分，承包组里有人冒雪送来烟酒、干粮，这使两个老人很高兴。他们从来人嘴里得知：海上那条小船是小蜂兄弟在挖蛤蜊，蛤肉卖到龙口镇上，一天能得半百……

老刚吱吱地吸着酒。金豹一直没有做声。他由拼命积钱的小蜂兄弟想起了别的事情。

他想起了自己那个"小屋"。

那个小屋是老婆得病时卖掉的。老婆死的时候，他才四十岁。他没有了小屋，村里要帮他盖，他摇摇头挡过了。他住到了海边的渔铺里，似乎再用不着那个小屋了。可是人没有一幢小屋怎么行！他一时也没有忘掉那个小屋,做梦都梦见它。他默默地攒钱,攒呀攒呀,准备盖一幢漂亮结实、只有一门一窗的小屋……常和他在一起的老刚也不知道,他的钱就缝在这渔铺的枕头里。夜里睡觉时他想:我的头枕着一座小屋呢。

金豹这时不由自主地盯住了他的"小屋"。老刚瞧瞧他,他才把目光从土台的枕头上转到酒杯上。

两人都不说话。他们之间也用不着说多少话。老刚推一推杯子,金豹就知道他想吸一口烟,于是扔过一支烟。金豹撕下鱼脊背上那道黑皮儿肉,老刚知道他特意留下了多油、味美的尾巴。老刚满意地吃着鱼尾巴。两个人喝去了多半瓶。

风把渔铺子吹响了。老刚盯着铺门缝隙里旋进来的雪花,轻声咕哝着:"唉,待会儿风搅起雪来,他们会在大海滩上迷路……"他说着,起身去拨炉里的火。

金豹放了杯子。他知道老刚牵挂着打猎的儿子。他看了看老刚生了白胡茬的脸,没有做声。这就是做父亲的啊,再不好的儿子还是儿子!

风的确慢慢大起来,小沙子奇妙地穿透铺子飞进酒杯里。金豹记起该去看看舢板,就和老刚走出来。海里的涌多起来,岸边的浪花白得像雪,用力地往前扑着。他们给舢板的锚绳一个个加固了,又将无锚舢往上抬了抬。一切做完之后,金豹和老刚坐在一个反扣的小船上吸烟,看着海。哪年的冬天都下雪,今年这场雪却似乎太大了些。

有什么东西从东北方向漂移过来,渐渐大了、清晰了。金豹一直盯着,对在老刚耳朵上说:"也许会发财的。"

这里的海边有个规矩:大海飘来的东西,谁先发现的,就属于谁。金豹和老刚慢慢都看清那是一粗一细两根圆木,粗的那根可以做屋梁。

金豹又兴奋地想到了那个"小屋"。他跳下船来，又让老刚回铺子取绳索、长柄抓钩。

老刚跑开了。西北方驶来了小蜂兄弟的船。

金豹和老刚将圆木拉到了岸上。他们的半截裤子都湿了，冻得瑟瑟发抖。金豹却十分高兴，他大声喊了一句："小屋有了大梁……"他的喊声使老刚莫名其妙。

小船也靠了岸，跳下了小蜂兄弟。小蜂见了圆木就嚷："金豹啊，你真会捡便宜！我们从深海里就盯上了，随木头上来的，你倒伸出了抓钩。"

老刚慌促地瞅了金豹一眼。

金豹拧着裤脚的水。他坐下来吸着烟，吩咐老刚说："歇会儿，喘匀了气，再往回拖。"

小蜂蹦到眼前来了："你拖不走！"

金豹眯上眼睛："哼哼，我睡了半辈子渔铺，眼里揉不进沙子。圆木从东北漂来，你的船从西北来，你看见了圆木？"

小蜂的脸血红血红，他眼盯着结了盐花的木头，发狠地喊着，凑了过来。金豹抛了手里的烟蒂，将两只硬硬的黑拳拉在了腰边。他咬着嘴唇，瞪起眼睛，前额的皱纹积起又厚又深的一层。老刚在他耳边嚷什么，他一句也没有听见。

小蜂对他的兄弟使了个眼色，接着弯腰抱起圆木的一端。金豹的拳头只一下就让小蜂额上起个包。小蜂倒在地上，却巧妙地趁势用脚蹬倒了金豹，令人难以置信地一滚就翻身蹿起来，抓住圆木，两兄弟一起扛着跑起来。

金豹一声不吭，举起抓钩，弓着腰追去。

老刚看着金豹飞也似的跑势，惊呆了。他看到金豹紧追几步，狠狠地把抓钩抢了个圆弧抓下来,抓住了一根圆木……两兄弟扛着那一根跑着。

抓下来的是那根细小的。

两兄弟在远处喊着:"有一天渔铺子着了火,烧死你这根老骨头!……"

金豹浑身的肌肉都在颤抖。他用粗壮骇人的声音骂道:"两个畜生,两个贪心贼!我烧不死!"

四

两个老人一点一点地将圆木拖回来,放到了铺子的尖顶上。

"它能做条檩。"金豹声音细弱地说了一句,钻到铺子里去了。

他躺在一团发黑的网线上,紧紧地闭着眼睛。老刚凑到身边,端量着这张布满深皱、生了黑斑的脸。他发现金豹的眼睫毛已经很稀了,有的断掉半截,硬硬地挺着。他喘得很急促,很用力,鼻孔张开老大。老刚想对这两个黑洞似的鼻孔议论几句、开几句玩笑,可他现在不敢。

"他依仗着年轻,硬抢走我一根屋梁!"金豹愤恨地说。

老刚肯定地说:"是抢走的。"

"我是看海的人,倒被别人抢走了东西。这是欺负老人。你看,我一天干了两架,全是跟年轻人。"金豹站了起来,把那只又黑又硬的拳头举起来。

老刚看清了那只拳头。他发现有两根手指歪斜着,从根部起就歪斜。他料定那是过去的日子里打折的。那该有多疼啊!老刚咬着牙想。

"嘿嘿！血气方刚的年轻人！让他们知道，老头子里面也有爱干架的。"金豹说着，又找出一条生咸鱼，放在炉口上烘着，拿出酒来倒满两个酒盅。

外面的风呼呼地吹着，有雪花儿从门缝里钻进来。铺子里很暖和，小炉子又"噜噜"地叫了。这使两个老人兴奋起来。你一盅我一盅地对饮。

烟气充满了铺子，他们不停地咳嗽。透过烟气，金豹看见老刚的脸色那么阴冷。他问："老刚，你怎么了哩？"老刚轻声说："我在想我这一辈子。"

金豹不做声了。

金豹知道老刚的一辈子都在海上，跟自己一样。不同的是他有一个儿子，自己没有。这一辈子都在跟大风、跟山一样的浪涌斗，死过，但终于还是活过来。可是后来，和自己一样，还是被大风和浪涌赶上岸来。他们只能趴在岸上看浪涌了。金豹长叹了一声。

老刚说："我们都老了。老得真快啊！"

金豹说："回头看看这一辈子吧，也该老了。我不记得使烂了几条船、让海浪打散了几条船；有的船还是崭新的，我就扔给大海了，一个人赤条条地往岸上爬。有一年冬天我靠一个浮篓游了二十里，奇怪的是没有冻死！"

"不知道这辈子打了多少鱼，"老刚抄着衣袖，头低着，下颏使劲抵住胸骨说着："那时候鱼真多，堆到海边上，买鱼的扔下几个钱，就任他背。小时候听见上网了就往岸上跑，老父亲在渔铺里捧出一碗冒白气的鲜鲅鱼，说：'小孩子，多吃鱼少吃干粮，反正也不下海！'那时候鱼真多……"

金豹点点头："都是吃鱼长大的。那时节见了玉米饼子馋得流口水。嘿嘿，今天没人信这话……我第一次进海放钩子钓鱼，差点让一条带鱼咬断了大拇指。那时候全仗年轻啊，身上划条小口子，血流那么多，全不在乎。我冬天落进水里不止一次，海里的冰矾割开我的肉，我就咬着牙。海水墨黑墨黑，大浪吼得吓人，也不知掉在哪片老洋里了的，心里想，死是定了的。不过就那样死了还嫌太早，这时候可真难过。一个人不愿死硬要他死，这时候可真难过。"

老刚笑了几声。

"我这一辈子在风浪里钻，就想在没风没浪的地方盖一幢小屋子。"金豹苦笑一声："我是生在渔铺子里的，老渴望有一幢结结实实的小屋子。直到解放才有了一座屋子，也有了媳妇。那几年的日子我下辈子也忘不了！媳妇是个好东西啊……有一年她病了，馋一条鲈鱼，你知道鲈鱼可不好整。有个老头子不知从哪儿弄了一条，要我用一个旋网换，讨价还价，怎么说也不行，非要一个旋网不可！我气急了，夺下来就跑，随手扔下五块钱……"

"这么说你也抢过别人的东西啊。"老刚插了一句。

金豹点点头："不错。我那时候也年轻，也是抢一个老头子的东西，像小蜂他们一样。也许人年轻的时候都要抢点什么的。还有一次在桑岛，让我们用船运水抗旱。中午吃干粮渴得嗓子冒烟，驻村干部从提包里掏出小暖瓶喝起来，跟他要一口都不给。我那回夺下了他的小暖瓶。后来，你知道——你肯定听说了，那东西找碴儿，说我要破坏一条机帆船，在队部关了我一个星期！……"

金豹笑起来，使劲用手捶打自己的腿："事情也巧，后来有一次他坐我的船（他认不出我了），我好好调理了他一下，呕得他脸色蜡黄。这东西看来官也做得不小了，小口袋上光钢笔就有三支。我把他呕得脸色蜡黄……我这辈子，你看，抢过别人，也被别人抢过。可按住心窝问一问，伤天害理的事咱没做过。"

"你的媳妇也是抢的。"老刚闷声闷气地说。

金豹不认识似的盯着他，随手斟满了杯子，轻轻地吮着。他直看得老刚笑了，这才说话："我不抢走她，她要上吊哩……那晚上，也是大雪，我把她抱在船上，抢出岛子来。只可怜了老丈母娘，听说她哭闺女哭坏了眼……"

金豹难过起来，默默不语了。

铺子里面暗淡下来，他们在炉台上点了油灯。金豹吸着了烟，盯着自己的脚，长长叹一口气说："小蜂兄弟怎么成这个样？你那宝贝儿子怎么就背起了两个筒子的猎枪？……"老刚低下头，没有吭声……坐在铺子里有些闷热，他们想到外面活动一下腿脚。昏蒙蒙的雪野，此刻滚动着千万条雪龙了！风肆无忌惮地吼叫着，绞拧着地上的雪。天就要黑下来了。他们差不多一刻也没有多站，就返身回铺子里了。

金豹重新坐到炉台跟前，烘着手说："这样鬼天气只能喝酒。唉唉，到底是老了，没有血气了，简直碰不得风雪。"

"这场雪不知还停不停。等几天你看吧，满海都漂着冰矶。"老刚还在专心听着风雪的吼叫声。

"唉，老了，老了。"金豹把一双黑黑的手掌放在炉口上，像烤一条咸鱼一样，反反正正地翻动着。"就像雪一样，欢欢喜喜落下来，早晚要化的。"

老刚点点头，"像雪一样。"

金豹望着铺门上那块黑乎乎的玻璃："还是地上好，雪花打着旋儿从天上下来，积起老厚，让人踏，日头照，化成了水。它就这么过完一辈子。"

"人也一样。都是在地上被别人踏黑了的。"老刚的声音有些发颤。

他的眼睛直盯住跳动的灯火，眼角上有什么东西在闪亮。

金豹慢慢地吸一支烟，把没有喝完的半瓶酒重新插到沙子里去。他活动着胳膊，畅快地伸着腰，嘴里发出"哎哟哎哟"的声音。他叫得很舒服。他说："我这名儿是老父亲给的。我这脾性也真像个'豹子'，我刚才还干了两架。我老了，不过是头'老豹子'！哈哈……"

金豹大笑起来。老刚觉得老伙伴是醉了。

五

由于风雪阻隔，老刚只得睡在金豹的铺子里了。两个老人挨在一起，闭着眼睛各自想心事。老刚想他的儿子——这时已经背上猎枪回那个家了。那个家他见过，很小，很漂亮，还有暖气。这样可以烤烤冻透的身子。儿媳妇是个很厉害的城里人，老刚只见过两面，不过他已经知道她很厉害。不知怎么，老刚突然想儿子是让她用城里的什么法儿给制住了的，所以他背上了双筒猎枪，不管老子了——外面什么东西"吱哟、吱哟"地响，老刚听了不安地坐起来。金豹躺着说："不知道哪里被风吹的，海滩上就这样。有一年人家告诉我：夜里老有个女人喊'腿呀，我的腿呀'——你在海滩上走一步，那喊声也远一步，可能是落水的鬼魂，在这儿折了腿。我就不信，后来一找，嘿！是浪推着船尾巴，船上两块木头磨出的声音，听起来尖尖的，可不就像个女人！……睡觉吧。"

老刚躺下了。金豹自己却睡不着了。那个"吱哟"声搅得他心里烦躁躁的。他侧身吸着烟，静静地听外边的声音。海浪声大得可怕，他知道拍到岸上的浪头卷起来,这时正恶狠狠地将靠岸的雪坨子吞进去。他惯于在骇人的海浪声里酣睡,可是今晚却睡不着了。仿佛在这个雪夜里,有什么令人恐惧的东西正向他慢慢逼近过来。他怎么也睡不着。停了一会儿,他扔了烟蒂,披上破棉袄钻出了铺子。

刚一出门,一股旋转的雪柱就把他打倒了。他大骂起来——这股雪柱硬得真像根木柱。眼睛耳朵全塞了雪,头被撞得有些懵。金豹惊惧地"哼"了一声,望着四周,真不敢相信自己的眼睛。海浪和风雪一齐吼叫,像嘶哑的老熊。海底也许有一面巨大的鼓擂响了,震落了空中堆积一天的云彩,抖动了整个儿海。金豹趴在雪粉里听着无处不在的"鼓点儿",心里奇怪地也咚咚跳起来。他突然想起了白天搬动的舢板,加固的锚绳也不保险哪!他像被什么蜇了似的喊着老刚,翻身回铺子去了。

……凭借雪粉的滑润,他们将几个舢板又推离岸边几丈远。彼此都看不见,只听见粗粗的喘息声。他们不敢去推稍远一些的小船,怕摸不回铺子。这老天和海真是发疯了啊。金豹说:"全仗着喝了一天酒啊。酒真是个好东西。"老刚喘得说不出话,用力拽着绳索,嘴里发出:"唉、唉!"的声音,算是应和。有一次他拽得不妙,脚下一滑跌到了棉绒似的雪粉里,好长时间才挣扎出来……

他们的手脚冻得没有了知觉,终于不敢耽搁,开始摸索着回铺子了。金豹不断喊着老刚,听不到回应,就伸手去摸他、拉他。有一次脸碰到他的鼻子,看到他用手将耳朵拢住,好像在听什么。

老刚真的在倾听。他在听一种奇怪的声音、一种"铺老"才分辨得出的声音。听了一会儿,他的嘴巴颤抖起来,带着哭音喊了一句:"妈呀,海里有人!"

金豹像他那样听了听。

"呜喔——哎——救救——呜……"

是绝望的哭泣和呼喊。金豹跳了起来,霹雳一般吼道:"是小蜂兄弟俩!他们上不来了!"

"听声音不远!"老刚身上抖起来,牙齿碰得直响。

金豹跺着脚:"让浪打昏了头,两个发横财的家伙!小蜂——小蜂——!"金豹在浪头跟前吼起来,浪头扑下来,他的身子立刻湿透了……老刚喊了一阵,最后绝望地说:"不行了,他们听见也摸不上来,两兄弟不行了……"

金豹张开手臂,像要用他那对可怕的拳头威胁着什么一样。他奔跑着,呼喊着,不知跌了多少跤子。伸开手在雪地上乱摸——他想摸些柴草点一堆大火:被海浪打昏了头的人,只有迎着火光才能爬上来,金豹想按海上规矩,为小蜂兄弟点一堆救命的火。厚厚的大雪,哪里寻柴草去!最后他一声不吭地站在了老刚身边。这样站了有一分钟。突然他说了句:"点铺子吧!"

他的大手紧紧抓住了老刚的肩膀。

老刚的骨头都被捏疼了。他知道只有这个法子了,往常也有人用过这个法子。可是金豹的铺子搭满了闲置不用的网具、杂什,是他们承包组的全部家当啊。老刚声音颤颤地点头说:"快,快搬开铺子上的东西吧,你搬里边,我搬外边……"

老刚的两只大手在厚厚的雪粉里掏着网具,却被一团尼龙丝线套住了。他大骂着,挣脱着,手腕挣出来时被勒出了血。他还在拼命地挣着,嘴里还奇怪地叫着:"金豹啊!金豹啊!"

金豹一丝声音没有,也没见他往外抱一件东西。老刚钻到铺门里一看,一下子呆住了:

金豹想从火炉里引火点铺子——火炉子不知啥时熄灭了,他正用颤抖的手划着火柴……老刚一巴掌打落了金豹的火柴盒，吼道："跟我出去，你这头豹子！"金豹咬着嘴唇，抖着结了冰凌的胡子，睁开通红的眼睛看了看他的老伙计，猛然伸出那只钢硬的拳头，"扑哧"一声砸过去……

老刚被打出铺门，趴在雪地里差点昏过去……他是在一片"噼啪"的燃烧声里爬起来的。

大火燃起来了！风吹着，熊熊烈火四周容不得冰雪了。尼龙网具在火中爆出银亮的、油绿的光色。天空、空中飞旋的雪花，都被映红了；雪地上，远远近近都是嫣红的火的颜色。狂暴的风雪比起这团大火好像已经是微不足道的了……老刚被大火烤得全身发疼，他奔跑着，喊着金豹。可是火边上没有金豹的影子了。

金豹早钻到了水浪里。他这时正盯着水里的那团黑影。黑影近了，是抱了一块木板的小蜂。金豹拖上小蜂，刚迈开一步，就被一个巨浪打倒了，他爬起来时，看到老刚也拖着一个人……他们把两兄弟抱到了大火边上。

小蜂兄弟俩的衣服差不多被海浪全撕光了。他们的皮肤光滑得很，在火光下发红，冒着白汽。他们的脑壳儿上紧贴着油亮亮的头发，显得很圆，很好看。烤了一会儿，两个身体蠕动起来。

正在这时候，金豹和老刚听到了大火的另一边有一种奇怪的声音。他们跑去一看，惊得说不出话——从雪地里、从黑夜的深处滚来了两个"雪球"！"雪球"滚到大火边上才放展开，让他们看出原来是两个人。老刚低头瞅一瞅，惊慌地捏住其中一个的手说："这是我儿子！"

原来他们终于没能冲出茫茫原野，在漫天的雪尘中迷路了！像小蜂兄弟一样，他们左冲右突，终于知道自己注定要冻死在这个雪夜里了，可他们绝境中望到了奇迹——一团生命的大火在远方剧烈燃烧，爆出了耀眼的白光！他们流着眼泪，爬过去，滚过去……

火势渐渐弱下去，那一堆炭火却红得可爱。小蜂兄弟能够坐起来了，他们看看炭火，看看远处的黑夜，叫着金豹和老刚的名字，放声大哭起来。

两个年轻猎人的双筒猎枪早已不知抛在哪里了。他们的一身冰坨融化着，水流又渗进沙子里。助理工程师颤声叫着："爸！豹伯……"

他们和小蜂兄弟一块儿跪在了两个老人面前……

两个老人身披长长的雨衣和棉袄站着，一动不动。炭火把他们笔直的影子印在了雪地上。

六

他们将四个年轻人送到老刚的铺子里时，天已近明，风雪势头明显地弱下去了。就像被什么驱使着，两人很快又回到了烧掉的铺子那儿。

火完全熄灭了，余下一堆黑色的灰烬。

他们盯在灰烬上，眼睛都不眨一下。是一个承包组流血流汗置起的全部家当啊！两个人不由得害怕起来。

金豹除此之外，还感到了揪心的疼痛。他简直不敢去想：慌促之中，他竟然忘掉了那个藏下一座"小屋"的枕头！他亲手烧掉了自己的一座"小屋"啊！

老刚嘴唇哆嗦着："烧了，一把火烧这么干净……"

金豹两手捧着脑袋，没有做声。他多想告诉老伙计这桩隐藏了多半辈子的秘密,告诉他亲手烧掉的这座"小屋"……可是他终于忍住了。昏暗中,他一个人在无声地哭。

……雪慢慢停止了。风还在刮着。地上的雪片飞起来,想将那堆灰烬盖住,但终于也不能够。金豹蹲在那儿,突然想起了什么,他走到灰烬上,用力地扒着。他沾了一身灰土,终于扒到了:一个酒瓶,已经烧裂成了几片……

太阳出来后,天边的白雪耀眼地明。天蓝得真可爱啊!很多的人又踏着积雪到海边上来了。人们不可能一连几天把海忘掉,他们其中的好多人是在风雪之后,不由自主地走到海边上来的。积雪很厚,还横着一道道雪岭,人们艰难地、兴奋地走着。

大家都来看烧掉的渔铺,从一堆很大的灰烬上想象开去,极力想象出当时那团白亮的大火。

承包小组很快来搭了新铺子。新铺子当然和老铺子搭得一样,只是上面没有了那些网具。事情再明白没有,似乎没有人责备两个铺老。村领导调查之后,决定给这个承包组一些经济补助,并表彰了两个老人当机立断的精神。金豹感动地说:"这有什么,我们不过是到时候划了一根火柴!"

以后有人赞扬他们的时候,老刚也说:"这有什么,我们不过是划了一根火柴!"

金豹在心里问着:"只是划根火柴吗?"他痛苦地摇着头:"烧了那么多东西,烧了我一座屋啊!"他清楚地记得从小蜂手里夺下的那支"檩子"也一起烧了——开始它只是冒烟,好像有些害羞的样子,后来便爆出红的火舌来,快乐地烧掉了……

这个夜晚,他特意留下老刚睡新铺子。他说要和老刚说话。但是躺下之后，他却什么话也没有了。他仰面躺着，听着大海的潮声，想了那么多往事。他闭着眼睛想着，突然觉得有好多话不是跟老刚，而是要跟自己交谈……一个低沉的声音在心底问着："你如今老了吗？"自己回答道："觉得是老了。筋骨常常疼。""你最近想起了死吗？""不想死。不过要死也不怕。""你的小屋呢？""烧了。""烧了？！""……不，已经盖起来了。它盖了一辈子，前几天夜里又加了一页瓦……"

……他跟自己谈着话，终于感到了疲倦，带着欣慰的笑容睡去了。
…………

这一觉睡得很长很长。待醒来时，他们就兴奋地踏着积雪去捉鱼了。

鱼捉到了。金豹做焖鱼的手艺是很绝的……两人喝了那么多酒！他们好长时间没有这样兴奋过。铺子里面有些热，他们后来走到了铺子外的雪地上。

一片洁白的原野上，已留下了道道脚印。海边上，海风旋起的高高的雪岭上，被赶海的人踏出了几条通路。雪粉上留下了辛苦的渔人的脚泥，掺进了的沙土。阳光下，大雪已经开始融化了……金豹看着雪地说："多少人都驾船进海了。你看赶海人的胆子。我老想进海试试，我不比年轻人差，前几天，我还一口气跟他们干了两架。我一拳就打倒了小蜂，这个你记得。"

老刚庄严地点点头。他这会儿突然发现脚下融化的雪地上，正生出一株嫩嫩的芽儿，就惊奇地指给金豹看。

金豹也看到了：一株小草，很绿很绿的……

马 颂

一节

1

园艺场的饲养棚里有很多可爱的动物。小时候,那是我们获得欢乐的一个重要去处。它在果园深处,大约是在西北角的一片丛林里,四周有高高的、红砖砌成的围墙,有大烟囱,有白杨树,树上有一群群的灰喜鹊。饲养场养着一些牛、羊、猪、鸡、驴、骡,主要的还是马。饲养员有好几个,他们各自管理不同的动物群,戴着套袖、帽子,扎着围裙,手里总是提一把铁勺或扫帚,忙忙碌碌,一边做活一边咕咕哝哝。

他们大多是年过半百的人,几乎无一例外地叼着一个烟斗。

养马的是一个叫老安的老头。据说他以前当过兵,在部队就养马。在我看来,只有他才更像一个饲养员。老安当年在一个骑兵连里喂马,由于没有文化,自己也讲不清那是一支什么队伍。有人怀疑他当过白军,甚至是土匪。老安极力否认,可又拿不出证据。

就是这样的一位老人,和善、安稳,对所有的人都不敢得罪,因为他的身份还是一个悬案,所以他要讨好所有的人。

那一排大马油光闪亮,红色的、棕色的,甚至有一匹接近纯白色的,可惜它的尾巴那儿有一点儿灰黑色,耳朵上有着黑斑,肚腹那儿颜色也不太纯;要不的话,它该是一匹多么漂亮的白马。比起它来,它身边的另一匹灰色的马却完全是统一的颜色,而且这匹马微胖,毛色也更亮一些。我们都觉得它是一位女性。

老安告诉我们它是一匹骒马。我们从这位老人的嘴里懂得了"骒马"就是"母马"的意思。

2

我最喜欢的就是这匹灰马,它的名字叫"灰子"。我却固执地在心里叫它"慧子"。老安一直没有发现我称呼中的这个秘密,当我叫"慧子"的时候,他总是应和着,说灰子如何如何,如何如何。

平时我们绝对被禁止进入那一道木栏的内部。它隔开了我们和那几匹马。它们在木栏的那一边喝水,咀嚼草料。它们吃草发出的那种"切切"声非常诱人,它们吃得香甜,干燥的草秸被坚固的牙齿毫不犹豫地嚼碎,才能发出这种清脆的声音。

它们一律长着灰蓝色的水灵灵的大眼睛,有着长长的睫毛。我从来认为所有的眼睛都不如马眼漂亮。它聪慧、机智,明亮而且永远有着女性的温馨。

有一段时间,大约每个周六我都要到饲养场去,几乎是直奔马棚。

那一溜大马并不是总在那儿,有时候这一匹不在,有时候那一匹不在。所有马的名字我都叫得上来,谁不在,谁就是出去工作了。它们大半就在园子里劳动,驾车或是做点别的。也有的要"出差"到更远的地方,比如到南山或海港。它们总是从海港那儿运回很多东西:煤炭、粮食,或是什么机器。

有一次就由慧子拉来了一台从未见过的机器,现在回想起来还非常神秘。

机器拉回来,又用两领席子小心地盖好,下面也铺了席子。我们掀起席子一角仔细端量。四周没有人,我们就更大胆地端详起来。

这是一台柴油机,当时觉得尽善尽美。两个大大的轮子多么奇怪。它让人想起什么?想起碾盘。还有排气管、一些神秘的输油管和水管。

现在回想起来,还记起那台机器上有几个菠萝果似的东西。

总之,它精致、完美、神秘,几乎在一切方面都达到了一个极限。

后来,场地上的那几张席子就不见了,机器也不翼而飞了……许久之后我们才在粉丝厂里看到了它。它在那儿"嗵嗵"鸣叫,带动起无数的齿轮一起转动。它原来有那么大的力量,这是我们始料不及的。但是那儿绝对禁止参观,我们只能俯在窗户上往里望。

这种兴趣并没有保持多久。后来我们就从窗户跟前走开了,又回到了马棚那儿。

3

我相信慧子认识了我,而且与我产生了友谊。它在没事的时候就抬头看我,眼睛里似乎装满了对我的问候与关切。老安不在的时候我就小声对它诉说,想把心里的隐秘告诉它。因为在这个世界上没有第二个人可以倾听这些;有些话我甚至在母亲身边也不曾说过,更不用说在同学之间了。

我好几次大胆地钻过木栅栏,站到它身边。我一点也不觉得危险。而在这之前,老安多次吓唬我,说千万不要走到马的近前,它们的蹄子如果踢过来,你也就完了。

我站在慧子旁边,它喘气的声音我都听得见。好几次,我想伸手抚摸一下它毛茸茸的双耳,它的脸颊,还有它柔软的嘴巴。我不太敢,甚至有点羞涩。

是的,我清楚地记得当时我在一匹马的旁边所感到的那种羞涩。我觉得我的衣服太寒酸了,由于个子长得太快,裤脚吊在那儿;鞋子也有些破,虽然穿了袜子,但袜子也已经很旧了。我觉得站在这么完美的大马跟前,真是显得分外寒酸。而且我觉得比起它来,我显得那么丑陋,而它竟然如此漂亮,干净,身上连一丝灰气都没有。我试过,在它的毛发上抚摸一会儿,手上一点灰尘都不沾。

我大着胆子去触摸它的茸毛了。它激动地一抖。我继续抚摸。它瞥了我一眼。后来我终于去摸它的耳朵了。一种温煦的、春阳一般的感觉顺着手臂传遍全身,喜悦没法表述。我又去摸它的脸颊、柔软的嘴巴。那柔软的嘴啊,只要抚摸一下就再也不会忘记。它的尾巴一动一动的,蹄子似乎也颤动了一下。

但是我敢肯定,它从来没有想过踢我一下。我抱住它丰硕的长颈,一下一下地搂抱、依偎。

4

有一天正在这样做,老安看到了。原来他早就站在栅栏外边吸烟斗。他的目光垂下来。我发现了他，手立刻从慧子颈上拿开。他说："这一匹可以，那几匹不行。它的脾气好，只有它行。"

我明白了，老安对慧子也比对其他的马好。

有一次慧子离开了，一连两天都没有见到。老安说它到南山去了，它驾辕，比它小一点的一匹棕色马和它做伴。老安告诉我，他真舍不得它们哩，那个赶车人毛手毛脚的，而在这之前都是他亲自赶车，他对它们照顾得才好。那时候他经常驾车到海港、到南山，甚至到更远的地方。"风里雨里啊，"老安磕着烟斗，"那些日子经历了多少事情，可真不容易呀！人啊、马啊，其实都一样。有什么不一样？"他握着烟斗比划着："我觉得人和马都一样，拉一辈子车，吃一点儿草、草料，就这么着。"

老安的眼望着天空，眨动着，像是害怕阳光。

三天之后，慧子回来了。

我吓了一跳：它身上满是泥巴、草屑，样子有些疲惫。老安过去给它洗刷身子，我帮老安提水。后来我发现老安的刷子挨上一个地方，慧子就全身抖动。老安的刷子颤了一下，烟斗从嘴里掉了。

天哪，那里有一道伤口，一寸多长。我哭了。老安没有哭，他转身就走，一会儿取来了一些药水。当他涂抹的时候，慧子全身的皮毛都抖。它甚至闭了一下眼睛。但只一会儿，它又像原来一样安静了。

老安这一天一声未吭。我很久都没有离开慧子，可是我说不出什么，只抚摸它的脸颊。当我搂着它那长长的颈部的时候，觉得它也在一下一下磨蹭。它的脸贴到了我的脸上，我感觉到了。

我问："那个人欺负你了吧？他到底怎么了？路上遇到了什么？"我问了很多，它没法回答。

慧子无法与我对话，这是令我惋惜的事情之一。我没法弄明白它在想什么，它怎么看待我、我们，怎么看待自己，还有它与其他动物的交往。这一切都搞不明白了。

二节

5

我不知自己叫什么名字，他们叫我"马"，还叫我"灰子"。当他们喊"马"的时候，我和同伴一起抬头；当他们喊"灰子"的时候，我知道那是针对我自己的，这时候一股热流就从我的下颔那儿泛上来；它们涌到我的双眼，使我差一点儿渗出泪水。

站在我身边吱吱喝喝的都是人，他们比我高，可是他们没有我长，他们的体重、他们的规模远没有我大。他们的模样在我看来很怪，尽管有时候显得非常可爱。我总在路上看到那些树木、电线杆，还有烟囱，都跟人的模样有许多相似：它们都是高的，而不是长的。就因为人的缘故，我对所有高的东西，都存几分敬畏，主要是害怕。

有一次我到南山，正走在路上，听到一声钝响。原来有一个人在路边的草丛那儿，手拿一个棍子模样的东西，指向一个奔跑的野兔。挺好的野兔，它的尾巴就像一朵会移动的花。那根棍子冒出一股烟，小兔倒地死去了，流了很多血。这样的情景我后来还见过好几次。

一只狐狸,漫长脸,很漂亮,我认识它,也认识它的母亲。它的母亲叫小梅。就是人自己也起不出这么好的名字。它的女儿刚两岁多,就被人用这种会冒烟、发出暴响的棍子给打死了。

人在我眼里是非常奇怪的东西,残暴、温柔、性格开朗。有时又阴沉、凶险。我不知该怎样对待他们。在他们当中,我大致可以这样排列:小孩比大人好,女的比男的好。我非常喜欢的是那些长着很长的毛发,甚至是把它们辫成辫子、穿花衣服的人。她们的眼睛比较好看,更亮一些,她们的嘴角往上翘,湿润润的。她们看我的时候,双眼都发出儿童似的光芒。我发现这些有很长的头发的人,要衰老非常慢,她们的目光里永远有孩子一样的神情。我很少能把她们区别。

有一个孩子在衣兜里装了很多花生果,看到四下没人,就把它掏在我很大的四方木碗里。多么甘甜,我忘不了他给的宝贵食物。

有一天,就在我驾车从南山走出时,在一个下坡地上,赶车的年轻人把车停了,我们一起歇息。他招呼路边的一个人,看来他们都是熟人了。我顺着他的喊声望去,见那是一个头发长长的人,就是那种非常可爱的、有着儿童一样眼睛的人。她在喊声里高兴了,蹦起来了,又从一个地方提来了水。我知道那水是给我的。

我喝上了她给的清凉甘泉。我喝着,忘记了一切,因为我出汗很多,太渴了。正这时候,我被身边的一种声音给吸引了。

那是非常熟悉的一种声音。我一抬头就看到:赶车的青年和那个姑娘贴紧在一起。姑娘很矮,跷着脚尖去吻他,他们的嘴巴对在一起,就发出了那种好听的声音。小伙子又在姑娘耳朵跟前咕哝,发出哈气声。那个姑娘的脸一下红了。我觉得她的眼睛里有火苗在闪跳。

他们分开,每个人都把手按在我的脊背那儿。他们的手像烙铁一样热。这时不知为什么,我抬起头,在小伙子和姑娘的脸颊那儿一个挨一个地吻了他们一下。他们皱着眉头,一边擦脸,一边怨怒地盯我。

后来小伙子吆喝我,要我上路。姑娘把水桶提起,竟然也跃上车去。小伙子用鞭子敲着我的后背,只是一个习惯性动作。我加快步子。

那个姑娘在车上坐了很远才跳下车去。他们就这样告别了。很远了,我还看见她站在田里,头上包扎着红头巾,多么鲜艳。野地是绿色的,而她是一个红点,一把火。

回来后,受人的启发,我也想去吻同伴。我旁边是比我大一岁的棕色雄马,脾气暴躁。他烦躁的时候,甚至用蹄子踢我。那是无缘无故的发泄,我总是迁就他,他什么也不懂。他还比我大一岁,可是我比他懂得多。一天半夜老安来了,他总不忘给我们饮水,上草料。他离开后,我看到身边的棕马有些高兴,他正看着我,目光里有渴求、有微笑。我明白他在渴求什么,有好几次他想来拥我,只是他的缰绳太短了,很难挨近。我们只能把脸颊贴在一块儿轻轻磨蹭。这一天我主动贴近了他。

我们在一起相挨了很久。他全身都抖,每一根毛发都抖……正这会儿老安来了。他发出"哼"的一声,烟斗取下来。他在看着我们。月光下我看得清楚:老安眼里闪着泪花。他的眼睛离开我们,望望天空,望望月亮,又蹲下。他不停地吸烟,火头一闪一灭。他咳嗽。

就是这天早晨,那个送花生果的孩子又来了。他这次从衣兜里掏出两个苹果,一块儿放在了我的面前。我咬起一个,毫不犹豫地送给我的棕马伙伴。他高声大叫。

我们细细地享用了这一枚红果。孩子抱住了我,他的脸贴在我的脸上。我一刻不停地吻他。这个孩子哭了。

你为什么哭泣？我仰起脸来问他，他听不懂我的话。他不停地哭。

三节

6

有一只刺猬，常常在半夜到马棚来溜达。它想找一点东西吃，更多的时候是想嗅一嗅这里的气味。它的长鼻子一动一动，就能嗅到马身上所散发出来的那种好闻的劳动的气息。还有，从它们身上，大约是脊背那儿吧，经常散发出一股太阳的气味，"很好闻，很好闻，"它这样咕哝着。

它特别想离这些大马近一点儿，想瞅一瞅它们完整的形象，可是做不到。马太高、太大，四根腿就像宫殿的柱子，眼睛差不多比得上它的整个头颅；还有朝上竖起的一动一动的双耳，长长的脸……"天哪，这是一种什么神奇的动物？"

过去，刺猬非常崇拜人。因为它从一个奇怪的角度才能看到他们的整体，他们的脸庞。它觉得这是一些向万物发出召唤的动物，而且能言善辩。好多人在一起，也可以一个人在一个地方。他们做很多事情，其他动物都听他们的话。有一些动物长着四个圆圆的腿，一走路就发出吭吭的声音。人可以骑到它们身上，指挥它们。人可以搬得动、挪得动、指挥得动许多比他们大得多的动物。他们高兴了简直可以移动山峰哩。

有一段日子刺猬非常喜欢喜鹊和燕子。因为它亲眼看到它们打一个漂亮的旋儿，飞上一道道高压线，在那儿排成美丽的一行。它在心里想：如果跌下来，那该怎么办呢？它们的身子一翘一翘的，眼看就要跌下来了，最后还是没有。它们旋动着，飞向更高更远。

有一个非常大的鸟飞到了云彩那么高。它问年长的刺猬，年长的刺猬告诉：那叫鹰。从那儿以后它又最崇拜鹰了。

它最同情的是在地上蠕动的蚯蚓，还有在植物的茎杆上爬的七星瓢虫之类。至于说那些蜜虫，它连正眼都不瞧一下。

它崇拜马有一段时间了。最初它是看到灰子拉一驾大车，车上装满了石块。"天哪！"它惊叹了一声，眼看着灰子拉着这车从山坡到大路，滚滚而来。它吓得躲到了路边。像雷声一样的车子隆隆走过，它还在那里惊愕不止。

从此它知道了马竟然有如此巨大的力量。有一只灰喜鹊停在低矮一点的枝桠上，那圆圆的小脑壳摇来摇去。刺猬问："看到了吗？"灰喜鹊说："这是自然的了！""你怎么想呢？"灰喜鹊圆圆的脑壳又摇动了一下："你还没有看见它们独个的时候跑起来，那才叫漂亮，那是电光啊！"

灰喜鹊说过这话不久，大约是一个傍晚吧，刺猬听到了咯噔咯噔的声音。近了，真的是一匹大马，火红色的，就在霞光里蹿跳。它跑到原野上，打一个漂亮的旋，又奔向远方。那鬃毛啊，在晚霞中燎动，燃烧。大马那么快地蹬上山岭，又冲下漫坡。它望不见了。有一群鸟雀追赶它，在高处叽叽喳喳为它叫好。后来，这匹马又箭一般地射过来，"是啊！它是闪电啊！"刺猬心里说。

刺猬甚至在一个夜晚听到了一只狐狸、草獾，还有一只黄鼠狼之类的，反正是五六种动物在那儿叽叽喳喳地闲扯篇儿。黄鼠狼说："在所有的动物当中，我最喜欢的是马。它老实，从来不欺负别的动物，而且只吃草，不像有的东西，乱咬。"草獾说："马又大，身体又亮，比人好二十倍。"另一个动物说："我一想到马就很害羞。它美丽，只是自己美丽着，它什么时候以自己的长处来比我们的短处，又什么时候嘀嘀咕咕说过我们的坏话呢？"狐狸说："是啊，我虽然一张脸也很漂亮，许多人却憎恨我。虽然他们憎恨我，但我仍然也还是漂亮。连那些高傲的人也承认我的智慧。可是马呢，像我一样漂亮，人却从来不憎恨马，可见马身上有高人一等的地方。"草獾说："人算什么？他们身上有一股不让人喜欢的神气头，而且还总要骑在马的身上。我亲眼看到一个人骑在马的身上，用鞭子不停地抽马的屁股，让马飞快地跑。"

　　另有一只动物一直躺在那儿呼呼大睡，它的体积也很大，刺猬不认识它。这时候它好像刚刚醒来，瓮声瓮气地加入了谈话，说："我的父亲以前咬死过一匹马，为这事，我的妈妈害羞、难过。她从我刚懂事的时候就嘱咐我，再也不要去伤害马了。马是善良、和蔼的朋友，马浑身上下都没有一点儿缺点。"刺猬在黑影里尽力地看去，这才看清：它是一头豹子。豹子打着呵欠："你们快快走开吧，我正在学马吃草。可是在学会之前，你们在我旁边都是很危险的——我这才算是说了一句实话。"

　　它再一次伸着懒腰、打着呵欠。这时候所有的动物都"轰"一声散开了。

四节

7

老安有时候不得不离开马棚,他是被一些持枪的人给押走的。他们吆吆喝喝把他拉到一个地方,后背拴着他的手,牵着他走。

老安走的时候总要恋恋不舍地看着他的马,所有的马也都一齐抬起头来目送。

我站在一个角落看着老安。我知道他要被拉到一个会场上,在那儿有很多人威吓他,吆喝半天,甚至有人要揍他几个耳光。我对这些场合绝不陌生,看过很多。我替老安难过。

每一次老安回来,身上都带着伤。他一声不吭,弯下腰去给马添草料,后来又抽烟斗。

有一次他叹息说:"我呀,这辈子都离不开马了。我因为它们才遭这么多罪,可是……还得干这一行。我喜欢它们。就因为它们比人好,比好多人都好。马呀,我离不开马。"

我知道他是什么意思。他在说:就因为他给一个骑兵连喂过马,所以那些背枪的人就一次又一次地折磨他。他们逼他,问他到底是哪一个连?是什么样的队伍?而老安一个字也不识,记忆又不好,所以吞吞吐吐总也讲不清。讲不清,他们就不放过他。这样已经有十几年了。

"再有十几年，"老安说，"也许差不多了。"我知道他的意思是说自己那时就要死了。我问老安："为什么离不开马？"老安不吭声。我反复问，他才说：

"为什么？那原因太多了，说不清。孩子啊，我这样的人没有多少愿意跟我说话的，除了你，再就是这群马了。"

"我从来也没看到你和马说话，马也不能回答你的话啊。"

老安摇头："我和它们讲话一般不用嘴。"他举起满是茧花的两只手。我明白了。

他总是一匹匹马抚摸，摸它们的脸、后背、尾巴，摸它们的腿。所有被摸过的马都那么温顺。当他的手挨上它们身体的时候，它们的身体就倾过来，给他的手掌以重量，有时全身打抖，把嘴巴贴在老人的手上磨蹭。

的确是一种对话。老安的脸色与过去不同，眼角的皱纹不停地抖，嘴角也不停地抖，有时候泪珠就滚落下来。这样的情景我看过不止一次。

8

老安告诉我：有一年，大约就是他从部队回来的第二年吧，他除了喂马还要驾车。有一次从南山拉了一车石头，走到半路上，倾盆大雨就落下来。泥汤滚动，车轮的一大半都陷入泥汤。还好，路基是硬的，这样车就陷不进去。驾辕的是一匹枣红大马，前边的是一匹更年青一点的棕马。

雨越下越大，停下来不是办法，走下去又很危险。这么重的石头，又是下坡路，这马稍微失一下前蹄，车杆往下一冲，也就坏了。他身上淋得精湿，跋涉了一天，疲惫极了。他没法停下来给马喂草料，所以马也很疲惫。正这时，他一不小心栽到了车轮前面。那是脚下的一个泥坑。他的头嗡地一响，知道这下完了，车子很快就会从身上压过。

就在这时，那匹驾辕的枣红马猛嘶一声，那响声啊，压住了闪电雷鸣。接着那马使出全身的力气抵住下滑的车子，四蹄深插泥土，低头一口咬住了老安的后背，猛一下把他甩出来，甩到了路边。

"就这样，这匹大马救了我一命！"

老安说着，紧盯正在低头倾听的慧子，仿佛就是眼前这匹骠马救了他一样。

我走过去抚摸慧子。

老安说："有什么比马更懂事呢？有什么比马的心更软、更和善呢？"

我回答不出，我只记得马辛苦地劳动，温驯地对待大家，不记得它伤害过任何一种动物。

9

有一次，我问起灰子从海港拉来的那台奇妙的机器，老安不安地搓手："你知道吗？将来什么都要改成机器，驾车是机器、犁地是机器，一切都是机器。到那个时候马就没有用处了。"

我不信。老安说："你不明白，忘恩负义的人啊，只要没有用处了，他们也就不会再养它护它。所以说到那时候，这个饲养棚也就不会有了。他们不会白白地喂它们草料。"

我惊讶极了："那时候就会没有马了？"

老安点点头："因为人不需要它们了。"

我吸了一口冷气,"天哪,没有马的世界该是多么可怕。这么大、这么漂亮的马,难道它们真要……"我不敢想下去。

老安说:"人什么事情都做得出,马有一天会从这里走开的。那一天到来的时候,如果我活着,我就会给它们解了缰绳,把它们放到山里,放到荒滩上。我也跟它们去,我在那里伺候它们吃喝。反正我要和马在一起。"

老安说着咯噔一声把烟管咬住了,脸背向了黑暗里,好久才重新转过来。点亮的桅灯下,我看到老安满脸发亮。他使劲抹了一下脸,说:"恐怕这也不成,为什么?因为他们还会把我抓回来。他们会把所有的马都杀光。"

我用力摇头,打赌般地喊:"不会的!不会的!"

"你不懂,孩子,人从来都是这样。许久前的那个骑兵连,有一次我们在路上没得吃了,粮都光了,就杀了两匹马。那是两匹老马,它们立了多少功……"

灰子一直垂头倾听。它的眼睛里有一层什么。

我们对这场交谈都有些后悔。我们该离它远一点说话。

我抱住灰子的脖子。老安的手掌在它的脊背那儿抚摸、拍打。

1998 年 4 月 20 日

护秋之夜

一

晚霞落进河道里,河水变红了。秋水很盛,涨满起来,反而在缓缓地流着。靠近堤岸的浅滩上,蒲苇和荻草在轻轻摆着。它们密得望不透,随着河道延伸开去,浓绿深远,似河水一般浩浩荡荡。幕雾升起来了,它先是薄薄地挂在苇叶儿上,接着就凝聚起来,成丝成缕地缠绕在树梢上、悬起在河道上,变得厚重了,也变得美丽了。小鸟儿在商量着归巢,喊喊喳喳地叫着。乌鸦每到暮色降临时就感到不安,它们聚在一起,从这棵柳树飞到那棵柳树,在荻草上空一掠而过,像一片黑色的云烟。远处,密密的草丛里传来一声连一声嘶哑的啼叫,那是老野鸡在召唤迟归的儿女。风明显地变得凉爽了,也来得平和了,湿气掺和在风中,从河道的一边吹过来,徐徐飘过彼岸,去滋润堤外那一片茂盛的秋田了。

河边村子里,炊烟升起来,又慢慢融化到上空的雾气中,狗在树边懒散地走着,偶尔吠一声,鸡鹅在鼓噪。米饭的香味很浓。这是一种柔和、悠远的气味，不腻不烈，透着农家的恬然和淳朴，别有一种诱惑力。田里做活的老人、年轻人，甚至跑向村外的鸡鸭鹅狗，都会迎着这种气味走回来。晚餐，一家人坐在一起，每人取一碗饭吃起来，有时从饭桌上取点零食抛到身后——鸡狗们早在那儿期待着呢……的确有迟迟不归的男人和女人。他们恋着自己的土地，蹲到烟棵下、高粱丛里，不停地劳作，让汗水湿掉最后一片衣角。他们听得见庄稼拔节的声音，可是就常常听不见家里人催他们收工的呼唤。

　　年轻人不愿围在桌上吃饭，这一直是老年人感到苦恼的事情。从长远计，每一顿晚饭都是重要的，它关系到庄稼人的体魄、做活的耐力。一夜的消化充实，第二天的田里功夫就会做出个样子来。可是他们倚仗着年轻、倚仗着人生路途上这段骄傲的时光，全不把老年人的话放在心上。他们往往是随便从饭桌上取块干粮，一边吃就一边走出门去。肩膀上搭着衣服，嘴巴里哼着小调，这是吃饭的样子吗？东一家西一家地串着，每家里都有一两个年轻人在呼应。他们每到这傍晚时分就兴奋起来，不能安安稳稳地坐下来了。他们在商量着、集合着，到河边上去看护自己的秋田。他们出门去的时候常常带着猎枪、棍棒，甚至还牵着狗——护秋自然需要这些东西，可是老年人望着这群走进田野的背影，总是暗暗担心，怕演化出一些什么事情来……

二

　　种菜园似乎比种庄稼好。

　　曲有振在河边上经营起一片大菜园，是惹人流过一阵口水的。多好的一片园子啊，说是菜园，其实里边除了黄瓜韭菜等各种蔬菜，还有葡萄、无花果等。好像好吃的东西他都感兴趣，遇到什么栽种什么，栽种什么就丰收什么。到了秋天，黄瓜还是嫩生生地挂在架子上，黄花儿，白刺儿，像一只只大海参。葡萄紫乌乌的，串穗儿真大，带着天生的一层白粉，在绿叶儿下闪闪露露的，有几分害羞的意味……各种蔬菜瓜果都长那么好，多少算一桩奇迹。这儿靠近芦青河，浇水方便，于是什么都长得水灵灵的。他和女儿大贞子整天在园里忙碌，很少有歇息的时候。

大贞子累了的时候就唱歌，唱她近来学会的唯一的一首歌：《年轻的朋友来相会》。

曲有振不喜欢任何年轻人到菜园里来。他们进了园子，吃了黄瓜还要吃葡萄，无花果的蕊儿没有红就被扯下来。大贞子只是唱歌："年轻的朋友们，今天来相会……啊，亲爱的朋友们，美好的春光属于谁？"年轻人吃着黄瓜笑，吐着葡萄皮儿笑，这个接唱道："属于我——"那个接唱道："属于你——"曲有振大声喊着："大贞子！这个菜园属于我的，你给我滚！"大贞子嚷着："地上不干净，滚脏了衣服……"

菜园当中搭起了一个草铺，晚上看园子用。每个夜晚，曲有振都在铺柱上点起一根艾草火绳，仰面躺在铺子上。他闻着艾草的香气，心里舒坦极了。狗拴在柱子上，只要园子里有一点动静，它就"汪汪"地叫起来。这条狗已经跟了曲有振好多年了，它有一个奇怪的名字，只一个字，叫"哈"！曲有振常常一动不动地躺着，跟黑影里的狗说上一阵话："哈！你说，你今夜肚子疼吗？老是吵闹！""哈！你饿吗？你不会饿，你白天吃了半个饼子……""哈！没事就不用吵，躺下睡吧！"……

哈很少睡觉，曲有振也很少睡觉。秋夜是不安静的，高粱地边，黄烟垄里，都有人转悠。他们在看护自己的责任田。有的年轻人在午夜里向着草铺子唱歌，那分明是在打菜园的主意。曲有振心里说："哼哼，口渴吗？芦青河里有的是水！就像馋猫盯着一块咸肉一样，从四下里爬过来……没有办法的。只要有我，有哈，你们就偷不走！"艾草火绳燃完了一根，他又换上一根新的。

有时候，远处燃起一团红红的火焰，那是几个年轻人在煮东西吃。嘴馋的东西！在田间转了大半夜，开始围在一起烧一顿夜餐了。有的从自己的地里掰来几穗玉米；有的挖来几把花生；有的添上几块地瓜……几样东西煮到一起，有一股特别的香味。这种香味被一阵风吹过来，倒也怪好闻的，曲有振总在这时候翻一翻身子，嘴里"哼呀"一阵子。他最近老觉得腿疼，有时睡一夜，早晨两腿反而沉沉的抬不动了。他知道河边水气重，一夜一夜又得不到很好的休息，这腿怕是生出毛病来了。他很想吃一点热东西，可是他没有架小铁锅。

大贞子常常要求来园里守夜，都被曲有振拒绝了。可是她削了一根五尺来长的大木棍，对父亲说："我来看园子时，就扛上它。我领着哈，不停地沿着园子四边儿巡逻。我才不像你，只躺在铺子里……"

曲有振看到这根木棍就皱眉头。

他还记得一年前的事情。那时候她主动揽下到海滩看野枣的活计，就是拿了这么一根大木棍的。她用它在海滩上扳着荆棵走路，外加防身。有人亲眼见她肩扛木棍，在大海滩上高视阔步，唱着《年轻的朋友来相会》，满海滩问着"美好的春光属于谁？"那真是丢人的日子！游手好闲的队长三来每隔两天就要去检查一次，在树丛里跟着大贞子一颠一颠地走着，一边从地上拣着带虫眼的野枣吃。多少人说她的闲话，她就像没有听见。后来三来被选下来了，做不成队长了，他去海滩上拔猪草,她还帮他捆草捆儿呢!曲有振当时恨不能夺下木棍揍她一顿……

大贞子算是有看护东西的老经验了。她的木棍削得很光滑。

曲有振看着她的木棍喝道:"你又扛起木棍!姑娘家能扛这东西吗?"

大贞子说:"怎么就不能?去年我扛着它看野枣,一天挣一天半的工分呢!怎么就不能!……"

曲有振气得再不说话,叼着烟袋倚在铺柱上。他把那两条腿活动着,又用拳头捣了两下。这两条讨厌的腿。

哈围着大贞子愉快地蹦跳着,它伸出粉红色的舌头舔着大贞子的手,鼻子里发出"呼呼"的声音。

曲有振吸了一会儿烟,嗓音低低地说:"你用心在园里做活吧,看园子不是你做的营生——听见了吗?"

大贞子用木棍狠狠地敲了一下铺柱。她的过于肥胖的圆脸涨得通红,一双眼睛放着恼恨的光,嘴巴噘起,咕哝道:"让园子里的东西都丢光才好!……"

"丢不光的。"

"等着瞧吧!"

"丢不光的。"

曲有振重新装起一锅烟末,大口地吸了起来。他的目光落在四周那一片片的高粱田、地瓜田上。每天夜里,就是在那儿有人游荡,喊喊喳喳说话儿。他们都是年轻的小伙子们,有的是胆气,不一定什么时候就会做出一点事情,曲有振提防的就是他们!他们一群一群在河边上溜达,每人披个蓑衣,困了就地躺下,随便什么时候就回家去的。曲有振甚至怀疑这些精力过剩的家伙是成心要捉弄他的,也许并非真要护秋。

在他这样想着的时候，大贞子扛着木棍走开了。

曲有振看着这片田野，突然发现不远处的一块地瓜田里，有人不知什么时候搭好了一个矮矮的草铺……他心里暗暗吃了一惊：他们要在这河边上度过一个又一个夜晚了，他们成心要让我一夜一夜大睁着眼睛。他们年轻，他们的血液就像芦青河的流水一样，又急又涌。他们不知道疲倦是什么东西！……这个小草铺引得曲有振一次又一次伸长了脖子，仔细地端详着，他发现那铺柱儿虽然不粗，却是直挺挺地竖起，有力地托着一个麦草做的铺顶，就像故意跟他的大草铺子过不去似的……

白天做活的时候，他也常抬头望一眼对面那个新搭的草铺子。

铺子里面似乎总是空的，什么人也没有。这使曲有振觉得有些新奇。他想：草铺子又不是稻草人儿，还用得着扎好了，空空地放在那儿唬人吗？他想搭草铺子的人，或许是脑子有点毛病。

有一天，曲有振和大贞子正在园里做活，一个人无声无息地进了园子。曲有振抬头一看，不禁吃了一惊：村里有名的"老混混"来了！

老混混有四十来岁，穿了一件泛白的旧蓝布衣服，没系扣子，只是用一根草绳儿拦腰一捆，草绳上，插了把铁锈斑斑的韭菜刀子。他背着手走过来，腰微微弯下，闭起一只眼睛，用另一只眼睛用力地瞅着四周的黄瓜和西红柿。"哼、哼"——他嘴里老发出这样的声音。有时他走着走着就站下来，歪着脖子望一望空中，闭一闭眼睛，再往前走几步，一副莫名其妙的样子。他走到近前来，站定了端量着曲有振，大声说一句："好！"

"嘿嘿……"曲有振笑着，伸手去口袋里掏出烟锅，递过去。

老混混就像没有看见，只把手伸进衣怀的里层，掏出了一盒香烟。他吸着烟，眯着一只眼睛，又大声说一句："好！"

曲有振把烟杆儿咬进自己嘴里吸着。从老混混掏烟的样子可以看出，他贴近胸口那儿有一个口袋。"奇怪的东西！能在那儿反着缝个口袋！"他心里说道。这会儿他在猜测老混混的来意。

老混混吸着烟，转过头问："哈呢？"

曲有振用手指一指前面的草铺说："睡着呢，它看了一夜园子。"

"嗯"。老混混无声地笑了，"你行啊，整这么一片大菜园，养了一条卷毛大猎狗看家，一眨眼成了河边上的首户了！好！"

哈是一条普通的黄狗，哪里是什么"卷毛大猎狗"！曲有振从中听出了讽刺的意味，摇摇头："用汗珠子换点钱，发不了财的……"

老混混把烟蒂吐到地上说："你的汗珠子值钱，我的就不值钱。我种那一片地瓜，下力气小吗？我的汗珠子就不值钱。"

曲有振没有吱声。老混混腰里插一把铁锈斑斑的韭菜刀子，虽然不一定能伤人，但也没谁敢招惹他。他拿队里的东西就跟拿自己的差不多，他哪里流过什么汗珠子！包产了，他图省心，种上一片地瓜，从来不耘不锄，如今茅草也有半尺高了。可是他没处拿东西了，虽然腰上还有那把韭菜刀子。……曲有振搔搔头皮，说："你……地瓜长得……还不错……"

老混混笑了："哼哼……我要改路子，跟你学种菜园了。那里——"他说着用手一指不远处那个草铺："那就是我搭的，我要跟你学种菜园了……"

曲有振吃了一惊。他这才明白过来：草铺搭在茅草丛生的地瓜田上呀！他连连摇手："不敢不敢，你的功夫深哩，你自己去做吧，你一准发财哩……"

老混混递过去一根香烟："怕个什么？我又不会进园子抢你！我在那边，你在这边，人多势大；夜间也有个帮手。你这园子好东西多,馋死了不偿命——你只知道护秋的人厉害,还不知道河对岸哩。我有个朋友叫三老黑,他说河那岸有群小伙子,几次想过来捣鼓东西哩……"

"咝……"曲有振吸了一口冷气。他问:"怎么……没见来呢?"

"亏了三老黑哩!"老混混竖起一根手指,"我告诉三老黑了,对岸过来一个贼,我就找你三老黑算账!再说——"老混混说着抽出腰里的韭菜刀子掂量着:"他们也怕这东西呀。"

曲有振的眼睛一直瞪得老大,这时懊丧地低下了头。

大贞子正在园子另一边绑葡萄藤蔓,这时转过来,看到了老混混,就大声叫着:"老混混呀!你什么时候过来的?"

老混混点点头:"刚来!刚来!……"

儿女敢于直呼老混混的外号,曲有振多少有点安慰。他嗫嚅着:"你该叫——叔……"

大贞子就像没有听到,只是说道:"这个老混混游手好闲,地瓜田的茅草半尺高了……"

老混混的脸色难看起来,把韭菜刀子"哧"一下插到腰上。

曲有振低头吸着烟,像在沉思着什么,这时突然严厉地板起面孔,指指草铺对大贞子说:

"别在这儿乱打岔子,喂喂哈去!"

三

芦青河的流水声在夜晚显得很响,"呜噜噜,呜噜噜……"像一首低沉的歌。无数片庄稼叶子在秋风里"唰唰"抖着，却怎么也掩不住河水的声音。偶尔有鸟雀在空中尖着嗓子鸣叫，给河边的夜添上一种神秘的色彩。夜露总是很重，它润湿了庄稼叶子，又从叶尖滴落下来，发出一阵细微的、似有似无的淅沥声。

曲有振睡不着，耳边老是鸣响着各种声音。哈在铺柱下躺着，把长长的下巴贴放在两只爪子上，不一会儿就发出"呜呜"的声音。那是一种威胁的声音。曲有振每听到这种声音，就要坐起来，警觉地四下里望一望。园子里很静，似乎并没有什么。四周的旷野里，有人说笑着，走动着。也许哈就是在警告他们吧？

对面的夜色里透出一个红点儿，曲有振知道那是老混混在铺柱上挂起的一根艾草火绳。那个人要正式地在田野里过夜了……这是曲有振特别不高兴的。他觉得对面那个红点儿刺眼极了，每看一眼，就好长时间不舒服。

"啊——啦呀啦——"

有个小伙子在远处唱着。还有什么呼叫的声音听不清，朦朦胧胧的，淡远下去。一切都在告诉这里守夜的人很多。他们同时又可以做贼，这是曲有振再清楚不过的。他就记得自己年轻时候看青，怎样和一群人去偷瓜的。那些不眠的夜晚，他们一伙儿年轻人做下了怎样荒唐、有趣的事啊，至今想起来都有些脸热，兴奋就像一股热流一样在脉管里涌动着。他熟悉野地里那些声音，他于是就加倍地变得警醒、勤苦，永远睁大那双眼睛。他甚至不相信机敏的哈，在它沉默的时候也坐起来倾听。

对面的草铺里，老混混一边咳嗽一边动手燃起一堆火，在上面烤一个绿色的烟叶。烟叶烤好之后，他又端上了一个小小的铁锅……一会儿铁锅就冒气了，他咳嗽着，嘴里喊："老有振！老有振！"

曲有振一声不吭，把脸贴在铺席上。

老混混骂了一句什么，走了过来。

曲有振有力地打着鼾。老混混用手指捅捅他说："装什么样子？走吧，吃煮地瓜去。"曲有振摇摇头："不了，不了，我……看园子呀！"

老混混把眉头竖起来说："怎么，瞧不起我怎么的？"

曲有振两腿搭到铺沿下，用脚在地上寻着鞋子，样子十分丧气。他站起来，走到铺柱那儿，说一句："哈，好好看园子，我去去就来……"

他们围在小铁锅跟前坐了。老混混首先让他抽一口刚烤好的烟叶，然后又从锅里捞出一块小瓜妞儿让他吃。锅里撒过了盐，瓜妞儿有些咸。老混混吸着烟卷，看着曲有振笑了。他说："怎么样老有振，我老混混和你做了邻居不孬吧？半夜里也能吃上东西。你看这里……"老混混伸手朝外面一扬说："这半边儿地瓜我先掘了——管他娘的熟不熟呢，空出地来种上秋黄瓜、秋芸豆！你老有振就是师傅！我为什么搬来草铺哩？俗话说：'要想学得会，跟上师傅睡！'我跟你一样睡草铺子。你可得有心有意地带上我这个徒弟……"

曲有振一颗心呼呼地跳着。他胡乱地把瓜妞吞到肚里，呆呆地听着。他不明白老混混是什么意思。他只知道老混混像烧红的铁块，谁沾上就要掉层皮。

老混混接连吃了几个瓜妞儿，抹抹嘴巴说："渴得慌，摘串葡萄吃去。"说着抬腿向着菜园走去。

哈在狂怒地吠着。曲有振知道老混混开始摘葡萄了。他的一颗心在疼。

一会儿老混混就回来了，他手里提着几串葡萄，一边用嘴巴去咬，一边说："老有振真养了条好狗，不愧是卷毛儿大猎狗，直到真扑过来！我说，你别咬了，是你家主人派我来的——它还不信……"

曲有振在心里骂着："馋东西，哪个才派你去哩！"……

这个夜晚，曲有振觉得晦气极了。他回到草铺时天已经快要亮了，两腿疼得忍不住。眼睛又涩又胀，可是他不敢睡觉。他老想那几串葡萄。

天亮后大贞子来了。他问起老混混的事，曲有振不愿告诉，就说："他睡他的，我睡我的，管他呢！"

大贞子说："你睡，你睡得了吗？你一夜也没睡，你的眼睛通红，你说话嗓子也哑了。"

曲有振不说话了。

"还是我来看园子吧，领上邻居的小霜做伴儿……"

曲有振用手捶打着腿，气哼哼地说："我就躺在这铺子里，气死那些打鬼主意的东西。我偏不离窝儿，他们就休想下得手——唉唉，庄稼人得点好处，四下里的手就要伸过来了……"

"你如果有个木棍，"大贞子打断了父亲的话，"你就用木棍敲他们的手！手伸到葡萄藤蔓里，一棍！手伸到西红柿架子上，一棍！哈哈哈哈……"她说着说着高兴得大笑起来。

"唉，野性啊，野性！"曲有振在心里叫着。他看着女儿那张胖得圆起来的大脸盘子，摇了摇头。他心里想：你能哩！你的大木棍子连老混混也敲得吗？

两个年轻人从不远处的小路上走过，大贞子看见了，大声喊着："哎，进来玩啊！三喜！三来！……"

年轻人听见喊声就走了过来。他们进了园子，高兴得什么似的，一迭声地叫着大贞子，仿佛没有看见曲有振一样。

曲有振厌恶这些年轻人，就像厌恶老混混一样。他对其中一个留着分头的小伙子说:"三来,你以后少进这园子吧,我不欢迎——特别是你这个人!"

三来两手抄在衣兜里,左脚有节奏地拍打着地面,说:"我又不摘东西!再说,大贞子叫我呀……"

大贞子应声说:"是我叫的。"

"我高兴了连你也赶出去。"曲有振冲着女儿咕哝道。

三喜站在一边笑着说:"大伯千万别高兴啊。"

年轻人说说笑笑,逗着哈玩。三来将大贞子叫到一边说:"你来看园子多好?你爸也老了。人老了就熬不得夜,说出事就出事的——你愿信不信!"大贞子说:"他不同意的。我才爱看园了哩!我就愿在外边过夜,月亮底下多有意思!啧啧,他不同意……"

三来走到曲有振身边说:"大伯,你就不用来看园子了!"

"让你们把东西都偷光吗?"曲有振惊讶地说。

三来用手将分头抚弄一下,说:"我是讲,你把这个任务交给'新的一代'吧!"

"你他妈的真打了个好主意!"曲有振弯腰绑着西红柿架子,眼睛使劲地斜着三来:"你算个什么东西,还'新的一代'哩!你那会儿让大贞子去海滩看野枣,也是'新的一代'吗?……"

三来的脸立刻红了起来。那时候他当队长,大贞子一个人到大海滩上看野枣,他每隔两天就要去"检查"一次工作。有一次他蹲在大贞子身边说话,有一句"下了正道儿",被她一棍砸在了左拐肘上,至今似乎还在隐隐作疼呢!三来最怕有人提起这段事儿,这会儿就恨恨地说了一句"那会儿我是队长,你还笑眯眯地递给我'大前门'呢!"

曲有振脖子上的青筋暴了起来,大声地骂起了大贞子……

年轻人互相挤着眼睛,走出了园子。大贞子迎着他们的背影唱道:"年轻的朋友们,今天来相会!"……

整个一天,曲有振都是闷闷不乐的。他心中焦虑的是对面那个小草铺子——里面的主人又不见了。他想这个老混混一准是白天出动胡咧咧(听说他正和河西岸的几个朋友做一笔生意呢),晚上找他缠磨的。他也真想离开这个草铺子。可他又不放心。他担心那时候年轻人会一齐涌进园子里把东西吃光。他还担心其他的事情。

这个夜晚,老混混又躺在他的草铺里了。

曲有振一看到夜色里那个红点子,心里就哆嗦了一下。他害怕小草铺的主人再次邀请去吃煮地瓜——那样又要搭上好几串葡萄。"这个好吃懒做的东西!这个霸道的东西!这个嘴馋的东西……"曲有振一个劲地在心里骂着。他想事情也真是怪呀,就这么巧,偏偏让两块责任田离这么近!

老混混在他的小草铺里翻了个身,嘴里"哼哼呀呀"地叫着,好像十分舒坦。

哈吠了一声,曲有振伸手拍了一下它的头。他不想让它吵醒小草铺里的人,不想让那个人听到它的声音。

大约是半夜时分,小草铺里的人在嘶哑地喊叫了:"老有振——!你睡了吗?"

他当然不敢睡去的。不过他没有做声。

"你他妈的净装睡——我去捅起你来……"

曲有振一声不吭地等着他走过来。可半天了,还不见有人进园子。

住了一会儿,对面的小草铺子突然热闹起来,好像有三五个人围在那儿。小铁锅也架起来了,一会儿就冒出了白气。老混混向这边嚷着:"老有振,我们煮鳖吃了——我河西岸的朋友带着鳖来了,还有一瓶大曲酒。你死睡吧,你就没有这份口福!"

曲有振就像没有听见一样。

小草铺跟前,几个人忙忙碌碌地走动着,像在收集柴草。过了一会儿,他们真的喝起了酒,几个人在火光下轮换着将酒瓶对在嘴上。老混混不断嚷着:"好酒啊!好酒!……"

直闹腾了好长时间,那些人才离去。火熄灭了,黑影里又剩下了一个红色的点子。

曲有振走下铺子,牵上哈,沿着他的菜园走着。哈有些疲倦,一边走一边打着哈欠,一副蔫蔫的样子。曲有振小声骂着:"哼,你个不中用的东西!"虽然这样骂,他自己也感到实在需要睡一觉了。他的两腿直打磕绊。

葡萄的香气在夜间很浓,黄瓜的鲜味儿也闻得见。月亮爬上来,那颜色今夜好像有些红。好大的一个园子啊,园子里什么都长得十分旺盛。露水滴下来,打在另一片叶子上,溅到曲有振的手上。真是长瓜果菜蔬的好地方,夜间的露水抵得上一场小雨了!这片园子去年有一笔好收入,于是曲有振今年狠狠心,将它扩展了近一倍。他料定今年是实实在在发财的一年了。……他对哈说:"哈呀,你看园子有功。卖了葡萄、果子,冬天也就快来了。冬天,他还记得冬天吗?下大雪,大雪把你的窝也蒙住了。我给你买肉骨头啃,你冬天里一准变肥!现在忍忍吧,现在是出大力的时候,你看我夜晚差不多都闭不上一两回眼睛,困呀,累呀,走了这步不想走那步。没有办法,要发财就得吃苦的。还得等冬天吧,冬天来了,让你啃肉骨头……"

哈突然不高兴地"呜"了一声。这使曲有振觉得很奇怪。他转回身子,一动不动地听了一会儿,听到了一阵脚步声。他刚要说话,那边的人在叫了:

"老有振哪!"

他身上哆嗦了一下。

老混混一歪一歪地走了过来,见了曲有振,一屁股坐在了一块木头上:"嘿嘿,好酒!你没有口福,你不去。我那几个朋友全来了,他们是河西岸的。嘿,跟我一样,全是村里的一条汉子。哦呜,嘿嘿,好酒……"

老混混晃晃荡荡地站起来,差点儿栽倒。他扶住一根葡萄桩,顺手摘下一串葡萄吃起来。

曲有振看着这个醉汉,恨不能上前去夺下他手里的葡萄。可他只是默默地垂着两手,紧紧地扯着哈的铁链……这个乡间的"混混",一个人住个小土屋,穷得屋子里光光的,炕上的席子也是半截的。有一次,他对进门探望的驻村干部说:"我在睡'忆苦觉'啊!"村子里的一些地富成分,甚至是富裕中农成分的家庭,常常受到他的突然袭击。他们怕他,有时就偷着送一些酒肉,他也很快就吃光了。驻村干部常常夸他,说他是"阶级觉悟很高的人"。……实行了责任制,再说村里也没有"地主""富农"了,老混混整天骂街。他说:"我饿不死,我还要'吃大户'!……"

曲有振看着他大把地往嘴里塞葡萄,立刻想起这是在"吃大户"!一点火星在眼里迸跳着,可他终于忍住了。

老混混吃足了葡萄,又坐在了那块木头上。他喘息着,端量着曲有振说:"嘿嘿,老有振哪!你摆弄的葡萄真甜,是蜜!怪不得你能发财,你的手艺好啊!你猜我怎么也种菜园了?怎么也学你搭起了草铺?我是想跟你联合承包责任田呢!嘿嘿,老有振啊,联合承包……"

老混混说着站起来,大笑着,摇摇晃晃走出了园子。

曲有振木木地站在那儿。他知道老混混刚刚借着酒力说出了真话!

他心里的疑团一下子解开了，一双手不禁颤抖起来……他磕磕绊绊地摸索着回到草铺里，重重地跌在席子上，昏昏迷迷地睡了过去……

大贞子来到园子后，立刻发现父亲病了。她将他搀起来，发现他的腿也不灵便了。她把父亲背回了家里。医生给他看了病，说必须在家里好好静养，那腿需要针灸的……

这一来曲有振不能到菜园里过夜了！大贞子开始还为父亲的病流眼泪，后来被医生宽慰一下，又想到自己能到园里去过夜了，禁不住就笑了。

曲有振躺在老伴烧暖的炕上，看到了女儿圆圆的脸盘上那一丝狡黠的笑容，有些恼怒地叱喝道：

"听着！不准招惹老混混！不能让那些年轻人进园子，要特别提防三来！……"

四

大贞子领着邻居家的小姑娘小霜，扛着五尺长的木棍进了夜间的菜园，哈迎着她们跳起来，表示了最热烈的欢迎。

这个夜晚，满天的繁星亮晶晶的，就像离开地面不很远的样子。天空真清明呀，没一丝云气。空气中，全是令人心醉的香味儿。高粱穗儿、黄烟叶儿、谷子、玉米……所有河边上的稼禾的气味混合在一起，被南风轻轻地播散过来，好闻极了。海浪的声音如今很淡远，它和海滩树林的呼鸣声一起，变得那么深沉厚重。芦青河哗哗流去，它的流动声就显得可以亲近了。它总是奏着河边人最熟悉、最喜欢的调子。蝈蝈儿无所顾忌地唱着,促织虫们小心翼翼地交谈。远处,那望不透的青纱帐后面,传来一声连一声的吆喝,那是夜里护秋的人们了。

大贞子爬上一棵高高的李子树,四下里望着。她大口地呼吸着,觉得舒服极了。她向着夜色茫茫的田野呼喊起来:

"呃——哎——"

哈在铺柱跟前跳跃着,仿佛也要跟着呼叫。小霜蜷曲在铺子上,高兴地笑着。

大贞子听着田野上的回声,又从胳肢窝里取出木棍,在手里转起了飞花儿。她转了一会儿,才从树上下来。

对面的小草铺刚才还是黑漆漆的,这会儿点起了艾草火绳,有了一个红色的点子。大贞子知道那是老混混,就走了过去。她离着老远就喊了起来:"老混混呀,你来了吗?"

老混混在他的铺子里活动着身子,黑影里看去像一头熊。他应着:"来了。"

"哈哈,你这铺子跟个狗窝一模一样……"大贞子在铺子前面站定了,手里拄着木棍。

老混混可能在放被子,这时拍拍手钻出来,眯起一只眼睛看着大贞子。他说:"你在园里过夜嘛?"

"不错。"

"咝——"老混混吸了一口冷气,"了不得!了不得!"

"怎么呢?"

"咝——"老混混用手指指河西岸,"那边有些年轻人,老想摸索过来,弄田里的东西,捎带着也……咝——"

大贞子笑了:"我用棍揍他们!"

"咝——我河西岸有个朋友,也在岸边上搭个铺子看秋,你看,"

他说着用手点划着,"那个红点儿,看见了吧?"

大贞子望着,摇摇头。

"就是那里!那叫三老黑,那一身硬功跟少林寺差不多。有一回他惹翻了那群小子,差点儿败在他们手里,费了好大的事儿才让他们归顺——如今算听话了。"老混混说着划火点着了地上一堆麦秸,动手烤一张圆圆的烟叶儿。

"他们听三老黑的,你跟三老黑讲好,他们不就不来了吗?"

老混混卷好一支烟吸着,两臂抱起来说:"咱说不成,人都见了东西眼红的——你想他们见了好东西,那眼珠儿都是红的,我管得了他们吗?不成不成……"

"我放哈咬他们!"

"哈?低不得一枪。"

大贞子将手里的木棍舞弄起来,说:"兵来将挡,怕个什么?不怕那些鬼东西!"

老混混把烟从鼻孔里喷出来,鄙夷地看着她说:"你是'将'啊?"

大贞子跺跺脚:"我是穆桂英!"

老混混笑弯了腰,韭菜刀子从捆腰的草绳上掉了下来。大贞子伸手拣起刀子,看着说:"这把破刀子好做什么用?……"老混混听了,一把将刀子夺到手里,严厉地说:

"不准动我的刀子!"

大贞子觉得很有意思。她又玩了一会儿,就牵上哈回菜园去了。

夜里很冷。大贞子和小霜围着被子坐在铺子上。她明白了父亲为什么把腿整坏了。这儿的湿气重,风吹过来,不软不硬,可是就能凉到人的骨头。在河边护秋真不是老头子做的事情啊!她这时候后悔没能更早一点把父亲换回家去。可是她心里也知道这不怨自己的,怨人信不过她……大贞子想到这里笑了,抱着小霜仰躺下来。

夜深了,各种声音都好像在远处慢慢地消逝着。大贞子觉得在田野里过夜,唯一的缺点就是太孤寂——那些出来护秋的青年们不知转到哪里去了。她想大家全到一块儿过夜多有趣呀。她就低挡不住孤寂!

一只大雁在高空里叫了一声。无边的黑暗包围着这声长鸣。把它融化在一片墨色里,显得可怕极了。长鸣之后,一切又都显得愈加沉寂了。仿佛海浪和河涛的声音一下子都退却到非常遥远的地方……眉豆架儿底下有什么小虫虫在爬着,发出"唰啦唰啦"的响声。西红柿棵棵下好像有一只小草獾在吃果子,发出"咯吱咯吱"的声音……"喂喂,哈,你喊一喊!"大贞子把手伸到狗的脊背上,抚摸了一下。

哈不知什么时候睡过去了,这会儿猛然惊醒,在黑影里看着她。

"你喊一喊——"大贞子对着它的脸说。

哈坐下来,头颅高高扬起,警觉地望着前方。

大贞子顺着它的目光看去,立刻望到了一堆红红的火焰。那是燃在小草铺前面的,老混混在火光下忙碌着。他的小铁锅架起来了,锅沿上正冒出白白的热气。他往锅里扔着地瓜,有一次烫了手,放在嘴巴里吮着。……大贞子看着他,心里不明白他为什么一个人睡在野外的草铺里。她不明白这一片长满蒿草的地瓜田有什么好看护的?听说他正试着种秋菜,可秋菜也不到看护的时候啊!不过她又想起了他的那间小土屋、土炕上的半截席子,立刻觉得这小草铺子对他也没有什么不舒坦。

不一会儿老混混就开始吃红薯了。吃过之后,他就倒在铺子里,用手抚摸着肚皮,嘴里哼哼呀呀地唱着什么,月亮刚刚要升起,大地上还是昏沉沉的。一阵懒散散的声音在南风里送向均匀处,听来有几分凄凉的意味:"……说起我老混混,也是条啊……好呀么好汉子儿!住着小土屋,铺着破席子儿,好酒好肉过一年,断不了吃零嘴儿……"

大贞子听着这断断续续的歌唱,想着他过去的模样儿。

……这真是河边上一个特殊的人物!他从来不在队里做什么重活儿,整天喝得脸色通红。韭菜刀子插在腰上,连村干部也怕他三分。他经常拍着腰里的刀子说:"我老混混什么都怕,就是不怕死!有什么事,好说好商量,跟咱来硬的不行!"……"商量"的结果,往往是眼瞅着让他拿走一些东西。有一次他把队里的一根柳木扛走卖了,村干部要罚他,他说:"我就是光棍一条,你看着办吧!压制贫农就是压制革命——这可不是我说的!走着瞧哪,让你断子绝孙,草垛起火!……"结果村干部只得不了了之。三来做队长时,常常和他一块儿喝酒,被选下来之后,老混混立刻逼他还五百块钱。三来有口难辩,至今欠着他……

"说起那个人是帅模样,说起那个家来是穷得精光。有心出门去办个嫚,只可惜屋里不存二斗粮……"

老混混又唱了起来。这个调子古里古怪的,大贞子听了觉得十分可笑。她禁不住喊了一声:"老混混!……"

老混混立刻不唱了。停了一会儿,那个小红点子颤了颤,大概是他在用火绳点烟。他吸了一会儿烟,又断断续续地唱起来:

"……十七的夜晚好晴的天,胖乎乎的大妞住对面……一个腰里插刀子,一个大棍扛在肩……"

老混混唱着,词儿都是他胡乱随口编排的。唱到最末两句,他自己也觉得巧妙起来,于是就放声大笑了……

五

第二天，大贞子遇到三喜和三来，立刻问他们为什么不来护秋？三来说："我的田里和老混混一样，是种了地瓜的，护不护都不要紧——不过我以后每夜都来的。"三喜说："我不知道你在园子里呀，我以为还是有振叔呀，就没有进园子……"

他们都向大贞子保证：以后每夜都出来护秋。

大贞子高兴极了，说："哎呀，昨夜里把我孤独的！小霜只知道趴在铺上睡觉，跟没有她一样。一晚上只听老混混瞎唱了……"

他们走后，大贞子回家看了看父亲。他的病好些了，不过医生说还必须在家养一养。他问起了园里的事，大贞子说："你放心在家里吧！那边挺好的——哈也好，小霜也听话，老混混再不敢进园子。"对最末一句话，曲有振感到特别欣慰。他想世上事，一物降一物，老混混就是怕大贞子！他想只要大贞子在，老混混也许就不敢去园里骚扰，不敢提联合承包的事……想到这里他安然地闭上眼睛，说："你就在园子里吧，我的病好透了再去替换你。不过还是要记准那两件事——第一不要招惹老混混，第二提防三来！"……

大贞子笑着离开父亲，笑着回到了菜园里。她这次特意从家里拎来一个小铁锅。一到园里就架好了。她想夜晚烧起它来，做什么不行！这都是老混混的经验——什么人都有经验！

也许就因为小铁锅的缘故，这天她老盼着夜晚早早来临。

黄昏时分，她在小铁锅里煮了几个土豆，作为晚饭。吃过饭，天就黑了。小霜来的晚,所以没有吃上土豆。哈很感兴趣地望着火苗怎样舔着锅边,有时还要伸出爪子去抚摸一下——每一次都哭丧着脸叫一声。大贞子十分喜欢哈,她坐在铺子上,总是将身子探出铺沿一截儿,用手将它拢到近前来,跟它说话。她问父亲在的时候打过它几次?它亲眼看见多少贼来园里偷过东西?半夜里冻不冻脚?……哈将头扬起来,认真地听着,但最终还是因为不能听懂而焦躁地活动一下前爪。它的眼睫毛一动一动,看着大贞子,一副老练的样子。大贞子用手指按一按它的鼻子,说:"你是狗,但不是一条'走狗'……"说着,就绞拧着手掌大笑起来……

住了一会儿,三来先一步来到了。

大贞子首先闻到的是一股香味,转过身子,见三来坐在那儿,脸上好像搽了一层白粉……大贞子生气地说:"你又搽粉了?"

"没有的事!"三来红着脸摇头,使长长的分发一甩一甩的,"我天生这味儿……"

这味儿马上使大贞子想起了在海滩上看野枣那会儿的事。那时候三来就是搽了粉的,一次又一次地往海边跑。海滩上的芭草都是一人多高的,他就跟在大贞子身后钻着茅草棵,嘴里咕咕哝哝说着巧话儿。后来民主选举,他的队长职务被选下来了——大贞子想,这与他搽粉多少也有些关系的。主持选举的驻村干部就说:人民不相信一个"油头粉面"的人能做好队长……大贞子这会儿坐在铺子上,厌恶地噘噘嘴巴。

三来见小霜睡了,就给她盖了被子。他坐在那儿,逗一会儿哈,然后又去拨弄铁锅底下的火。他揭开锅盖看了看,见是清清的白水,立刻站起来说:"我去我田里扒几块地瓜……"

大贞子一直低头看脚边的泥土,三来走时她头也没抬。她脸前仿佛还飘着那股香味儿，于是一直噘着嘴巴，天色渐渐浓了，眉豆架儿、葡萄树、西红柿棵棵、远远近近的庄稼，都变成一丛丛、一簇簇、一团团的黑影了。有的地方簇生着一些缠得很密的藤蔓，在夜色里看去好像一座座小山……大贞子想起了什么，她抬头看看对面那个小草铺，发现只是一个黑色的轮廓，里面仍旧死一样的沉寂……

哈突然抬起头来，先是"呜呜"了几声，接着就摇起尾巴来——三喜扛着猎枪走了过来。

"三喜！"大贞子兴奋地叫着，"我看看你的枪——你晚上还扛着枪吗？"

三喜"嘿嘿"地笑着，摘下枪来说："我爸不让带的。他的东西谁也不让碰一碰。我偷着扛出来了……。"

大贞子欣喜地抚摸着，又端起来瞄着准，说："放一下吧，打对面那个小草铺，老混混在里面，他就好比一个兔子……哈哈！"她笑得枪杆都托不住了，掉在了泥土上。

三喜小心地把枪背在了肩上。

大贞子说："你爸二老回这个人，挺坏！"

三喜惊讶地瞪着她："为什么？！"

"不让咱使枪！"

"这个……"三喜抿抿嘴角，"不能说老一辈坏的，里面有个'道德'……"

大贞子撇撇嘴："怕什么？我有时高兴了，就说我爸坏的！他也不恼，只是用烟锅敲我的头，轻轻地敲……"

三喜笑了。他和大贞子在地垄里来回走着，看着，挑拣了一串葡萄、几个西红柿吃起来。他说："你爸见了，非心疼不可！"大贞子高兴地说："吃吧吃吧，我才不心疼哩——去年我和爸支龙口镇上卖菜，一大卷一大卷钱往回拿，里面有五元的，还有十元的，都是新票子，一板'哗哗'响……"

三来在架子外边喊了："看见了！"

三喜小声对大贞子说："他看见什么？"

大贞子摇摇头。

三来又喊："看见了！"

他坐在铁锅跟着，一边低头捣鼓着火，一边喊着。三喜和大贞子出来。一齐叫着"三来"。三来故意不声不响地捅捅火炭，又揭开锅盖看一看，点了点头。

"哈哈……"大贞子笑了。

三来指一下分头，朝三喜挤挤眼，小声说："两个人钻到架子后面，嘻嘻，嘻嘻……"

三喜拧了他一下。

锅烧开了，水咕咕地响。大贞子这时候看到了对面的小草铺上亮起了一个红色的点子。

地瓜煮熟了。大家刚刚围到小铁锅跟着，老混混就来了。他一来就用粗粗的嗓门说："吃东西也不叫我一声，独吞吗？我有东西都是叫老有振一块儿吃的……"他说着在锅边蹲下来。

大贞子回身把哈也牵过来，说："狗，你也跟着吃吧！"

三喜笑了。三来也笑了。

老混混正剥着瓜皮，这会儿盯着三来说："三来！你他妈的跟着笑什么？嗯？"

三来赶紧收敛了笑容。他说："混混叔，你也来地里过夜啊？"

"我问你笑什么！"老混混用愤愤的目光盯着他。

三来嗫嚅着："我笑……小霜吃地瓜，手指都吃进去了。"

大贞子说:"老混混,就笑你,怎么着?!"

老混混最后盯一眼三来,才把瓜妞儿推进嘴巴里去。他连吃了几块,又从锅里舀一点水喝。最后他站起来。拍打着油光光的肚皮,蹒跚地挪动步子,到了无花果树下。他揪下一个果子。

大贞子回身去拿木棍,可是已经晚了。她说:"不熟的果子也摘呀?"

老混混挤开果皮,用舌头舔一舔流出的白汁,长叹一声说:"像酒一样……"

"以后进了园子,老实点!"大贞子对着他的耳朵喊道。

老混混咂着嘴,又咕哝一句:"像酒一样……"

大贞子气得把棍子扔到一边,说:"真是个老混混……"

老混混吃了无花果,卷一支喇叭烟吸着,大口地吐着烟雾。他转头寻找着三来,拉着长声说:"三来呀,五百块钱什么时辰能还我呀?"

三来没有做声。

大贞子插话说:"诈人!"

老混混又说:"分了责任田,收成又不好,我老混混连酒钱都没有了……哎哎,鬼年头,压制贫农……"

三喜笑着说:"你算'赤贫'了!"

老混混顺着他刚才的话茬说下去:"鬼年头啊,肯定是路线歪了!你们看——"他说着使劲将手一挥:"过去地主也不过就有这么一片大菜园吧!"

大贞子蹦到他的对面:"你这是什么意思?"

"这意思!"老混混气昂昂地站起来,右手按在韭菜刀子上,说,"我老混混饿死,也不走这条剥削的路!我今年四五十岁了,可还是记住当年那句话:'人老心红'!"……他的脖子硬挺着,望着北方那几颗灿灿的星星，停了好一会儿才坐下。他把身子斜一斜，倚在了一个石桩上。

三喜笑了起来。

老混混眯着眼睛，拉着懒洋洋的调子说："哎哎，我这个人哪，谁也不服。我就佩服老忽一个人……"

三来在黑影里小声对大贞子说："老忽，是解放前村里的无赖，常常跟人拼命……"

"我佩服老忽……那一年南村大地主家的人打了他，他说：不出三天放火烧你麦田！吓得地主摆下筵席请他。再到后来，他看好了谁家什么，说一声就可以拿走……嘿嘿，老忽可算条汉子，我就佩服老忽！……"

老混混说着，用手抚摸着韭菜刀子。

三喜："你不佩服好人！"

老混混站起来："'贫农'还不是好人吗？"

大家笑了起来。哈以为出了什么事情，吃惊地望着每一个人的脸。小霜也笑了……

老混混离开园子，回他的小草铺去了。

几个人围着小铁锅。三来捅着下面快要熄去的木炭。谁也不吱声，停了一会儿，三喜突然说："我在邻村有个朋友，叫老得……"三来插话说："就是看葡萄园的那个老得吗？"

三喜把枪放到腿上，点点头，又摇摇头："他现在改行去海上拉大网了……他有个双筒猎枪，比我这个可好多了。他还会做'诗'，是个'诗人'，什么诗都做得哩……"

大贞子觉得有趣，自语道："做诗！……"

三喜望着一天星星说："他看太阳出来了，就写：'太阳升起来了'；

看到天黑下去了，就写：'天墨墨黑'，好懂的。他写多了，就用一个纸口袋捎到城里，城里看了，再捎回来……如果相中了，就用机器印出来。"

"相中了吗？"三来几乎和大贞子一同问道。

"没有……"三喜低下头说。

三来往炭里扔了几块干木，火焰又慢慢燃起来了。三喜从衣兜里掏出几块糖果，每人一块吮着。他说："老得真有意思！他把那些坏事、坏人，比如老混混这样的，都叫成一个东西。"

"什么东西？"大贞子问。

三喜摇摇头："猜猜吧。"

大贞子和三来都不做声。三喜停了一会儿，见他们猜不出，就站起来，用食指往脚下的泥土断然一指，说："'黑暗的东西'！"……

六

每天晚上，三喜从大贞子的园里出来，总要沿着芦青河堤向前走去。他家的责任田也在河边上。

这是一片片肥沃的土地。庄稼长得好极了，比去年好——明年还能更好吗？庄稼人总会说，是的，一年好似一年的。快收获了，谷穗儿变得很低，玉米秸上的每个棒子都显得十分沉重。高粱穗差不多红透了，月亮下看得很清楚。三喜家的田里有谷子，有玉米，有高粱，还有几垄儿黄烟。

土地承包到个人手中，土地就变得美丽了。人们用力地耘土，土像梳过的头发，乌油油。你耘两遍，他耘三遍，耘四遍的也有。竞争的结果，就写在庄稼上。快收获的时候，欲望涨满起来。真正的庄稼汉将遗憾悄悄地咽进肚子里，把希望坚定地留给下一年；也有的把手伸长一些，伸到了邻人的地垄里。这些全不稀奇。

三喜从河堤上下来，惊跑了藏在草中过夜的兔子。河边野椿树上的鸟儿也飞起来，用力地扑打着翅膀，发出两声鸣叫……堤下，有几盏游动的灯火，那是护秋的人提着马灯穿行在田埂上；每堆火焰旁边都坐着一个人，在那儿低头烧东西吃。夜露很重，守夜的人愿意跟前有一堆火。三喜走到每个有光亮的地方，都和人们愉快地打着招呼。他们总问："前边有动静吗？"三喜总是告诉他们："平安无事！"……在一片很宽的高粱地边上，燃着一大堆柴火，一帮子人围坐在火边上，吃着喝着，高声地谈笑。三喜走过去，他们立刻发出邀请，递过来一条烧熟的野兔子腿。三喜借着火光辨认着他们的脸，认出全是本村的或邻村的人，几乎全是年轻的小秋子，其中也有两三个姑娘、老头子。他们几个人拿过三喜的枪看着，嘴里啧啧称赞着。有的说："二老回这杆枪真有分量，打东西顶事的！"有的说："射得远，抵得上快枪——那一年我和二老回进河头打兔子，离开八杆子远的跑兔也能撂倒！"

三喜看着他们的猎获品：鱼、兔子、鸟……全都在火上烤熟了，洒了盐，每人分一点吃着。老年人胸前摆个酒瓶儿，不时仰仰脖儿灌一口。他们招呼："三喜，来，呷一口！"三喜接过来喝了，呛得咳嗽起来，大家笑着。他们问："三喜，你们北边的地片规矩？"三喜告诉："转了几天了，也没发现丢东西……不过，"三喜顿一顿，说，"不过听说河西有人要过来捣鼓东西……"

大家沉默了。

解放前发生过河西人过河抢庄稼的事件。那是一次残酷的洗劫：

掰走了成熟的玉米，踩烂了一地秸子；谷子没了穗儿，高粱倒在地上。河东的庄稼人拿着土枪、小火炮、三节鞭赶到河岸，河上的小木桥已经被拆塌了。这给河东的人留下了痛苦的记忆。虽然多少年过去了，当年的小伙子已经步履艰难了，他们还不忘对自己的娃娃叙说着那次劫难……

人面面对火焰沉默着。有人问三喜："谁说的呢？"

"老混混告诉大贞子的。"

一个年轻人嚷着："老混混的话，不做数的！"

一个老年人捋着胡须说："防着点好啊！庄稼包种到各家各户里，歹人要钻空子……"

有人又说："听说了吗？北面龙口林场那儿丢木头了，报了公安局……"

大家都惊讶地看着说话的人。

火焰往上蹿着，柴草在火里噼啪响着。火星儿跃上很高很高的天空，才慢慢消失了。月亮穿行在云朵里，大地忽明忽暗的。云缝里的星星很稀疏，一颗，两颗……有人往火边上凑一凑，把蓑衣卷在身上，躺了下来。更多的人半坐半跪地卧在那儿，不出声地端量着旁边的人。

有个叫"毛猴王友"的小伙子打破了沉寂，问了句："大贞子来看菜园了，真的吗？"

三喜点点头。

"还扛着一根大木棍！"另有人说。

"毛猴王友"打趣道："三来又要去'检查工作'了！"

很多人一齐笑起来。大家对三来似乎很感兴趣，都七言八语地接上说三来了。有的说三来去海滩上"检查工作"怎样被大贞子打了一棍；有的说老混混在他当队长那会儿，怎样和他一块儿去喝酒……说起老混混，不少人又记起了他腰上的那把韭菜刀子，又都笑了一场。

气氛开始活跃起来。三喜告诉说："老混混也来护秋了，还在责任田里搭了个草铺子呢！"

一个老头儿说："他护秋！他是看别人热腾腾闹生活，心里闷得慌，出来散散心！再说，铺子搭在田里，秋天里抓挠东西也方便……"

三喜拍拍手，连连说"对"。他从心里佩服老年人的眼力——年轻人总想不明白的事，有时老人的一句话就点明了。三喜问他："你知道三老黑这个人吗？"

老人从火堆里取个火炭点上烟锅，吸一口说："怎么不知道？河西岸有名的一条'恶狗'，正事儿不干，仗着会点拳脚功夫，横行霸道的。他和老混混合得来。真是什么人找什么人！……"

这时候一个什么鸟儿从人们头上跳跃，一头钻进了火堆里。大家都惊奇地拍着手掌，呼叫着。那个一直蜷曲在火堆边睡着的人突然被惊醒了，揉揉眼睛说，他听见了河里鱼跳。他起身到河里摸鱼去了。另有几个小伙子也跟上他走了……

月亮偏到一边。三喜背上枪，往回转去了。

高秆作物将田埂罩得黑漆漆的，人走进去，像迈进了一条狭长的巷了。四周都见不着光亮，只能听到夜间田野里那千奇百怪的声音。每一次碰到庄稼棵，都有露珠洒上一身。三喜走在田埂上，心想如果有人在田里偷东西，真是容易啊！这么大一片片庄稼，他藏在地中，你哪里找去呀？

在自己的田边上，他细细地围着看了一会儿，又蹲下倾听着。没有什么可疑的声音。但他刚要离去，却在脚边发现了几片剥落的玉米叶子！原来有十几个棒子都被谁掰走了，仔细瞅瞅，玉米田里间作的豆棵也被拔走了不少……三喜心里吃了一惊。

身后传过来一阵奇怪的调子，那是老混混在他的小草铺里唱着。三喜想到了什么，迎着他铺柱上那个红点儿走过去。

老混混的小铁锅里果然煮着玉米和豆角，三喜一来就看到了。可是他觉得田里丢失的运上不止这点儿。他问："你从哪儿弄的东西煮？"

老混混头也不抬地搅着锅子，说："从你田里，怎么，想不'义气'吗？"

"你搞了多少？"

"锅里这些。"

三喜趴下身子看着铺子下面，黑漆漆的什么也看不到，老混混从后拍他一掌说："不信服你大叔吗？"

"大叔"两个字使三喜恶心起来。他说："哪个龟儿子才跟你喊'大叔'哩！"

老混混撇撇嘴巴一笑："三来就喊。听见没有？"

三喜气愤地说："我不是三来！"

老混混这时从沸水里夹出一穗玉米，吹一吹递给三喜，三喜拒绝后，他一个人啃起来。每啃完一穗，他就把核儿投到很远的地方……他吃着，一边咕哝说："看看吧！都成了什么样子！前天我在街口碾屋那儿看见地主老奎的孙子小福海，小福海就敢用眼角斜着瞅我！看看吧，都成了什么样子！……"

三喜笑了。

老混混又说："那年上我响应号召，到田里拔苦苦菜做'忆苦饭'，离瓜田老远，小福海就喊我去吃瓜，笑眯眯的。他亲手给我挑大西瓜——第一个打开是生的，他要扔，我说：慢，先吃个'忆苦瓜'吧！……"

三喜也再忍不住，哈哈大笑起来。

老混混却严肃地说:"笑!看看吧,就是同一个人,如今也敢斜着眼看我了……唉唉!"他长长地叹息着,站起来,呆呆地遥望着西北方那一片星空。望着望着,他突然用细细的嗓门唱起来:"……想哪北斗,想亲人,想哪亲人……"

他的调子里有一股悲凄的意味。三喜望着这个驼背弓腰、衣服用草绳捆起来的人,心中不知怎么泛起一股酸酸的滋味……

哈在不远处叫着。大贞子在说什么。三来发出一阵笑声……三喜迎着菜园子喊着:"哈!哈——!"

哈欢快地回应他:"汪!汪汪!……"

老混混催促着三喜说:"还不快去!他锅里煮了好东西,全让三来这条馋虫吃了。"

三喜又喊:"大贞子!三来——!"一边往菜园大步走去。

老混混以为是他的催促起了作用,高兴地大笑起来……

七

曲有振的腿好了一些。这一天,他到了菜园里,和大贞子一起摘下黄瓜、西红柿、豆角,割下一整畦的韭菜,卖给了镇上的菜店……拉菜的车走了,他盯着地上两道辙印,声音沉沉地对女儿说:"也许,就卖这一茬儿好菜吧!"

大贞子有些吃惊:"怎么咧?政策变了吗?"

"政策倒是没变,有人——老混混,要和我们联合承包哩!"

"想他的好事儿!"大贞子舞起手里的大木棍把眼前的一棵马尾草

打折了。她向着对面的小草铺子喊:"老混混,你死了吧——"

可惜小草铺子里是空空的。

曲有振心事重重地说:"这两天,他进家找我商量哩!我说,我再想想……"

大贞子生气地说:"你还'再想想'!你天生就是受欺负的人!这还用想吗?和猪联合也不和他联合——老混混,死了吧!"

"惹不起他哩!逼到数儿上,他会连命都不要的。再说他河西又有一帮人……"曲有振蹲在了地上,燃着了烟锅。

大贞子说:"我惹得起他——我用棍揍他!"

曲有振没有做声。他仰脸看看女儿的脸:红彤彤的,因为太胖,在阳光下闪着亮儿。这张脸上。两道弯弯的眉毛相隔很远——人们说这是"心路"宽的人才这样生,不知忧愁呢。两只大黑眼珠子滚动着,总带着笑。她生气的时候也像笑。好像她总是高兴的。心清如水,没有计谋。老一辈人常为她这样的性情担忧,怕她遇事吃亏。奇怪的是她都"逢凶化吉"了。像去年的看野枣,分明是三来安下歪心,想不到最后还是他自己挨了木棍,队长落选!生活中还有好多这样的例子。曲有振常在心里庆幸,把女儿比做沙场上的"福将"。但他这次的担心却并没有因此而减弱。他端量着女儿,在心里叫着:"野性啊,野性!那个老混混是惹得的吗?"他捶着腿,站起来说:"不管怎么,他来菜园找你的时候,你就说'我还年轻,找爸讲吧'!……"

大贞子笑了。她把木棍扛上肩膀,一蹦一跳地走开,嘴里不断重复着:"'我还年轻,找爸讲吧'!哈哈……"

她只是大笑着,两个肩膀笑得直抖,跑到了一丛眉豆架儿后边去,只把头探出来唱道:"年轻的朋友们,今天来相会!……"

"唉唉!"曲有振叹息着,捶打着腿,无可奈何地往回走去了……

父亲走后，大贞子牵上哈走出了园子。她径直走到老混混的小草铺跟前，端量了一会儿，对哈说："哈，你看看，老混混夜里就躺在这上边打坏主意！"

哈用长鼻子闻了闻，厌恶地吠了一声。

大贞子又说："哈，你给他的铺子上撒泡尿吧！"

哈不解地仰脸望望她，又摇了摇尾巴。大贞子把木棍插到铺子底下，用力往上一掀，铺子就斜了……她牵上哈，高兴地跑回到菜园里去了……

这个夜晚，不知什么缘故，老混混一直没有回来睡觉。三来却很早就来到大贞子的园里，一来就将什么东西从怀里摸出来，放到了小铁锅里。大贞子揭开锅子一看，见是两个鸡蛋。她问："你怎么拿鸡蛋啊？"三来笑着，用手把掉下来的一绺头发使劲一拨，说："你一个，我一个。"

大贞子问："小霜、三喜呢？"

"他们，"三来嗫嚅着，"不一定吃……东西拿给谁、不拿给谁，都是讲感情的——这你还不知道吗！"

大贞子说："我不知道。"

三来在锅子下边点火了。火苗儿很长，映得四周通红。三来在火光里望着大贞子，目不转睛。

大贞子装作没有看见。她将木棍横着搁在腿弯里，把一道刘海儿抚弄几下说："哎呀，真热！"说着往后退了几步。

三来挪蹭到锅子的另一边，这就离大贞子近一些了。他说："真怪，我和你在一块儿不知瞌睡……"

大贞子不做声。

"一点儿也不知瞌睡……"三来又说了一句。

大贞子用一只手轻轻地抚摸着哈的脊背。

三来捅着火,这时停住了。他嘴角挂上一丝笑容,看着大贞子说:"咱俩在园子里,用小铁锅煮东西吃,小两口儿似的……"

大贞子说:"快了!……"

"快成了吗?"三来一下子挺起胸脯。

大贞子伸手抓起木棍说:"快挨揍了!"

三来拔腿跑开了。他的右手,条件反射似的捂在左拐肘上。

大贞子笑起来。……

鸡蛋煮熟的时候,小霜和三喜来到园子。大贞子把一个鸡蛋给了小霜,另一个还给了三来。三来一边剥着蛋皮一边夸大贞子;把鸡蛋填到嘴里,咀嚼着,还在含混不清地对三喜说:"你看,她对我比对你好……"三喜揶揄说:"那是好事情啊!"

他们正说着话,突然黑影里传来老混混的叫骂声。大家还是第一次听到老混混在夜晚这样尖声叫骂,都觉得很有趣。

老混混骂着:"哪个混账小子搞了破坏,掀坏我的草铺子!……"

大贞子捂着嘴笑,三喜和三来就明白了。

"欺负到我头上了——我都是欺负别人的人!……"老混混还在骂着。

三喜说:"他倒说实话。"

"那小子是瞎了眼了,太岁头上动土!"

大贞子在手里掂着木棍,说:"他再别想欺负别人!哼,让他在黑影里蹦吧!还是做诗的老得说的好,他是那东西……"

三喜插一句:"'黑暗的东西'!"

老混混骂了一会儿,开始点火煮东西,在火光里修他的铺子了。又过了一会儿,他一摇一晃地向菜园这边走来。离菜园老远他就喊:

"三来！你这小子又钻来了嘛？"

三来应声道："混混叔……"

老混混进了园子。他看看大贞子，又看看三喜，问三来："谁掀我的铺子哩？"

三来说："天黑看不清……"

大贞子笑吟吟地接上说："就是看清也不能告诉你啊。"

老混混气哼哼地坐在地上，咬着牙说："我抓住他，把他的手割下来！哼哼，还说不定是阶级敌人破坏呢，'万万不可粗心大意'……三来！"

三来"唔"了一声。

"你到我铺子里，看看锅底的火。"老混混头也不抬地指使说。

三来迟疑了一下，看火去了。

老混混自豪地看了一眼大贞子和三喜，开始卷烟抽了。他抽完一支烟，说："怪渴的……"说着就站起来向葡萄架儿那边挪步。

大贞子挡住他说："那么方便吗？又不是你的园子！"

老混混不认识似的抬头看一眼，跺跺脚说："我在河边上爱吃什么吃什么，还没人敢拦哩！"

"我敢拦！"大贞子把木棍提在手里。

老混混把袖子绾起来，嚷道："你个东西！我和你爸联合承包了这片菜园，我吃我拿都随便！发家致富、倾家荡产，今后合在一块儿了！……"

三喜上前一步，惊讶地看看老混混。

大贞子大声喊道："和你承包？想得美！你滚到那个狗窝里等死吧！告诉你，铺子是我掀的——棍子插到底下，一挑，就歪了！……活该！"她嚷着，把木棍拄起来，身子一纵离了地，两脚落下来，重重地跺一下……

老混混眼睛都气红了,"啊啊"地叫着。三喜去拉他,他身子一挣冲到了葡萄架子上,使劲用脚踢那垂挂着葡萄的秧棵。

大贞子也冲上去,挥起木棍,重重地打在他的脊背上!

老混混疼得在地上滚了一下,随手拔出腰里的刀子,大喝一声:"看刀!"然后将那把铁锈斑斑的韭菜刀子扔了出去,大贞子机敏地往旁一跳,闪了过去。老混混扑上去抢了刀子,刚要再扔,被三喜用枪拦住了。

老混混气得身子乱颤,喊道:"好!好!等着瞧!你这两个东西……"

小霜被喊声惊醒,吓得哭了起来。哈一直愤怒地向着老混混扑着,只可惜被链子扯住了……这时候正好三来看火走回来,老混混回头看到了,立刻大声地命令说:"三来,快上手!"……

八

老混混背负木棍打击的一道印痕,再也不到菜园里来了。三来也不来了。

菜园里倒是出奇地安静。对面的小草铺里,那个艾草火绳的红点儿一直亮着,像一个神秘的眼睛。老混混躺在铺子里,咳嗽声不时地传过来……三喜时常掮着猎枪转到菜园这儿,他一来就骂三来,说他是"叛徒"。大贞子每夜都不合眼,听到一点声音也要牵着哈沿园子四周转着看看。园子里一样沉寂,有时她故意唱几句"年轻的朋友来相会",可一闭嘴巴无边的沉寂又合拢过来了……秋风在深夜之后变得大起来，不知吹拂到什么东西上，发出一声声尖厉的啸叫。小霜有时睡着睡着就惊醒起来，她说："我做了一个噩梦，梦见一个人，拿着刀子……"大贞子总说："刀子，不怕刀子，那是割韭菜用的，长满了铁锈！"小霜执拗地说："不！是锃亮的，上面有一道深痕……"

哈也变得沉默起来。它不像过去那样爱吵闹了，只是用一双聪慧的眼睛望着天空，望着吹动的树叶，望着大贞子。它紧紧地伏在地上，爪子硬硬地扣在一个地方，仿佛随时准备迎着命令一蹿而起，去冲杀和厮咬。远方的狗在叫着，往常它会满怀柔情地呼应几声，现在也没有这份兴致了。

一天深夜，有个黑影溜过园子，哈严厉地叫了一声。

大贞子警觉地提着木棍追上去，那个黑影终于没有逃脱——他是三来！

三来跟着大贞子，慢慢走到铺子跟前。他蹲下来，无声地燃起铁锅下的火，从衣兜里掏出几块红薯扔进锅里……大贞子气愤地问："你怎么不来了？"

三来只是拨弄着火，说："老混混……不让……"

"你就怕老混混！"大贞子喊道。

三来示意她小点儿声音，她偏大声地说："怕什么？我偏不怕他！你是叛徒！"

三来连连摇头，说一句："我什么时候也不和老混混好，我只和你好……"就跑出了园子。

大贞子望着他的背影，有些迷茫起来。她望望那个小草铺上的红点子，心想，你这个老混混啊！你就有手段！你怎么把个三来给制住了？她觉得这里面定有奥妙。

白天，父亲来园的时候，她总想把和老混混打仗的事告诉他，可又怕他担心，就把涌上嘴边的话咽了下去……

一天夜里大贞子对三喜说："你把护秋的人都叫来园里玩啊！我抵不住孤独，我有时候和小霜一样害怕……"

第二天夜晚，果然来了不少年轻人。大贞子高兴极了，摘了那么多葡萄给他们吃。大家在园里燃起了一堆大火，围着火堆坐着，大声地说笑着。大贞子高兴得不知怎样才好，她把木棍扛在肩上，迈着大步走在园子里，兴奋地甩动着胳膊。哈的情绪也被感染了，它很快和新来的人们熟悉了，跳跃着，扑动着，嘴里发出"呜费呜费"的声音。火苗儿蹿得很高很高，火星儿直要飘到渺远的星空里去。大贞子说："真好啊，半个园子都映亮了。啊哈，啊哈……"

这真是个愉快的晚上。

可是他们的责任田都在南边，他们也不能总到园里来啊。

园子又恢复了沉寂。大贞子见到三喜就埋怨说："你真封建啊！三来不来，你就不能常待在园里吗？你怕什么！"三喜支吾着，点着头，但还是坐一会儿就走……他大概怕别人说他和大贞子的闲话。

有一天傍晚，三来在园边上小声喊："大贞子！大贞了！"大贞子赶紧跑过去。三来告诉："这几天晚上防着点吧，河西的三老黑来了好多趟，和老混混一起喝酒，嘀嘀咕咕……"

大贞子记在心里。她告诉了三喜。三喜晚上没有走，他一直坐在一个角落里。

开始他们燃了火，架着小铁锅，后来火熄灭了，他们也没有去管。月亮还没有升起来，园里一片漆黑。风有些凉，多少带来了一些深秋的意味。

夜渐渐深了，三喜一个人坐在一边，突然蹑手蹑脚地走到大贞子跟前，低着嗓子说："西北角，好像在园子边上，伏着几个黑影，一动不动……"

大贞子咬住了嘴唇，没有说话。

三喜又轻轻地往角落里走去了。

大贞子默默地从四处拣来一些土块、瓦砾，放到了铺子跟前。她紧紧地握着木棍，一动不动地坐着，望着黑漆漆的夜色……

停了会儿，三喜又轻轻地走过来，说："真的，伏着几个黑影，一动不动，只是伏着……"

大贞子听着，突然咬了咬下唇，弯腰抓起一些土块瓦砾，呼喊着，像冲刺一般向着园边跳去。她嘴里呼喊的什么，谁也没有听清。哈激怒了，紧随着她往前扑去……

就在同时，黑影里有四五个人一齐蹿了起来。他们嘻嘻笑着，投过来一团团稀软的泥巴，打在了大贞子的脸上、身上。大贞子哎哟着倒在了地上，三喜跑过去扶她，头上也重重地挨了几下。小霜大哭起来……那几个人冲到园子中，钻到葡萄架下和菜畦，用棍子打，用脚踢。还有的从腰间抽出长长的白布袋，往里装起了瓜果菜蔬……大贞子冲上去，横着抡起了木棍，嘴里喊着："黑暗的东西！来吧！来吧！……"奇怪的是他们都能灵活地扭动着腰身躲过棍子，在园里跳来跳去，一会儿钻到架子下，一会儿翻滚在菜畦里。很大一块地方都给踩烂了，他们就顺手抓着烂茄子、破柿子，往大贞子和三喜身上、往铺子里扔，一个劲地笑着。大贞子急得哭起来，喊着"三喜"，上去一把夺过他猎枪，"轰"地一声放响了！

白烟在园里久久不散。有人在烟雾里仓皇逃窜着。一瞬间，一切都归于沉寂了。三喜和大贞子都呆呆地站在那儿，当晚风吹开烟雾，吹干大贞子的泪花时，她才想起了什么，赶忙低头看着：地上一片塌倒的架子，只是没有人躺倒在那儿……大贞子长长地吐了一口气。三喜像刚刚醒过来似的,连连说:"好险!好险!差点出了人命。亏了枪口抬得高……"

大贞子恨恨地跺着脚:"打死他们才好哩!都打死他们!打死老混混——"她说着,抬头看看对面的小草铺子:那儿还亮着一个红色的点子!……大贞子扯一下子三喜,牵上哈,说:"走,找老混混去!"

老混混在铺子上打着鼾。

大贞子两手抡起木棍,狠狠地砸在铺角上,使铺子猛地抖动了一下。老混混慌乱地爬起来,一看大贞子,"噌"地一下蹦下来,两手按在韭菜刀子上。大贞子用木棍指着他说:

"你勾结来坏人,饶不了你!三喜,开枪吧……"

三喜威严地看一眼老混混,只是没有摘下枪来。

老混混退开几步,说:"打吧!打吧!反正这是穷人受欺负的年头……说我勾结来坏人?我还说你哩!谁让你长这么俊,引来河西的流氓!"

大贞子抡起了棍子,老混混跳着躲开。他在远处嚷着:"半夜携带武器,对我行凶,我要告到上级政府!……"

大贞子打不到老混混,就弯腰掀倒了他的铺子。

老混混在远处看着,连连说:"好!好!血债要用血来还!"

哈愤怒地吼叫着……

大贞子和三喜回到菜园里,见到一个人正在扶弄着塌倒的架子。大贞子厉声喊道:"谁?"……那个人不做声。大贞子火了,大步跑上前去,揪住了他的衣领使劲一扯,才使他转过身来。大贞子看清了他的脸,气愤地叫了一声,扔了手里的棍子……

他是三来。

九

护秋的人们看到大贞子被蹂躏的菜园,脸上都露出了愧色。几十条好汉子没有护住河东的土地,他们实在有些难为情。一个村子有一个村的尊严,一种职业有一种职业的荣誉。护秋的反被人劫了秋,那种损失是远远超出了经济范畴的。

大家帮大贞子整理着园子,塌倒的心架子扶起来,毁了田埂重修好;那些没法收复的菜畦。干脆拔掉,重新栽种口秋菜……一个老头子一边往地里捻着菜种一边说:"我早说过河西那帮人得提防着点呢!三老黑;不是东西的……"有个年轻人用下巴颏儿指示着对面的小草铺:"那里面躺着的家伙胳膊肘往外拐,扯出来就揍,冤枉不着他!"……

大贞子摘来各种各样的果子,让护秋的人们吃。她一夜间好像变得消瘦了、憔悴了。她的头发有些散乱,那总是通红闪光的脸庞也有些苍白。弯弯的眉毛下,一对黑亮黑亮的眼睛里有那么多的怨恨……她对吃果子的人们说:"不要把昨夜的事告诉我爸爸啊!"大家答应了她。

这之后的夜晚,大家一部分留下来和大贞子一块儿守菜园,一部分到田里去巡视。这是非常时期,人们几乎都顾不得睡觉了。

一连几夜都是平安无事的,菜园也重新修整好了,大贞子又高兴了。大家成夜地在一起说说笑笑,也不怎么瞌睡,谁瞌睡了,大贞子就用棍子捅一下,惹得别人直笑。哈的铁链子解开了,它在熟悉的人中间走来走去,有时把长长的嘴巴凑近人的耳朵,似乎要告诉些什么……

月亮升得早了,园子里到处黄蒙蒙的。听着露珠从叶子上滴到地下,多么有趣啊!还有虫鸣,各种细小而奇异的鸣唱交织到一起,显出夜世界的神妙。没有一个人说:"听听夜晚田野里那特有的声音吧!"没有人这样说。可是人们心灵深处仿佛就常常响起这样的声音——于是大家就常常不约而同地闭起嘴巴,一起倾听着……今夜坐的久了,谈的久了,有些冷,也有些渴。点起篝火吧。最好再煮点东西吃。护秋的人们似乎已经不满足于只煮些花生和红薯了,有人提议做点鱼汤喝,汤里面,而且一定要有姜!两个摸鱼能手马上自告奋勇地走了,不出半个钟头,竟然提回两条鳝鱼、一个鲤鱼、三五条鲫鱼……做汤吧!

姜真是个好东西,它能使人心里热乎乎的,气畅神旺。守夜时浸入皮肤的寒冷和湿气,都被赶跑了。大家围着火坐着,年纪轻轻的人也学会了盘腿而坐。有人拿出酒来,每人都用大碗端了,向着蹿跳的火苗举起来。几口酒喝下去,好几个人的脸变红了。于是就有人唠唠叨叨地说话,事无巨细地数念一遍,逗得人们一阵阵发笑。

三喜一直坐在铺子那儿,听着园子外边的动静。他不放心,竭力想从园边的树丛里发现几个伏着的黑影。小霜睡着了,三喜听着她呼吸的声音,觉得很有意思。他回头迎着火堆看去,见大贞子正和人们说笑着,使劲地拍打着手掌,高兴得一会儿将腰弯下来一次。她那样子不像刚刚被人破坏了菜园,她的心里存不下仇恨。她永远是欢愉的。

三喜在铺子上坐着,火边的伙伴们已经喊了他好几次了。半夜时分,他回到火边,将蓑衣铺下,躺了下来……"有一天晚上,我在河边上走,走迷了路,绊倒在荻草里,就睡着了。有个东西伸着舌头舔我的脸,我醒过来,吓得说不出话!……"三喜听到有人细声细气地说着。

大贞子又拍着手掌笑起来。她嚷着:"碰到狼了吧?"

"也不知是什么——至今不知道,真的,不知道。我只觉得它有一双毛茸茸的手,老在我胳肢窝里掏来掏去,像是要找什么东西似的……"

三喜睁开眼睛,看清说话的人是村南头的"毛猴王友",一个有名的会瞎扯的人。他又闭上了眼睛。

大贞子笑嘻嘻地插话:"它是要胳肢你笑啊……"

"也许是,因为我一笑,它就停了手。我闭着眼睛,再睁开眼睛的时候,眼前什么也没有了……真怪!啧啧。"

大贞子笑了。她向身边的人说:"你说热闹不热闹死个人!"说过之后,又转身对哈说,"哈,你听见了吧!你说热闹不热闹死个人……"

"那一年上,""毛猴王友"又接着讲起来,"我夜里到海上买螃蟹——这可是真的。网还没有上来。我们一伙儿人等不得,都要找地方歇一歇。海边上死鱼烂虾也多,引来小苍蝇、小蚊虫,一团一团在头顶上滚……"

"在头顶上'滚'!……"大贞子对"滚"字发生了兴趣,重复了一遍。

"就是滚的。我要睡上一觉,可就是找不到地方。我找啊找啊,看见一张旧篷帆搭在渔铺边上,里面有个空子,就钻了进去。嘿嘿!嘿嘿!里面早有个人睡着,我低下头一瞅,看见一条乌油油的大辫子——是个大姑娘!我装作没看见,挨着她就躺下了,我是太困了。"

"哟——"有人惊讶地吸着凉气。

大贞子噘起了嘴巴,不高兴地说:"六(流)氓七氓!"

"毛猴王友"不以为然地斜一眼大贞子:"这要作风过硬的!我睡

过去，什么也不知道了。醒来以后，伸手往旁边摸摸，什么也没有了。我觉得身上有些分量，一看，人家怕我睡着了冻坏，给我盖了一块帆布角角呢！我还闻着有一股香味，一转脸，左边放着一块小花手绢……我至今留着这块手绢，没事了就拿出来看一看……"

大贞子不做声了。她绞拧着手掌，盯着眼前的火苗儿。

一个人粗声粗气地顶撞一句："好事都让你遇上了！"

"毛猴王友"就像没有听见，还在自语："没事了，就拿出来看一看……"

小铁锅里的水沸出来了，有人揭开了盖子。

大贞子也注意到了三喜，高兴地推三喜一把说："三喜，你讲个故事呀！你就没遇到什么吗？"

三喜在蓑衣里活动一下身子说："我没遇到。"

"那个老得呢？——他是你朋友啊，你不是说他会做诗吗？……"大贞子又说。

三喜坐了起来，揉一揉眼睛说："那是当然的了。老得可不是一个简单的人——不过他现在还没有媳妇。"

有人笑嘻嘻地说："大贞子跟他吧！"

三喜看了那人一眼，像告诉他，又像告诉大贞子说："老得个子很高，我们没一个比得上他！不过……"三喜咬咬嘴唇，"不过他是个'水蛇腰'，走起路来腰老拧的……"

大家都笑了。

三喜很严肃地对大贞子说："真可以考虑呢！老得有骨气啊，他原来和我们一样，是护秋的，负责看一片葡萄园。后来园里的负责人轻视他，他说：'此处不养爷，自有养爷处——我老得走也！'拍拍身上的土就走了，到海上拉大网去了。有一回我看见了他，见他赤着身子，晒得又黑又红，太阳一照耀眼地亮，像涂了一层油……"

"是条好汉子！"有人感叹道。

大贞子站起来，撇了撇嘴巴，看着月亮和星星，使劲仰拧着身子，嘴里发出舒服的"啊啊"声。她拾起了地上的木棍，高兴地唱起来："年轻的朋友们，今天来相会……啊，亲爱的朋友们，美好的春光属于谁？"

"毛猴王友"摇头晃脑地接上唱着："属于我——！属于你——！"……

月亮慢慢偏西了，已经过了午夜。海潮声在远处响着，好像大海在慢慢地漫涌过来一样——海边的人管这叫"发海"。菜园四周的树木上，有的鸟儿被人们吵醒了，这时扑动着翅膀，不耐烦地咕哝着什么，飞到另一棵树上去。芦青河咕噜噜地流着，不时送过来几声溅水的响动……

对面的小草铺上，铺柱上一直亮着一个暗红的点子。月亮朦朦胧胧，看不清铺子上有没有老混混。他没有点火，没有架上小铁锅。这个夜晚，人们只听见他咳嗽过一次。

大贞子牵上哈，要沿着园子走一走了。三喜也披好蓑衣，要到自己的田里去看看。可是就在他们站起来时，铺子上传来了小霜的喊声——她被什么给惊醒了，害怕地叫着大贞子。

哈警觉地吠着，向着黑暗的园角扑过去。

三喜想起了什么，他急急地跑到铺子上，到处寻找着，连连痛惜地拍打着手掌。大家问他怎么了？他顾不上回答，只是向着哈的方向跑去了……

过了一会儿，他和大贞子牵着哈回来了。哈的耳朵被什么弄破了，流着血。三喜声音低低地告诉大家：

"枪，被人摸走了……"

十

　　河边的庄稼丰收了，带来那么多喜悦，也带来那么多焦虑。护秋的人越来越多，他们披着蓑衣，带着棍棒，夜间就睡在田野里。不断发生丢失庄稼的事情，半夜里常常听到粗野的叫骂和呼喊。

　　这真是一个不安宁的秋天……

　　曲有振不知怎么知道了河西岸来人搔拢菜园的事情，慌慌张张地拖着拐腿跑到园子里，先狠狠地骂了大贞子一通，然后又找老混混求情去了。

　　老混混躺在小草铺上，头也不抬，一边吃着瓜子一边说："就是嘛！有什么事情，咱老一辈人商量，我跟你闺女他们说不着！"

　　曲有振掏出一盒大前门烟递过去，说："那是噢！那是噢！"

　　老混混吸着烟，斜着瞅了他一眼说："我这铺子，让大贞子掀翻了两次，你知道吗？"

　　"野性啊！野性！"曲有振在心里叫开了，"老混混的铺子也掀得吗？……"他连连说，"混混，贞子不醒事的……"

　　"你也不醒事吗？我老混混可是好心好意地跟你联合承包，又不是偷你、抢你！"老混混说着坐起来，把放在一边的韭菜刀子插到腰上，声音重重地说，"如今就是偷你抢你也犯不到哪家的王法，你发了财，还不兴穷人'吃大户'吗？压制贫农就是压制革命——这可不是我说的！……"

　　"吃大户"三个字深深地刺痛了曲有振！他"吭吭"地喷着气，

一直没有吱声。

"我这个人就佩服老忽,人家是说干就干的,一辈子也没对谁软过!结果哩?地主怕他,解放了,村干部也怕他。他临死的前天晚上还喝酒哩,啃一条狗腿……"老混混说着,手搓一片绿叶子蛤蟆烟。

曲有振有些站不稳,扶着铺柱,坐在了铺子上。他知道那个老忽是当年河两岸有名的一个无赖,一年总要跟人拼几次命的,很少有人不怕他。

老混混让曲有振吸他的蛤蟆烟,曲有振吸一口,呛得连连咳嗽起来,再不敢吸。老混混大笑不止,说:"怎么样?我就成天吸的这号烟叶,脾气也跟这烟叶差不多,谁敢往肚里吸,就冲他一家伙!……"

"劲道太大……"曲有振说。

老混混冲他摆摆手:"我不去作践你的园子。可我挡不住河西的人——三老黑是我朋友,可他见了东西红了眼珠子,我管不了的。要是联合承包起来,他自然看我的面子……"

曲有振再不做声,摇摇晃晃地离了小草铺,回到菜园里去了。大贞子看到父亲两腿站不稳,脸色变得十分难看,就扶着他回家了。一路上,曲有振总咕哝着老混混,咕哝着"联合承包"……

大贞子回到园子里,向着老混混喊:"老混混,你死了心吧,和猪联合也不跟你联合!……"

老混混就像没有听见,在铺子上打了一个滚,呼呼地睡着了。……

三喜丢了枪。一直哭丧着脸。他一方面担心父亲跟他要枪;一方面担心坏人用枪做出什么事情来。有一天他在田埂上遇到了三来,告诉了丢枪的事。三来支支吾吾,说他好像见谁拿过这杆枪。三喜气愤地质问了一会儿,他才说出是老混混拿了这枪——见他去河套子里打过野鸡……

三喜让三来去讨回枪来，三来无论如何不干。三喜把他领到了菜园里。

大贞子气得蹦起来，用大棍指着三来说："你是个'叛徒'！"

三来看着他，嗓子低低地叫着："大贞子……"

"你肯定是个叛徒！"大贞子说。

三来为难地说："我要不来的……"

大贞子和三喜都不做声了。停了一会儿大贞子说："你没一点男子汉的骨头！你还'三来'哩，你一次也别来了，我跟你就算不认识，你走吧！你找老混混去吧，你是他的人哩！……"

三来难受地蹲下来，捏弄着指头说："我和你前年看过野枣……"

大贞子把手一挥说："我不领情！你那是去吃野枣的……"

三来吞吞吐吐的"我敢去要枪，可我要不来的。大贞子，我怎么也要跟你好的，我恨老混混……"

三喜这时想个好计谋，就说了一遍。大贞子高兴地拍着手掌说："真好的办法啊，快去吧三来！"……

三来真的去找了老混混。

他站在小草铺跟前，看着躺倒的老混混，声音低低地说："混混叔，事情闹大了……"

"怎么咧？"

"你偷枪的事，不知怎么漏了风声，报上登出哩……"三来说着，从裤兜里摸出一张揉皱了的报纸，展开念道："……偷枪就是犯法。老混混偷枪，罪责难逃！他偷去枪，想做什么，上级知道。如果近期不归还失主，法办是肯定的……"

"'法办'就是抓人吗？"老混混问着，一欠身子拿过报纸说："我看看吧！"

老混混一个字也不识。三来用手指点着那一溜儿黑体标题说:"看看吧,这就是你的名字,'老、混、混'……!"

老混混坐起来,眼望着天边上的一块浮云,吸起了烟。

三来说:"混混叔,干脆,瞅他们不在时,把枪扔到园里算了,省得招惹是非……"

老混混不动声色地吸完一支烟,然后歪歪身子,从铺盖卷里抽出了那杆枪。

"你拿去吧,他们问,你就说从田埂上拣的。他妈的,他妈的,晦气……"

……

这天晚上,月亮被云彩遮去了。几个人正坐在菜园里像往常一样聊天,突然哈愤怒地大吼起来。大家吃了一惊,还没有反应过来,就看到几个黑影蹿进了园子。大贞子大叫起来:"又是他们……"

大家呼喊着追逐那几个黑影,可他们毫不惧怕,一边躲闪着棍棒,一边往架子下面钻。他们顺着眉豆架空跑着,棍子是打不着的。有的还藏在里面喊着"大贞子"……

三喜跑出了园子,到南边叫人去了。

不一会儿,护秋的人们举着火把,呼喊着围拢过来,手里高高举着木棍。园里的歹徒见事不妙,纷纷钻出架子,钻进庄稼棵子里,溜掉了。只有一个家伙从园边的大树上滑下来,嘻嘻狞笑着,大摇大摆地踢散围篱,想往河边上走。三五个人围上去,他就像没有看见一样,头也不回。等到靠近他身边时,他"呼"地一声架起了拳头,蹲起身子,脚踢拳打,干净利落地把几个人全部打倒在地上,身子一摇钻进了庄稼地里……

这个人会功夫!

大家举着火把,眼巴巴地瞅着他消失在黑暗里……

可是过了不一会儿,正在大家要离去时,突然远处传来一阵呼喊声、扑打声。那尖叫的声音简直像两只巨兽在厮打、受伤时发出的吼叫一样,在黑暗的夜空里播散着,可怕极了……大家向着喊叫的地方跑去了。

原来在玉米田里,有两个人紧紧地拧在一起,滚倒了好大一片秋玉米!

大家围上去,他们还在滚动着,一个揪着另一个的头发,一个卡着另一个的脖子。衣服上沾满了泥土和鲜血,脸上也流着血,那血不知是流自鼻孔还是嘴巴……大贞子第一个认出其中的一个是三来,大叫了一声。

大家用力将两个人分开。那个陌生的人歪歪斜斜站起来,还想往玉米垄里钻,三来躺在地上,用嘶哑的嗓子喊:"他是三老黑!"

三老黑一只耳朵流着血,一条腿也跛了,可还是虎视眈眈地看着周围的人。

大家把三老黑绑了起来。

三来长长的分发已经被扯掉了五分之一左右,身上也受了好多处伤,只得抬着走了。担架是用大贞子和另一个人的木棍穿到两件衣服袖里做成的。大贞子自告奋勇地争着抬三来,说:

"三来是个英雄!"……

十一

当天夜晚,大家在菜园里决定了两件事:把三来送进医院里,把三老黑送进公安局。

三来本来不能动了，奇怪的是喘息一会儿，能够歪歪扭扭地走路了。他说："我不进医院，我就在这儿了！反正没有内伤，擦点紫药水就好了！"

大家见他十分固执，就只好依他了。天傍亮的时候，大家押着三老黑到公安局去了……

大贞子让小霜回去取药水和纱布，让三喜到河里弄几条鱼来。她自己给三来洗了脸，把他抱到了铺子上。

哈一直看着三来，看着他洗去血污，躺在铺子上……三来像不懂事的睡迷的孩子一样，大贞子怎么搬他，他就怎么躺，全凭她拨弄去。他闭着眼睛，像睡着了一样。

大贞子摇摇他："睡了吗？讲讲，你怎么就逮住他呢？"

"我——"三来用带血口子的手搓搓眼睛，嗫嚅着，"我恨老混混呀，我成天在园子四周转着。可我不敢帮你赶开坏人……"

"你那时胆小。"大贞子声音轻轻地说。

"嗯。"三来点点头，"这晚上，我在庄稼棵里转着，也听见了园里的喊声，急得直搓手掌。后来一片火把亮起来。我才放心了……一会儿，有个人从菜园那儿跑过来，我一下就认出是三老黑，就一把抱住了他。"

大贞子说："你真行！"

"也不知怎么就抱住了。他会功夫，可我两手扣紧了，不让他离身，他就使不出功夫！他那两只手也厉害呀，好几次扣到我的肋骨里，我疼得要昏过去，可还是不松手！他咬我，你看，腮上这道口子就是他咬的。我也咬他，我咬他的耳朵。他抱住我，发疯似的滚动，像要把我碾碎似的。我不知和他压倒了多少玉米棵棵。你看我脖子上的血道子吧,这都是玉米叶子割开的……可我咬紧了牙,就不松手!我想起了好庄稼是怎么被他们糟蹋的,你是怎么哭的——你哭起来和小孩子儿似的——我对不起你呀!我咬着牙,就不能让他跑掉!我想我三来今夜索性就做一遭真正的男子汉吧!……"

风呼呼地吹着,满园的叶子在"唰唰"抖动。芦青河的浪涛大起来,哗啦啦拍打着堤岸,在辽阔的夜色里回荡。哈注视着缈远的星空,鼻子,指向那颗最亮的星星……

大贞子听着三来的叙述,两手托着两腮静静地坐着,泪水,顺着两颊不停地滚落下来……她用力的抹着腮上的泪珠,说:"三来,你真像个男子汉,像……"

她伏下身,那么温柔地看着三来。三来大约是累了,这会儿轻轻地闭上了眼睛。大贞子看他的眉毛、眼睫毛,看着他的嘴——这原来是一张有着棱角的、倔强的嘴啊!她又看他的额头,突然觉得这眉宇间有着一股英俊之气……她心中涌来了潺潺流动的热流,心跳得急起来,四下里飞快望了几眼,然后低下头,轻轻地吻了吻他的眉心。……

三来哭了!他肩头耸动着,全身颤抖,一瞬间像个小孩子。他两手扶住大贞子的肩头说:"大贞子,我永远……记住你!你是个最好的人——你和我好起来吧!你要是拒绝了,我三来趁这身伤势也就死了……"

大贞子害怕似的离开了铺子,站在了几步远的地方。

三来一下子坐起来,一双渴求的目光定定地注视着她。

她说:"三来,你能告诉我——你为什么那么怕老混混吗?"

三来像一株霜中枯蔫的茅草,一下子躺倒了。

大贞子走上来,用手抚摸着他的脸,说:"你有什么可怕的!你不怕三老黑,你都是个英雄了,你偏要怕老混混!你不是要做个真正的男子汉吗？"

三来的眼里含着一汪儿泪水，声音颤颤地问："我说了，你还能和我好下去吗？"

大贞子点点头。

三来又呜呜地哭了起来。他把细长的手掌盖在脸上，一丝一丝地往下滑脱着。当手掌从嘴巴上拿开的时候，他突然止住了哭声。他坐了起来，抹一抹泪花，问："你知道龙口林场丢失木材的事吗？"

大贞子点点头。

三来说下去："那就是老混混勾结三老黑一帮人干的！有一天晚上，风很大，芦青河的浪头有好几尺高。他们把木头扎成了排子，要推下河去，硬让我去帮忙。我知道这是犯刑事的……"

"那你怎么还干——你干了吧？"

"我……唉！老混混说：'干吧，以后五百块钱一笔抹'。我心一动，就干了……唉！"三来的手掌又盖住了脸庞。

大贞子咬着嘴唇，一声不响。

"后来，老混混怕我说出来，就吓唬说：'火了，我找公安局投案去——我早晚要投案的。我一个人过得好苦，没家没业，早就想找个吃饭的地方了——我捎上你，怕不怕？你可是年轻，进一次大狱，一辈子就完了，媳妇也甭想娶上……。"

"你就记得娶媳妇！"大贞子气愤地喊了一声。

三来气愤地捶着自己的腿："我多傻，就信了他这一套，以为他真要'找个吃饭地方'呢……"

大贞子坚决地说："去告发他，正好三老黑也送进了公安局！"

三来定定地望着大贞子说："不会抓起我来吧？"

"你这是立功赎罪，不会的——万一抓了你，我也等你回来……"

大贞子的声音慢慢低下来。

三来躺下了。他响亮地说:"看我的吧!"

"怎么看?"

"我去告发老混混,也去告发我自己!"……

小霜取来了纱布。大贞子给三来包扎起来。

三喜提回了鱼,蹲下来浇着鱼汤。火焰很旺,一会儿鱼的鲜味就出来了。鱼味儿,还有徐徐吐出的气雾,给洒了一片霞光的园子添上一种温馨可亲的气息。三喜捅着锅下的火,对铺子里的三来和大贞子喊道:"鱼是鳝鱼,讲究大补的!"……

十二

由于三来的有力证明,三老黑在公安局里全面招认了。他和老混混的关系以及他们骚扰河两岸的新生活、偷盗国营林场木材的罪恶行径,全部暴露出来了。

几个主要罪犯很快就被逮捕了,老混混也在其中。三来主动揭发,且又生擒歹徒,属于有功之列。

三喜是亲眼看见怎样逮捕老混混的。他兴奋地到菜园里告诉了大贞子,大贞子一声不吭地听着。三喜说:

"老混混正在铺子上仰面大睡呢,去了两个公安战士,亮出了手铐。他忽地爬了起来,骂咧咧的,还拔出韭菜刀子,说了一声'看刀',像上一回在菜园里那样,扔了出去……他原来是使惯了'飞刀'的。我估计,他是要罪加一等的。"

"为什么呢?"

三喜反问:"你知道扔刀那叫干什么吗?"

大贞子摇摇头。

三喜严肃地用食指往地下一指。

"那叫'拒捕'!"

大贞子点点头。三喜接着说。

"后来老混混带好了铐子,反而大笑起来,对四周围看的人说:'我老混混这回可找到吃饭的地方了!'……"

大贞子骂了一句:"这个不死的老混混!"……

曲有振的病突然好了——这是非常奇怪的。他听到老混混一伙被抓起来之后,两腿立刻觉得轻松了不少,结果抛了拐杖,从家里晃晃悠悠地走出来,直走到了菜园里,站在园边大声地喊着:"大贞子——"

大贞子扛着木棍跑出来,笑吟吟地问:"你来护秋吗?"

曲有振摇摇头:"你护吧,你是好样的!"

"三来才是好样的!"

他一边往园里走一边说:"这个我知道……不过,我对三来还是不放心。他留个分头……"

"让他剃个平头就是!"大贞子爽快地说。

曲有振没有做声。他摇着头,慢慢进了园子。

大贞子点了火,为父亲烧一点汤喝。她连连叫着哈,一蹦一跳地走过去。哈被主人的情绪感染了,也高高地跳起来,嘴里"呼啊呼啊"地喘息着,和大贞子逗着玩。哈真是一条懂得人间情理的好狗啊。

傍晚的时候,三喜和三来又进了菜园。三来见了曲有振,转身就想走开,却被大贞子喊住了。

三来有些腼腆地走到曲有振跟前说:"大伯好些了吧？"

曲有振端量着他，说:"你也好些了？"

三喜笑了。

三来看看大贞子，然后走到铁锅跟前，去搅动那锅汤。大贞子对父亲说:"爸，你看看三来有多么勤快吧!……"

曲有振看着铺柱上熄灭了的艾草火绳，认出还是一个月前他使用的那根。他吃惊地摘下来端量着，心想：大贞子夜间原来是不点火绳的! 守夜不点艾草火绳，这似乎这也是一件少有的事情了。不过他转念又一想，她不抽烟，园里又没有多少蚊虫，点火绳确实没有多少必要。可是她点篝火，她架上了小铁锅。这也是老年人和年轻人不同地地方啊……老人用手抚摸着四根光滑的铺柱子，默默地吸着烟。他望望对面那个小草铺子：铺柱上的艾草火绳也熄灭了。他想，那根火绳是永远也点不燃了吧！

哈转过来，依恋地把头搭在他的腿上，温柔地挪蹭着……曲有振用手抚摸着它后背上长长的毛，小声地说:"老混混跟你叫什么？你不会记得了。他跟你叫'卷毛儿大猎狗'——那是讥讽哩！可你实实在在是一条好狗。我不在园里，你受苦了。我过去告诉过你，说在冬天里买肉骨头给你啃，那时候让你肥胖起来。现在还不行。现在还是出力的时候，我、大贞子，都用力做……"

哈点点头，摇着尾巴……

这个晚上，曲有振留下来一块儿守夜了。篝火点起来时，照例有好多年轻人聚到园子里。大家围着火苗儿谈笑着，有人定时到田埂上巡逻去。有人又把酒瓶儿对在嘴上。会捉鱼的捉鱼去了，会使枪的打野兔子去了……不一会儿，园里就溢满了鱼肉的香味。曲有振最受尊敬，人们给他敬酒，让他吃最肥美的烤肉。曲有振抹抹嘴巴说:"这样护秋,不会瞌睡的。"

大家正玩得高兴,"毛猴王友"突然说:"大贞子和三来呢?"

三喜狠狠地瞪了他一眼说:"你不见他们巡逻去了吗?"

………

他们真的去巡逻了。他们的巡逻路线很长。他们牵着哈,走出园子,登上了河堤。河水在涌动,拍打着蜿蜒的堤岸,芦苇和荻草像波浪一样在月光下摇荡。大贞子打着木棍大步地迈着。三来总要急急地走才能跟得上。三来一路上咕咕哝哝,每一句话前面都有"大贞子啊!"……大贞子自豪地挺着胸膛,抖着哈的锁链,说:"哈,快走!……"

秋野的气味是迷人的。月光下的田野,无数的成熟的果实都在一片薄薄的黄沙下面覆盖着,更多了几分炫耀的意味!芦青河!多么美丽的河流啊,它在小平原上流过,滋润了这么一片好庄稼!河面上的雾气升腾起来,扩散开去,凝在高粱叶子上、玉米叶子上、谷子和大豆叶子上、红薯叶子上……碰一碰高粱和玉米,哗哗哗洒一身露珠儿;从豆子和红薯地里走过,裤脚很快就湿得水淋淋的了……三来说:"我看,做什么也不如当个庄稼人。"大贞子说:"庄稼人太苦了……不过现在开始有意思!哈哈,老混混还想和我们联合承包呢,热闹不热闹死个人!……"说起承包的事,大贞子想起个事情。她停住脚步,问三来说:"你和我们联合吧?"

三来摇摇头。

大贞子气愤地说:"联合!"

三来又摇摇头。

他望着天上的星星,自语似的说:"我还不配。等等吧,我非亲手做出一块好庄稼不可!到那时候,咱们再联合!"

大贞子没有做声，停了会儿，她用木棍轻轻地捅一捅他说："真是个'男子汉'啊！……"

田埂上，开始出现一些身穿蓑衣的护秋人了。他们有的生疏，有的熟悉，全都瞪起眼睛看着牵狗的两个人。大贞子喊着："我是大贞子，他是三来！"三来不让她喊，她反而唱起了"年轻的朋友来相会"，把手里的木棍当个矛枪，随着歌儿节怕的向前一捅一捅……

他们往前走着，身上差不多被露水全打湿了。三来说："该穿个蓑衣来。"大贞子说："像刺猬一样！"三来不同意说："我看了个电影——不记得名字了——女的全穿了蓑衣！你不知那个好看呀，当时我坐在下面想：哪一个做媳妇都是好媳妇，啧！啧！……"

大贞子用棍子轻轻敲了一下他的拐肘，他才闭了嘴巴。

他们往回走了。老远地就望见菜园上空那飞动的火星儿，他们知道篝火烧得很旺，一齐向着园子跑了起来。

曲有振已经在向着田野呼唤了："大贞子——回来——！"

大贞子和三来跑着，哈也跑着。三来听到喊声对大贞子说：

"你爸这个人，思想还是不够解放啊！"

十三

曲有振再也不愿离开菜园了。三喜等年轻人也留恋着园子。夜晚，大贞子和三来坐在人们中间，反而没有多少话了。大贞子的脸色通红，总是闪着光亮。三来的分头剪成了平头，因而曲有振也和颜悦色地对他说话了。

大家说着故事,"毛猴王友"自然成了重要角色。他讲了那么多鬼怪故事,护秋的人很愿听,听了又害怕。生怕在田埂上遇到那种事情。不过故事中遇到的姑娘都那么美,并且大多主动地对小伙子表示好感,年轻人听了是十分惬意的——虽然听到最后,她们往往是狐狸变的。但大家并没有因此而懊丧,"那么好,狐狸变的也值得啊!"有人说。

大贞子说让三喜讲——她眼里,稳重诚实的三喜该有更真实的故事——可惜三喜没有,他开口只是讲他的朋友老得。老得是个可以见到的青年农民诗人,因而大家产生了另一种兴趣。很快,大家都了解老得了。曲有振对三喜说:"你不能请老得来咱园里看看吗?"三喜说:"我的好朋友,怎么不能?能的!"

在"毛猴王友"讲故事的时候,大贞子常叫上三来去巡逻。他们像永远不知疲倦似的,在田野里转了一夜,两双眼睛还是那么明亮!

有一个晚上,大贞子和三来从田野回到园子里,天就要亮了。三喜和一群年轻人见他们踏进园子,就惋惜地拍打着膝盖。他们一问,才知道是诗人老得来园里玩了半夜,刚离去一会儿呢。

大家告诉,老得和大家一块吃烤兔肉、喝酒,还有一锅炒刺猬。不过他不怎么吃鱼的——要知道他是打鱼的人啊,早不稀罕鱼了。他听了大家讲的护秋的故事,知道了老混混和三老黑被抓走的经过,竟然十分激动,两眼直直地盯住一个地方,嘴里发出"啊!啊!"的感叹,当场做了一首诗呢?

大贞子连忙问:"什么诗呀?"

这可很少有人回答上来,于是大家都把目光投在三喜的脸上了。三喜咳嗽一声,往前迈一步,用食指朝脚下的泥土一指,吟唱道:"……大滴的汗珠往土里落 / 如今要过新生活 / 夜里护秋真英勇 / 要保卫神圣的劳动!……"

大贞子抛了手里的木棍,拍一下手掌说:"真好啊!多好的诗呀!……"

三来也喊:"好!"

大贞子说:"这……这些,诗里也能写吗? 老得……"她想起了那一个个不眠的夜晚,想起了三来那满脸的血迹,想起了猎枪午夜震荡着天空……一滴泪珠从她的脸上滚落下来。她突然问三喜:"老得刚走了一会儿吗? 咱追他去怎么样?"

三喜说:"试试吧!"他们——大贞子、三喜、三来,一块儿跑出了园子。三喜跑着,尽管脚下磕磕绊绊,嘴里喘息着,却还在不停地告诉:"老得,要不会等你们回来的,他是要赶到海上,赶上拉黎明这一网啊……"

他们一会儿就跑得满身大汗了。

东方,有一个人在急急地赶路。三喜喊道:"老——得——!"

那个人听到了喊声,赶忙站住了,回过身来望着这边。

可惜东方的朝霞太亮了些,像火一样红,迎着看去,怎么也没法望得清他的脸庞。他们只能望得见一个剪影。霞光勾勒出他一个清晰的身形。哦哦,大贞子和三来都看清了:老得细细的个子,很高很高;他站在霞光里,是笔挺的;他是听到喊声猛然站住的,头颅抬起,目光透过淡淡的晨雾向这边遥望;整个儿身影显得英俊挺拔、坚定而执拗。……他们几乎同时喊了起来:"老得——! 老得——!"

那个高高的影子举起手来,有力地挥动。他挥着,挥着,然后转过身去走了……

大贞子和三来定定地望着那个身影。

三喜说:"他实在没有功夫转回来了。他是赶去拉黎明这一网的——这一网是最重要的,黎明网!……"

大贞子久久地望着那个身影，喃喃地："我没见过他，不过我觉得早就熟悉他的……"

三来也点了点头。

"让我用歌送送他吧！……"大贞子说着从肩上取下木棍，两手举着唱道："年轻的朋友们，今天来相会！……天也新，地也新，春光多明媚！……啊！亲爱的朋友们，美好的春光属于谁？……"

那个影子终于融化在一片朝霞之中了……

三个人站了一会儿，若有所失地往回走去了。

这时候朝霞将田野映成一片金红。田野，秋天的田野啊，想象一下你涂了霞光的颜色吧，想象一下你涂了霞光的韵致吧！……雾在散着，乳白的、淡红的，飘飘成缕，缠绕在树梢、在青纱帐、在远处那淡淡的山影上。湿漉漉的香味在风中吹送，各种声音在田埂上回荡。一两句悠长的吆喝，一两声甜脆的歌唱……

离园子还远，他们就听到了那儿喧腾的声音。那是护秋人在嬉闹吗？在呼唤他们吗？好像是又好像不是。大贞子又想起了那一个个不眠之夜，那篝火，那猎枪，那蓑衣……她很想高声吟唱那首为守夜人写的诗，可她还背不上来。她只是大声呼喊着最末的一句："'要保卫神圣的劳动''要保卫神圣的劳动！'……"

哈在远处呼叫他们了。

大贞子喊着："哈！哈哈哈哈……"

她是笑，还是呼应她的那个伙伴？没人知道。

1983 年 7 月 24 日写于黄岛

唯一的红军

也许是我们这个地方过于人烟稀少了，方圆几十里只有一个红军。我们大家都认识他，闭着眼睛就能想起他的容貌来；以至于认为所有的红军都是这个样子。他中等个子，表情肃穆，穿了一件黑色的衣裤。我好像记得，他的裤子永远只搭到膝盖那儿。他的鼻子在战斗中挨过一枪，后来修复了，结果成了一个横宽的鼻子。他的鼻子差不多有十公分宽。然而我们一点也不觉得他难看。他说话的时候鼻音很重，这就显得越发威严。他的头发没有脱落，但几乎全白了。他不抽烟，也不喝酒，生活极其严谨。虽然年岁很大，但走起路来腰一点不躬。那是真正的军人的步伐。

在我后来见到的所有军人中，没有一个比得上他更富有英雄气概；尽管在我的记忆中他从来不着军装，与农民的打扮没有什么两样。

有一天，我们的学校像过一个盛大的节日，因为到处都贴上了红色的标语，上面写了"向老红军致敬！"……

那一天我们都处在激动的期待中。老红军来了。他给我们讲了红军长征的故事；讲了怎样吃草根和皮带。我们宁可放弃一场电影，也不愿放弃这种机会。我们平常认为的草根，就是茅草细细的、像头发一样的根须。我们一直纳闷，这种草根怎么吃啊？经他一讲，我们才明白，"草根"就是一些很粗的块茎，使人想起了山药。

　　老红军身上伤痕累累，但我们可以看到的只是他受伤的鼻子。他威严的眼睛望着我们，话语迟钝。他让我们好好学习，说我们都是未来的栋梁；他们当年艰苦卓绝的斗争，有很多伟大的目的，其中一条就是为了让我们像今天一样，安静地坐下读书。

　　主持会议的一个老师听到这里，泪水滚落下来。这一下引发了我们大家的泪水，大家都哭成了一片。

　　老红军坐在台上，认为我们没有必要这么哭。他高声地喊了几句，我们都睁着泪眼抬起头。他接着讲下去。他认为我们的建设还很不够，比如通向海滩的只是一条羊肠小道，将来如果发生了事情，那就不好办。即便不发生事情，也不利于生产。一辆车子也开不到海边上去，这怎么能行？他说到这里，把拳头在桌子上重重地捣了一下。

　　我们就是这样认识了当地唯一的红军。我们觉得幸福极了，好像也一下长大了。一个见过红军的人，一个聆听过他的声音的人，不可能是一个奶腥味十足的孩子。

　　那时候我们四处宣扬：通向大海的，不久将有一条平坦的大马路。其实我们什么也不知道，我们只是那天听老红军这样讲。我们认为他说过的话，肯定是没有错的。不久，四周的人真的被动员起来，他们担土推车，硬是铺起了一条土路，它向着大海延伸。

　　我们学校也出动了。老师带着同学，挑着筐子，大一些年龄的同学就推起了手推车。由于荒滩是沙土，所以我们要从很远的地方拉来黏土和石块。这是一次耗资巨大、旷日持久的工程,但我们都不气馁。肩膀压肿了,汗水洗透了衣衫,可我们没有一个想要停止。我们眼前闪动着的,是老红军的形象。

大约用了一年多的时间,一条宽阔的马路修成了。打那儿以后,人们到海滩去,可以骑自行车,可以用胶轮车运送小船和网具。总之,这条大路和老红军的名字连到了一起。

二十年后,这条路又铺上了柏油;海滨立起了一座座漂亮的建筑。那些水泥、钢材,一切的一切,都是从这条路上源源不断地输送过去。没有这条路,就没有海滨的一切。有人从那座小城到海上去玩,也可以坐上小车,来回一个多小时就能在海滩上兜一圈。如果没有这条马路呢? 那时一切将是另外一副样子。

我们的荒原二十年前还是一片白纸,可今天已经被我们尽情地涂抹了一番。这幅图画,无论是漂亮还是拙劣,伸手往这幅画上画出第一道痕迹的,还应该说是我们的老红军。他不仅给我们画出了一条笔直的长线,而且他的精神将永久激励着我们。

当我们在荒滩上长途跋涉,皮肤上的汗水混同着草籽沾在身上,被蚊虫小咬和百刺毛虫叮得处处红肿的时候,当汗水渗到眼睛里,泪水不断涌流的时候,我们从来也没有停止脚步。

那时我们想到的只是长达一万里的跋涉。我们仿佛看到了天上的飞机,身边的弹雨。一个老人——就是那个老红军,好像一开始就是这么衰老,就是这么威严;他扛着一面旗帜,踉跄奔突。身边是青色大马,马上坐着另一个身材颀长的、消瘦的、奄奄一息的红军。他军帽上的五角星耀眼地亮,穿着破衣烂衫,满是损伤的皮肤从破碎的军装里裸露出来,有的地方淌着血。他几乎是横在马背上,由另一个人在一边照看。一些满面灰尘的女军人在四周奔跑。她们浑身都挂满了污泥，头发乱得像鸟窝。远处有人呐喊，像发生了什么严重事故。这边的队伍稀稀落落，队伍的另一端好像还发生了枪战……老红军命令身边的人快走，随手打了青马一掌。青马无精打采地瞥了一眼，步子稍微变快。枪声越来越密，呐喊和拼杀越来越近。

老红军坐在地上。那些人带着满身的泥巴和伤痕急匆匆地走去。往前望去，他们和大青马已经离开二里之遥。一群满脸血痕的红军奔涌过来。老红军仍然坐在那里。他从腰上抽出驳壳枪，挥动一下，他们走得更快了。

当他们全部跑过时，他就卧下来，爬进了一团浓密的茅草里。

不知停了多长时间，又过来一帮穿着比较整齐的军人，他们就是追赶红军的匪兵。这群队伍往前跑着，刚刚跑了几百米，老红军就在他们背后开枪了。他一个点射，骑在马上的一个人就跌下去了；接着又是一枪，又有人落马。

匪兵乱起来，马头相对，互相冲撞。但他们很快反应过来，回头把队伍拉成八字形往前逼近。

就在那一天，老红军突围的时候受伤了。他的鼻孔堵塞，不能够呼吸，大口大口地吐血。他以超人的毅力往前挣扎。后来他终于跑到了一个伤兵收容站，在一个婆婆妈妈的首长跟前昏了过去。

这一次老红军差点送命。他在一个多月的时间里，前后被五六拨人抬过，但他都从担架上滚落下来——他坚持拄一根柳棍往前挪动。当他实在落得很远的时候，首长就让人重新把他抬起。

有一天他昏死过去。因为伤口发炎，整个脸都肿起来。大家认为他没救了。

队伍启程的时候，他一个人偷偷钻入一片丛林。他想自己死在这儿。如果不是战友早就察觉了他的意图，两天前就收走了他的枪，一切也就简单了。他不愿给队伍带来连累，想等队伍走开后，再让自己静静地死去。

队伍就要启程了，首长喊破了嗓子，命令一个连四处搜索。有的女兵呜呜地哭起来。老红军躲在林子里，泪水一串串流下。他不记得以前这样哭过。听着战友呼喊的声音，心里好难受。

他们呼喊着，简直在哀求他出来。

革命队伍就要出发，时间一分一秒流逝，分分秒秒贵如黄金。他的心软了，从林子里爬出来。

他没有死去，而是成为队伍中一个专门品尝草根的人。他要把那些新采来的陌生草根一一咀嚼，试试有没有毒。他一次也没有遇到危险。当首长知道他主动承担了这个工作时，感动得不知怎样才好。他对首长说："我已经是个废人了。"首长说："不，队伍还需要你来打旗呢，你万万不能死去。"

老红军眼睛闪烁出幸福的泪花。他直盼着举起那面红旗。那面血迹斑斑的红旗，如今在哪里飘扬？身边的人都是另一个团的。他向他们打听。他们极力地回忆，答应把他尽快送到原来的队伍中去。

老红军以超人的毅力捱下来。后来他的伤口好了。再后来，他追上了自己的队伍。

这就是我们知道的全部战斗历史。它在我们心中永远闪耀着光辉。没有人能把它从我们心中抹掉。二十年过去了，当有人谈到"红军"两个字，我们眼前立刻会出现一面哗哗抖动的红旗，想起心目中的那个老人。他就是最严峻的历史，是一个浴血战斗的故事。他站在了这块平坦的土地上，正把自己的声音送给正在成长的后一代。

自从公路修起以后，荒原上就变得忙碌了。似乎人们再也不能容忍有了一条大动脉的荒原还在沉寂。于是一群群人涌到海上拉鱼，到荒原伐木，采药材，割草。荒原做出了无私的奉献。好像它是取之不尽的。那么多的木材，那么多的干草，以及那么多的鱼产品，源源不断地从马路上运出。

我们的学校又一次动员起来了。大家都投入了开发荒原的大潮之中。我们举着旗帜。这旗帜上就写着我们学校的名字。好像我们都在老红军的挥手指挥下，迈入这伟大的战斗行列。

上级发出一个命令，让学校和周围的村庄一起，组成一个又一个垦荒队，把整个荒原都开发出来，建成一个粮食基地。沙滩上不但要刨去树木，除掉茅草，还要垫上厚厚的一层黑泥，改良出第一流的土壤，种植小麦和玉米。有的地方要办农场。还有的地方要种水果。

一声令下，人群在一个严寒的冬天，拉着帐篷，浩浩荡荡开往海滩。接着是放火烧荒，有了浓烈的烟味。只要北风刮起，烟味就更重。深夜，蹬上屋顶，就可以望见北方那一片红色的大火。火焰燎着星星，传来一阵奇怪的声音。有人说那是星星被燎疼了，星星在吱吱尖叫。

海滩上到处是被烧掉的草皮，有的地方积了厚雪，火就熄灭了。于是当太阳出来时，大地像一个野兽换掉的皮毛一样斑斑点点。帐篷里满是散发着臭味的皮靴，肮脏的衣裤；行李卷上闪着油光，旁边是马灯，碗筷，和熏黑了的水壶。整个海滩就像军营一样。到了夜晚，有的地方放起了鞭炮，还有的地方燃起了篝火。闭上眼睛，会误以为来到了战场。

我们脑子里都有一幅相同的战斗画面，仿佛又看到一个老人躺在火光下，烈火向他逼近；口腔里的血凝成一块，他就愤怒地吐出……枪声越来越近，突然他变为一匹红色的马，在一片火海中奔腾不停。火焰燎了它的鬃毛，它发出了哀痛的长嘶。它冲出了火阵，迎着一片熟悉的红旗冲去……

就在我们学校开上荒原的第二天，传来一个奇怪的消息：老红军跟上面的一个大人物吵起来。老红军怒拍膝盖，说痛恨自己没有了武器——如果有武器，非亲手把那个领导人干掉不可。

我们大家都惊奇地问：老红军为什么发火？嫌我们干得不快吗？

传递消息的人连连摇头："恰恰相反。老红军说他让人们修这条马路，不是为了让人们踏着它进来糟蹋草原和树林的。他只是为了修一条通向原野和大海的马路。他让他们赶紧撤回，不准在海滩上点火，不准伐树。领导人不同意，他们就吵起来……"

我们一下给弄懵了。这种雄壮的场面本应与老红军的形象连在一起呀，他怎么会反对？

正在我们恍惚时，又有一个消息传来："以前的消息不对。荒滩上的红旗正是老红军让插的，这才是老红军的意思。他跟那个上级吵，是嫌那人没有派更多的人到荒滩上来……"

我们听了更加吃惊。因为我们终于再也闹不明白，到底怎样才是老红军的意思。

但我们听到那个消息不久，就在荒滩上发现了他的影子。

那是一个大雪天，我们从帐篷出来，一转脸，看到从马路斜坡上下来一个手持拐杖的人。都觉得他的身影有点熟悉。我们往前走了几步，看出他正是老红军！

他穿了一件破旧的老羊皮袄，黑色的毛皮在领口那儿翻着。他巨大的鼻孔喷出一团团白气；那气又在羊毛梢上凝成了白霜。他没有戴帽子，又白又短的头发茬儿跟黑色的羊毛形成了明显的对比。他的拐杖是一个破旧的锹柄改成的。他穿着一个半长筒的皮靴。皮靴已经破碎，从破碎的洞洞里露出了一撮撮麦草。他正艰难地往帐篷边上走。他掀开一个帐篷的帘子，看了看里面酣睡的人，又往另一个帐篷走去……

我们跟在他的后面，悄悄地不吱一声。后来我们见他蹲在那儿，双手抖动，伸出手里的锹柄，轻轻地把那层雪幔拨开，露出了一片未燃的茅草。他伸手抚摸着，一直抚摸了五六分钟。后来他又用锹柄轻轻地覆上白雪。这样待了一会儿，他又站起往前走。起风了，一股白雪撩开他的衣襟，冲进他的胸口那儿。他像没有看见，昂起头，四下遥望。更远的地方，透过雪雾可以望见另一片帐篷的影子。他长长叹了一声，往那儿走去。

巨大的脚印留在雪地上。我们伸出脚试了试，发现只有他的脚印三分之二大。

我们这时更加迷惑了，不知老红军是什么意思——他为什么来到荒原……

这之后，大约有一个多月的时间，我们的垦荒队差不多大获全胜了。视野之内，所有的茅草和树林全部被我们干掉了。新翻的土地上，无数的草根和树棵都被铁耙子拉出，汇到一起，晒得焦干之后又被烧成灰烬。

也就在我们欢庆胜利时，一个噩耗传来——老红军死了。

开始大家都不信，同学们互相眨着眼睛，愤恨地看着那个传递消息的人。

当天下午，所有帐篷的人都集中到一起，看着一辆吉普车从马路上疾驶而来。

车上跳下一个穿着黄色军大衣的领导。他主持召开了荒原大会。会上，他号召我们化悲痛为力量，沿着老红军指引的道路，把我们这里的事业进行到底。人们呜呜哭出了声音。哀恸的声音盖过了海潮……

再也没有红军了。他让我们开出了一条通向大海之路，我们就沿着这条路走向了阔大的原野，进而又改变了这片原野。可这到底是不是老红军的意愿呢？没人知道。

二十年后的今天，我怀着无比悲凉的心情，一次又一次踏上这条路，去寻找心中唯一的红军、他遗落在荒原上的声音。

举目四望，苍苍茫茫。由于失去了茅草和树林，失去了一片绿洲，多年的北风掀起的黄沙彻底毁掉了良田，那一个个沙丘像巨大的坟墓一样，罗列在视野内。这里埋葬着老红军的愿望吗？埋葬着老红军的真正意图吗？

我大声地询问。

得不到回答……

逝去的人和岁月

有一年秋天，在那个海滨小城里发生了这样的事情：一个在人们眼中多少有点神秘的文雅绅士突然被捕了。

那时他们给他挂上了铁链，让他带着无法接受的巨大耻辱，把他从住处——那个全城数一数二的阔绰住宅里拖出来，押解着，沿海港路一直走到中心广场，那里正聚集了很多人。秋风扫下的一串串落叶在地上旋转。人们带着迷茫的神色望着这个可怕的情景，眼里的惊异和询问不断地交换着。

士兵的枪生了锈。然而刺刀却磨得闪闪有光。

那座大宅里走出两个女人，她们又被几支锈枪挡住了。从另一个角落里传出了很大的喧闹，那是被惊吓了的市民发出的。

一座高大的、不知什么时候建起来的纪念碑下面摆上了鲜花。一队骑兵踏踏地策马而来，他们一直向南奔去。紧接着，押解那个绅士的几个士兵吆喝了一声，接着就粗野地骂起来，用枪杆去推搡围观的人。士兵中的一个大胡子甚至忙里偷闲,从腰上解下一个酒壶,咕嘟咕嘟灌了两口。他冲着那个绅士伸出食指,在他额头上戳了一下。只一下,坚硬的指甲就把那个男人的额头刺出了一道红伤。绅士咬着牙,往前走了。那些士兵嫌他走得太慢,不停地拽他的锁链和绳子。原来他们要追赶前面的骑兵——骑兵尽量让马走得慢一些。即便这样,后边这些人还是尽力加快步子。他们要出城,到更远的地方去。

这个秋天决定了多少人的命运。这个秋天抓走了不知多少人。

那个男人就是我的父亲。

那个秋天离我的出生时间整整还有十二年。家里只剩下母亲和外祖母了。母亲——我说过,当时她没有哭,她被士兵们挡回去,接着就在那个深宅大院里整理东西。她和她的妈妈一声不吭。

在这幢很大的、外祖父遗留下的庭院里,她们两个凄凄冷冷地站了一会儿,然后又把一些房子看了一遍,上了锁。最后,母亲打点好了几个包裹。她们要出门的时候,一直守在门口的人过来阻止。母亲愤愤地质问,可是那些人只是笑,并不答话。母亲要求带她见一位长官。那些士兵终于不敢怠慢,就让她先待一会儿,他们要去禀报。约半个钟头之后,有人就领母亲去了。士兵在前边引路,母亲神色坦然。他们出现在大街上令市民们好奇,好多人都盯着母亲和那个士兵看。母亲当年三十多岁,简直是这个城里美丽和端庄的象征。她每一次走出院子,都有许多人去注视她。而这一次大家的目光却换成了另一副神色,那眼神里带上了更多的怜悯和仅有的一丝嘲讽。

母亲跟着那个士兵穿过海港路,再绕过广场的一角,来到了司令部大门外。卫兵交换了一下眼色,他们就进去了。

在长官的屋子里,他们开始了温和的谈话。后来就争吵起来,可是这种争吵也仅有一分多钟的时间。他们又归于温和的谈话。最后母亲与那个长官握手告别。

当母亲重新走出司令部大门的时候，长官亲自把母亲送出来。他很客气地询问了几句什么，母亲道了谢。就在士兵的陪伴下，母亲又回到了大宅。

她与长官究竟谈了些什么，她争取到了什么，赢得了什么许诺，后来都没有讲。只是从那一次回来之后，她就被应允离开这儿了——她的出生地，她生活过一段最美好时光的城市。

那一天，她们迎着凄凉的秋风，带着一些包裹和木箱，坐上了一辆木轮马车。

很多人都涌出来，像是为她们送行。年老的人呜呜地哭起来，有的人喊着母亲和外祖母的名字。甚至有人喊起了外祖父和父亲的名字。他们都记起了城里这两个体面端庄的绅士。但母亲和外祖母第一次这样麻木地面对着这些关切，她们扫过去的目光有些呆滞和生硬。

马车夫是一个上了年纪、满脸皱纹的男人，他用破毡帽把脸掩了，好像在做一件平生里最为耻辱的事情。他怀抱鞭子，抄着手，任两匹马往前走去。木轮车发出辘辘的声音。车子驶过那座纪念塔，又往前。母亲看到纪念塔基座上的鲜花全部枯萎了。外祖母回头看着，母亲的脸却一直向前。

就这样，他们直走了一天一夜，来到了一片荒芜的土地上。一条弯弯曲曲的路还在往前延伸。马车夫回头看母亲，母亲摇摇头。那个男人继续吆喝牲口。前面的路越来越曲折、越细，坑洼也多了。外祖母被颠得有些不安。两边的林子越来越多、越密，再到后来，一群群乌鸦绕着人盘旋起来。母亲没有吭声，只用眼神示意马车继续向前。马车夫困惑地咳了一声，用鞭子打起辕马。就这样，马车走进了荒原深处，直到一片稀疏的林子后面出现了一个茅屋时，母亲才拍打起衣襟上的灰土。

　　一个护林的老人从茅屋走出来。老人好像认识外祖母和母亲。他的腰使劲弓着,用很久以前的礼节迎接了她们。母亲紧紧握着那双整日操劳、青筋突暴的手,向他问候。护林老人嘴唇哆嗦,不知在咕哝什么,从他红红的眼神可以看出,他被母亲和外祖母的样子给吓坏了。

　　马车夫领了一点钱,道过谢,就慌慌地回过车去,大声地吆喝起牲口。马车一溜烟地飞走了。

　　外祖母说,就这样,母亲从此再也没有离开茅屋。

　　她那天认认真真地裱糊了小窗,扫了尘土,把外祖母和她自己安顿在这间干净的屋子里。另一间屋子也被母亲收拾得干干净净,让那个护林的老人住。老人晚上不停地咳嗽,可是还要不断地抽老旱烟。头几个夜里,那个护林老人简直咳得没有合眼。母亲竟然带着自己的母亲来到这片荒滩来享受孤独,亲手打发一天一天的孤独寂寞。她不知道男人要走多长时间,也许是整个的下半辈子。就带着这种茫然和绝望的心情,她开始了没有尽头的等待。

　　很久以后,当我能够懂事的时候,我才明白这种等待是多么无望、多么艰难。

　　母亲开始磨炼自己的一双手,眼望着这双手被磨得流血,磨得粗糙起来。她在小院向阳处松了土,种了白菜,又和护林老人一块儿,把屋子左右一些果树整好,除草修树,剪去枯朽的枝条,等待着春天的来临。

　　果树结出了果子,母亲和护林老人一块担上果子,到很远的地方去换取粮食。

　　护林老人有一杆很大的土枪,深秋时节就背在身上,整夜整夜地不睡,防着歹人和野兽。

母亲回忆起往事，脸上带着深深的感激。她说那个老人是天底下最好的人。从母亲嘴里我得知：他是外祖父上一辈人收养的一个孤儿。他在那里活得很好，长壮了，为了报答外祖父一家，就替这个家庭做了很多别人永远也做不好的事情。他是一个勤恳的人，一辈子没有婚娶。他很早就发了誓，要为这个家庭付出一切，他的整个生命都是这个家庭给的。但是外祖父这一代有了新的打算，他不想让一个人在这个院子里过一辈子，他觉得一个人就该有自己的财产、自己的家。外祖父总是跟那个老人叫"大哥"，因为从年龄上讲他还要小几岁。他说："大哥，你该有你自己的家业了。"那个老人一听，一下子跪下了，说："老爷，我的命就是这个家给的，我离开这里就活不久了。"外祖父说："这里还是你的家，你愿意什么时候回来就什么时候回来。不过，你现在该有自己的一份产业了。"那个人明白，外祖父是要给他一些钱，就连连地磕头，两手摆动着表示拒绝。可是外祖父接受的是崭新的教育，他从外面回来就打发掉了所有的使女和当差的人，决心一切自己动手，自立自尊。他要求每个人都独立生活。后来，他就给了这个老人一些钱，并且让他到远处去买一些土地，盖起自己的房子。可怜那个老人，哭着接受了这些钱，后来，就一个人流落到这片荒土上，买下了一小片杂树林子，盖了一个小茅屋。

我听了曾问："外祖父不是给了他很多钱吗？他怎么过的这么寒酸？"

"那个人一直觉得自己不配拥有这么多钱，他把这些钱都藏在了一个瓦罐里，只拿出很少一点置办了产业。开始的时候他老想死，离开了你外祖父一家，他觉得活着一点意思没有。他把钱看得像泥土一样，可是后来世道乱起来，他回了几次你外祖父家，好像明白了一点。这是个聪明的老人。他跟你外祖父讲，他要好好地在那片荒滩上过日子,有一天——也许那一天早晚会来的,他要把老爷接过去。你外祖父当时还不明白,今天看,他的意思再清楚没有,就是说一旦有了什么不测,你外祖父说不定要在那里躲避呢,那是他给你外祖父留下的最后一个窝。可惜你外祖父没有听懂。再后来又是你的父亲——老人前些年去城里接他,竟被他骂出门去……"

  我听到这里明白了:母亲接受了外祖父和父亲的教训,才毅然告别了那个小城。她再也没有留恋过去,她看上去生活得很好。外祖母操持家务,帮了母亲不少忙。林中老人那么慈祥,母亲任何事情都要请教他。生活上的一些小事,比如说,什么蘑菇有毒,什么野果子可采摘,那是绝对要得到老人的认可的。老人尽管腰弓了,十分瘦削,但身体很好,担着上百斤的粮食还能健步如飞。母亲就跟在他旁边。他们每一次都是兴冲冲地赶回小茅屋。

  为了准备冬天,小茅屋要忙上一大阵子。那个老人把茅屋西边一溜槐木墩掘出来,用铁钻子和镢头一点一点把它们劈开。要知道槐木墩是非常难对付的。老人把木墩劈成玉米芯么大,一块一块摞好,垛起来。外祖母平常依据过去的老经验,每年入冬以前烧一些木炭。在城里时她总请人到很远的林子里寻找上好的柞木,然后亲自动手做成木炭,留着冬天烤火用。她可以把木炭做得不老不嫩,这样点燃了没有一丝青烟。在这里她可以大显身手了,因为荒滩上到处都是柞木。外祖母做了很多木炭,埋在屋后的土里。后来我出生了,记得我们每年冬天都可以扫开白雪,挖开屋后的土层,这样立刻就看到像煤炭一样颜色的木炭了。外祖母把木炭掰成均匀的核桃大小,然后才把它封好。

  冬天里,这个小茅屋的三个人围着火盆,煮着茶砖——这是外祖母保存起来的。她喝茶的时候愿意添一点糖,这是她跟外祖父在一起时养成的习惯。一家人喝着糖茶,母亲有时候高兴了,再讲一个故事。那个老人抽着烟斗,咳嗽着,他的烟斗很漂亮,当地人见了都十分惊奇。它的烟锅很大,与烟杆交成一个直角,是黑胶木直接旋成的,很亮。当地人如果知道这个烟斗的来历一定会更加惊异了。

那是外祖父给他的,当年由一个洋人送给外祖父,外祖父又送给了这个护林老人。开始的时候他舍不得用,老是放在上衣口袋里,一会儿拿出来抚摸一遍。外祖父死了以后,他才开始使用这个烟斗。他抽的烟都是自己在屋前种出来的,那是一种很有劲道的小叶子烟,烟棵长得很矮,烟叶都是墨绿色,成熟后晒干又变得焦黄。

母亲和外祖母一点也不讨厌他抽烟,烟味很香很香。当母亲实在无聊的时候,甚至讨来一点烟末用纸卷上吸一口。外祖母不安地看一眼女儿,但并不阻止她。后来,母亲居然也可以抽一点烟了。

我们的茅屋东边有一口砖井,那是护林老人请人做帮手,用了一年多的时间修成的。这口井水很甜,在最旱的年头里它也没有干涸过,成为当地的一大奇迹。人们都说这口井打到了最好的旺脉上。

母亲去提水的时候,外祖母总是跟在后面,因为母亲提水要用拴了绳子的桶放到深井里,然后伏在井边上往里看。她不会使桶翻倒灌水,她甩一下又甩一下,往往折腾到浑身是汗。尽管护林老人把那个水桶改成了小号的,但母亲做这活还是十分吃力。外祖母有一次看到母亲在井边上一直这么看着,并不动作,就说:"你可不要寻思别的,啊?你可不要寻思那些吓人的事,你在这儿好好地过吧。"

母亲含着眼泪笑了,她知道外祖母的意思。她说:"妈妈,你想到哪里去了,我不会的。"

母亲非常坚强,她这种毅力也许是外祖母传给她的。外祖父死于非命,外祖母哭过之后,也就过起了自己的生活。那时候她把家务操持得有条不紊。她忍受着一切。她唯一的女儿却完全知道母亲在想些什么。就这样,她学得像外祖母一样坚韧、执拗。在这个小茅屋里,母女两个过着平静的生活。她们的操劳,由于远离了世人的注视,所以显得平淡而温馨。只有她们走出茅屋,到远处的村落去的时候,人们才感到这里多了什么新奇的事情。母亲讲:有一个夜晚,护林老人新养的一条狗没好声地吠,于是他们都起来了。有一个黑影在墙头上探了一下,护林老人毫不犹豫地迎着放了一枪。后来没有一点声音。他提了马灯出去找,发现墙头上有几点血迹。"打中啦!"护林老人喊。母亲害怕地看着。外祖母说:"你把枪口抬高一点多好。"护林老人恨恨地盯着那几点血迹,看了母亲一眼,这是他第一次用目光顶撞外祖父家的人。他提着马灯,气呼呼地沿着血迹往前走了几步,然后说:"伤得不重。"由于血迹滴得很疏、很淡,他料定那个人捂着伤口跑走了。从那以后再也没有发生类似的事情。那个夜晚,护林老人不断地抽自己的烟斗,狗再也没有叫一声。

我长到十几岁的时候,目睹的是父亲对母亲一次次的粗暴的呵斥。我曾经问过外祖母一个大胆的问题。我问:"父亲过去也这样吗?"

外祖母说:"不。"

我想不出当年的父亲是怎样的,于是就不厌其烦地询问着我们的过去……

我可以想象母亲在等待父亲的那些年里是多么艰难。那种无望的等待是真正令人难以忍受的一种煎熬。这种煎熬不知过了多少年,外祖母说父亲走后没有一点音讯,也没有一个人来转告什么。母亲刚刚开始的时候并没有想到要打听父亲什么,但是后来,也许是这里太寂寞,也许是有什么东西拨动了母亲心中的牵挂,她收拾了一点东西,要去看望父亲。外祖母让护林老人跟上,护林老人非要带上枪不可。

外祖母说服不了他,也就只好让他在家里守着。外祖母和母亲一块上路了。

她们到城里那些长官那儿打听了父亲,那些长官含糊其辞。后来母亲和外祖母就自己往前赶路了。她们绕过了那座海滨城市,坐了驴车,后来又坐了一段烧木柴的汽车。

再后来也就到了一座有名的监狱。她们这一次累得浑身酸疼,朝行夜宿,走了不知多少路,翻过一道道的高山,差不多都瘦了一圈。不知过了多久,她们才从那儿转回茅屋。后来,我曾问过母亲看到父亲没有?她没有作声,外祖母也没有作声。我又一次问母亲。母亲说:"谁知道呢,也许看到了。"

我不明白她的话。

外祖母后来告诉我,那一次她们到了一个采矿场,四周都站满了持枪的人。原来那些开采露天矿的人就是些犯人。她们拐肘上挂着包袱,对监工的人说了父亲的姓名,那些人睬也不睬。她们就这么想象着这一些开矿的人里会有父亲。看了一会儿,母亲眼里流出泪水,外祖母也用衣襟擦眼睛。后来,她们就回来了。

这是母亲唯一的一次出远门去看父亲。外祖母说,回来之后,母亲亲手打浆子,用破布做成了布板,然后纳鞋底,做起了布鞋。外祖母是捻麻绳的好手,她没事了就捻麻绳。可是麻绳用完了,母亲请她再捻一些,她看了看做了半截的鞋子,没有动手。母亲于是自己抓起麻绺来,捻了一些粗细不一的麻绳。这些麻绳在纳鞋底的时候不断地折断,外祖母叹了一口气,又为她捻起了麻绳。母亲一连做了好多双男人穿的鞋子。外祖母知道这是给父亲做的。她从当中挑出一双略肥一些的给护林老人穿上。老人嘿嘿地笑着,高兴得不知怎么才好。这些鞋子做好之后,就用一个纸袋装了,捆起来放到阁栅上。

不知过了多少年，父亲回来了。听说他完全改变了模样，又高又瘦，说话十分尖刻，父亲用生硬的目光看着这个茅屋。他几乎在用命令的口吻说话，让母亲和外祖母跟他再回到那个海滨小城去，外祖母的拐杖捣着地，但是并没有说什么。母亲用沉默抵挡着父亲的暴怒。父亲只发过一阵火，后来就是长久的沉默了。再后来有了我，我懂事后看到的是一个执拗的、性情温和的父亲。他这种温和一直到我四五岁的时候才突然改变，好像长久压抑着的什么一下子爆发了。那时候，他开始没完没了地跟母亲吵。

我一天比一天地为母亲和外祖母感到难过——那是何等艰难的煎熬啊，她们过着比常人难上十倍的日子，等来的却是更加痛苦的折磨。父亲并没有把他的屈辱留在那片采矿场上，他回到了小茅屋，从此之后他的阴影就长久地笼罩了这个地方。

我印象深刻的是父亲的脚。奇怪的是不知多少年过去了，我还能够记得起父亲的脚背是什么模样。

他的脚是细长的，好像从没经过沉重的劳动磨损过，脚背是粉红色的，有着很多竖着的、细小的皱纹，青青的脉管低低地伏在脚面上往前爬行，后来又往脚心里转去。那只脚很像被晒了整整一个秋天的红薯，让人感到缺乏水分，没有生气。这两只脚就穿着母亲做好的鞋子。我记得这种黑布鞋子他一连穿了好多年都没有穿完。

我记忆当中，父亲带回一种很重的毛病：心口疼。当这种病犯起来的时候，他就伏在地上，痛苦地呻吟、滚动，令人不忍看下去。可是他又拒绝任何人上来扶他、拉他，谁如果在这时候动他一下，他就会骂起来。他唯一采用的治病方法，就是找一个凸起的土坡，把腹部紧紧地挤压到上边。我现在也不明白那种剧痛是怎样造成的。它绝不是一般的疼痛，这种疾病到后来每隔几天就要犯一次。他犯病的时候脸色蜡黄，头上满是汗珠，十根手指全都插进了土里，一双脚像鱼的尾巴那样抖动不停。这个形象一直在我脑子里出现，直到父亲去世很久，我还常常做起噩梦，梦见父亲又害起了心口疼，躺在土坡上浑身抖动。

跟父亲绝对搞不到一块儿去的还有一个人，就是那个护林老人。父亲像一个主人似的，用轻微的但是不容更改的语气吩咐着老人，这大概深深地伤害了他。护林老人没有违抗他什么，总是按照他的命令行事，既小心翼翼又充满了敌视。父亲好像也察觉了，有时竟然呵斥起他来。外祖母有一次终于忍不住了，把手里端着的一个葫芦瓢狠狠地摔在地上。父亲看了看碎裂的葫芦瓢，抬头望了外祖母一眼。外祖母在围裙上揩了两下手，到母亲屋里去了。父亲的脸色好多天都没有缓过来。

我记得母亲劝阻父亲说：

"他是我们家的恩人，再说，从年龄上看，他差不多是我们的长辈。"

父亲鼻子里哼了一声，不以为然。到现在我都不知道父亲为什么那么反感那个护林老人。

母亲后来分析：

"可能就是因为这个人改变了我们一家的生活。因为就是这个人在这里开辟了这个小窝，我们一家才在这里容身，不然的话，我们只能在那个小城等你的父亲了。他是一个厌恶穷乡僻壤的人，可是他就忘了，正是穷乡僻壤才救了这一家老小。"

我问："我们如果在那个小城里等他呢？"

母亲摇头："那样，他回来的时候就什么也看不到了。"

"怎么？"

"那个小城后来乱得很,我想,你的大爷(护林老人)估计得不错,他知道待在那个城里没有什么好结果。后来有人要烧掉你外祖父的院子,大火眼看就要着起来了,才传来一个部门的什么命令,把火扑灭了。听说有好几间房子的东西已经被搬空了。你想想,那时候如果我们在那里,还活得好吗?你父亲是个糊涂人,他忘了他在哪里跌倒了,忘了哪里使他蒙冤,那是个不祥的地方,他还是该学着做个乡下人。这里什么都是从头开始。"

母亲这样说着,垂下了眼帘。到后来我记住了母亲的那句话:"什么都是从头开始。"

父亲打着赤脚,穿着破旧的衣服,在茅屋旁边开了一片土地,十分勤劳地干起来。我知道,他劳动的技巧、他身上的勇气,都是从那片露天矿那儿带来的,他早已不怕沉重的劳动了,他已经安于命运了。这一点,我当时还没有想到它是多么了不起,只是觉得它是自然而然的。他好像因此有了更大的支配别人的理由,他让母亲,特别是让那个护林老人干这干那。我承认他那时候态度不算粗暴,但语气里总有一点命令的意味,那是不容更改的,是必须遵照执行的。

护林老人很快地衰老了。在我的记忆当中,他临近死亡的前两个年头,再清楚不过地显出了这种兆头:他已经活不久了。我看到,他的灰色眼珠里常常流露出一种恍恍惚惚的神色,那是就要进入另一个世界的人才有的。我知道他对于父亲不能容忍,但我从来没看到他的反抗。

有一天,那大概是我四五岁的时候,我走进了外祖母的屋子里。我一推门,一下子愣住了,我发现护林老人手里拄着那杆土枪,像拄着拐杖一样,哆哆嗦嗦地站在那儿。他见我进去像没有察觉,继续说下去:

"我是您府上的人,我是个下人,我生生死死都跟着老爷家。"

外祖母没有阻止他说下去。

"可是,还请您宽容我,我是实在看不上您的女婿,我不能和他待在一个屋子里。我如果有什么对不起府上人的地方,还请您老宽大我,我给您老跪下了。"

说着,他真的跪下来,磕了一个头。外祖母这时候才慌张起来,上去拉住他,给他拍打腿上的灰尘。他只说:"我得走了,我得走了。"

外祖母说:"你不能走,我们是一家子,一家子人怎么能分开哪?"

护林老人嘴唇哆嗦着,往后退着出了外祖母的门。

他走了之后,我看到外祖母气得脸都变了。我知道,外祖母不是生护林老人的气,而是生父亲的气。

第二天,护林老人躺在自己的屋子里,没有出来做活。母亲以为他病了,就端了一点蘑菇汤给他喝。他像一个健康人那样吃了所有的饭菜,抹抹嘴巴又躺下了。这时候我们才知道没事,他可能是跟父亲怄气。可是,我们想错了。到后来他失踪的时候,我们才知道他原来是在积攒力气准备上路了。

他后来就失踪了。

全家人都慌了,连父亲也觉得是闯下了什么大祸。我们不顾一切地到处寻找这个善良的老人。父亲尽量伪装镇静,可是他完全明白,那个老人的出走与他有着直接的关系。外祖母用仇视的目光盯着父亲。母亲有些慌张,两手不断地在衣襟上搓着。我跟着三个人往外走。

我们想寻找到脚印,可是地上的茅草和丛林太多了,哪里找去呢?我们走啊走啊,一直走了很远。

后来,父亲跑回去领来了护林老人的狗。那条狗自从老人失踪之后就没有安生过,一直狂吠暴跳。

后来，在这条狗的引领下，我们一直向着西南方奔去。这条狗迫不及待地往前赶，父亲紧紧地扯着它的锁链，好几次差一点被拽倒。我们跑啊跑啊，外祖母不得不坐下喘息，我们也只好等她一会儿。那条狗在远处呜呜地哭起来，父亲也在那儿蹲下了。我、母亲、外祖母赶紧赶了过去。接着外祖母叫了一声，也蹲了下来，母亲捂上了眼睛。

我看到，那个护林老人不知什么时候死去了，蜷着身子，在一丛苦草墩子旁边像睡着了一样。可是他的嘴半张着，他的眼睛、他脸上的肌肉已经清楚地告诉我们，他早已经死去了。他手里半松半紧地握着那支土枪，后背上还背着一个小小的行李卷。他要到哪里去呢？我心里马上涌出的是这个问号。

母亲说："他肯定是走累了，躺下来歇息，可是他再也没有爬起来，他老了呀。"

外祖母哭出了声音。父亲的脸色蜡黄蜡黄，嘴唇变得发紫，他呜呜罗罗地说着什么，我一句也没有听明白。后来，他脱下了衣裳把老人包起来。我看见他在脱衣的那一刻，眼角有什么晶亮的东西。他把老人抱起来，往前挪了两步，又放下，重新抱紧了。他就像抱一个婴儿那样把老人抱着，一直抱回了茅屋里。

那一天黄昏，他奋力地在茅屋旁的一棵松树下挖了一个坑穴。接着又亲自动手，给老人用厚厚的木板钉了一个粗糙的然而是结实的棺材。他把老人埋葬了。

埋葬老人的时候，那条狗差一点扑进去。母亲紧紧搂住狗的脖子，全家人都含着泪水站在这儿，一齐给老人下跪。我站在那呆住了，被父亲狠狠地按了一下脖子。我也跪下了。老人的坟垒得很尖。

从那儿以后，我觉得永远失去了一个老爷爷，但是，他还在不远的地方注视着我们的茅屋。逢年过节，我们都要把好的东西摆一些在他的坟旁，跟他说话。我的外祖母一旦有了什么不顺心的事，就坐到坟边哭一会儿，咕咕哝哝地诉说一会儿。有一次，她在坟边这样说道：

"你走了，你是因为他来了才走。这个人哪，他根本就不该回来。我们到底为了什么要在这儿苦等，为了什么？我也不知道，我也不知道……不知道为什么要等他回这个茅屋……"

1989 年 11 月

射　鱼

初秋的大海，恶浪翻卷，寒风阵阵。鸥鸟在灰暗的海空发出阵阵哀鸣。这些鸥鸟在海岸的巨石旁徘徊，偶尔停靠在风蚀崖上，只一瞬又赶紧离开。它们惶惶不可终日。

在离石崖不远的一块黑青色的大石头上，站着几个打扮怪异的人。为首的一个身高一米八六，脸色铁青，双眼宛如牛眸，微微突起；他的鼻子从额上笔直垂下，鼻子两侧常有一道浓重的阴影。这就是从咸阳启程，一直巡行到东方的秦始皇。他站立之地是"成山头"，也叫"天尽头"。

他的黑色披风被海风一次次撩动起来。但他一动不动，坚如磐石。他的目光一直望着天色迷茫的远处，偶尔眯一下。身边一个骨瘦如柴的老臣手捧一个铜钵。那里面装了一点神丸。

老臣瞅瞅天色，战战兢兢，"陛下……"

秦始皇就像没有听见。他伸出手，朝着迷茫的远处轻轻击点三下，然后转身。

老臣以为秦始皇要回去,立刻声色俱厉地朝一边喊了一声。

一顶大轿子被抬上来。由于脚下的石头磕磕绊绊,抬轿的人不能把轿子端平,它发出了吱吱扭扭的声音。骨瘦如柴的老臣咳一声,轿子停在大石一侧。秦始皇瞥了瞥轿子,背向一边。他看看身边的宫女。宫女长得细小极了,肌肤雪白,好像涂了什么膏脂。他垂下眼睑。

老臣把铜钵递给身边的一个人。他明白秦始皇要找个地方方便一下。皇上老了,解溲的次数越来越多。加上东海风气太冷,正好让他不能持久。

宫女小步上前,扶住始皇。始皇与宫女在一处,看去就像一块巨岩上依了一只小麻雀。他们转到石头另一侧。

这边的人屏息静气期待着。几个轿夫跪在湿漉漉的石头上。天太冷了,他们全身都抖动起来。

一会儿秦始皇解了溲,从石头后面走出。他有些厌烦地甩甩袖子。一边的人都知道今天陛下情绪不佳。

秦始皇坐到轿子里。他们要回住处去了。路上秦始皇一句话不说,使劲绷着下唇。走到半路,他唤那个老臣。老臣赶紧跑上前去,不用吩咐,就双手捧上了铜钵。秦始皇伸出两个指头,捏出了其中一个棕色药丸,抿进嘴里。

这神丸都是一个人捏制的,其他人他还信不过呢。

初入齐地,一群方士头戴可笑的小帽,捧着制成的仙丹献给皇帝。秦始皇让两个宫女试服,其中一个刚刚吞下就满地乱滚。可惜已经搞不清是哪一个方士的仙丹。老臣命令:这群方士一个不剩全部杀掉。秦始皇没有作声。当武士把哭成一团的方士牵到一片河滩上,正准备动手时,始皇帝传下令去:一个不杀,全部放掉。

所有随员都惊讶得吐不出一口气。

秦始皇渴望得到一些真正的仙丸。如果把这些方士杀掉，那就没有一个人再敢来献药。他不仅把他们放掉，而且每人发放一块黄金、一卷绵帛。

也就是那次之后，来了一个叫徐芾（福）的人。他带来了邹衍传下的仙丸。这个邹衍名声极大，秦始皇早在灭齐以前就知道这个宝贝。他本来一进齐国就想召见他，只是后来有人建议：还是免了吧，说这个人学问听得，药丸吃得，就是样子见不得——见了恶心。那是极不利于陛下健康的。秦始皇采纳了他的意见，做罢。

干瘦的老臣曾经试服过邹衍的药丸，一吞进喉咙，就觉得腥气大作。而且颗粒粗糙。他真怀疑在海边上往返来去的邹衍，这丸子是用鱼骨头搓成的。但他没有说……

从海边回到住处，秦始皇做了一个梦。

他梦见一只老虎驱赶一群怪兽，在一片荒原上到处奔跑。那只老虎外表看去很有威严，额上的"王"字清晰可辨。可是仔细端量起来，皮毛老旧，没有光泽。这是一只很老的虎。

不出所料，百兽在它的驱赶下，渐渐放慢脚步；有的甚至回头做个鬼脸。老虎气喘吁吁，最后卧在一片荒草上歇息起来。

他从梦中醒来久久不悦。他穿了一件薄衣，刚出屋子，老臣就手捧一件披风迎上。老臣身边是三五个浓妆艳抹的宫女。老臣跪在地下："陛下，这里比不得咸阳。东夷之地邪气太盛，陛下已经老了，还是多穿些衣服。"

老臣的话还没有说完，秦始皇嘴里发出"昂"的一声。这一声又闷又响。老臣一个后仰，差点跌倒。宫女赶忙去扶老臣。秦始皇极为恼怒，瞥了宫女一眼。

他转身往前踱去。老臣不敢起身,一直跪在那儿。老臣自从秦王即位以来,就服侍在鞍前马后。他甚至比嬴政王的年龄还要大。

秦始皇也许想到了什么,这时转过身,"嗯"了一声。老臣赶紧站起。

当他向前小步疾趋时,秦始皇若有所思,"你刚才是说我老了吧?朕这就与你兄弟比剑,你看如何?"

老臣全身强烈一抖。

他的兄弟年方四十,身强力壮,从西安一路随从,是宫廷里最得力的一个卫士。老臣连连磕头:"陛下!他怎么敢跟陛下比试剑术呢!"

秦始皇大笑,吩咐旁边的宫女前去通报:早饭之后,联就在帐前空地上与一壮汉比剑,届时所有人都要前来观看。

香火缭绕,乐声齐鸣。秦始皇脱了长衣,手持宝剑,在文武百官的注视下走向空地。地上已铺好厚厚华毯。有人吆喝三声,一个英俊武官手持金色宝剑,迈上华毯。从这一刻开始,壮汉的脸色变得蜡黄,双脚不停颤抖。他的兄长,就是那个老臣,手捧铜钵立在一侧,目光呆滞,面无表情。

秦始皇拔剑出鞘,直指武士。强壮的武士不得不把剑擎起,像畏寒一样,拐肘抖个不停。秦始皇走近,厉声喝了一句。武士抖得更甚。两支剑交成一个十字。秦始皇声如霹雳。武士汗流如注。

武士嘴里吐出两个字:"陛下……"

"我的悍巨,我的虎豹,举起你的剑来!"始皇吆喝一声,叭叭将剑砍击在对方刃上,火星迸溅。

武士似乎精神了一些,他渐渐敢于把始皇的剑拨来拨去。

秦始皇有几分欣容,瘦瘦的腕子向上扬起,费力地把武士的剑挑开。但也仅仅是一瞬间,武士的拐肘又抖起来。始皇又喝了一声,武士全身都瘫软了，抖动着，像端一碗水，小心翼翼把剑举平，迎着大王那个耀眼的宝剑。

这时嬴政厌烦地猛力一劈，把武士宝剑扫落，接着又向前一步，刺穿了武士的心窝。

武士未及呼喊，就倒在了华毯上。鲜血像喷泉一样涌出。

文武百官一声不吭。老者的铜钵掉在地上。他用袍袖遮住捡起，像原来一样伫立一侧。

秦始皇手提沾血的宝剑，"我还没有老吧！"边说边大步回帐。老臣尾随。

第二天秦始皇命随从跟他寻一个猎场。

在几个齐人的引导下，他们来到一片开阔的草地。不远处还是大海，秦始皇一看到大海就有些异样的感觉。秦国的版图就被这茫茫无边的海水做了标界。这也许就是土地的边沿，不过徐芾（福）告诉他：大海深处还有三座仙山，叫蓬莱、方丈、瀛洲。三座仙山上长了长生不老之药……十天前，他命徐芾（福）率一千人马前去寻找仙山，讨回仙药。连日期待使他何等寂寞。

荒原无边，荒草凄凄；丛林密布，虎啸狮鸣。他喊一声："好一个猎场！"翻身跨上棕色大马。

一溜人跟在嬴政王后边。马蹄哒哒，扬起如云的烟尘。草中野兔惊慌四窜。老臣把铜钵装在一个丝织的兜中，拴上马背。他不敢离开嬴政半步。

一只老虎哀嚎一声，从一蓬灌木中蹿出。它似乎无意与这班人马遭遇，但这时候已经来不及躲避。

嬴政王抖起弓箭，猛力射出。令人惊叹的是，弓箭正中虎嘴，老虎倒地而死，口中渗血如丝。所有人都喝起彩来。宫女们激动得流出了泪水。

老臣连连赞扬陛下箭法，说所有人中，陛下是最勇武最强壮最无敌的人。

嬴政王冷笑一声，"这还用说么！"

他命手下人把老虎抬上。他仔细看了虎毛，发现如梦中的老虎一模一样。毛色果然有些陈旧，他心中越发高兴。他杀死了一只衰老的虎，也就等于杀死了衰老。他忍不住哈哈大笑，但没有笑完就猛烈咳嗽起来。

老臣赶忙用拳头轻轻击打他的后背。宫女们递上来一块丝织手帕。咳声止息，他们才策马回帐。

这天徐芾（福）求见。

嬴政王大喜过望。徐芾（福）慌乱地跪在面前，诉说道：他被仙山的天神给挡了回来。一方面嫌他礼物微薄，二方面嫌他人马太少。而且，若要接近仙山，已是绝不可能：有无数黑鳞赤目大蛟鱼兴风作浪，小船靠前即被掀翻，必得将大蛟射杀……

秦始皇马上传令：立即打造战船，配置弓箭手，尔后徐芾（福）重返仙山。说完命其退下。

徐芾（福）瘦瘦的身影刚刚消失，秦始皇就仰在坐垫上睡了。

老臣赶紧把披风盖上。只是一会儿，大王又做了一个梦：一些黑鳞赤目大鲛鱼，无比疯狂，在海里翻腾。他吓了一身冷汗，转醒过来。

这时有人慌慌跑来，伏在老臣的耳边咕哝了几句。老臣脸色吓白了。嬴政王看在眼里，"唔"了一声。老臣话语迟滞。

"不准隐瞒！"

老臣吞吞吐吐。

秦始皇咳了一声。

老臣赶紧跪下:"陛下,琅琊那儿……"

"那里又怎么?"秦始皇想起不久前刚刚在那儿刻过"颂德碑文",又迁来三万民众以示升平,如今又是如何?他急于知道。

老臣慌乱中把地方记错,这时赶紧改口:"不不,是在沂山和泰山这围遭儿,从天上掉下了,掉下了,一块呀巨石!上面刻了一行大字、一片小字……"

"大字是什么?"

"是……是'皇帝死而地分'……"

秦始皇脸色铁青,一双手把坐垫上的绵帛都抓破了。

"小字又是什么?"

老臣记不下那么多字,就让一边的宫女捧上抄件,颤颤抖抖念道:

"'秦始皇这个人不怎么样哩。他贪婪土地,灭了五国,又灭齐国。四海通达,大道合一,实在贪婪哩。一个君王如果知趣,有多大本事就管起多大土地。你本无能治理这么大一片哩。所以说,秦始皇这个人不怎么样,起码是个不知趣的人哩。'就这,完了……"

秦始皇像被什么戳了一下,疼得脸色由青转黄。

他从坐垫上走下,腰一下弓了许多。步出帐子,看着浮云朵朵的天空,看着斜挂的太阳,连声长叹。有人跟来,他摆手将其斥退。他只想一个人走一会儿。嬴政王认为这根本不是什么"上天降落石块",而是歹人伪造。他们竟然如此藐视大王。

他大喊了一声,立刻有人围来。

"即刻启程,朕要亲眼看一看那块古怪的妖石。"

一般人马迅速汇拢,只一会儿,烟尘就覆盖了天空。

大队人马向前急驰……

秦始皇仔细考察了那块石头,又让工匠劈下一块看看石质。他认定这是一块普普通通的石头。

他让人把那石块砸成齑粉,然后又将方圆十里的民众,全部聚集到齑粉周围,质问是谁刻下这些妖言?

没人招认。

他让手下人把这些百姓全部杀掉。

一时哀号动天,血流遍野。一切做完之后,始皇帝又带着所有人马直奔海边。

他领人穿过无边的草原,然后到达了大海。

他命令手下人备好弓箭,他要亲自射杀大蛟。一百二十个弓箭手,手持弓箭,由始皇帝亲自率领,沿海边策马巡行。

队伍直走了二十里,终于见到一条巨大的黑鳞赤目大蛟鱼。

所有弓箭手引而不发。

秦始皇奋力挽弓,射出了第一箭。此箭正中大鱼腹部。一股殷红的血水随波翻涌。大鱼还在挣扎,一百二十个弓箭手一齐射出了箭镞。赤目大蛟死在了海里。

秦始皇把巨大的弓箭抛向大海,仰首大笑。

他的声音很快被海浪吞没了。

狐狸和酒

在海滩大平原上,有一个人物是真正让人嫉妒的,他就是神奇的酿酒老人——照儿。照儿能用发霉的瓜干和红薯梗酿成一种棕色液体。它黏稠醇厚,伴着人们的口舌,直传到方圆几百里远。

照儿长得十分矮小,面颊有灰,双目无光。他的额头上满是皱褶,胳膊很长,两腿极短。他能够让人想起澳洲的袋鼠。他走路也像袋鼠,往前一蹦一蹦,双手得意地在膝盖那儿悠荡。

他到田野上去时,总不忘随身带一个紫穗槐编的大筐子,两手不停地往里面捡拾红薯梗和散落的瓜干碎屑。

他的老婆比他年轻十几岁。有人说这是他四十岁那年,用酒把南山的一个老人蒙骗了,才娶来了人家的女儿。女人长得不算好看,却出奇地讨人喜欢,人人都想用手动一动她,至少是跟她开句玩笑。

照儿每年把酒酿好之后,分盛几个大酒坛里,在厢房一溜儿摆开。这些酒越放味道越好。每年他就用这些酒换回一些粮食。但他从不用它卖钱。这些酒,用他的话说,主要是结交朋友用的。

在这个地方几乎家家酿酒,可是没有一户人家敢说他的酒比得上照儿家的。照儿家的酒好,这是没有争执的一个问题。至于他究竟用什么办法酿出了这么好的酒,却没法研究。

在人们的记忆中,似乎照儿的父亲就可以酿出好酒。他的爷爷呢,他的老爷爷呢,也都是酿酒的好手。显然美酒来自传统,来自一个特定的家世。他们的历史就是一辈一辈酿出来的。

这个地方有很多狐狸。在传说中,也许就在现实生活中,狐狸长到一定的年纪都成了酒鬼。它们挨门挨户地偷酒,还要评头品足议论不休。海滩平原上有无边的丛林和茅草,狐狸可以藏身的地方太多了。所以偷饮美酒的狐狸也越来越多。它们往往把魂灵附在一些女人身上,说出它们的醉话。有一个老婆子喝醉了,在街上呼喊,说谁家的酒我都喝了,就是没有喝过照儿家的酒,照儿家的酒可馋死我了。人们当时就怀疑这个老婆婆是被狐狸缠住了,因为人们明明记得她喝过照儿家的酒。她说没喝,那是附到她身上的狐狸的意见。

照儿家的厢房总是挂着一把铁锁,任何人都不得进入,处处由照儿经管着。他年轻的老婆叫小雷,小雷身上也有一把钥匙,可是常年不用,已经锈迹斑斑。因为小雷一个人在厢房里活动的时候,照儿总是有些不痛快。照儿觉得那些狐狸们早晚要来对付他的酒,染上骚气。所以他心里十分警觉。有一天他到野外去打柴,一路走着,听见一边的树丛里有吱吱叫唤的声音。他料定那是一大窝狐狸,就从路旁捡起一个石块,猛地抛了过去。只听到长嘶一声,蹿出五六只,往四下里逃去。照儿哈哈大笑。

可就在那不久,他的女人病了。她躺在炕上手脚抽搐,不停地说着胡话,嚷着:"狠心的照儿打了老娘的脚背,老娘路都不能走,一瘸一拐的，你得给老娘一碗酒喝。"

照儿心里恨着狐狸，就不停地打小雷。小雷被打了一会儿，全身无力地蜷在那儿，大气也不敢出。照儿又有些心痛她，在一旁注视着，用一个湿手巾给她揩额头、手脚、揩全身。他这才发现下手太重了，小雷身上青一块紫一块。他就从厢房里取了一碗酒，把小雷唤醒，让她喝下去——小雷立刻眉开眼笑。照儿突然发现她那么好看，一笑两个眉梢弯曲着，眼角往上吊着。他忍不住，把她抱在怀里说："你不该和狐狸交成一伙，你看我过日子容易吗？东跑西奔，还要酿酒养活你，你到现在连个孩子也没有。"

小雷听着，哈哈地笑起来，然后把手按在炕上，仍然一蹦一蹿的，照儿大叫一声说："狐狸！"

小雷仍然嘿嘿地笑，朝他做着鬼脸。照儿心里想，怪不得她刚才那么好看，那是狐狸才能做出的妩媚啊！

他请了一个有法术的人。那个人进了门来，小雷立刻缩在屋角。照儿这回对那个判断更加自信了。小雷在屋角抖着，那个有法术的人声音很低，但是十分威严地问道："你还敢不敢再来照儿家了？"

小雷说："我不敢了。"

"好，那你走吧，如果再来，我就不客气了。"

小雷说："我走，我走。"说完，一下子就躺倒了，接上去就是酣睡。

她一直睡了两天两夜。醒来的时候，小雷又像过去一样了，只是浑身没有一点力气。

照儿无比怜惜地握着她的手，一块儿到田野里去做活，说了无数温暖的话。他说："你不知道你前些天是多么吓人哩。"

小雷什么也不记得了，只是觉得身上像刚刚卸下千斤的石块似的，又轻松又疲乏。她说:"我是病了,我大病了一场。"

打那以后,照儿再也不敢得罪狐狸了。他认为狐狸的报复心是非常可怕的。他故意把一坛酒放在厢房外边,故意把一坛酒打开盖子,还把厢房的锁打开。他想,这一坛酒喝空了,它们也就不来骚扰我了。

有一天,他听到了一阵鼾声。打开厢房的门一看,见一个银色的大狐狸喝醉了,躺在酒坛一边,口吐白沫。照儿扳起昏迷的狐狸脸看着,见它闭着眼睛,嘴角的白沫把胡须都弄脏了。他于是取来湿手巾,给它擦去嘴上的脏东西,又把它的脸抹得鲜亮,就轻手轻脚地退开了。

这一年春天,正是照儿家的酒开坛的时候。他的酒每年春天都吸引了无数的人。有的前来品尝,有的用粮食来换酒。每个春天,小雷都是照儿最好的帮手。他们俩把酒坛小心翼翼地抬到院子里,抹去上面的灰尘,用一个粗泥碗倒出一点,先由辈分最大的老人仰脖儿饮下去,喊一声"好酒",然后才开始给其他来客饮用。

可是这年春天,小雷还没有来得及和男人把酒坛搬出来,她就疯痴起来:不停地尖叫,那声音一下子变得无比陌生。邻居们听了都从墙头上探出惊恐的脸来。小雷变得难以辨认了,也更加妩媚了。她在院子里跳动着,又推开院门直向着街上、向着田野奔去。

照儿从来就是原野上奔跑的好手,他扔下手里的一切,追赶着小雷。可是他渐渐发觉,自己这一次远远不是老婆的对手。老婆今天突然跑得飞快飞快,难以接近。照儿长长的两只胳膊在身侧展开,平衡着矮小的身体,一摇一摇像个陀螺一样在地上旋转。他觉得小雷这一次疯痴不比往常。好像有更加不祥的预兆,在暗示着什么。他喊着:

"小雷!小雷!"

小雷只偶尔回身做个鬼脸,一直往前疯跑。奇怪的是她在野地里旋一个好看的圆弧,又折回来。而照儿就沿着她跑的轨迹往前追赶。

村里好多人都跑出来，大家用手指点着那个疯女，议论纷纷。

那个有法术的人不知什么时候也赶来了。他喊住了照儿，走到他跟前指点着："如果不是狐狸附身，她能跑这么快吗？"

照儿说："我看也是。"

有法术的人往前走了几步，用霹雳一般的声音喊住了小雷。小雷哆哆嗦嗦。有法术的人也不搭理小雷，只转身往前走去。小雷却乖乖地跟上他，往家里走去。

到了屋里，照儿把小雷扶上炕头，让她平躺着。有法术的人坐在小雷跟前，用冷冷的目光盯住她。小雷两手挡在眼上，手一闪开，看见了面前这个阴冷的男人，就呀一声大叫，重新挡上眼睛。就这样躲躲闪闪，直到半个钟头，她才渐渐一声不吭了。

有法术的人问："你是从哪里来的？"

小雷嘿嘿一笑："我是从野地里来的。"

"你来干什么？"

"来喝酒。照儿的酒好，上次我一口气喝了两大碗，醉倒在厢房里。"

照儿痛苦地拍打膝盖："没良心的东西，我为你准备了酒坛，打开房门，你喝醉了我还用湿手巾擦过你的脸。"

小雷说："就是啊，我这回又喝醉了，你看看我满嘴酒气。"她说着，向照儿哈出一口气来。

照儿果然闻到了浓浓的酒香。有法术的人大喝一声："放肆！"小雷这才停住嬉笑。有法术的人对照儿耳语了几句，照儿面有难色。停了一会儿，照儿终于两手抖着从衣柜里找出了一支缝衣针。他们动手给小雷脱下衣服。小雷挣扎着，死也不肯。有法术的人使个眼色，照儿就用膝盖压住了她。他们好费力地为她脱了上衣，又脱了下衣，脱得一丝不挂。

小雷颤抖着，一会儿用手捂住这儿，一会儿捂住那儿。天有些冷，她冻得抖动不停，不断地求饶。有法术的人手持银针，在小雷的身上到处寻找。有一个地方像是鼓起了气泡，在皮下缓缓游动，有法术的人眼疾手快地一把攥住，然后把针插上去。

小雷猛地大嚎了一声。有法术的人问："你还敢不敢了？"小雷说："再不敢了，快放了我吧。"

"你到底从哪里来的？"

"从野地里。"

"什么地方？"

"从村边上那片树林子里，一棵老槐树下面，一个洞穴。"

"行啦，"有法术的人对照儿说："你领上人去吧，我在这儿看着。"

照儿应声走了，他叫上邻居几个小伙子，找到了老槐树。果然有一个洞穴。挖开了洞穴，里面只有一团茅草，一半鸡翅膀。照儿像受了骗，回来了。有法术的人一看照儿的脸色就清楚了。他重新质问起小雷，小雷说："我说实话，我在村东的枯井里。"照儿再没等待吩咐，领上几个人就去了。

他们到了村东，果然看到了一口枯井，可是里面是汪汪的水，根本不可能藏下什么。

有一个青年不放心，用双齿长柄抓钩在水里搅了一会儿，只绞上一截破烂的草绳。他们提着草绳回来了。有法术的人眯上眼睛对她说："那你就不用打算我放开你——你到底藏在哪里？"

小雷说："我藏在野地里，我藏在树林里，你们去找吧，我就藏在树林子里。"

照儿有些失望地看了看有法术的人。有法术的人使个眼色，照儿也就领上那些小伙子到田野上去了。他们找啊,找啊,直找到太阳快要沉落的时候,才两手空空地回来。

当他们回来的时候,小雷身子底下流出了碗口大的一摊血。那个有法术的人心肠比铁还硬,他抄着手坐在一边,就这么看着小雷流血。

照儿一看到红色的黏稠的血液,再也忍不住了,泪水从两颊滚落下来。他叫着"雷儿,雷儿",两手要把她抱起来。可是小雷脸色蜡黄,一声不吭,鼻息已经十分微弱了。照儿哭着,伸手就要拔掉小雷身上的针,可是有法术的人阻止了他。照儿恼怒地用手把他推开,不顾一切地把针拔了出来,给她捂住了伤口,把她抱在怀里。

有法术的人说:"那你等着狐狸以后来糟蹋你们吧。"

照儿说:"我不怕。"

有法术的人怏怏地离开了。照儿把小雷抱在怀里,拍打呼叫,小雷就是不吭。照儿哇哇地哭出声音来,像一个老太婆那样哭着,嘴角弯得很厉害,泪水从眼角流到嘴角那儿,又流进嘴里。他说:"小雷,我害死你啦,你就算是个狐狸,我也不再打你了,你回来吧,你回来吧,我再也不打你了。"

他这样嚎哭着,不知多少人围住了他们的屋子。一些老婆婆被这个场面感动了,伸出黑乎乎的手指去抹眼睛。老婆婆们的抽搐声又引发了一些男人的哭泣……

照儿忘记了小雷是赤身裸体的,就这么抱着她,让乡亲们看着他老婆洁白的、光润的肌肤。

一个老婆婆哭着,这时一睁眼看到了小雷身上一些青紫的印痕,就伸手指着:"这是你打的吗,照儿?"照儿点头承认:"我打的,可是我那会儿是打狐狸。"

老婆婆跺一下脚说:"该死的照儿呀,多好的老婆,你把她打成这样。你打狐狸，你能打得着吗？你的手打下去，狐狸就躲到了小雷的身后，你是打在了小雷身上，这个还不知道吗？"照儿恍然大悟地点点头："我明白了，就像打孩子，一掌打下去，孩子躲到了妈妈的身后面，这个手也就打到了妈妈身上。"

老太太仍然跺着脚，"就是啊，就是啊，你能打着狐狸吗？"

照儿后悔不迭地拍打着老婆，等待她转醒过来，可她还是没有转醒。那些小伙子们也非常难受。刚刚不久他们还跟着照儿去找那个狐狸，这会儿都一声不响了。他们这样待了一会儿，突然一双双眼睛都一块儿放出光来。因为他们亲眼看到小雷的鼻孔那儿活动了几下。他们认真地看着，有的还伸手到小雷的鼻孔那儿试试呼吸。这时不知是谁提议倒上两碗好酒，温热了给小雷喝下去。一碗热乎乎的酒顺着小雷的嘴巴灌下去。只灌了一碗，小雷就知道吞咽了，第二碗酒简直是她自己喝下去的。她喝了几口，竟然吐出几个清晰的字来："好酒啊，我又一回喝到了照儿家的好酒！"

端酒碗的那个人手一抖，一碗酒都泼在身上。照儿沮丧地说一句："还是狐狸！"

小伙子们重新端来了酒，给小雷喝起来。小雷酒量大无边，竟然一口气喝了四大碗。四碗酒下肚，她睁开了那双明亮的眼睛四下看着，见到自己赤裸的身子，脸红了，伸手抓到一个花布单罩到身上。

照儿觉得这双眼睛像多少天以前见过的那么美丽——眼角微微有些吊，眉毛往下弯着，好看极了。照儿把她抱起来，认真地用花布单缠了缠，像扛一个什么东西那样耸到肩上，扛到了屋子里的另一间去，把一伙人撇在外边。小雷的两脚在他身上蹬着，嚷叫着还要喝酒。照儿说："喝不得了，喝不得了！你是醉哩。"

小雷说："我不会醉，我不会醉。"

尽管这样,照儿还是把她锁到另一间屋里。他拍拍手走出来,让乡亲们回家。

大家离开了照儿家,可是并没有走远。他们都认为照儿家还会出什么事的。

果然,当照儿重新打开那间屋子的时候,小雷竟然从屋里跳了出来,照儿拦也拦不住。她的头发披散着,只穿了照儿给她硬裹上身子的一点衣服,在田野上奔跑起来。她赤着脚,头发被风吹得飘到了脑后,裤角在风中可笑地抖动。她一边跑一边疯唱。那歌词奇怪到了极点,没有一个人可以听清,但又都觉得十分好听,就像一串银钱被一根线绳提着不停地抖动,发出了清脆悦耳的声音。

她一边奔跑,一边回头向人们微笑。大家似乎都被这微笑引诱着,指引着,跟她往前跑。她跑啊,跑啊,直跑到海边。她在蓝色的大海边站了一瞬,又重新折回。她折回去的时候,迎着人们的脸喊了一句:"多好的酒啊,你们看这些酒。"她的手向着大海扬了一下,喊完,又重新向另一个方向跑去。有人对照儿说,她在找自己的"窝",兴许你老婆一开始就不是一个凡人哩。照儿对这句话也有些信了。他的眼睛红肿,两颊上的灰尘被泪水洗干了,这时竟然像年轻人一样鲜红。他看着小雷渐渐消失的那一片树林说:"狐狸都藏在里面,它们就在那里面进进出出……我后悔没有一杆枪!"

有人问:"有枪你敢打小雷吗?"

照儿一瞪眼,那人不说了。照儿说:"我有一杆枪,非把狐狸全打干净不可。那一天我用一块石头伤了它们的脚,从那会儿起,种下了祸根……"

有人不以为然地摇摇头:"真正的祸根是酒,你的酒太好了,引来了狐狸。"

照儿一声不吭。他一个人朝树林走去了。

大家看着他消失在林子里,都没有再往前移动。

照儿在林子里找了很长时间,没有发现小雷。他于是走回家去,从厢房里扛出了一个大酒坛。他把酒坛扛到丛林里,一边走,一边往地上洒酒。洒上了大半坛,然后把酒坛立在那儿,坐在坛边。他想酒香四溢的原野上很快就会出现一些奇异的景象。

他想得不错。只过了一会儿,就有大大小小的动物从林子里面跑出来。它们在地上嗅着,尖声嚎叫着。一会儿有更多的动物——其中很多照儿从来也没见过——它们身上长满了奇妙的斑纹!他还以为是自己的眼睛花了呢,揉一揉,再揉一揉,去辨认。这些陌生的无比漂亮的野物,原来都藏在这片林子里。它们从来也没有跟我们打过照面啊,它们在默默地过自己的生活!各种动物在林子的空隙里尽情地游戏了一番,就离去了。可是照儿似乎没有看到狐狸。

又停了一会儿,一个穿着破衣烂衫的人出现了——照儿一眼就认出她是小雷。她的衣衫都被林中的荆棘划破了。他喊叫着老婆,希望她能迎着他奔过来。可小雷站在远处,迟疑地往这边注视了一会儿,才慢慢地走过来。她刚走到他身边,被照儿一把抓住。

小雷语气淡淡地说了一句:"你下手好狠。"

照儿不由得把手松开了。她指着地上问照儿:"这不是咱家的酒坛吗?"

照儿说:"是啊。"

"那你为什么扛到这儿来?我满鼻子都是酒味,莫不是酒泼在了地上?"

照儿高兴得快要哭出来,拍了拍她的肩膀说:"是呀,是呀!"

小雷说:"你真不会过日子,这是我们自家的酒,你怎么扛到这里来呢？走吧，我和你抬回家去。"

照儿迷惑地望着妻子，点点头说："好好。"

他们把酒坛抬起来，艰难地一步步走回家去……

从那儿以后，照儿再也没有酿酒。

于是，我们海滩平原上最好的一种美酒，从此也就失传了。

钻玉米地

无边无际的大玉米地里有什么？肥壮的玉米棵遮天蔽日，一片连着一片。无数的刺猬、兔子、黄狼、草獾，还有狐狸，都从里面跑出来。各种鸟雀一群群钻进钻出，喧闹着。你站在玉米地边，可以听见十分古怪的声音，有咳，有笑，有呼呼的喘息。

该进玉米地里看看去，看看究竟有些什么？人的一辈子不钻到玉米地里去几次，那可太亏太亏了。钻玉米地啊！

我们钻进玉米地，就像刮了一阵风。呼啦啦，玉米棵儿一溜儿摇动，叶子乱舞，大玉米穗子乱悠晃。我们尽量不把玉米棵子碰折，而是侧着身子，沿地垄往里跑。跑得越深，天色越暗，大玉米地深处黑乎乎的，远离村庄和学校。地的当心是谁也不曾去过的一个世界呀，是冒险的人才会得到的一个好地方。

男的有两个人结伴就敢钻到地当心；女的要有一群才敢往深处钻。她们什么都怕，怕野物也怕人。如果有不认识的人从玉米棵里钻出一个头来,她们就吓得呀一声跑开了。玉米叶子扫在她们的脸上、手上,扫出了小小的血口子。尽管这样她们还是要来。因为这玉米地里有馋人的好东西。

如果趁月亮天里钻进去,那就更来劲了。月亮天玉米棵里奇怪极了,各种声音响个不停,从声音里你就可以明白,这里面的东西和故事多了。一个人只要有胆量,就能找到他需要的一切。你想想看,玉米地这么大,什么东西没有呢?

小村里的人聪明得很,他们守着庄稼地过了一辈子,可知道土地的脾性:能滋生各种东西,也能招引来各种东西,更能埋藏下各种东西。比如人吧,最后还不是要入土?所以你缺了什么不用愁,只管跟土地要去。

秋天到了,玉米棵子连成大海大林,这不是个好机会吗?

小孩子们嘴馋,嚷着要吃瓜。哪里有钱去买?自己去找吧!他们呼啦啦钻进玉米地里,伸手扒拉开玉米叶儿,小鼻子不停地吸气儿,专门冲着香气去。一大片土地上藏下的瓜儿可多极了,你得用心找才行。终于找着了,一个金黄金黄的小瓜,像大鸭蛋似的,香得都不好意思吃。还有黄瓜、西红柿,它们的气味都比菜园里的好。瓜儿偷偷生在暗处,找它们的人在明处;它们不吭声。可它们有气味——于是它们就设法儿掩盖自己的气味。你可以看见它们的旁边有一株野花,花朵放出刺鼻的怪味儿。这就是瓜儿的诡计。它设法让别的气味蒙骗人们。

小炕理进玉米地里找瓜。他很想找一个西瓜。西瓜不易找,因为西瓜没有什么气味,而且容易和青草长在一起,你看不见。玉米地里的各种花草很多,多得叫不上名字来。什么野菠菜、野蒜、酸菜、三棱草……谁也数不清。有时你看见一片黄花,有时你看见一片红花。

小炕理胆子很大，他敢于一个人钻进钻出。他在地里像个野猪一样，呼噜呼噜喘着拱着，不知寻到了多少好东西。他随身有个大口袋，吃不了的瓜就装进去。他找到的大南瓜有十几斤重，全家用它熬甜饭喝。他还找到了野葫芦，做了一个挺好的水瓢。

小炕理的奶奶喜欢养猫，可是那时候猫很缺，要弄一只猫可不容易。自从老猫没了以后，炕理奶奶就想它。老人爱猫就像爱孩子差不多，整天说："我的猫呀！我的猫呀！"炕理说："奶奶，我设法到玉米地里找一只去！"奶奶说："胡诌！地里什么都有呀？"小炕理就弄了一个暗扣绳下在地里，又设法把一只小麻雀放在机关上。

两天过去了，暗扣儿套住了其他野物，就是没有套住猫。

小炕理并不灰心，他坚持了十几天。有一天他正在地里打瞌睡，突然有妙妙的叫声，一声比一声凄厉。他一下跳了起来，跑近了一看，见套住了一只长爪儿黑白花小猫。小猫野性十足，一看就知道是在野地里生活久了的东西。它胡乱蹬人，咬人，大嘶大叫。小炕理不得不揍了它一顿，绑上，带回了家来。

开始几天不喂它，硬饿硬饿；后来眼看它饿得站不起来了，才由老奶奶喂一点点东西。但是始终都未敢松了绳子，一直捆在桌子腿上。小猫一直处在饥饿状态，也一直由奶奶喂它。到后来它终于死也不肯离开老人了，温顺得很，老人可以一天到晚抱着它。

它长得很快，一年多的时间，它像个小老虎一样。谁见了都夸这是一只好猫，是猫中之王。

这只猫捉鼠很多，还能捉到麻雀、乌鸦、喜鹊，甚至能捉到大鹰。这是一只攻无不克的猫。

可惜炕理奶奶死后第二年，这只猫误食了死鼠，被鼠肚里的毒药毒死了。

炕理的父亲是个勤劳的人，整天劳动，喂猪喂鸡喂鸭。可是家里很穷。一头猪喂肥了卖掉，还舍不得钱买小猪。

也许是炕理找猫的经历启发了他，他有一段时间整天想到玉米地里去。那里面肯定有，因为人们经常抱怨庄稼被猪拱坏了。看来没有主人的猪会有的，至于它们究竟来自哪里，谁也不想去问。田野这么辽阔，里面什么都会有，这本来就是不成问题的。不过弄猪要有耐心，不能太急。炕理爸起了心就收不住，没事就往地里跑。他准备了一个捕鸟网，如果发现有了目标，就会架了网，然后从一个方向轰赶。

猪毕竟是猪，并不那么容易得到。一个多月过去了，炕理爸仍未如愿。可是他非常注意地上的印痕，不止一次发现有被猪拱过的痕迹。有一天他在玉米地里听到了呼呼大喘，摸索着凑近了，真的看到了有一头油亮亮的小猪。多么好的小猪，小猪嘴儿也油黑发亮。他笑得脸上开了花，一时倒忘了怎么去逮它。他认为它差不多已经是自己的了。他这样想着往前摸爬了一段，眼看就要揪到那可爱的小猪腿了。他猛一伸手，小猪猛一下跑了，发出"咕咕咕"一溜惊喘，没了影子。

他的确感到了小猪的热乎乎的皮肤。可是这次机会就这样失去了。不过他心里更加坚定了，认定玉米地里可以捉到他所需要的东西哩！他更加起劲地到地里来，一早一晚，只要是不出工，总会钻进去，一边拔草，一边寻找。

大约又过去了十几天，他终于发现了它。

这一次他总结了教训，先张网，然后小心地移近，一切都做得没法再谨慎了。当然，最后他是捉到了。小猪没命地喊叫，他拍打它，亲它，说："别哭了别哭了，有个家就比没有家强——咱回家去哩！"他差不多是把小猪一口气抱回去的，并从此开始了精心喂养。

这只野地里捉来的小猪长得很好。由于它的身架儿毛色及各方面都让人满意,所以最后没有舍得阉成肥猪,而是喂成了一头不错的种猪。

土成是个懒汉,没有媳妇。他熬到了三十多岁,还是没有。土成焦急得很,动不动就发火,有时连村里的领导也骂。他脸色发黄,不愿洗澡,身上灰尘很多。这样越发没有姑娘跟他了,连跟他说话的都不多。土成说:"一个一个都长得有限。"那意思是他还看不上她们呢。大家都说土成的事要看麻烦。

他自己不往好的地方发展,而是顺着劲儿走下坡路,做了一些不太光彩的事。比如说他常趴在别人家的后窗看一会儿;还偷过鸡。总之他的名声越来越坏。他刚刚三十来岁,就学习老年人的样子,装成有气无力的模样,还故意不系腰带,而是在裤腰那儿挽个疙瘩。

一个青年丢失了青春的气息,也就根本不可爱了。看来他也不准备再娶媳妇了。因为他甚至发展到这样的程度:一连几天不洗脸。他脸上的黑灰十分明显,鼻子两侧已经有硬币那么厚。平常他的生活很单调,除了下地干点活,再就是随便躺一会儿。走到哪儿躺哪儿,街头巷尾,树底下,草垛根。他躺下就不愿意动,也不睡,只是打瞌睡,眯着眼想事。他想了些什么谁也不知道。开始有人以为他长了什么病,后来也就习惯了。

土成的个子很高,身材比较细,比较柔软,像是个没有骨头的人。他什么都吃,不讲卫生,有时吃得肚子滚圆,有时饿得直不起腰。他偷了好吃的东西,拢把草就烧起来。有时候他一个人坐在大树底下,坐着坐着就哎哟起来,像肚子疼似的。"你肚子疼吗?"有人这样问他。他谁也不理,只是哎哟,发出一连串奇怪的声音。他那时的眼睛眯着,有时突然睁大了,里面有一汪泪。

后来有人明白了,说土成伤心。

土成说谁家姑娘如果给他当媳妇，他抱着就跑。往哪儿跑？往家跑。他说不让她干活，只让她吃好的，喂她白面馒头和咸鱼什么的。大伙都说土成原来是个好人。

虽然这样说，他还是一个人过日子。

也不知从什么时候开始，他常常去玉米地里了。有时一整天在里面瞎蹿，误了出工干活。他打个什么谱，慢慢大家都明白了。他是想在里面找个媳妇也说不定呢。不过媳妇毕竟不是西瓜蘑菇之类，也不是一般的野物，要找到不易啊！

当然，姑娘们有不少进玉米地的，她们进去摘野果啦，拔野菜啦，玩啦，解溲啦。不过她们可不会找土成。她们一般都不喜欢他。她们只有一点坚信不移：土成还算老实，不会对她们动手动脚。

土成趴在玉米地最深处，一躺就是一天。饿了，他扒开玉米皮，啃一个嫩玉米穗子；真的困了，就睡一会儿。刺猬、黄鼠狼都不太怕他，有时就从他身边走过。他还伸手捏过它们的小脚丫。

一个秋天快要过去的时候，土成创造了个奇迹。

那是一个黄昏，他走出了玉米地，后面还跟着一个头发黄黄、瘦瘦薄薄的姑娘。姑娘除了两眼有光，周身都是暗淡的。她大约有十八九岁，步子很小，像是害怕什么。问她多大了？她说二十五了。看来她发育不好，看上去还不够成熟。土成找到村里领导，问跟她成家行不行？领导说当然行了。

原来姑娘是南方穷地方下来的，秋天里蹿在庄稼地里，走哪儿算哪儿。她有一天在玉米地里，见一条长虫爬近了睡着的土成，就替他赶开。他醒了，正做梦，一睁眼就把她抱住了。土成那会儿不像个安分人，他们打打闹闹就熟了。不过姑娘第一天并未跟他走出来，而是一个人留在地里过夜。土成回了家，半夜睡不着，就揣了几个玉米饼，抱着席子被子钻进玉米地里。地里有月光儿,他找到了她,把东西放下,说了三五句话,就回来了。

土成那些日子差不多都是在玉米地里。那里面藏下了她这个人,谁也不知道。一连多少天过去了,他终于把姑娘领回家了。

后来那个黄瘦姑娘渐渐胖了,像模像样了,还生了两个小孩儿。土成也讲究起来,不仅按时洗脸,过节时还要穿袜子,冬天戴护耳套。

锅头老叔的儿子比土成还要大五六岁,难坏了老叔。他名字叫"小就",长了副很奇怪的样子,主要是粗矮异常,不过身体十分强壮。他口吃,但是憨厚,最爱帮大娘大婶干活儿。她们走在路上,扛着东西,只要小就看见了,一定要替下她们来。"小就娶不上媳妇,冤!"她们都这么说。可是她们谁也不把自己的女儿嫁过去。锅头老叔有时很粗野地骂她们,街上的小孩子渐渐也学会了这么骂。老叔带坏了村风。

土成的婚事大大启发了锅头老叔。他催促儿子,说连土成都不如,那可就白活了。儿子不愿到玉米地里去,再三劝导才跑进去了几次,可是并不深入。老叔说:"你得往深里走,见了女的多说话,一遭不行两遭!"

小就几乎没有机会同姑娘们说话。姑娘们在玉米地里见了他,老远就跑。因为都知道他在这儿干什么,人们害怕。其实小就是个老实人,在玉米地里主要是拔草,拔了一大捆又一大捆。

仅有的一次说话,是同一个采野菜的老太婆。老太婆坐在玉米棵下,数叨了半天她男人在世时的"好处",一把鼻涕一把眼泪,小就不由得跟上哭起来。后来老太婆拍拍身上的土末子走了,又剩下了他一个人。

锅头老叔带上一口袋上好的烟末去了玉米地。他慢慢地吸烟,捎带做点活计,安心地等待机会。他要亲手给儿子找个媳妇。他不信没有机会。

玉米地里好热闹啊,有时真有不少姑娘钻进来呢。不过她们大半是年纪轻轻的本村人,主动过来逗锅头老叔。老叔说:"你们懂什么才是好?"她们都说:"俺不懂。"老叔又说:"矮壮矮壮,不矮能壮?庄稼日子讲个身子结实,又不是天天板着脸看。"姑娘们哈哈大笑,拍着手,跺着脚,呼啦呼啦跑出了玉米地。

庄稼快熟了的时候,有外地人顺着大路流过来。他们都是些吃百家饭的人,夜间就在沟渠里、庄稼地里过夜。其中有男有女,有老有少,都是些吃了上顿不愁下顿、到了秋天高兴得直打滚的人。

老叔就想打他们的主意。他对他们当中的女人们说:"人这一辈子,走到哪里才是一站?不如见好就收,找个窝儿趴下。"女人说:"瞧你老人家说的,谁家没有个人等着?俺人穷志不短哪!"老叔无话可说了。有的女人还没有男人,不过她们也不愿留下,只说:"俺不服水土,胸口憋得慌!"

一个秋天过去了,锅头老叔没有留下一个女人。不过他仍不灰心。他知道这是一生一世的大事情,哪能那么简单?

第二年秋天又来了,玉米一节一节往上蹿。"快长快长,疯长吧!"老叔在心里喊着。玉米林子形成的时候,老人又在地里来来去去了。他想大闺女家一个人钻到玉米地里,大半都是些有心事的人,也是些泼辣人。再也没有比到玉米地里找媳妇更聪明的办法了。他想到这些,愈发佩服光棍汉土成。

深秋到了。那些外地人又来了。这一年上,锅头老叔一口气抱住了好几个偷玉米的外地女人。她们都不在乎,还嘻嘻笑。老叔说:"吃人的嘴短,拿人的手短。想不想留下来过日子?"女人说不中不中。

她们当中有人愿意留下来过上一个冬天，可一直留下来，那可不行。

住一个冬天，那也不错啊！那就是说，儿子可以在一个冬天里有他的媳妇了！老叔于是赶紧把那个女人领回了家去。

小就见了领回的女人就跑，老叔喝了两声没喝住，就抄起了一根扁担。儿子这才站住。他把儿子和女人关到了一个屋里，当时村里没有一个人知道。

十天半月过去了，那个女人又白又胖，眼神里全是光亮，说这里人到底比那里人好一些，吃得也实在。冬天过得真快啊，一晃天要暖了。小就夜里搂着媳妇哭，说活活分离啊，还不如死了好。老叔商量女人说："续下去中不？"女人想了想说："不中。"

不过她要再多住些日子。她说要报答报答这个人家。

这一住又住了一个月。女人忽然在一天早晨蹦到院子里，大骂了一句粗话，高喊："我不走了！"

一家子搂着笑了好久，小就真的有了长久的媳妇了。小就说："俺要不好好过日子，让俺死。"

后来小就的媳妇生了两个儿子，又勤俭又孝顺，待男人好，待公爹也好。她在锅头老叔最后那几年里，还亲手为他洗澡、翻身、挠痒痒。

小村里的年轻人个个都能闹腾。他们吃饱了饭，干活时又花不尽力气，就想打一架。不过大家都知道打架是怎么一回事，很少一口气把别人打坏。打架打得恰到好处，一个一个脸上通红，喘呼呼的，身上一层小汗珠儿，这就算不错了。

大白天打架不太好，因为在街道上、巷子里，什么都看得清清楚楚，不像那么回事。最好是在晚上，更好是再有点月亮。大伙儿分成一帮一帮，呼喊着，揪住一个对头狠狠揍。这叫打群架。有时候一场大架打到天亮，打得满头是灰、是抓挠的印痕。这样的打法最让上年纪的人愤恨。他们说："吵得人睡不沉！"他们希望年轻人留住力气干活。

姑娘们也参与了打架，她们与小伙子摔跤，一下一下让小伙子摔倒，高兴得哈哈笑。"哎呀你这个驴玩意儿，真有劲，真有劲儿！"她们力图将男的摔倒，有时也真能摔倒。小伙子压住了姑娘，呼天喊地大叫，说再敢不敢了？姑娘们大声嚷："不敢了不敢了！"

一帮一帮人在街上跑来跑去，狗汪汪大叫。老人们在窗子前面大骂，骂得越来越难听。

年轻人跑着，追着，一头钻进了大玉米地里。这下子好了，谁也管不着了。他们小心地侧着身子在地垄里跑，唯恐碰坏了庄稼。这时候主要是藏，是找，是一下子把对方扑倒。对方为了不压坏玉米，也倒得利索。他们哈哈大笑，在玉米地里蹿来蹿去。一地的野物都给惊起来了，它们尖声大叫，有的一蹦老高，有的飞到了天上。大鸟本来在玉米棵里睡得很美，突然被惊动了就有些火，它一下一下啄人的头发。狗最后也跟来了，它们首先在玉米地垄间追赶野物，来来往往十分繁忙。主人吹一声口哨，它们就回到各自主人身边。主人跟别人动手，它就帮主人撕扯别人的裤子，有时一口气把对方的裤子扯下来。

如果这种打架一直局限在本村的范围内就好了！可惜在玉米地里常常遇见跑出来的外村青年。由于彼此陌生，往往就不太友好，一旦吵起来，就成了一村对另一村。他们打得认真又专注，下手也厉害。有时一夜就能打伤几个人。有时这一夜吃了亏，下一夜就要设法补回来。大伙儿从四面包抄过去，一点一点围，尽量把对方困在玉米地中央——只等一声呼喊，大伙儿一齐蹿起。

尽管这样的打斗太冒险了，但打得还是很来劲儿。没有人害怕，没有人躲闪。到了晚上，领头的一点名，一个一个应声。如果谁不出来，领头的和大伙儿一块骂他。人齐了，就往玉米地里跑。那里又宽大又看不透，又有人又有野物，打起仗来可有意思了！

到了收玉米时，只要有碰折倒地的玉米秸子，人们就说："打夜仗的碰的！"

姑娘们性格不同。有的什么也不怕，即便跟外村人打架也敢跟上；有的只能与本村青年一块儿打闹。不过她们一般都听小伙子的。她们一般都在暗暗保护一个人；也有的要保护两三个人：一个喜欢的小伙子，另外就是哥哥和弟弟。她们衣兜里装了好吃的东西，比如枣子和苹果、桃子，还有巴掌大、指顶大的硬面饼。

玉米地里比赛说粗话最好玩。这种话平时谁也不说，因为年纪大的人听见了就呵斥，甚至抡起巴掌打人。他们都是在特定场合才说。特别是配合着打架说粗话，最有意思了。用粗话骂人，骂得再狠也不准恼。如果与外村人打架，打到一定的时候，就主要是说粗话比赛了。那些五花八门的粗话像排炮一样冲腾而出，把对方压得抬不起头来。有时一个响亮的大嗓门负责喊，一边就有几个人为他准备粗话，小声编出来。姑娘们也跟着编，她们编粗话编得热火朝天，已经忘记了害羞。

只有在平静的时候，姑娘们回忆起晚上说的话，才或多或少有点不好意思。"咱把他们骂成了什么？真解气！真解气！"她们往往这样说。

年轻人如果不时时找点仗打，就不太舒服，就要出别的毛病。打仗像抽烟，不抽不好，抽得太多了也不好。最好是抽抽歇歇，歇歇抽抽。如果没有玉米地遮着人眼，打仗就成了胡闹腾，就没有了偷偷摸摸的滋味儿。

一些村里人闲了没事，都愿意到玉米地里去。去干点什么——拔草寻瓜儿，或者是逮野物，只要手里有点活儿就行。玉米地里反而比街巷上、比家里热闹。庄稼人除了干活儿，一年到头有个什么光景看？电影一年里演不了几回，唱戏的差不多等于没有。大伙儿蹲在地里拉个呱儿，说点家长里短，消愁解闷儿，正经不错呢。有了心事，一个人愁也愁死，一伙儿说说，愁事就消了。如果遇上个对脾气的，两人面对面，四周没有人，说上一会儿，多么好！

七姑这个人热闹了一辈子，她一刻也寂寞不得。冬天里，闲人多，她上了谁家炕头，就说上一天热闹话。春天里老年人在街上晒太阳，她就伴他们晒，主要是寻个功夫说说话，扯些天南地北的事。她愿帮眼神昏花的老年人捉虱子，一口气能捉好几个人。她是老头老婆婆们的知心人。大伙儿都说："没有七姑，这个小村就白瞎白瞎！"七姑人缘好，谁家有了红白喜事，都少不了她。特别是喜事，都要喊她来；如果不喊，她就自己来。她说自己就是愿意吃好饭，愿意看不足月的小孩儿笑和哭。

秋天里忙，人们都下地去了。七姑早就不出工了，她一个人在村里与老年人玩，久了也闷得慌。有一次她偶尔去玉米地找一种草药，遇上了几个年轻人蹲在里面，就一块儿蹲了一会儿。真热闹啊，年轻人真能说能逗，高兴了还爬起来蹿一阵。他们给七姑起外号，问她一些稀奇事儿，她都不恼。"只要热闹就行，俺反正这么大年纪了。"有个小伙子给她取了个外号，叫"大肚蝈蝈"。她指着肚子说："俺这是有福哩，俺这肚儿什么都盛过，猪头，活鲜活鲜的大刀鱼，无花果儿，咱都吃过。"

"净说些馋人的东西，七姑好不好闭上嘴呀？"小伙子们嚷着。七姑拍着手："你们年轻，吃好东西的日子在后头。人一辈子说不准碰上什么好事儿——就像在这大玉米地里蹿，日子久了什么碰不上？"

"七姑说得真对呀！""七姑有经验！""七姑年轻时候也到玉米地里玩吗？"

七姑沉沉脸说："也来玉米地。不过那会儿七姑可不是如今的七姑。""怎么？""怎么？俊呗！你一活动脚就有十个八个盯着你，还保得住？一年秋天俺去玉米地摘个瓜儿，刚刚一会儿的功夫，得了，让赶车的麻脸老五瞅准了，一个饿虎扑食过来……好心不得好报啊！"

大伙儿笑起来。都说七姑是个好人，从来不记恨人，事情过去也就过去了。一个村住着，谁听见她骂过麻脸老五？七姑点点头："过日子，谁没有个三长两短？人不能得理不让人哪。一个村住着，低头不见抬头见，拉家带口的，谁也不容易啊！是吧是吧！"

"俺就一样喜好：热闹。只要是热闹地方就有俺。"七姑接上说，"年轻时候合作社来村里招干部，相中了俺。俺问：'社里热闹不热闹？'他们说也谈不上热闹，反正是干工作呗。我一听就摇手，说把俺留在村里吧，俺还没跟老少爷们玩耍够哩！"

年轻人说："七姑，你这样性情的人没有愁事，寿限大啊——老年人都这么说。"七姑又点头又摇头："离了热闹不行。有了热闹就好，反正是这样。"

由于玉米地里有年轻人说笑打闹，所以后来七姑就经常往地里钻。有人看见了说："这么大岁数了，好家伙！"她和年轻人在一块儿，又说又笑地快活，有时也干一些力所不及的事情。年轻人玩"骑大马"——几个人弓腰搂抱着，让另外几个人往上跳——她也跳，结果一下子从马背上栽下来，下巴上磕了个大口子。好在她这个人乐观，血迹还没干就哈哈笑起来。

老孙头性情孤独。他从年轻时就喜欢一个人独处，默默吸烟。本来是安安静静的地方,他坐一会儿还是嫌吵。他是全国最能抽烟的人,一杆大烟锅时刻不离。他一边抽烟一边拧艾草火绳,一口气能拧一大捆子。火绳平时就放在院门上面的搁板上,积成一座小山。谁进他家,一眼望到的首先就是火绳。

他手拿火绳,嘴里咬着烟锅,找个没人的地方去打发时光。七十岁的人了,剩下的时光尽管不多,可也足够他打发一阵子的了。人说话、狗吠猪哼,他都受不了。老孙头整天为寻找一块安静地方发愁。他的老伴一天说不上三五句话,可他还是埋怨:"吵死我!吵死我!"他听见唰唰啦啦的脚步声也受不了。

"老孙头肯定在琢磨事儿。"村里人这么说。"人一辈子要琢磨好多事儿,这是肯定的。不过老孙头琢磨的时光可不短了。"

老人的眼珠盯住眼前的一片泥土,长时间不会移动。他缓缓吸烟。火绳在一边冒烟,烟笔直地往上。

有时他一个人微笑。不过大多数时间他是紧紧绷着脸的。他如果要说话了,会主动找人;他如果坐在那儿,最好还是不要打扰。有人试着搭讪过,结果老人差点扔了烟锅。

人如果沉默了并且又丝毫不寻思事情,那是绝对不可能的。不过老孙头成天琢磨了些什么事情?这太让人纳闷了。有一天村领导小心地绕开他往前走去,他却看见了,轻轻招手示意村领导过来。村领导比老人小十几岁,也算个老人了。他赶紧走过去,哈着腰站着。老孙头抽着烟,头也不抬。停了片刻他说道:

"五八年秋天那匹栗皮马不是让人毒死的,它是自己病死的。"

村领导闭上眼,用手敲打着自己的头,还是想不起。他想啊想啊,还要想下去,可老人已经挥手让他离去了。

"原来他在想这样一些事情,嗯。"从此他觉得老人的孤单是非常重要的事了，告诉村里人，谁也不要去扰乱他。"老人琢磨大事哩！"他这样说。

有一次老伴蹑手蹑脚从老头子身边走过，听见哼了一声，赶紧站住了。老孙头磕了烟锅，抬头看看她说：

"娶了你第二年春回娘家，你爹骂我那句话好狠。"

老伴记不起了。"骂了什么？骂了什么？"她揪着衣襟问。老孙头挥挥手，她于是走开了。

老孙头在哪里待一会儿，哪里就有一堆烟灰。他的烟吸得越来越猛了。这让人感到他正琢磨更琐碎更深入的事情。也可能是年龄的关系，他越来越不能与人同处了，在家里几乎不能安乐。到后来他终于走出村去，一直走向田野，走到大玉米地里去。大伙儿都躲开他，让他一人向玉米地深处钻去。那里的野物也好像不跳不叫了，只让老孙头一个人坐下来吸烟。

多么好的庄稼地，大绿叶儿一串一串，都在老孙头眼前闪跳。他这一辈子都是看着庄稼的，每片叶子都让他安恬。老孙头像来到真正的家，身心都松下来。玉米缨的气味，泥土的气味，青草的气味，什么都混到了一起，涌进他肺里。这气味养人哩。他舒服地躺下来，觉得泥土热乎乎软绵绵，比自家的大炕好上十倍。地里有各种细碎的声音，有人在远处呼叫——这一切声响一点也不吵人。好哩，好哩，大玉米地才是俺的老窝儿！老孙头透过玉米叶儿，一眼望穿了好几十年！陈谷子烂芝麻，什么都记起来了。死了十几年的驴也昂昂大叫，故去的老人们也凑过来拉呱儿。这回不是老孙头去想往事，而是往事来找老孙头了！你说怪不怪？怪不怪？

村里人只要一看见老孙头手提火绳往前匆匆走过，都知道他是去钻玉米地的。"老家伙又进去了！"大伙儿都这么说。

一个庄稼人最恋着的是什么？一开始没人知道，后来大家才一点点弄明白。他们恋着庄稼地，而不是老婆孩子，也不是热乎乎的炕头。

小古妈妈东跑西颠地讲叙这个理儿，她说她算开了窍了。

她是个小脚女人，个头一点点，眉眼好看。上年纪的人都记得她年轻时候的模样。男人早死了，小古妈妈不嫁人也不乱跑，安安静静守着小古过日子。可是她越来越想自己的男人，想小古爹。她做梦做他，说话说他，天天把他挂在嘴边。"过年过节孩子他爹也不来家！"她埋怨。有人听了就说："你老糊涂了，人死如灯灭，怎么还能回来？"

小古妈妈腿脚还算灵便，只是神态已经不清了。小古常常逗妈妈玩，听她说一些驴唇不对马嘴的怪话。小古笑得嘎嘎响。村上人都说小古这孩子不孝。

老太婆走走街坊，跟大伙一块儿乐乐。七姑喜好热闹，就长时间地陪伴她。后来七姑建议小古妈妈不要闷在村里，说这样长了会生出毛病，不如到田里走走。那时正是秋天，是玉米棵茂盛的时候。小古妈妈提个篮子钻进去，随便拔点野菜，累了就安静地坐一会儿。她觉得无边无际的大玉米地里有一万种声息，细碎而且渺远，在远处，好像有个男人在深长地喘息。

"小古爹！小古爹！"她呼叫着。

然后是倾听。有他的声音吗？似乎他在很遥远的地方哩。"你呀，你不来家，你在玉米棵子里胡闹腾。我可知道你脾性呀，你不是安分的人。你在那里蹲了一会儿，看看，又站起来了，哎呀，还笑，笑什么？你不想我，也不想孩儿？你说说，啧啧啧啧！"

小古妈妈拍打着膝盖，数叨着，又惊喜又绝望。

"你走了多少年了？闯关东也有个回家的时候嘛，谁知你一口气跑了哪去？早不回来晚不回来，到了快收玉米的时候就往回跑。我知道你是馋个秋天，馋又大又香的玉米棒子！"

小古妈妈笑哈哈地拍手："俺这回可看见你了，你在玉米地里钻来钻去，这回可瞒不过俺的眼去！我知道，你出门回来都是先看看庄稼，这样心里才踏实。你这回看明白了吗？一地好玉米，绿油油黑乌乌，大棒子比小孩儿胳膊还粗……"

她数叨一会儿坐下来，闭着眼，一脸的皱纹飞快地活动。她这样说着，笑着，走着，一直忙到天黑，这才恋恋不舍地往村里走去。

有人亲眼见到她在玉米地里干什么，回村里对人说："小古妈妈痴了。"七姑反驳说："谁的事情谁自己心里有数。她或许真的看到了男人呢。"有人大笑："玉米地里还能没有男人？""我是说她自己的男人！自己的男人自己看得见……"

七姑的话让人将信将疑。都知道小古妈妈和小古爹在玉米地里会面。他们两个人都返老还童了，那么大年纪还在地垄里追着玩，互相下绊子。小古妈妈一个绊子被绊倒，全身是土，爬起来还是跑。她嘴里嚷："小古爹，你这个老不正经，我叫你野跑！我叫你给我下绊子！"

玉米地的另一面是什么？走不到边，走不到边！多少老人小孩儿，这里可是个热闹地方。他们都在干自己愿干的事儿，别人看不见也抓不着。小古妈妈有一回真的抓住男人的衣襟了，一张两臂抱住了他，大叫："小古爹，坐下坐下，两口子拉拉知心呱儿……"小古爹一脸胡子比针还硬，老皮老肉也刺得疼。小古爹是个有劲的男人，一伸手指把她捏住，鼻子吭吭喷气。"两口儿没有不说的话！"他粗粗的嗓门说。"哎呀，这么多年不见了，你还喝酒，喝起来没头，你是个酒鬼啊！"小古妈妈笑着叫着。

多么好的大玉米地啊！庄稼人没白没黑地干活，从播种到施肥浇水，费了多大劲儿才弄出这么大一片。它还能不好吗？庄稼人流血流汗莳弄大玉米地，大玉米地也得保佑咱庄稼人，事情都是有来有往嘛！

一个人只要耐住心性，只要信服大玉米地，大玉米地就会帮你。你要什么？你只管跟它说，不用不好意思。不过你得是个好人。是个诚心诚意的人。就是这样，嗯。

1976年写于龙口
1981年改写

割　烟

父亲试着种烟。这个地方黄烟有名。父亲想试一试。

他在四周围了山药架的地上种烟。架子等于是篱笆。种烟需要特异的技术，不过这对他不难。像开始种山药一样，像干别的一样，对他都不难。无论干什么，他超过一般人所需要的时间大约是一年。

他可不仅是能吃苦，不仅是舍得力气。他有别人没有的内力。父亲有内力。世上有些男人没有内力，我总觉得不像"父亲"。

我知道他这股劲儿是从哪里来的。他在露天采矿场上熬了十年。

烟棵长得又高又黑，长到齐腰高，可以藏人了。烟垄被一把小木铲拍得又光又亮。我钻到烟棵里玩，如果不小心碰折了烟叶，就得把它藏到土里。可是父亲能从断去的叶梗那儿看出什么：哪一片叶子除掉或留下，都记在心里。这真怪。怪得恨人。

父亲曾经对母亲说：种烟最难是割烟。割烟就是给烟棵除顶。由于除顶的时间和方法不同，长出的顶叶数量和质量就不同。每一株的顶叶烟只有三片，宝贵啊。

母亲在旁边看父亲割烟。他不知从哪找来一根细筷子粗的钢条，一边磨成了锥子形，另一边锻成小斜刀。真锋利。他交替使用它的两端，一眨眼把一棵烟割成。

父亲夜里汲水浇烟，我在烟垄那儿看水，烟垄涨满就呼喊一声。湿漉漉的夜晚，蚂蚱跳起来撞脸。蝈蝈在山药架下唱，我一学它们，它们就长时间不作声了。蝈蝈是又小又拗的动物，只愿独唱。我一个人待在沙土上想很多事情。那些夜晚啊，真适合想事情。

父亲在山药架旁还种了一些南瓜。南瓜泼辣，不怕荒草，什么都不怕。它们这辈子结出了多少又大又甜的瓜。它们的力气大得吓人，结这么多瓜当然需要力气。有些大瓜蛾在花上伸出一根长针，不停地旋。我逮住了它的"探针"：竟可以延长许多，变成一根细绳。我捉住这细绳，看上去就像放风筝。不忍心，一松手让它飞走。

我们有一只狗，它和我同心同德。把它自己留在小茅屋它就叫个不停。它也想到烟田里玩。后来它不知怎么就挣脱了脖扣，顺着烟垄跑过来。我装着没看见，抄手闭眼。只一会儿湿漉漉暖烘烘的嘴巴就触在了脸上。它浑身乱拧，尾巴拍打我的膝盖。"虎儿你好生坐着。"它就在我身边坐下。我教训它一番。我愿偷偷教训它。一教训它就安静。虎儿忍了一会儿，一头扎进了周围的灌木丛。

一群鸟雀惊叫窜起，后来又有其他野物发出惊叫。虎儿在灌木丛里闹腾一会儿，顶着一身花草香味奔出。它浑身粘满鬼针草，我一根一根摘去。

虎儿总是抵那个锃亮的鼻头。我捧起它的脸。一张好看的脸。脸上的毛很洁净，一尘不染。是一张好看的花脸，眼睛是双的，睫毛浓黑；耳朵耷下，很松。它温和、乐观。由于年龄的关系，它还顽皮。

我把它揽在身边。它的一颗心咚咚跳。我给虎儿号脉,真的在它前爪那儿找到了跳脉。跳得很快很快,不得了啊。

黄烟很快成熟了,最劳累的夜晚来了。

不是把烟叶一支一支剥下,而是要把烟棵齐根儿砍下,然后再收到一个地方,用刀子把烟叶连带一节烟骨剜下。时间必须抓紧,不能耽搁,因为烟叶怕闷。

我们每人都有一把刀子。母亲也像父亲一样,面对一个木头垫板割烟。

那些夜晚几乎不能睡觉。为了省油,全家合用一盏油灯。"哧哧"割烟。父亲总是起身去抱烟棵。烟秸在我们四周垛了很高。割啊割啊,实在疲倦了,抬头一看,东方露出鱼肚白。父亲说:睡觉。

我左手指有几个疤,是被割烟刀碰的。当时犯困,烟秸一滚,刀子就滑到了手指上。彤红的血一流,母亲就发出尖叫。是她的叫声让我害怕。

虎儿在这个季节总是睡在烟田里,伴主人一块儿值勤。我晚上跟父亲睡搭起的草铺,铺外晾了烟叶。那些赶海的人路过这儿随手就捎上一些。我们一年的收获啊。赶海的人都是一些有大烟瘾的人,他们一个人一年可以抽掉一大口袋烟末。父亲说:这是他们在海滩上抵挡湿气的一个方法。

那些夜晚父亲总在铺前拢一堆火,不紧不慢烤一个烟叶。烟叶发出好闻的香味。我很难一个人睡去,坐在铺子里,看着父亲坐在火边的身影。就是那时候我看见他的头发白了一半,一双大脚赤裸着,上面是黑一块绿一块的颜色。他搓烟叶了,从衣服口袋里掏一片纸捻喇叭烟。他敢用手直接捏起一块发红的火炭对在烟上。吸第一口烟时闭眼,一只手拄地,伸开两腿。他舒坦了。

我裹着被子从铺子里跳出,父亲呵斥一声。我不退缩,他再不管。我蹲在火边烤烟叶,烤好了就递给他。

父亲一夜要抽多少烟。

有一个晚上我睡过去,醒来已是下半夜。一旁的被窝是空的,抬头一看,他还在火堆旁坐着。他的头上全是露水,身上披了一件老棉袄,虎儿就在对面。

下半夜,我们被虎儿的剧烈叫声惊醒。四周静悄悄没有一点声音。虎儿向晾烟的架子嚎,脊背的毛都竖起来。父亲取过一根长竹竿,伸到架子里面拨着垂挂的烟叶。这样拨了一会儿,竹竿另一端有了分量。父亲的手抖着往外抽,好不容易才抽出来。原来竹竿的另一端被人握紧了,这时随着竹竿走出,嘻嘻笑。

父亲对在那人脸上看了看,赔笑。我也从火光里认出钻来的人是"起儿"。

起儿三十多岁,早有了满脸皱纹。他穿了一件脏臭的灰衣服,头发上沾满草梗泥巴。他今夜大概是想偷点烟走。起儿常年在荒滩上游动,主要靠两种营生维持生活:一是串门时随手取走一点东西,什么都拿,小锄子、小铁钉耙,有时还拿走晒在绳子上的一条裤子,拿走就到集上卖。再就是他会阉割,身上常带一把小刀,如果有人需要阉猪,他就把这活做了,然后讨酒要钱。起儿做得熟了,沾了两手的血,走到哪里都不洗。

他今晚当然不干这个,两只手不红。

父亲请他坐在火边,请他抽烟。虎儿盯他。起儿一连抽了四五支烟,说:

"这狗早晚招惹事情。"

父亲点点头。

起儿又说：

"都是没阉的病。一阉，也就成了一条好狗。"

父亲点点头。

"你不阉，它跑出去闹事，咬了村里人，你这样的人也担待得起？"

父亲看一眼虎儿。

起儿说："我抽一会儿烟，今夜咱就做了罢。"

父亲嘴角牵动一下，"这……"

起儿一拍膝盖。

父亲点点头。起儿又卷一支烟。他闭一只眼看虎儿。虎儿拼出力量挣那条锁链。我站到虎儿身边。

起儿说："你看，不阉哪行！"

父亲垂下眼睛看着自己的两手。起儿让他回院去取两把锄，两眼像狼一样盯他。父亲往院里走了。我破开嗓子喊了一声。他没听。我央求起儿不要不要……起儿嘻嘻笑。

父亲拿来了两把锄头。起儿也吸完了烟。他从衣兜里掏了一会，并没有那个阉猪刀。这会儿他一抬头，看见父亲的上衣口袋装了一把割烟刀，就一把夺过，对在火苗上看了看："也中。"

父亲把锄头交给我一把。这是要用两把锄钩绞住它的脖子。我大嚎。起儿就把锄头取到手里："咱俩来吧。"

锄钩套到虎儿的脖子上。虎儿身子歪下了。它哭，没有大哭。它在忍。

起儿一手扶着锄柄，然后踹起左腿把锄柄夹住，闲出手扯起虎儿两条后腿。我跑到了黑影里。

虎儿有了长嘶。"砰"一声，锄钩断了。可是它没有逃开。那边是嗯嗯的用力声。

虎儿叫着。起儿大概在缝伤口。

我走过来。一眼看到虎儿腿拐了两下，围着拴它的那个柱子转圈，然后躺下舔伤口。

起儿把虎儿身上取下来的东西放进火里。烧了一会儿，拿在手里吹了吹，竟然吃起来。

父亲背过脸去。

起儿吃完了，又是抽烟。

露水真盛。不知离天亮还有多远。没有一点声音。突然起儿问了句：

"你家的猪阉了没有？"

"没有……"

起儿一拍膝盖："那不一块儿！"

我大着声音："我们的猪不阉！"

父亲也抬起头："我想留做种猪……"

起儿摇摇头："留种猪要上级批准的，你能留种猪？你这样的人也能留种猪？"

父亲不作声了。

起儿站起来，手提那个割烟刀往小院走去。父亲坐了片刻，跟上。

推开院门时母亲被惊醒了。父亲对她耳语几句。母亲没有作声，只是点起一盏桅灯，悬在了门框上。

起儿和父亲进了猪圈，把睡得正熟的小猪提起，又用绳子把它的四蹄捆了。起儿让把桅灯挪近一些，母亲把灯递给了父亲。

它嚎叫。

起儿提着灯，两手都是鲜血，割烟刀上也是。

起儿从猪圈里一蹦出就急急往外奔。他到了火边，把割下的东西投进火里……

吃完之后,他一直盯着父亲。他目不转睛。

我知道,他是跟父亲要钱。父亲咳了两声:

"我取钱去,我……"

父亲取来一些硬币。起儿在手里一个一个扒拉,从中拣出了一个一分的硬币扔给父亲:"该多少是多少。"说完将硬币溜进了兜里。

他打着响嗝,拖拉着鞋子走了。走了几步又回头,从架上取了几片烟叶……

虎儿一直闭着眼睛。

……

不久的一天,父亲不知用割烟刀干什么,一不小心,手给割了。他刀子使得熟极了,从没碰过手指。可是这次真惨,锋快的刀子一下捅进手掌,他"啊啊"叫两声,刀子掉在地上。我和母亲听到了一块儿跑去。父亲的脸蜡黄蜡黄。我看了一眼血手,吓得懵了。一道大血口子,从手心到指根。浓血涌出。大口子像鱼嘴那样咧开。父亲用另一只手握住了手腕,可是血更多地向外流。母亲把布兜里的一个手巾撕破给父亲裹,又扯他的另一只手往前跑。

我们不顾一切,院门也没锁,一齐往前跑。

整个路上都洒了父亲的血。

……

接下去的日子父亲什么活也不能做。我觉得可怕极了,可唯有父亲没事人一样。他没有呻吟,更没有流泪。真不简单。我再次觉得父亲有内力。

停了没有几天,他竟然用闲着的一只手摆弄黄烟了。我不愿离开父亲,当他动手做活时,我就跑在前边。可是父亲还挂记着那把割烟刀——他那天把它掉在地上，慌乱中没有拣起。这会儿我们到处找，找不到了。

父亲的手整整过了两个多月才解了纱布。这中间他上了几次药。结了一个很大的疤，那五根手指要伸直时，它就阻止。东西抓不牢，是那个疤碍事。只有当他握起拳头的时候才好，那样什么毛病也没有了。

半年之后我们平整土地。父亲的铁锹插进地里，发出了"当格"一声。一锹土取出，父亲弯下腰去摸，一把掏出了那把割烟刀。

它已经锈了……

十多年后，剩了母亲一个人。她回城后还存有那把割烟刀。

有一天我收拾一些杂乱物品，打开了抽屉。我把一些过去的小东西集到一起。我打开一个座钟罩，一下发现了那把割烟刀。

它擦得锃亮，抹了油。

我双手捧起了它……

槐花饼

一片片的林子绿起来,一簇簇的槐花开起来,远看似大海中绽开了一堆堆雪浪。

我们学校的农场就在海滩上,在百花丛中。早晨,我们去农场劳动,要穿过一丛丛槐棵,让露水沾湿衣襟。槐花真香,蜜蜂嗡嗡叫,大海滩上到了一年里最热闹的时候。放蜂的人都是从天南海北赶来的,说着古怪的异地口音。我们围看他们工作,觉得有趣得很。

养蜂人可以在蜂群中钻来钻去,蜂子不蜇他们。不过割蜜的时候,他们要戴上面罩,像救火队员的样子。我们跟他们要蜜吃,他们就用一柄小小的勺子舀了一点,让我们一个一个舔一舔。他们不舍得。

还是看林子的严爷爷好!他自己掏钱,买了蜜让我们掺了水喝。那多么棒!就为了喝到甘美的蜜水,我们也乐于到农场去劳动。

想一想整天坐在教室里的滋味,真是难受极了!大家谁不渴望早些到大海滩上去。我们要耐心等待——农场里种花生时,需要更多的人手,这时我们高兴得就像过节一样。

农场上有一个小草屋,那是严爷爷搭成的。他在草屋里住了很多年,看护林子,如今也看护我们的农场。草屋被烟熏黑了,有一股烟火味儿。里面挂着草药、火绳、干鱼。可我们从来未见他打下了什么野物,虽然他有一杆又黑又大的土枪。他说:"不能打它们,它们不易。"我说:"打一只老鹰不好吗?"他还是摇头,说:

"伤天害理。"

老人的心真好。

他的鱼都是在海边上拣的、用鱼钩钓的,这些鱼最大的有三尺多长,满是鱼油,肥透了。干活累了,正好老爷爷的鱼也焖好了,他招呼我们吃几口,一辈子也不忘那股鲜美味儿。

有一次我吃了两种鱼,觉得味道太不一样了。严爷爷笑笑说:"这是海鱼,那是河鱼——芦青河里的鱼。它们可不是一个味儿!"接上老人家告诉我们进河逮鱼的故事:冬天,河上结了冰,他踏着坚冰走上河中央,然后在冰上凿洞。河里的鱼喜欢呼吸新鲜空气,都聚到冰洞这儿了,那时他就设法逮到它们。

老人家还饲养了两个刺猬、一只鳖。这些小东西都是自己送上门来的:一天晚上老人觉得有什么在门外咳嗽,开门一看,见两只刺猬伏在那儿;一天早上他沿着海边往芦青河入海口走,走了没有多远,就发现一只鳖昂着小头颅向他爬来……他将它们饲养起来,给它们东西吃。

严爷爷会吸烟,不过点烟斗时不用火柴,而是故意用一块铁板敲打白色的小石头——火花儿噬拉一下溅出来,燃着了盖在烟末上的一层灰面,接上烟斗冒烟了。多么神奇的点烟法,我那会儿相信这世界上也许只有皇帝才会这么点烟。我不明白,不明白这种古怪的器具奥妙在哪里。我试着敲了几下，火星儿虽然也飞出来，但又弱又少……他告诉那块铁片叫"火镰"，是纯钢做的；白石头叫"火石"。从此我留意给他拣拾沙滩上的火石了，很容易就拣了一堆。严爷爷瞅瞅石头说："这够我两三辈子用。"

他吸的烟是自己在海滩上种的，据他说这种烟是世上最香最醇的。我们试着吸了一口，都辣出了眼泪。严爷爷大笑。他还当着我们的面搓碎了干榆叶、槐叶儿塞进烟斗，有滋有味地吸起来。"大海滩上的烟儿又多又好，住这儿有吸不完的烟儿。"他这么说。

养蜂人跟严爷爷好，常常白送他一些蜜。老人为他们义务守着蜂箱，用土枪驱赶那些祸害蜂子的野物。蜜掺在水里、饭里，吃起来多么棒！我们没有多少更高的革命理想，心想长大了能像严爷爷一样来海滩上看林子也就幸福了。

老师让我们多跟老爷爷学习革命本领。来海滩上开门办学，目的就是接老人的班。可是大家心里都清楚，老爷爷只有一个班，谁接了好呢？再说他身体好得很，打算一辈子住在小草屋里！不过我们一想到来学他的好思想好作风，又觉得太有意义了。老师说："要学老人家那样……"于是我就吸烟，不过不让烟呛着。老师发火，我就说："我学严爷爷！"我和同学们烧东西吃，烧小野萝卜、野蒜，什么都烧了吃，吃得嘴上黑乎乎的。老师发火，我们就说："俺学严爷爷！"

有个刚来学校的女教师比我们大不了多少，她很漂亮。她被同学们气哭了。严爷爷慈祥地用手拍拍她的头，说一些鼓励她的话，她立刻就不哭了。严爷爷骂我们，怪好听的。他伸长巴掌打我们，谁都用不着躲闪，因为巴掌打在身上怪好。

有人放出冷风说："如今的学校还像个什么样子，让看滩看林子的老头胡掺和，学生不像学生，老师不像老师，还办什么农场……"冷风吹进学校，大家都气得要命！非要挖出那个钻在阴暗角落里的坏人不可。我们认为：正是开门办学，使大家学到了本领，增长了才干，经了风雨，见了世面。而且我们对人类应该有更大的贡献：学校每年向国家交售很多花生。而且，我们在农场那儿过得真正愉快！我们拜养蜂叔叔为师，他们也热爱新一代接班人；最有意义的还是与严爷爷在一起的时候。大家每时每刻都感到了生活的意义，都在进步。我们听老人讲了无数有趣的故事，懂了很多道理。他的故事用船也装不下。

播种花生的日子里，是大家真正的节日。再也不用坐在屋里上课了，快跑到大槐林里吧！快去找严爷爷吧！我们一见到他的大白胡子就高兴！

夜晚，我们几个同学主动提出留下来过夜，帮老人看护花生田——我们说，天黑下来，有野物出来扒花生种子——这当然是说谎了。等其他人走光了时，我们喝过了老人亲手做的蛤肉汤、吃了玉米饼，就围上老人听故事了。老人抽着烟，慢声细语地讲着。我们不时插一句话，把故事引得又弯又长……哈哈的笑声直撒到老远老远。

"严爷爷，你在林子里快一辈子了，见过狐狸精吗？"

"见过。"

"什么模样？"

严爷爷磕磕烟斗，"什么模样的都有。狐狸变人是真事儿——不过不能这么说，这么说就是迷信了。咱还是先说点吧……有一年上我去林子里找野瓜吃——那时候树下生了些野瓜，偷偷的熟了，你不吃它就烂掉了，怪可惜。野瓜的味儿比什么都好，你们是吃不到了。找野瓜吃，走了一路，后来闻见一股香味儿，知道离它不远了。

"我立刻来了精神！嘿嘿，准是个甜脆瓜，长了金黄道道的那种！我那时年轻，贪嘴，吃东西吃不够。我三转两转来到了一棵松树下边，一眼看到了一棵肥绿的瓜秧儿。我蹲下来刚要摘瓜,有个小白手儿把我挡住了。我抬头一看,天,是个脸儿红红的大姑娘!

"大姑娘说这瓜是她看见的。我有些恼,心想你先看见为什么不摘下?分明是哄骗人!这样想着我就冲口一句:'你先见了还不早吃下肚去哩!'那姑娘笑嘻嘻的:'俺是先喜欢它一会儿,舍不得!'你听听她多么会编!我气得手都打抖,要知道我口渴哩,被瓜的香气顶得受不住哩!

"大姑娘怪害羞的。我这才看了看她,觉得是个好看的人儿。我那时年轻,还没有媳妇,不愿跟女人打架吵嘴。我看了她两眼,想让给她个瓜算了,我再找去。谁知我刚挪步儿她就说了:'急什么急!你摘去吃了罢!我又不是非要吃它。再说我不舒服,不能吃冷东西……'

"我吃瓜时礼让了姑娘,她也就吃了一小块。当我走开时,她也随我走了。我们一路拉着呱儿,不知累,也不知方向,走着走着不知走到了哪里。我说:'坏了,听不见芦青河流水声了,找不着家了!'姑娘说:走就是,先到她家里坐一会儿,歇歇,吃顿饭呀。我说不吃不吃。说是这样说,我还是跟她去了……"

大家都笑了,一齐问着严爷爷:"后来呢?""她的家也在林子里呀?"

"哼,走了不一会儿,还真的出现个小茅屋。柴门一开,姑娘把我让进去,说一声'到了',又叫爹——里面什么也没有。姑娘说爹爹是个老猎人,长年住这儿。我当时没起什么疑心——这方圆几十里的海滩林子,我可是熟透了的,哪有什么久住的猎人!可我没往那上边想。

"吃饭了,姑娘要烙'槐花饼'给我吃——我可从来没吃过这东西,再说那个季节也没有槐花呀!姑娘说他们都爱吃这饼,每年春天捋很多槐花晒好,备用一年。只是槐花饼顶数用新鲜槐花做的好吃!"

严爷爷讲到这儿,大家都咂嘴。

"她把浸好的槐花从水中一捞出,我就闻到了槐花的香甜味儿。接上她又调面,揉盐,可真舍得使油啊。她拍拍打打做饼,我在一边看着就想,她要是我媳妇多好啊!这么想,心里就不急着走了,只想好好地吃一次槐花饼。'槐花儿,甜糯糯,做饼儿,软踏踏,吃肚里,喘嘘嘘……'她一边做一边唱,大辫子垂到腰上。

"一会儿饼蒸上了。香味儿顶鼻子!我说:'他家大姐,你的好饭不用吃就知道味道,俺馋了!'她在一边看着我,直笑,一笑露出白白的小细牙。我现在还能想起那小牙的模样儿……饼蒸熟了,她揭了锅盖儿,端上来。我咬一口,哎呀,真好吃啊!艮艮的松松的,一咬一唧咯,又咸又甜又香。俺从来没吃这么好的饼!这饼到底也数不清有多少瓣儿,反正是好哩。我嘴角上全是油呀芝麻什么的,一口气吃了十个小饼!"

馋死人了!同学们对视着,皱着眉头,咽着口水。"槐花饼!槐花饼!"大家嚷。

"吃过后,我让她细细地讲一遍饼的做法,俺要记住!她讲过了,不过又说愿吃你就来家里,欢迎哩欢迎哩!说是这么说,俺还是要自己学会做这种饼……那天我直玩到天色晚了才走出来。一个姑娘家,她爹爹不在屋里,我不想多待下去。她倒说:'待些时候再走吧!'我想俺不了,俺走吧,俺心里怎么就一个劲儿扑腾呢?这么寻思着,抬腿往外走了,天原来黑了。我走啊走啊,老觉得前面有盏灯引路。我这样走了没有多会儿,一脚踏上了芦青河堤!河水哗哗流着,我心里踏实了。有了河水指引,我很容易就能摸到我的小草屋!"

老人高兴地叹气,吸烟,咳嗽。他瞥瞥我们几个,问:"还想听吗?"

"想呢!严爷爷,后来呢?"

"后来,后来我把个大海滩都找遍了,也没见着什么猎人的老屋!这一下我才算明白了:咱遇上了狐狸精!一点不错,是那东西……我事后才知道害怕,心想我跟一个野物过了半天,还吃过它亲手做出的饼。唉,不过饼倒是挺好的。打那儿以后,俺就常做这饼吃了。"

我笑着问:"狐狸为什么要变成人哪?"

老人摇摇头:"不知道。我也这么想。后来我琢磨:它们和人的性情差不多,喜欢凑热闹。不过它们明白,人们见了它们就要动家伙打,放枪;它们要跟咱们亲近亲近,也就剩下装扮成人这一条路了。你们看,狐狸也是好心,装成好看的大姑娘,还传给人做饼的高招儿!"

老爷爷重新装了一锅烟,又把地上的火堆燃旺。天上星,亮晶晶,一颗一颗耀眼明。露水珠儿从一边的槐枝上跌下来,甩到了我的脸上。我折下几朵槐花儿嚼了嚼,真香啊。我在想那种饼的滋味儿。

这会儿有个人唱着歌儿走来了。近了,大家才认出他是附近的放蜂人。他的手里提着一瓶新蜜,老爷爷高兴地收了。放蜂人坐下,大家一块儿玩。停了一会儿他又说:"你们可不要去惹蜂子,它们火了能蜇死人!前些天不知谁在一个蜂箱边上点了一堆火,烟气呛坏了一箱蜂子……"放蜂人气愤地说。

严爷爷停止了吸烟,说:"是吗?要真那样,就不是同学们的事儿了!那是阶级敌人搞破坏……哼哼,不能粗心大意哩,不能哩。"

我们也都瞪大了眼睛。

火苗儿往上蹿着,像要去燎天上的星星。大家嫌烤得慌,都往后撤了撤。

这会儿放蜂人又说:"我想请教严爷爷一下:如今河里的鱼不上钩

了，到底是咋回事？"

老爷爷低头想了想："鱼饵不对吧？"

"哪能！哪能不对？俺一直使用蚯蚓，过去一直是这样……"放蜂人说。

老人摇摇头："鱼和人一样，吃久了一种食物就厌呢。今年也许河岸上的虫虫多了，它们再不想吃荤了。这么着，鱼钩上换面团试试……"

"面团经水一洗不就散了？"放蜂人摊着手。

严爷爷挥挥烟斗："用面筋——再过过油，香喷喷鱼保准爱吃！"

放蜂人笑了。他坐了一会儿就离开了。

由于刚刚谈到鱼，大家就缠着老人讲讲鱼的故事。老人说没有没有。大家又缠，老人就讲了——

"有一年我去芦青河钓鱼，蹲在河岸上，一天也没见个鱼影。天快晌了，有个大浪头一扑，然后从浪里钻出个黑皮肤老头儿。他撸着脸上的水说：'你在这儿下钩子，害得我不能洗澡，你的钩子扎了我肚子咋办？'我火了：'你从哪儿来？再说我钓我的鱼，你洗你的澡，两不碍！'黑皮老头儿说：'那不行！我天天在这片好水里洗，这里的水鲜凉！'说完又撸了一把脸，钻到水里去了……

"下午，我还在那儿钓鱼。一会儿那个黑皮老头又从浪头里钻出来：说：'这儿是人洗澡的地方，你这个老人家好不好远些去下钩子，嗯？'我沉不住气了，就说：'你老也真怪，这里哪有人洗澡？还不是就你一个人？你还是少管些闲事吧！'黑皮老头气得脸都红了，一撸头上的水花，钻到河底去了。

"我那天也气得不轻，心想我的鱼都是你给赶跑了的，我偏不走，偏要钓一条好鱼回去煮了吃不可！就怀着一股拗劲儿，我蹲下去，两腿麻了也不走。又住了一会儿，就是太阳快落山的那一会儿，浮子一沉,有鱼上钩了!我赶紧拉杆提线,渔杆弓成大弧,怎么也提不起。好大鱼!好大鱼!我想这得慢点来,可别挣脱了钩子放跑了鱼。我一丝一丝拉线,只觉得有大鱼在底下扑棱。我那个耐心!我不慌不忙地收渔线。哎呀好沉的渔线。"

大家都一声不吭地听。

"拉了又拉,线儿松松紧紧,好不容易让我看见了乌黑的脊背。我见那鱼太大,吓了一跳。鱼给我弄乏了,它不怎么跳,被我拖到了岸上。我一看,天哪,它的眼又大又红,我觉得真像人的眼。我盯着它,它盯着我。这条鱼我一辈子也没见过,通身乌黑油亮。我把钩子小心地摘了,又端量它。它忽然流出了眼泪!哎呀,它还会哭!

"我的心给哭酸了,心想大鱼啊,你长这么大也不容易啊,像我一样,也是个老东西了,你说不定还儿女满堂哩!想着想着我站起来,说一声:'罢!'抱起鱼来放进了河里!"

大家嘘着气,不知惋惜还是怎么。

老人接上说:"我这一辈子就办过这么一件了不起的事。事后我才想明白,那条大黑鱼就是那个不时钻出水浪的黑皮老头啊!是他让我给钩住了——我的钩子下在了它的家门口,怨不得人家出来赶我挪窝儿!我该放了它,我可不能打一个老东西的主意!"

同学们大口喘息,都说:真有意思啊!真有意思啊!

就这样我们在海滩上度过了一个愉快的夜晚,都没怎么正经睡觉。

花生棵儿慢慢生出来了。它们像娃娃的小巴掌,自己扒拉开沙土,伸出瓣儿来。

严爷爷告诉我们:要防止兔子,那家伙就爱吃新花生苗儿!果然,我们不久就看到了尾巴卷起的兔子在花生地里乱跑。我们就大声呼喊,吓唬它们。有的同学还故意这样喊:——"兔子尾巴——长不了!"大家大笑。

因为要赶兔子，保住劳动成果，我们几个身强力壮的男同学要求在小草屋里住上几个夜晚。学校同意了。这是开门办学的日子里最值得怀念的一段儿，我们今后要把这一切都写进日记里。

我吃了很多鱼干和野味儿，与严爷爷一起把它们架在火上烤。老人家教着我们烤东西：怎样转动铁棍儿、怎样辨认熟不熟。那是很难的。他在野外生活了一辈子，所以才能有这么多的经验。我们都明白了这样的真理：群众是真正的英雄！

老人家的衣服破了，裤子破了，就自己缝。后来我们告诉了老师，她说："我来缝。"严爷爷说："哪能！我身上脏……"老师一把就夺过去了，说："脏什么脏？资产阶级思想要比这脏一百倍。我觉得您老人家是最干净的！"老师说得多好啊！老人家说："你像我亲生的闺女一样……"老师问："大爷，您为什么没有老伴呀！"严爷爷咳嗽着："没有。""怎么没有呀？"老人说："没顾得娶，那年月兵荒马乱的……"说完又大声咳嗽。

一个晴和的白天，午饭之前，我们不约而同地想到了吃槐花饼——南风把槐花的浓香一阵一阵吹来，仿佛在催促我们：做饼吧做饼吧！槐花无比鲜艳，无比繁茂，像一架架小山一样压在绿枝上，枝条眼看就承受不住了！还不快取下花儿做饼！大家要求严爷爷做饼，严爷爷笑眯眯地答应了，准备起来。

他备好油、盐、芝麻、葱花，又把小铁锅搬到草屋外边架好——"外面亮堂，得眼。"他这样说。老人一遍一遍净手，挽起衣袖，一看就知道他要做一件大事了。

我负责烧火。另有人负责抱柴草。其他人分工在田里瞭望。

严爷爷把面和好，然后又取来鲜嫩的槐花儿摊上，撒盐和芝麻，然后用面片盖上；接着又是抹油，又是依次摊、撒；一叠叠迭了好多层，就用手耐心地拍打起来:"啪啪，啪啪！"一张大饼给拍得油光光、胖乎乎，又给分成了很多小饼。

这时锅烧热了，抹了少量的油，小饼就烙起来；烙一会儿，又开始蒸。香味儿简直大极了，饼好不容易熟了。

吃饼时，大家围在一块儿。我没法说它有多么好！我只想说：满海滩的槐花都该采下来，做成一张又大又好的饼，送给毛主席他老人家！他老人家会喜欢我们的饼……

吃过饭后，大家唱起了歌。歌声一阵阵，随着风儿飞出海滩，飞到了遥远的天边。严爷爷也唱起来，他的歌粗粗的，掺在我们之间，好听而又带劲。

这天傍晚，我们逮到了一个故意破坏我们花生田的坏人！他就是附近村里一个坏蛋，旧社会是地主阶级的走狗：给大户人家跑腿儿。他成天无所事事，好吃懒作。这天，他到海滩上来拔猪菜，却故意踩我们嫩嫩的花生棵，一脚踩倒一棵，好狠的心！我们问他:"你为什么要这样干？"他说:"不小心踩着了……"严爷爷挥挥手说:"不用问他了，先押进小屋，然后去报告村里。他肯定没安好心。"

还是严爷爷说得对。当我们去报告了村领导之后，领导说:"敌人自己总要跳出来。他对新生事物总是看不惯！他要破坏我们的农场。前不久放出冷风来，说如今'学校不像学校、老师不像老师'的人，就是他。支部里已经调查出来，还决定开他的批斗会，想不到他自己表演起来，那好嘛！你们发现及时，不然他还会做出更坏的事情！"

那个夜晚由学校和小村联合召开了批斗会。会址就定在严爷爷的小草屋前面。支书和校领导讲了话，然后欢迎严爷爷讲几句。老人说:"有人说我一个老头儿往学校里胡掺和。不错，我要为革命掺和一辈子！我也不是今天才住这小草屋，也不是昨天，俺是小草屋里的老住户儿！开门办学就是好！学生娃儿不是别的，他们开了门儿聪明，一关门儿就痴。要接好班，就得大开着门儿！不是嘛？"

我们带头鼓掌，都说严爷爷讲得好。接上，我们的老师领头呼起了口号，口号声震动夜空。

那个坏家伙在一角缩成一团，再也不敢张狂了。

这个夜晚，人群久久不愿散去。大家的情绪都高涨起来，互相交谈着。老师们和村里人都成了朋友。谈到了农场花生的产量，村里人都竖大拇指。老师说：这要感谢严爷爷，都是他指导得好啊！每逢到了关键时刻，都是严爷爷指导同学们怎样做。他才是真正的老师！

老师们又表扬了我们几个主动留下过夜的同学，说我们跟革命的老前辈在一起，一定会茁壮成长。

花生苗儿在月光下闪亮，上面有个露珠儿。

即将与老师分手的时候，我们突然想起了要请他们尝尝我们的槐花饼！严爷爷笑吟吟地掰了饼送给老师们，老师们一人吃了一点儿，连连称好。正在这时，突然角落里传来一声哀求，原来是那个坏蛋在说话。他说："也给我一块儿吃吧！我从中午到现在还没吃一口饭，饿得慌……"

"呸！坏东西！你想得倒美！你滚回去吧！"有个同学嚷。

坏家伙仍然伸着手，那手又脏又黑。

严爷爷鼻子里哼了一声，起身到屋里掰了一块，严肃地递给他："吃吧！吃了好好改造，别那么多痴心妄想……"

坏家伙低低头说："是啦。"说完把槐花饼填进嘴里。

他几乎没怎么嚼，咕咚一声咽进了肚里！我们都给吓了一跳。

"走吧走吧！坏东西……"大家嚷着，他一头钻进了林子里。

人们都离去了。我们围着严爷爷，重新拨亮了火堆。火苗儿蹿跳着，一下一下，把大家的脸都映得通红……老人家又取了火镰点烟斗了。他啪一下点着了，长长地吸了几口，笑了。

"讲个故事吧严爷爷！"有人要求。

"讲个故事……"我也恳求。

老人咳一声，说："今夜好大的露水……我寻思那些养蜂人也没有睡哩，咱找他们玩去吧，咱一边喝蜜水，一边讲呀！……"

三　想

　　深秋时节，一个人从闹市区来到了35公里之外的老洞山，要因公在此住一段时间。这里自40年代初就是军事封锁区，如今已经变成了一个具有原始意味的绿色世界。到处都是葱郁的林木，葛藤纠缠在枝丫上、山石上，野物的呼叫声此起彼伏。来人被这巨幅自然画卷惊呆了，他贪婪地看着一切，常常一个人钻到山谷深处，像是要寻找什么，如痴如迷。部队不得不让小战士到山里喊他，告诉这里有数不清的野物——前不久战士施工误伤了一只狼，它们就咬死部队的一头羊以示报复。他的惊喜心和冒险心交织在一起；不知不觉就忘记了规劝，一去就是多半天，有时被山雨淋得浑身透湿……战士们叫他"奇怪的城里人"。
　　我喜欢一个人待在这山里。我难得独自一人。四周再也没有人潮和车辆的声音，而是小兽们的呼唤和山谷自己的声音。这儿叫不上名字的树和果子太多了，我尝过那些奇异的美丽的果子，滋味都好极了。我多次迷路，可那时我更多的不是恐惧，而是一种得以亲近山谷的骄傲。我不信我会转不出去，总是那么自信而从容地撩开藤条，在熏人的浆果气味里迈过一块又一块石头。有的石缝里有水流出，四周就有青苔。滑腻的青苔使我格外小心，当我跨过它们时，就注意观察了那深深浅浅、多少有点像褪换斑毛的兽皮的样子。这里的风和各种气味都能使我安静下来，使我心灵的最深处一阵阵激动。我知道那里有一根弦长期地闲置着，如今正被缓缓地拨动了。我深情地在这空寂的山谷里回忆了远处的亲人和朋友，回忆了我的童年，想象着与我爱人一起度过的美好时光。我此刻没有任何抱怨和不悦，只有遥想的欲望和欢快。我回忆我读过的一些美丽而深邃的书，咀嚼着，感受着一种辉煌。我知道这是人生的一种时刻，或者说是一种机会。让我费解的只是它为什么偏偏更多地出现在这浓荫匝地的山野里？

这天我又欣然地迷途了。与以往不同的是天下起了大雨。我找到一处避雨的地方，平静地站在那儿。这还是生来第一次见到雾雨电怎样步步逼近深山。白色的雾气漫过了山尖，覆盖了高处的绿色，大山一下子暗下来。闪电急促地赶来了，耀眼的光环围着巨石滚动。白雾慢慢流泻到山腰、到山根，大雨接上哗哗地浇下来，由于电光和白雾的作用，大山看上去也像在撼动。满山满野无处不在摇曳、长吟。各种鸟儿急急地寻找地方避雨，一会儿功夫就有三只野兔跑来又跑走。我无法判断此刻满山的植物与生灵是高兴还是抱怨，不知道它们的心境。我只是想象：各种动物此刻大概全像我一样躲避起来了，全像我一样地注视着这场大雨。雷声隆隆的，远远近近响个不停。震荡、洗涮，一种漫无边际而又无法估量的力量在做着它自己的事情。山野上的各种生物观望着这一切，有时候一定会感到同样的费解吧。大家都一起经受、一起忧虑，也一样的无能为力。

我此刻躲在大山的一个小小褶缝里避雨，谁也看不到我，我是这样的微不足道。茫茫雨雾，层层山林，黑乎乎的葛藤，还有在雨中呼唤不停的各种动物，这一切都半点没有使我感到恐惧。一切都是那么自然而然地待在一起了。我想起了城里的朋友，你们此刻都在做些什么？在小屋里一边喝茶一边抱怨天气吗？手持雨伞等待二路电车吗？——30多公里外就有一座熙熙攘攘的城市，那儿有无数四四方方的小房间，其中就有一两间是我的。我在那儿欢乐和痛苦，过着有意思的和没有意思的日子。而我现在是待在另一个世界里了，这个世界恰恰是因为拒绝了人、依靠着大自然的汤水慢慢调养，才滋润成今天这个样子。这真是令我无比震惊的又一个事实。这里封锁了40多年，于是草木和各种动物才得以喘息繁衍，使大山变得无比繁茂。这种对比而产生的残酷意味是，我们人还不能与树木、与土地、与一切有生命的东西和睦相处。我们无论怎样精明、无论产生了怎样多的哲学头脑，从整体上看还是笨拙的和无理性的。我们中间有美丽的少女，有温柔的母亲，可是从整体上看还是丑陋和粗暴的。人与土地上的一切生命应该是互相帮助互相依存的，人——包括我自己有时也承认这个。可悲的是我们太自信、太满足于自身的力量了。随心所欲地规划、管理，丝毫也不顾及其他生命的自尊心，慢慢变得为所欲为。我们的确使荒山绿过，可也的确使一大片一大片的绿色消逝了。它们消逝了，有时候永不复回。这是人的失误，可世界上有的失误只允许有一次啊。

  大雨下个不停。各种稀奇古怪的声音都从远远近近的地方传来，响成一片。这使我想到任何生物都会有语言。人的语言红果树听不懂，狼也听不懂；小狗永远地厮守在人的身边，也不过似是而非地听懂了那么一两句。可是大家都极力的去理解人的语言。而人却恰恰相反，他们断然否认除自己以外的任何生命会有什么语言。树木和花草怀着被误解的巨大痛苦，向人类不停地打着手势，乞求他们的宽容和谅解；

各种动物远远地逃离着人，站在荒芜的山腰上注视着人的生活，偶尔发出亲切的呼唤。可人不是将这一切视为风吹草动，就是视为狂吠。他们相信语言只有一种模式，而且必须有声音。他们自己用语言交谈，获得了巨大的欢乐。人类当中有少女，有老人，有生也有死，各色各样。既有不断结识的欢愉，也有不断分离的痛苦，于是他们自成一个世界。他们不需与其他一切生命交往，不需任何形式的沟通，永远也不会感到孤独，但事实是这个人的世界也常常感到孤独，并且由于极度寂寞而躁动起来，疯狂地杀戮，血流遍地。人的鲜血渗在泥土中，滋润了树木花草，这倒具有了讽刺意味，也是人类始料未及的。

当我在生活中遭遇了不快而陷于极度烦恼的时候，我的母亲就对我说："孩子，到外面走走吧，别老闷在屋子里。"我听了母亲的劝告走出来，走到渠边或草地、或小树林中。我缓缓地走着。我的心情真的慢慢好转了。依靠这个方法，我终于一次又一次信心百倍地、舒畅地走回到生活中去了。我常常想这是为什么？这里面有什么秘密？现在我明白了，这是我与自然中的其他生命交流的结果。我们彼此无声地交谈过了，使用的是各自的语言。人类自身的痛苦折磨着人，人不能自拔。但一切事物都是旁观者清，如果换一个角度考虑问题，比如从树木的角度去考查人的痛苦，这种痛苦或许就不那么可怕，不那么必要。人是坚强的，但不是任何时候都那么坚强。人还有脆弱的时候。人也需要其他生命的安慰。人的内心世界是宽广的、丰富的，但不一定永远是豁达的。当你看到一些动物无忧无虑地玩耍和奔跑，你就不能不向往它们所独有的那种天然自由放荡流畅的境界。人难以有动物的天真，而天真对于一切人都有必要。一个人往往由于天真才变得可爱；而他自己，奇怪的是也往往由于天真而导致了深邃。

如果仔细观察，几乎没有一种动物的眼睛不是美丽的。有极少数可怕的东西完全是因为丑恶的品性而遮掩了它心灵的窗洞。我爱动物，我真诚地希望和它们交流、亲近。当我的这些念头有时在生活中闪现出来的时候，我的爱人偶尔也会提醒我一声，告诉我们常常去食物店里买鸡买鱼之类——我们像别人一样喜欢吃荤。我这时候常常陷于长久的沉思。我在这个问题上不是虚伪的，令我难过难堪的，是我常常走入这种永难解脱的矛盾之中。这种矛盾我相信是人类所共有的。勇敢的人不应该回避这个问题。我在经受一种生生分裂的痛苦。我不是那种多愁善感的书生，不是。我在想一个长久折磨人的巨大的命题。它不是出现在今天，也不是出现在刚刚开始的文明社会，而是与生俱来的。一想到这里我就有一种恐惧，一种小心翼翼。我怀疑人类的好多不完整不完美就是从这一类矛盾开始的。人没法回避这种矛盾，简直就像没法回避苦难！心灵深处不存在分裂，人才会真正幸福。可是怎样才会达到这个目的呢？也就是怎样才能在那种冷酷的提醒中身心坦然呢？我回答不出。我虔诚地相信这是在某一个角落里生活着的上帝才能够回答的。它是关系到人从哪里出发并向哪里落脚的根本性问题，我每一次想到它都感到了苦涩的战栗。

　　由此我还想到了作为一个生命的柔情到底意味着什么。我从雪白的小兔子身上看到了柔情，从绽开的花朵上也是如此。柔情简直无处不在，有时又好像永难寻觅。柔情与善良、与天生的细腻禀赋有什么关系？我不知道。我只是觉得它们常常连在一起，分也分不开。有人常常认为柔情之类只是存在于女人的身上或是生了孩子的女人即母亲身上，是我特别不能同意的。它属于一切生命，当然也属于人，而人是无须分男女老幼的。一个正常的人总会在一切时刻里去设身处地地体察外物，以一个生命的身份去宽容另一个生命。他会常常激动起来，怀着极度的虔诚和由衷的赞叹去抚摸他喜爱的东西。他的温柔绝对不会因为他的粗壮高大，因为他的满脸胡须而丧失。温柔应该像生命本身一样浑然天成。我不止一次在生活中看到这样的情景：在危急的关头或者严峻的时刻，在需要为真理和正义做出极大牺牲的时候，往往是那些满怀柔情的人首先挺身而出。相反总是那些惯以"男子汉"自居的人物临阵逃脱。这使我懂得了怎样去辨别真正的"男子汉"，也知道了温柔与勇敢之间常有的那种联系。勇敢可以来自一万个方面，但我敢说，它来自柔情才是真正的勇敢。这个世界太需要勇敢了，一切都需要守护。荒原、山岭和土地，比以往任何时候都需要人去保卫。从这个意义上讲，你才会理解作为一个生命的柔情到底意味着什么，理解这个世界上需要的温柔和勇敢原来是一样多。如果一个生命只为它自己活着，那么这个生命实际上已经死亡。因为生命总是与周围的一切密切联结才有实在的意义。再说勇敢。勇敢不一定是赴汤蹈火，或是冲锋陷阵，或是分明的流血和利益上的损失。从更高的意义上讲，勇敢是一种生命的真实实现。寻找真实，执拗地寻找，它的结果往往就是勇敢的行为。在内心深处承认并进而恪守一种东西，更需要勇敢。没有类似的勇气就看不到真实的存在，就看不到泥土。比如此刻在雨中变得愈发鲜艳的那一片红叶树吧，你的美丽，你的激情，你的诉说，你的娇羞，你的摇曳，你的一切的一切，你的存在，我也只有这会儿才算真正的感到了，看清了。你此刻看到我在同一座大山里向你微笑、向你举起了右手吗？那是来自我的问候，人的问候。哦，红叶树，红叶树，祝你愉快，祝你幸福，就像现在的我一样。

我明白我在这山雨中的激动到底意味着什么，相信它是人类反省的一部分。我在请求大山的谅解和同情。人只有走到大自然中才会知道自己是多么渺小、多么孤单。要解除这些心理障碍，也只有和周围的一切平等相处。人在人群中常常有恃无恐，在大楼中更是神气活现。

如果他有机会支配同伴，也就变得更加傲慢和愚蠢。同样的一个人，他走到茫无边际的草原上，待在雷声滚滚的夜晚的大山里，就会发出哀怜的呻吟。这时候你能区分人是可怜的还是骄横的吗？都是，又都不是。他的一切毛病，实在是与周围的世界割断了联系的缘故。平心静气地想一想，高楼比起雄伟的群山就好比一处处蚁台；而人本身比起大地和海洋中的无数生命也仅仅是那么一点点。只相信自己、只依靠自己，事实证明就不能生存——不是不能很好的生存，而是绝对不能生存。危险的讯号不是一次又一次地发出来了吗？我们仍然视而不见。邢台地震，唐山地震，一座城一座城地毁灭，千千万万的生命一瞬间全部丧失，惨不忍睹。而在这之前就有那么些善良而敏感的小生命——它们中包括我们嘲笑过的"蠢驴"和一贯轻视的小鸟、任意宰杀的牛羊，向我们一再地发出呼号，预示那巨大的毁灭即将来临。它们仰天长啸，面对木然不觉的人类而痛心疾首、热泪滚滚。它们悲伤得不思茶饭。结果灾难很快就像它们预言过的那样来临了。一切在它们看来都是自然而然的。它们的呼叫对于一切不懂这类语言的人来说等于没有。人从来就认为它们没有语言。他自己这一类生命才有语言。可悲的是人的语言更多的用来称谓油盐酱醋，而不是预言灾难。动物从与人相处的那一刻开始，就开始了对人的劝慰和帮助。我宁可相信是这样。可爱的生灵，可爱的山野上的智慧，你们无灾无难吧，你们长生不老吧，你们仍然一如既往地提醒着人类吧，他们终有一天会听得懂你们的语言，并永久永久地感激你们的存在……我不知道这大山里生活了多少我熟悉和不熟悉的家族，我相信我会理解你们。我愿意在一生中去和你们不断结识。我将告诉我的女儿，让她也学会尊重你们、爱戴你们，我明白教育下一代有多么重要。我此刻还是真诚的恳求你们帮助人，一如既往，抛弃前嫌。我在这儿替所有的人恳求了，并在这大雨中为你们祝福了。我不知道这会儿有多少家族在山中避雨，狼、山兔、小草獾，大雨都淋湿了你们漂亮的衣衫吧？还有满山的花草树木，你们在接受着大雨的沐浴，洗去了一身尘埃。哦，我知道你们都在这雨中沉思，像我一样。我多么想知道此刻你们沉思了些什么？

雨在不知不觉中停歇了，闪出一片蓝天。脸上湿漉漉的，我也弄不清是雨水还是泪滴？我站在那儿，久久地不愿离去。我在心里问着：你们在哪里？你们躲在了哪里？你们在茫茫山雨中想了些什么？你们会告诉我吧？……

它不止一次地观察过大雨怎样来到了山里。所以它在这样的日子里从未惊慌过。它是一只叫"姆姆"的母狼，当云彩低得快要擦着"老人"头顶的时候，它就高高地喊了两嗓子，让远处贪玩的儿孙们快些找地方躲雨。"老人"就是在崖下长着的那棵老白果树，是姆姆最先给它取了这么个外号。姆姆两天前左腿骨就有些隐痛，于是它知道天空正孕育着一场雷雨。那天它嘱咐孩子们不要乱跑，不要跑得太远。大雨来到的时候，它突然又产生了把孩子们全部呼唤到身边的愿望，后来好不容易才把这个念头压下去。它知道它们都机灵得要命，这会儿早该躲起来避雨了，不过它还是有些惦念。没有办法，它老了，愿意牵挂事情，也变得絮絮叨叨了。此刻姆姆蜷曲在一块石板下，忧郁地望着一片迷茫。它有些寒冷，一次又一次把身子缩紧。如今怕冷怕热，在石崖上站久了身子就要哆嗦。这都是衰老带来的礼物，它不得不一件一件全接受下来。可是它不曾抱怨过什么。一切都是自然而然的，它知道如果连这些也不能忍受可就太过分了。这里的岩石泥土以及树木草丛都好得没法说。它知道在这里定居已经是十分幸福了。它后悔的只是没有更早的开始那场艰难的迁徙，没有更早的找到这块落脚的地方。它的童年和中年差不多都是在惊恐不安中度过的。母亲和父亲都在流离颠沛中了结了一生，死的时候皮包骨头。那一段生活是它一生中最不愿回忆的，只在特别的日子里才讲给孩子们听。

姆姆觉得有必要让后一代了解家族的历史。由于它的叙述，它们才变得不那么单纯了。可是它觉得它们还远远不够成熟——每逢闲下来的时候就这样想，此刻透过密密的雨帘，它似乎又望到了孩子们充满稚气的眼睛。一双一双眼睛，装不下苦难的眼睛。这些眼睛美丽得发绿，水莹莹的，夜间也闪闪有光。它看着它们一点点长大、变粗壮变浑实，呼唤一声，它们就回到身边来，嘴里发出顽皮的声音。后来它们常常跑离很远很远，去捕捉食物，去捉迷藏。姆姆对它们讲了很多，告诉它们什么是危险的或万万不可接近的。如果站在高处往下望，望不到麻雀或小石子，那就是太深了，千万不要逞强往下跳跃；如果遇到柔软的明亮如镜的一片，那就是水，不能贸然冲进去；遇到人——孩子们当然很早就能辨认这山里这土地上这一切一切地方的主宰者了——一定要快快逃遁，如果见他们手拿一杆长长的东西，那就必须尽快伏下身子，然后伺机逃离。特别是当那东西端起来瞄准的时候，那就万分危险了。那是枪！那是枪！那是罪恶的该诅咒的鬼怪器物！它会喷吐火舌如蛇样狠毒迅猛，飞到身上咬一个通洞，使你鲜血流尽而死……该说的都说了，姆姆怎么也想不到的是，它最小的孩子咕咕还是死于非命。当时咕咕玩累了，正躺在一个荫凉地方歇息，突然身后的山石发出崩裂声，一块巨大的石块就飞到了它的头上。

姆姆当时没有流泪。它此刻待在山石下避雨，回想起这一切的时候还有些奇怪。也许是眼泪流尽了，反正它那时十分平静地注视着天空。它当时觉得老洞山一片血红的颜色，连天空也是一样。在孩子们的搀扶下它走到了咕咕丧生的地方，认真地看了看那块巨石。它打量着四周，终于搞明白这是部队开山施工炸飞的一块石头，咕咕死于误伤！姆姆坐在地上哀鸣着，心中充满了怨恨。它还是没法原谅人，它还是没法使自己去宽容这一切。那天傍黑它蹿出了窝穴，全身的血都变得滚烫。它蹑手蹑脚地走近了部队营房，倾听着一片鼾声，嗓子一阵饥渴。透过门隙，它望到他们光洁的面庞和肩膀，当目光停留在他们小巧的鼻梁上时，它的心终于软下来了。它不愿让另一个世界的那位母亲难过。于是它久久地徘徊在营房四周。天傍亮时，它望了望东方的曙色，终于又愤恨起来，就冲进紧挨营房的栅栏里，发狠地咬死了一只羊。

那是人的羊。姆姆现在想起来还感到恐惧的就是这个。人的本身、人的一切所有物都不可伤害，这是它们家族里一条永恒的准则。一代又一代坚守着，不能违背，就是没有谁去怀疑一下它的正确性。人是至高无上的，姆姆的家族里都这样认为。可是它如今要问的是，太阳又是什么？无边无际的土地又是什么？还有更旷远莫测的蓝天、海洋……这些又都是什么？数不尽的星星呢？它不敢再问下去了。人如果真是至高无上的，就除非没有太阳和土地；而失去了后者，也就没有了前者——姆姆是靠简单的推想得出了这个结论的。土地使一切活着的东西立脚、太阳则给它们温暖。在一切事物中，如果抽掉了某个事物其他事物将不复存在，那么某个事物才是至高无上的；而对应着某个事物的这一切，则应该是平等的——姆姆被自己的推论吓了一跳。它们竟然与人平等了……姆姆鼻尖上渗出了一层汗珠。它又从头推想了一遍，并未发现什么错误。人的至高无上是他们自己决定了的，而这种决定的不合理性从根本上讲就在于他们忽视了太阳和土地。总之，自然界里存在着不少类似的误解和颠倒，于是与人有关的无数惨剧频频发生。谁来发现这些？谁来制止这些？姆姆认为依靠人本身当然是不能够的。那么它只能去乞求于太阳和土地了，因为太阳是大家的，土地也是大家的。

姆姆永远也忘不掉这个家族与人的一次次遭遇。那是一部血泪写成的历史。它记得半岁的时候跟上母亲去觅食，随着一群老老少少的狼在山梁上游荡。太阳变红了的时候，草丛里突然一声钝响，接着五六个人从四面八方蹿了出来。他们每人手里都拿了一杆枪，火舌就从枪口上跳了出来。立刻有三四只狼倒在地上，大家惊叫着逃命。这些人像凶神恶煞一般，有的单腿跪地瞄准，有的就站着射击。枪声惊天动地，一只又一只狼倒在地上。有的狼还躺在那儿喘息，立刻有人走过去补一枪。有的狼刚刚生下来几个月，那时吓瘫了，它的母亲惊叫着跑去搀扶，草丛里的人就跳起来，连老带少一块儿打死。鲜血冒着热气流淌在山崖上，染红了青草。姆姆也不记得它跟母亲是怎么逃出了火网的。只知道它们立在一块石头上，听着远处的枪声和哀鸣，全身抖个不停……类似的场景说也说不完，姆姆更不愿去想母亲和父亲丧生的日子。世世代代的围剿，世世代代的仇恨。后来它们终于明白了，人决心全部杀尽土地上的狼，一个也不留！他们只留下自己过生活，自己去享受天上的太阳！这未免太不公平了，也未免太贪婪了。人擅自给别的生物规定了悲惨的结局，说一不二。狼要逃脱这个结局比登天还难，它们只有拼命地逃窜——从一块土地逃到另一块土地，从一座大山逃到另一座大山。人在疯狂地砍杀树木，使土地和山岭变得光秃秃的，使它们无处藏身。它们跑呀跑呀，四条腿累得越来越细。姆姆就这么跟上一群陌生的狼，经过长达18个月的流徙，才来到了林草茂密的老洞山。这里安静得简直不像人的世界，它们大喜过望。直到定居下来5个多月之后，它们才明白这是一处军事封锁区。

姆姆这之前不止一次暗暗观察过人类对狼群的藐视的目光。它对这些已经习惯了，但还是不能不气愤。这或许是包藏了他们决心剿杀狼群的全部理由。他们不止一次地指责狼的凶狠、残忍、自相残杀、没有教养——好像他们自己就多么善良、多么有教养一样。狼的没有教养及一切恶劣的方面是人所共知的，那么人呢？狼往往结伴围猎，当同伴倒下死去时，一群狼在饥饿时就把它吃掉。如果史书上不是笔误的话，那么高贵的人类也有过同样的历史。狼有自相残杀的时候，但如果凭公而论，人的自相残杀却远远超过了狼。他们对付狼的枪口就常常掉转过去对准同类。围剿狼时使用的只是步枪、双筒猎枪、绳网，而他们对待同类则常常换上了更有杀伤力的机枪、大炮；至于毁灭一切的原子弹和氢弹，则本来就是为人类自身准备的。说到这里也就可以明白了人的高贵到底在哪里、明白了人的有教养到底在哪里。说到饮食习惯，那更是几近荒唐。人吃鸡羊，没人说他凶恶；而狼食草兔，也就成了大逆——这一切到底是为什么？到底意味了什么？这难道是愤愤不平和简单的攀比吗？不，绝不！这起码是说明了，每一个物种都要经历它漫漫无尽的成熟过程；每一个物种都有他自身永远难以克服的弱点。这就是存在于整个大千世界中的悲剧意味。姆姆的心激越地跳动着，痛苦地闭上了眼睛。

它在想：我要求于人类的到底是什么呢？我有多少非分之想呢？我的愿望又在多大程度上能被人类所接受呢？这些哀怨和激愤、这些追溯和探究，又有多少意义多少道理？姆姆摇着头，一时回答不了，它的金色的眼睫毛上溅满了晶莹的水珠，长满了土黄色细绒的漫长脸上弥漫着惘然的神气。它极不愿回顾以往，可还是没法忘记那一切。因为历史与现实紧紧连在一起，这二者之间还夹着一种东西，叫做"经历"。整个家族千万次地喊出了"平等"的呼声，它则认为这是越来越不可能实现的了。要紧的只是生存，是生存的权力。真要说到平等，那么活动在茫茫原野上的狼与人的关系，就不是高级动物与低级动物的关系，更不是人与动物的关系，甚至也不是一种动物与另一种动物的关系。而是地球上的一种生命与另一种生命的关系。这才是真正的平等。这样的平等虽然永远也不会成为什么准则，但我姆姆只要一次，让大家都在土地上喘息吧，让大家一块儿分享氧气。一个物种没有必要将另一个物种赶尽杀绝，它只想获取上帝分配给它的那么一点点，一点点而已。

狼还没有绝种，但只剩下了原来的几万分之一。姆姆就亲眼见过一个又一个物种的彻底毁灭。它们的灭绝无一例外地全都与人有关。人们在闹市和郊区日夜焚烧和熬炼着什么，如林的烟囱喷吐着毒雾，无数的生灵很快就窒息了。人们还日夜不停地淘洗着什么，流出的脏水臭气熏天，直接汇入河流和海洋，使庞大的水族急剧衰落。机器日日怪叫，地底、地表、空中，到处都是这种震耳欲聋的声音，很多生灵不堪忍受，最后七窍流血。各种动物只得像狼一样不停的逃窜，疲于奔命。可惜安身之地越来越少，它们都从不同的方向汇拢到一个绿色的角落里，惊恐不安地等待着那最后终会来临的全面围歼。用什么办法才能回避这个可怕的结局呢？去劝阻？或是利用极少数与人类关系密切的生灵比如狼的近亲——狗去游说吗？这都无济于事。狗们早已失去了自由的个性，为富不仁，更多的是故意装出一副嫉恶如仇的样子。再说人类与大千世界中的一切都不能对话，即便人类本身也常常由于民族不同而语言隔绝。语言，还是语言，除此好像再也没有其他途径了。姆姆记得好像人类只在一种情况下容忍过狼的存在，那就是让它们生活在动物园的铁栅栏里面。这是一个物种生存遗留下来的唯一条件。可是，姆姆要说的是，它们这会儿已经不是狼，我们不认识它们。我们更愿意认为它只相当于人的一件器物，比如烟斗。

美丽的小儿子咕咕死去已经半年多了，姆姆直到现在想起它蓝莹莹的眼睛还要流泪。一颗母亲的心在颤抖，这颗心的悲伤与其他生命的悲伤没有什么不同。这是一颗母亲的心——世界上生活着多少愉快的和不愉快的母亲。姆姆相信每个母亲都有相似的感触和经历，如果可能的话，母亲之间会有很多共同的话题。它亲眼见过一位脸膛红润的年轻母亲领着她两个可爱的孩子从田间小路上走过；一只母鸡呼唤一群团绒绒的小鸡；一只大刺猬和几个猴精的小刺猬；一株野麦草亲昵地伸手抚摸它身边刚生出的几株小野麦草……形形色色的母亲，无穷无尽的母亲。让我们这些做母亲的达成新的谅解吧，我们有权力让后一代和气地相处。因为土地上常有不测风云，无论是大雪封山的日子，还是像现在这样的雷鸣电闪，我们做母亲的都要怀孕，都要哺育，都要牵挂着孩子们一寸一寸长大、长高……听我再说一遍吧：让我们这些做母亲的来达成新的谅解吧？

姆姆的胸脯急剧地起伏，两手一次次绞拧着。大雨变缓，透明的雨丝渐渐像针一样细了。姆姆大口地呼吸着，从石隙里站起来。它最后想到的还是小儿子咕咕。"我的孩子——"它大声呼唤着，湿漉漉的山野都听见了。

山崖下的那棵老白果树一迭声地咳嗽。深秋的雨水有些凉，它年纪大了，多少有些受不住。老洞山里没有什么活物比它的年纪更大，连它自己也不记得活了几百年了。大山的荣辱兴衰都记在心里，那里装了一部活生生的历史。可爱的雨水细细地冲刷着身上的灰尘，它这时候还算快活的呢。一个生命老了就往往被误解，连晚辈也要说它脏气。它的肌肤多皱，没有了光亮，颜色灰黄，可这是真色儿。老皮像石片子那么厚壮，抵御了多少风霜。年轻的树木没法理解它，它们实在太稚嫩了。雨前一些路边杨树曾经不停地抱怨，说行走车辆碰伤了它们的身子。一连几天的吵嚷，它的耳朵都快震聋了。有什么办法？谁能够保护谁呢？在这山上，也许只有人才是决定大家命运的真正主人。几百年来都是如此，它相信今后的日子里也只能如此。雨水像瓢泼一样，四周的树木发出欢快的呼叫。远处那些伤残的杨树被雨水冲洗了伤口，痛苦不堪，于是其他树木才慢慢沉默下来。老白果树记得这是它所度过的最沉闷的雨天。它的眼睛哪里也不想观望，这时干脆就合上眼皮，打着瞌睡。

它当然睡不着，还老要咳嗽。四周不时有几棵树发出埋怨声，也搅得它心神不宁。这些年轻的树木不懂得忍耐和宽容，话语尖刻，其原因就是它们经历的还太少。它们记住了什么？它们看到了什么？它们知道很久以前山岭的颜色以及雨水和山泉的味道吗？当然不知道。老白果树发出了一声叹息。它记忆中这差不多是老洞山最好的时候。这座山有一百多年是光秃的，有一百多年是贫瘠的，几百年间烧了两次大火，闹了无数次旱灾，闯进来数不清的伐木人。你如果在深夜里望着冲天大火把山都烧红了，听着树木揪心的惨叫，会是什么心情？百年大树、刚生出来几天的小苗，都在这场大火中活活烧死了。你如果亲身经历了长年的干渴、眼看着自己的枝条血脉不通，只剩下心窝里的一丝水气了，你又会想什么办法活下去呢？这一切都是真实的事情，作为一棵树本来就没有什么可惊讶的。记忆中，满山的树木比起那些会移动的生命来就可怜得多了，它们一动不动地等待着雷击、山火、人的板斧，连小如叶梗的毛虫也日夜啃咬。它们十有八九死于非命。这就是树木的历史。

为什么绿色的生命偏偏是短促的？老白果树想了几百年，百思不得其解。谁都知道它们离不开土地，离去了就会死亡，但究竟又有谁发现过这样一个普通的道理：土地失去绿色也会死亡？土地上一切会移动的生命与绿色到底是怎样的依存关系？绿色给地球提供了多少被称作"氧气"的至关重要的东西？这些都没谁去思索。树木家族是最先在泥土上安家的，它与任何生命都可以和平相处。但奇怪的是人类对树木的依赖性最强，却偏偏表现得最不肯相容。在"垦荒"的美名之下，一片又一片树木被砍伐，连小草也给烧成灰烬。结果失去了绿色的土地真的荒芜了，连人类自己也没法挽回。事实上，哪里林木葱茏，哪里的人类就和蔼可亲、发育正常。绿树抚慰下的人更容易和平度日，享受天年。土地的荒芜总是伴随着人类心灵上的荒芜，土地的苍白同时也显示了人类头脑的苍白。这之间的关系没人注意，却是铁一般坚硬的事实。树木与阳光、空气、土地的关系，比任何其他生命都来得更亲近。它身上才蓄满了它们的原气原色，然后又把这些极为珍贵的东西传送给人及其他。它含蓄冷静，自然挺立，默默地使女人更温柔、男人更勇敢。它们是真正具有灵性的扫帚，不断地扫去自然的尘埃。没有树木，世界早就堆满了垃圾。

　　老白果树历尽了辛酸，仿佛什么都可以忍受了。它不知多少次感到了失望和沮丧，可还是强忍着活下来。它一动不动地站在崖下，站立了几百年。它不断地埋怨上帝：你给了我生命，可你没有给我行走奔跑的权力。我在这世界上生活着，同时也就是等待着。你让我等待什么？你从来不管我有多么孤寂。只有风声将千里之外的坏消息不断传送给我：又一片森林失火，又一片树木被伐。我多么喜欢任何形式的生命走近我，想亲手去抚摸小狼崽子、小沙狐、小兔子；我见了人们走到我这儿来，总是微笑着，老远老远就向他们打招呼。可我还是忘不掉这样的事情：我向他们招手，他们却伸出了斧子。有一次我孤单地度过了一天，傍黑时有一个小孩子身背草篮从身边走过，我高兴地挥手与他呼应——他噘着嘴走到跟前，站了一会儿，猛地折断了我一根手指！还有一次我愉快极了，正跟落在我胳膊上的一只红鸟交谈，想不到有一个人悄悄地凑近了，"砰"地就是一枪！红鸟就死在了我的怀里，鲜血啊,沾了我一脸一身……那时刻我真的流泪了,老泪纵横,眼泪一滴滴洗着彤红的血。人哪,人就是这样地与他四周的一切相处。树木为人做出的牺牲还少吗?结出果子献给他们,用自己的身躯为他们盖房子遮风雨,还化为桌椅板凳和木床。一代一代的人都懒洋洋地躺在木床上,休养生息,做一些美丽的梦。他们出生在床上,最后也还要死在床上。通过一张木床,不是更可以理解人类与树木的关系吗?

树林常常使闯进去的人感到恐惧。不过那不是树木的过错。它还常常让人迷路,那又完全是树木亲近人类的一种方法。它们无时无刻不想与人类结成情同手足的关系,每到了有人伸手抚摸的时候都激动万分。老白果树记得,曾经有一个少女待在它的身边,它闻过她温暖的气息。她到后来曾将丰满的胸部贴在了它的身上,它感到了一颗朝气勃勃的心脏的跳动。老白果树至今回忆起那一幕来还感到一阵幸福。是的,它与人亲近过,并且自己也终于活了上百年。似乎它已经没有权力去指摘什么。但老白果树要说的是,它究竟为什么得以挺立在山崖下?那是几百年前的事情了,那时山崖下有一座小庙,人们来庙里烧香,乞求神灵的保佑。后来庙毁了,只剩下了白果树,于是人们就以为这是一棵"神树"。老白果树想到这里就感到了苦涩。它要面对整个绿色的世界大声疾呼:"我是一棵普通的树!"一棵普通的树——又一棵普通的树——千千万万棵普通的树——组成一片绿色的海洋。啊,海洋,覆盖泥土,整个世界都因此而鸣奏出森林自己特有的音乐,经久不息。人类、百兽,一切的一切,都在这音乐声中走进和平与幸福……老白果树每一根枝条都激颤着,像个年轻的小树一样浑身摇动起来。人们啊,你们实在没有权力拒绝一棵普通的树,就像大自然没有权力拒绝一个人一样。树木有血液和生命、会呼吸,毫不夸张地认为,也有自己的血统、种族和尊严。人们有时也特意在房前屋后种一两棵树,可那只算做一种装饰。你能通过这一棵树去唤起对整片森林的激情吗？人类的疾病千奇百怪，这其中有的就与疏远绿色的世界有关。人类的绝症已经不能依靠人类自身去根除，他要达到目的，就必须走进大自然中，平心静气，伸出他友谊的双手，与大自然里无数的手臂连接起来。让我们手携手地去享受阳光、空气，肩并肩地去度过属于我们自己的日子吧。到了那时候，我们啊，就会一起生活，一起歌唱。我热爱的人们啊，你们美丽，你们神圣，你们就是我们。你们的交谈就是我们的交谈，你们的生育就是我们的生育，你们的奔跑就是我们的奔跑！

老白果树一遍一遍地搓揉自己的眼睛，费力地抖去身上的水珠。雨水由大变小，后来就完全地停息了。

天空闪出一片光亮，山中的雾气缓缓地往上升去。一道漂亮的彩虹出现了，接着满山满野都是愉快的呼叫。

"嘎呀——！""嘀咔！嘀咔！……""啦——沙——！""姆姆——咕咕——"……

一万种声音也不止。多少生命。

一个人从浓绿浓绿的、尚且滴着水珠的藤蔓下走出来，两眼闪亮地盯住了天上的彩虹。"彩虹如桥！"他小声地自语了一句。

"哎——罗——！"远处有一个脆生生的声音在呼喊。

那个人知道又是小战士在喊他，就用手做成喇叭筒，学对方喊了一句。满山满野，多少生命在这喊声里笑了，大家一齐模仿他的声音喊了一嗓子：

"哎——罗——！"……

1986 年 10 月—12 月

书　房

这是一间尘封的书房。

我常常一个人走进去,在里面待上一两个钟头。随着年龄的增长,我去得越来越频繁了。这在别人看来多少有些奇怪。因为这是一间最阴暗、最没有趣味的地方。那里面光线暗淡,勉强看得清东西。而奇怪的是,我早已经习惯了这里的光色,竟然能够毫不费力地看清书架上的字迹。

我饶有趣味地翻着那些认识的和不认识的书页,得到了极大的满足。

在这所院落里,唯一称得上是古物的,也就是这间书房了,尽管它已经无人问津。可是,这个房间在当年却是整座院落的核心。

我坐在如同黑夜一般的安静中,信手将一副红木写字台上的尘土抹净(不知怎么,这张写字台上永远蒙着一层尘土)之后,就两手合起来,出一会儿神,这里安静得一根针掉在地上都可以听得非常清晰。

我在这极大的沉寂中，得到了前所未有的安慰。

一本本书，纸页都发黄了。有的轻轻一戳就是一个洞。所以，我在翻书的时候小心得不能再小心了。我轻轻地掀着书页。有时候，我简直不是在看，而是用鼻孔在闻那种气味。一股好闻的霉味，钻进我的肺腑。我小心地一丝不苟地过滤着，从中辨别出那与众不同的一种气味。

一个穿着黑衣服的高大的男人，长得微胖，就用他的衣襟掀动了书架上的尘土。有时候这尘土迷住我的眼睛。他走过来，站在我旁边，伸出右手那只焦黄的食指，按在我正在阅读的书页上。我强忍住什么，没有抬头。但没有过一会儿我就忍不住，把书页合起来。我们互相看了两眼。我想问点什么，但嘴巴动了动，没有发出声音。他于是又离开了，消失在一个个高大的书架后面。

我站起来，沿着他走过的地方重新走了一遍。可是我再也找不见他。他总是这么突然地出现、缓缓地行走，然后再突然地消失。

这些奇奇怪怪的书籍有的是线装的，有的是硬壳绸缎封面的，有的还是手抄本。这些书，有的只画了一些简单的图画，几乎没有文字；而有的却用蝇头小楷写得密密麻麻。

我像要从中翻找我所需要的那几句谶语似的，不停地翻找。不知过了多长时间我才走出书房，头发上、衣服上全都沾满了灰土。家里人说我像一个土拨鼠似的，整天在土里滚动。我没有说话——只要有点机会，我还是要打开那间书房。

在这间屋子里，我与一个人进行着一场由来已久的秘密的谈话。没有任何人知道我们谈了些什么。他向我谈了他隐秘的历史。这是一段任何人都不知道的故事。这些故事都零零散散地隐藏在那些数不清的陈旧纸页当中。我一边翻动着，一边等待着那个人的重新出现。

我翻完了一本书,却不知所以然。脑子里一片空白,就像什么也没有读到一样。我把它拍打了两下,重新插到取书的地方。可是就在这时候,骨碌碌滚过来一个东西。我拿到手里一看,是一个冰凉的红硬木健身球。擦去灰渍,露出了锃亮的球体,闪着银光。这是前人的指纹在几十年的时间里磨得无比光润的那种木球。我把这只木球放在了贴身的衣袋里。可没有多久,又觉得它像赋有生命似的,在胸口那儿扑扑跳动。我不得不把它取出来,放在写字台上。但这样放了一会儿,还是不安地把它塞到了书架的一个角落里。

我重新看书。一会儿从黑漆漆的屋角里射来了一对严厉的目光。我知道,他嫌我动他的球了。我这时仰起脸来,请求原谅地在心里念道:

"我又放回原处了。它挺好地待在那儿了。"

黑色屋角里那双犀利的目光在慢慢地淡下去,淡下去,最后消失了。

我在屋里轻手轻脚地走了几步。我的眼睛盯在一排排书脊上,寻找着。

我像是按住了脉搏似的,顺手就从那几本书的中间抽出了一副圆圆的小眼镜,又嫌烫一样赶紧插回原处。我搓着手,把尘土在裤子上揩净。

在书架的另一面挂了一柄镶银的拂尘。我把它取在手里抚摸几下,拍打起架子上的灰尘。我不知多少次这样做过,但我知道是徒劳的。因为灰尘并没有从这间屋子里赶出去,它们只是扬在空中。当一切都安静下来的时候,它们又会重新落回原处。这是上百年前的尘土,我没有权利把它们从这间屋子里驱出去。这些尘土留着上一个世纪的记忆和气味。

夜晚，我不敢一个人到这间屋子里来。阴天或雨天我也不敢来。只是到了屋外阳光灿烂、一片明亮的时候，我才敢打开这间屋子。

一坐到这张写字台前，外面的世界立刻就被遗忘了。我只是那么静静地坐着，一会儿就会有一只冰凉的大手扶在我的肩膀上——我对这个动作太习以为常了，所以毫不惊讶，连头也不回，只保持原来的姿势坐着。

我淡淡地问下去："那么你为什么要这样呢——我是说，你为什么非要逃走不可呢？"

"为什么？你从这间书房往外看，你可以看到几百米远。你的目光所能达到的地方，那才是这座院落的边缘。院内有很多富丽堂皇的建筑。这座书房只是它最不起眼的一个小屋。由于它比院里所有的建筑都古老，所以才保存了下来。这里有很多老爷和使女，有一个使女就是你的外祖母。"

"你和外祖母一开始就是在这里认识的吗？"

"不。你外祖母那时候陪着一个人进京，我在一所洋人的学校读书。她陪着老爷进京，我去看老爷，也就看见了她。从那第一眼起，我就决定要赶快回来。那时候我的医术已经学得不错了。我可以为害眼病的人做手术，我的洋文说得也不错。还没有结束学业，我就回来了。你知道吗？老姥娘用一个最好看的布锤把你外祖母的头打破了。我们两人都不吭声，只等着她把伤养好就逃开了。我们逃得很远。只带了很少的东西……

"记得第一次逃出这个大院，跑在田野上，觉得到处新鲜极了。你外祖母一会儿就要捂一下眼睛。我开始还以为她要揉眼睛呢，以为她哭了。后来才知道她是嫌外边太亮！

"我们跑啊，跑啊，迷了方向。后来跑到了一片草地上，那时候

不知道草地一边连着大海。只是看见太阳刚刚出来,照着无边的茅草一片金黄。你外祖母捂上了眼睛,说:'哎呀,真大,真亮!'

"你看,这就是她对我说的两句话。"

听到这里我身上痉挛了一下。背上大手的分量在渐渐减轻。回过头去,那个人已经没有了。我使劲咳了一声,好像要驱赶掉他的影子。

屋角里什么也没有。

我在书架上寻找着一本新书。我几乎每一天都能够发现一本以前没有抚摸过的书。我发现它的时候,就如获至宝地捧到写字台前。可是当我打开书页,又会发现它既陌生又平庸,几乎没有什么新鲜玩意儿。不错,我也常常看不懂。可是我却知道这是些没有意思的玩意儿。我又重新把它放回原处。

就是抱着这种奇怪的探险心理,我查遍了所有的书架。

这个书屋没有毁于水火和兵匪,就足以证明有什么神灵在暗暗庇护着它。

他再一次出现的时候也是无声无息的。我想,他刚刚离去的那一会儿是去喝茶了。因为这一次,他说话的时候,嗓子清晰多了。他不要我翻动刚才动过的那本书。他说那上边有他咳上的血。

"那本书你不能动。"他说,"那本书,你最好还是把它放起来。"

我心中蓦地响起了一个执拗的声音:"不……我要打开它,我要重新看一下!"

这样我就站起来,不顾他的阻拦,直迎着刚才取过的那本书走过去。我急急地拿到手里,翻动了几下,一下子呆坐在椅子上——那本书上有一片褐色的紫斑……这,也许就是很久以前的血迹了。

我不知是厌恶还是惊怕,把它推开老远老远。

停了一会儿我又站起来,远远地端量着它。

后来，我就把这本书放回了原处。

那个身穿黑色长衫的身影像是发出了快意的冷笑，倒背着手，到一边去了。他好像证明了什么似的，坐在了另一边的一个扶手硬木椅上。那个椅子至少被灰尘盖了一公分厚。奇怪的是他坐下去连拂打一下都没有。他说：

"我明明知道前边是什么，可我还是去了。"

"前边是什么？"

"前边是一个陷阱。"

我的心中"呼"地响了一声，像弹断了一根老弦。"又是陷阱！"我心里说。

"那个陷阱就在前边，"他接着说下去，"离我不远。那一天是一个挺好的秋天。庄稼都成熟了。该红的红了，该黄的黄了。我骑着我们家最好的一匹大马，去了。我接到命令去开一个会。我知道有人要在路上设埋伏，故意绕道而行。走了一会儿我又想，那埋伏既是为我而设，我就该迎它而去。于是我又把马折回来，走了旧路。很好，我一路走过去，马蹄踏着一溜印痕，嗒嗒地往前走。路两旁的庄稼地被太阳晒得暖烘烘的，热气直扑到我和马的身上。马走累了，我就到路边扯一点成熟的庄稼给它吃。接着再上路。

"很好，我们就这么走过去，安然无恙。

"那一天，我做了一次很长的讲演。有人在台下呼喊什么……"

他说到这里停顿了一下。

这时，我有机会想了一下，知道那是热烈的喝彩的声音。那种声音似曾相识。

他接上说："他们在为我鼓掌。我自己也觉得把我平生要说的话全说出来了……大马在院子里嘶鸣。我知道它是唤我快些回去。你看它急急地催我上路——我该上路啦。我告别了那些人。走出会场的时候,最后看了他们一眼。

"回来的路上,我知道那个埋伏再也绕不开了。它离我越来越近,越来越近。我的马也像是知道这一切,我看见它的蹄子起落得十分沉重。但它还是毅然地向前走去。

"那一天,是太阳快要沉落下去的时候,到处一片红色。我骑在马上,老要四下里张望,记得我正好能够望见这片高秆农作物的梢头,看见太阳是怎样把它们一点一点染红的,看见我们四处的这片田野上,最后的时刻里是一副什么模样。

"我把一切都看在眼里,记在心上,然后就眯着眼,任马颠簸。走了两个多时辰,我想离家大约已经不远了——我听见了一声很闷的手枪声。我拍拍红马的脖子,说:'时候到了。'

"但我没有下马。我不想对那些打埋伏的人讲这么多的礼数。我也没有给马加鞭。我连身子也没有昂起来——像一些英雄们惯于做的那样。我仍然垂着背,眯着眼睛,姿势一点没有变化地往前去了。"

听到这里,我的手心里出了很多汗。我问:

"接下去呢?"

"接下去,我就被他们杀死在高粱地里。我死得不算痛苦,可也不算轻松。我没有一下死过去。他们不是些好杀手。看来,有的是第一遭干这个。当我的血越流越多,染红了四周的泥土时,他们就叫着逃走了。

"我身上带了很多钱,这是我的一点侥幸心理在作怪。我原来还认为可以用钱买下一点时间。从那以后我才算明白,金钱可以买到一切:高楼大厦、土地,甚至可以买到官职,可它就有一样东西买不来,那就是——时间。你看,这些人就不需要我的钱。他们逃开的时候,甚至都没有想到摸一下我的衣兜,就匆匆地跑开了。有人手上沾了我滚烫的血,他那是要快些赶到河沟里去洗干净。

"我躺在那里。我知道,我的马也伤了。可是,它还走得动。一阵'唰啦,唰啦'的响声,我的马离开了。我等得时间好长呵。我等着太阳落下去——尽管眼前的光线越来越暗,可太阳就是不落,它像定在了庄稼半腰,定在了那儿,等待一个人。

"她真的来了。她就是你的外祖母。她长得本来就矮小,这时候浑身哆嗦着,缩成了一只小鸡似的。她鼻子里哼哼着,哭过了,也就不再哭了。没有眼泪,只有鼻涕。她伏在我的身上,但她说了什么,我一点也听不明白。她好像在说一些安慰的话。我也对她说了一些话。我的话,她听不明白,这从她的眼神上已经看出来了。

"随她一块来的人把我扶到了马背上。那匹可怜的马受了伤,还要驮上我。也就在扶上马背的那一刻里,我闭上了眼睛。"

屋里的光线越来越暗。我的眼睛再也看不见书上的字迹了。后来,我就合上门走了出来。屋子外面到处都很明亮。可是不知怎么,我觉得这天的太阳、天空,还有那半个没有沉下去的月亮,都是铅灰色。

我再一次进入书房,是一个挺好的洒满了露水的早晨。我坐在了那个人经常坐的红硬木椅子上,像要故意激怒他,等待他的出现。可是整整一天过去了,他没有到这间屋子里来,甚至连远远地瞥一眼都没有。我随便翻着几本书,熬着时间,然后一无所获地走了出去。

就这样,我在这间书房里走进走出,消磨着自己的青春。我们的交谈没有尽头,永远也不能完结。有一段,我极力想弄清楚外祖母的容貌。因为我没有见过她。我并且觉得这至关重要,因为她好像是我所理解的故事的主人公。但是那个身穿黑布长衫的人没法给我讲得更清,有时甚至还互相矛盾。我想从那些手抄本里寻找一点线索。因为我终于认出有一些字迹是那个人写下来的。可是这些话是真正的谶语。比如说它记载了他出逃的日子——可是另一处记载的那个中了埋伏的日子竟然与它相同，这就非常奇怪了。它还写到外祖母和他一路上经历的事情。外祖母却被他写成了一个爱唠唠叨叨的女人，可是在另一页里，外祖母又是一个腹富口俭的十分内秀的人。

我问他："外祖母很矮小吗？"

他点点头："他就到我的腰际这儿。"

我说："那是因为你的个子太高大。"

他说："不。那是因为你外祖母太矮了。不过她一点都不难看。她的头发有点稀疏，还有点黄。你看看，没有什么好的。可是我除了她谁也不会喜欢。她只看了我那么一眼就让我永远地记住了她。她那天穿了一件紫花衣服，围了一块乡下人才围的方格布做成的小围巾。她和我说话的时候，手就在衣襟上捏来捏去。她甚至不跟我说一句话。我真想用手揪揪你外祖母鼓鼓的额头上方那一绺黄色毛发……我是个安分守己的人，是她让我生出了这样的念头。"

他说到这里，像是有些疲倦了，咳嗽着，转到书架后边去了。我却刚刚精神起来。我想起那些手抄本，里面好像有关于这个的记录。我打开来，从字里行间寻找着。这一次终于让我第一次看明白了，这密密麻麻的蝇头小楷到底写了些什么。我不知疲倦地一口气把它读完了。这是我在这个书屋里一年来第一次读懂的一本书。

我的耐性这么有趣地帮了我的忙。是的，我知道这里面到底记载了什么。它记下了外祖母一家的故事。我甚至怀疑，这个书房里所有被尘土封起的书页中都有关于他们的秘密。我这一辈子也许就要消磨在这上边了。

读过这个手抄本，我留下来的疑问不是减少了，而是增多了。比如，那些神秘的人为什么要去设下那个付出了沉重代价的埋伏？是为了外祖母吗？显然不是。这显然是一种政治目的。可是我的外祖父——那个不停地唠叨的人，为什么偏要说，他们是为她而设下了埋伏呢？

这场埋伏的代价真是太大了。后来，几乎所有的参加者都落难了。那个领头的好汉被下进大狱，受尽折磨而死。跟他而去的是四五个最标致的小伙子，他们本来都应该有自己的女人，自己的好生活。可是，这四五人当中至少有三人在一场战争中死去了。剩下的两个人，也可能是一个人，害了疯病，疯疯癫癫地流落他乡，最后又不明不白地死在一口枯井里。有人说那口枯井被冬天的大雪封得严严实实，他乞讨着，一步踏上去，也就落在井底，无人知晓地直过了一个冬天一个春天，直到夏天，浓烈的腐臭才暴露了这个秘密。当然，这对于死者是一个陷阱。

他们为了什么设下那个埋伏？我相信，这个世上没有任何一个人可以搞得明白。首先是，他们跟这个书房的主人没有任何怨仇。他们当中的大部分人甚至不认识他。

我曾经设想过这一切都是出自嫉妒。嫉妒往往是大部分惨剧的真正起因。可后来我还是把它否定了。

他后来跟我的交谈渐渐变得枯燥无味了。没有任何的故事，没有任何的兴致，只是那么敷衍，好像故意与我消磨时光。然而令我不安的是，时光对于他是无限的，而对于我却是非常吝啬的。我在衰老，皮肤正在失去光泽；而他，倒像是越来越生气勃勃——他与我做的是一场多么残酷的游戏……他故意那么慢慢腾腾，把事情的真相隐瞒起来。我甚至觉得他也在给我设下一个埋伏。而我也像当年的他一样，明明知道这个埋伏，也还是直接迎着它走去。他做了一个陷阱，做得十分巧妙；而我明明知道这一切，还是不愿意躲闪。

我在这间灰暗的书房里整整花费了 20 年的时光。我没法从这里逃脱出去。他的谈话漫不经心,言不及义,而我却要用尽全身的力气,去聚精会神地倾听。我想从他的只言片语中寻找那些难以解答的疑问。可以辨明真相的机会似乎是太多了——这么多的书,这么多的亲笔记录,还有一个当事人的叙述。这些诱惑对于我来说真是太多了。可我慢慢就会发现,这些机会都是虚设的,不能够成立的。当我永远地从这个世界上消失了的时候,那么,我相信,还会有人到这个书房里接着挖掘这永远难以破解的谜。当然,接下去,等待他的还是失望。但是,这一切我们却不会懊悔。

当每天我用那柄上一个世纪遗留下来的拂尘把书架上的尘土赶开,从中挑拣到我所要的书籍的时候,一股难以言喻的幸福涌上心头。我安然地坐下来,像一个学者那样,将两手按在写字台的边缘上。我打开书籍,合情合理地开始了我又一天的工作。慢慢,我的眼睛昏花了,我立刻想起书架上的一副小眼镜,我取起它,戴起来。奇怪的是,这副眼镜就像老早在等待我使用一样,就像是为我配好的一样。我戴着这个眼镜,一切都看得更清了。

我的生活过得安逸而充实,没有太多的焦躁;我的寻找越来越纳入正轨。我的步骤十分清晰。我与他的交谈,就这么从容不迫地,一天接着一天地,继续下去。

一个故事刚刚开始

一个秋天,一个平平常常的黄昏,外祖母去世了。当时我正在读一本残旧的书,书上的字迹突然模糊起来。我听到母亲在隔壁喊了一声。她带着哭音喊起来,"你们快来呀,快来呀。"

屋里只有我一个人,父亲出门了。我赶紧跑过去。这时我看到外祖母闭着眼睛。

母亲慌乱地给她穿衣服,梳头发。我哭喊着外祖母,她一点反应都没有。母亲说:

"你外祖母没有了,你知道吗孩子?"

我先是愣了一会儿,接着泪水一下子涌出。外祖母那李子花一样的白发乱得很,母亲梳了一下又一下,它好不容易又像往常一样了。母亲给外祖母洗了手和脚,让她平躺在床上。

……就这样,维护了我整个童年的外祖母,就在那个黄昏与全家分手了。这一幕我永远不能忘记。我们家里从此消逝了她的身影。整个小茅屋显得这样空旷：再没有了她拐杖捣地的声音，也没有了她缓缓行走的声音。一个人可以带走这么多东西，带走了一切温暖和安怡。

我放学回家，回到了一个空荡荡的、无比寒冷的房间里。这儿简直毫无意趣。母亲和父亲坐在那儿，有时互相看一眼。他们不说什么。好像他们是谁也不需要的人。屋里像冰一样。而那个长久烘烤着这个家的人已经到了别处，她永远离开了我们。

过去我觉得外祖母只是一个普普通通的人，一个老人，一个上了年纪的长辈。现在我才知道这想法多么错误。她可不是一般的长辈。她原来是幸福的全部……

最初的悲哀过去之后，母亲开始一遍又一遍讲着外祖母的事情，尽管支离破碎，可还是十分吸引人。父亲虽然一度与外祖母的关系不太融洽，但这会儿也怀念起来。他表示了极大的愧惜，自觉不自觉地进入了那种回忆的场景。好像一个故事才刚刚开始，这就是关于外祖母的。我觉得在这个小茅屋里，一种全面追溯的气氛突然降临了。

外祖母走过了怎样的道路，这是我最急于知道的。她是一个多么不平凡的女人哪。她的不凡一直贯穿着她的一生，直到死亡的时刻，她都是不凡的。我原来以为她是一个普通的老人，那是多么大的误解啊。我真是太幼稚了。回想起来，首先是她的沉默，像谜一样的沉默，引发了我极大的好奇。直到我长大了，有了较强的分析能力时，还在破解着这个谜。这种追溯和破解就是从外祖母逝去的那个时刻开始的。

妈妈说外祖母刚走进那个赫赫有名的大院时，还是一个不足十岁的丫头。她长得很弱小，只能干一点轻活儿。她是在那个大院里一点一点长大的，可是个子始终没有长得太高。她没有留下照片，但妈妈说她那时是一个让人没法忘记的姑娘。外祖父从城里读书归来常常和她在一起，后来就再也分不开了。他们之间从一开始就没有主仆的隔阔。他们偷偷好起来，所以后来就引出了那段悲惨的故事。

我记得懂事以后曾抚摸着外祖母头上的银发，看到了一个很大的伤疤。这是怎么回事？问她，她不答。后来，就是外祖母去世以后，母亲才从头至尾告诉："那是你老姥娘干的。她知道你外祖母和外祖父好，就用捶布槌子打了她一下。老人大概想打死她。当时都以为她不能活了，血流了满身，几天还昏迷不醒。有人想把她埋了，草草了事。你外祖父一直搂着，哭个不停，给她把脸上的血一点一点洗净。他给她洗啊，抹啊，把脸擦得干干净净；到最后他才发觉，你外祖母鼻子里还有一点气儿。就这样他找来了医生……

"她头上带着一块伤，重新活动在这个大院里。她没有别的地方可去，父亲、母亲早已没了踪影，谁也说不明白她是谁家的孩子。有人说她是两个过路人寄养在这儿的，还有的说她是两个讨饭人留下的。反正你外祖母是一个无家可归的苦命女人……你外祖父知道，要在这个大院成亲是不可能了。他起了私奔的意，暗中做着准备。

"那天晚上是个刮大风的日子，没有月亮。你外祖父急匆匆包好了东西，从大院边角小门那儿，领着你外祖母就跑了。他们一口气跑了好远，藏下来，直到码头上开船的日子，才雇了马车到了龙口，连夜坐船逃到了海北。从那以后，你的外祖母就再也不想离开外祖父一步了。你外祖父是个有志气的人，他在海北城里学了医生，又跟上自己的老师去了国外。这样你外祖母就不得不苦苦等他了。几年过去他学成归来了，那个高兴啊。他们想自己开个医院……这时老家没什么音讯，他们也无心打听；后来从一个来海北的老乡嘴里听说那个大院的主人去世了，这才领上你外祖母过海回来。他们继承了产业，在当地小城开了一个医院。这是全城第一家能给人动手术的医院。

"你外祖父携外祖母回来时，许多人都出来看稀罕，欢迎他们。

他俩穿着新式制服,从码头上一出来,人们就喊喊嚓嚓议论起来。他们第一次见到这样穿着打扮的人。那天你外祖父好神气,他站在高处,作了即兴讲演。他追述了这座小城的历史,追述了他的上一代与这座小城种种平常或不平常的关系,说得十分动情。小城的人既兴奋又奇怪,他们都模模糊糊感到一个不可思议的新时代到来了,而这一切正是由一对漂洋过海的夫妇带来的……

"他们估计得不错。从那以后小城里就热闹非凡,不少人跃跃欲试。不久就有了各种各样的政党和组织。你外祖父是一个最活跃的人。原来他不仅是个好医生,还是一个出色的活动家。你的外祖母开始为他担惊受怕了。有人在街上贴帖子,威胁你外祖父。你外祖母悄悄把帖子收起来,藏下,好像这样那些威胁就不存在了似的。她只是一遍又一遍叮嘱男人,要小心,要当心……你外祖父总是笑一笑。他好像什么都不怕。他主要时间用来行医,有时治病也不收费。那些好队伍最缺的就是医药,他千方百计援助他们。他交了很多生死朋友,他们都是你外祖父的知己,都仰慕他的人格。当时整个城里最有影响的一个人就是你外祖父。你外祖母不停地为这个大院操劳,因为男人已经顾不得这个家了。

"每年的春天,你外祖父都要组织一个剧团,上演一些新剧目。他还鼓励你外祖母扮一个角色,她死也不肯。后来在你外祖父的反复怂恿下,她才扮了一个丫环。一句台词也没有,只站在一个角落里,手拿一个摇扇,默默地站上五分钟。这就是你外祖母常常讲起的一段往事,好像很值得自豪。她对我说:'你看看,我天生就是一个丫环的命,演戏也只能演一个丫环。你爸说我演的丫环可好哩……'

"一个秋天的下午,你外祖父骑着马从外面归来时,遭到了埋伏。敌人暗杀了他。敌人是疯了,害怕了,下了这样的毒手。这是我们家最难捱的日子……你外祖母在男人遭难以后,在风声最紧的时候,像个男人一样撑起了这个家。她抹干眼泪,想的是怎么活下去,怎么拉扯一家人往下过。那天晚上,她把家里的金钱细软、值钱的东西,都包裹好,往墙外一个朋友家里扔,一直扔了半夜。天亮时分,果然有人来抄家了。那简直是一伙强盗。他们搬走了家里好多东西。那是你外祖父家里经受的第一次抄家。还好,你外祖母及时把一些东西转移了……日子太平下来,你外祖母又重新把它们取回来。她说这些东西可不是他们的!……"

母亲的述说总是让人神往。有时我听得也很紧张。尽管还不能完全理解,但我知道外祖父他们做的是高尚的、了不起的事业。我没有见过外祖父,就常常发挥我的想象力。我觉得那是一个时常沉思的、神情肃穆的人。母亲告诉,自从外祖父遭了难之后,外祖母就像换了一个人一样。她在经过那次一般人不能经受的沉重打击之后,一下子沉默了。她弱小的身躯把一切都承担起来,抚养女儿,把一个大家庭搞得井井有条。她几乎再也没有了叹息的功夫,也不再流泪。她只是衰老得很快,慢慢有了白发,有了皱纹。她走路步子很碎,在院子里来来去去,很少停歇。在她跟男人一块儿生活的那些年里,见过的事情太多了。她知道比别人更多的秘密,可是从来不说。那些深夜,外祖父和他的朋友们连夜开会,很多重要事情都是这样决定的。后来,当外祖父遇害之后,敌人一次又一次来刺探、询问,外祖母总是把他们领到一个客厅里,给他们沏上一杯茶,用不急不慢的声调解答着,巧妙地把他们领入迷宫。

外祖母只在海北读过女子学堂,没有多少高深的学问。

我曾在母亲面前嘲笑过外祖母,说她识的字大概还没有我多呢!这样说时,母亲看了我一眼,到一个老座钟罩子后面翻出了一些竹叶纸。那是一叠写得漂漂亮亮的楷书，"你知道这是谁写的吗？"我摇摇头。"这就是你外祖母写的。"

我一下子愣住了。我可怎么也想不到……后来我才知道，她不仅跟外祖父学写毛笔字，还学到了真正的知识。男人就是她最好的导师。所以在可怕的一天来到时，她能以自己的智慧、以顽强不屈的意志，应付外祖父遭难之后整个家庭所面临的一切繁琐和混乱……整个海滨城市的空气都是冰冷的，所有的眼睛都在注视这个庭院的生活。这个古老的大院究竟藏了怎样的秘密，是小城人十分关注的。院里的两个女人不怎么上街，偶尔出去，就招来很多好奇的目光。外祖母不亢不卑地和街上的人说话，她身上有一种特殊的力量——许多人都感到了。

我长大了才明白，正是外祖父视死如归的气概，深深地影响了身边的外祖母，还有后来的母亲。再也没有比外祖父更值得让人钦佩和敬仰的了。这一段回忆，这一段幸福的珍藏，足以让她们抵挡未来生活中任何的困苦和不幸。

我还记得，外祖母有时长久地待在一个地方，目光落在一张书桌、一本书上……反正那是外祖父遗留的一件东西。那种深情的、费解的目光啊！今天我才明白了，那等于注视对方的那双明亮的眼睛，等于与他交谈……这时候母亲从不走近她，也不与她说话；母亲让她在那儿坐着，一声不吭地待上一两个小时。

到了外祖父的忌日，她就领上母亲往外走，走上很远很远，一直走到那座城市的西郊。当年那片染上外祖父鲜血的松林，已经长满了长长的茅草。她们在那儿烧纸，默默地站一会儿，无声地诉说。一年又一年，这成了一个固定不变的节目。

有一年她们来到那片松林，发现不知什么人先一步到来过，并放了一束鲜花。外祖母和母亲看着它，眼里涌出了泪水。她们很久很久没有哭了。

父亲是在寻找外祖父的时候结识了母亲的。那时父亲还多么年轻，他刚刚出现在这座城市里。外祖父和这个年轻人彻夜交谈。母亲后来和父亲好了，有些忐忑。因为她从外祖母的眼神里看出了一丝不安。问外祖母，她不作声。只是到了后来，外祖父遇难、女儿的事情也快要最后决定的时刻，外祖母才断断续续说出了自己的担心。她说那个年轻人没有什么不好，不过，她从他的眼睛里看到了什么……母亲赶紧问："看到了什么？"外祖母说："我也不知道。反正我觉得这个人不会给你幸福。"

外祖母说到这里，把女儿揽在怀里，拍打着，抚摸她的头发。接下去的谈话，母亲一辈子也不能忘记。

外祖母告诉母亲，自己这辈子跟上了一个最好的男人，他又勇敢又正直，是世上再也难以寻觅的好人了。她就是跟上这个男人以后，才知道过日子是怎么一回事，知道了世上有光亮，有明天，知道了一个人该去爱什么恨什么。可是这个男人还是扔下了她——他离开人世的方式永远没法让一个女人接受。这是她感到最痛苦的事情……外祖母接上说，她多么不愿耽搁女儿的婚事！所以她一直不敢说出心里的担心。可是她愿自己的女儿有多得多的幸福，绝不能让其经历和自己差不多的结局……母亲马上从她怀中挣脱了，大声喊着：

"你是说他也会像父亲一样，遭到……"

外祖母摇摇头，"我是害怕。我老觉得这个人将来要遭什么事儿。他不会顺顺利利陪你走下去，陪你走到底。我不过是担心……"

母亲闭了嘴巴。她知道外祖母的预感是非常正确的，因为外祖母在她很小的时候就曾经说过，她跟外祖父没有多久，就觉得男人说不定什么时候就会突然离开，再也不回来……她这个担心一直陪伴着，使她战战兢兢，后来终于发生了那件可怕的事。

母亲一遍又一遍从头思索外祖母的话，甚至在一段时间里跟父亲断绝了来往。那时候的父亲英俊潇洒，像一个骑手突然出现在一片草原上，所有的目光都去注视他。他带着一股清新的气息闯进了这座城市，闯入了母亲的生活。

母亲压抑着炽烈的情感，仍在思索外祖母的话。这样事情拖延了足足一年。

母亲害了一场大病，咳个不停，脸色焦黄。一开始人们都以为她得了肺病，再后来经过诊断又否定了。这就更加让人担心。都以为她活不成了，城里人都说大院内的那个姑娘完了。软心肠的女人为母亲流泪。外祖母带着她四处求医。到后来什么名医也无计可施，外祖母长叹一声："你找他去吧——把他叫到我们家里来吧。这是我们一家人的命啊。"

第二天父亲就来到了这个大院里。

母亲的病好了，脸上有了红晕，也有了微笑。

外祖母是这个家里沉默寡言的、对下一代人来说有点威严的一个长辈。她的慈善并没有因为沉默而减少一丝一毫。那时候父亲常随港上的轮船到外地去，回来时总是捎给外祖母一份礼物。外祖母都把它们放在一个箱子里。

母亲暂时忘却了外祖母的预言，但外祖母并没有把那一切扔到脑后去。后来，当父亲也遭了可怕的变故时，母亲哭个不停，外祖母却很少流泪。她镇定非常，最后用一句话使母亲止住了哭声：

"不用哭了，你跟上这个男人过日子，就得做好准备——你该早有这个心劲儿。"

母亲抬起了头。她吻了吻自己的母亲。

外祖母这时候脸上的皱纹一道连着一道，已经真正衰老了。她和母亲日夜商量事情，最后她们决定离开这个没有了男人的大院。

父亲是小城胜利后才被捕的。他为了胜利付出了一切，最后却蒙受了不白之冤……

也许就因为有了外祖母，母亲才会挺住。她们乘坐一辆马车来到了一片渺无人烟的荒野上，投奔了一位老人——他曾是大院里一位忠诚的男仆，前些年听从外祖父的劝告，离开了大院。他在荒原上垦了田地，搭了一座茅屋。她们就这样过起了清贫而孤单的生活。

我出生后就一直跟在外祖母身边。在我眼里，外祖母比母亲更亲；唯一使我不太满足的，就是她总是沉默，很少跟我讲故事。现在我才知道，她心中的故事不是太少，而是太多，太多太多了；她只深深地把它藏在那儿。她不愿因为什么而勾起那些辛酸沉重的回忆……

外祖母最后留给我的，是最清晰最活鲜的一个场景。我到现在还清晰地记得那个母亲大声惊呼的夜晚。那是外祖母离去的一刻。从此关于她的回忆也就开始了。我把从母亲和父亲那里断断续续了解到的一些情节，在脑海里衔接起来。我渐渐走近了一个弱小的，却是异常坚强的女人。她身上良好的禀赋不知会有多少遗传给母亲和外孙。我一遍又一遍追忆这样的形象：她坐在茅屋前的阳光里，拄着拐杖，向着南方遥望。那个方向正是我们离开的那座海滨小城的方向，她在那儿度过了一生中最美好和最辛酸的岁月。她在默默怀念那段时光。

父亲就是那时归来的。他在大山里服过了苦役，人已经变得完全陌生了。我害怕这个男人，总躲着他……

外祖母从此常常把我揽到怀里，嘴里咕咕哝哝说点什么。她夸奖我的头发，又夸我的皮肤和眼睛。她在夜间紧紧搂着我。我曾问起外祖母，那个曾经打伤她的捶衣槌是什么样子？外祖母用手比划，说那是一个红硬木做成的挺好的衣槌。她说在那个家里，所有器具都好得不能再好。那是个多么古老的家族啊！

　　随着时光的流逝，我慢慢长大了。今天回忆这一切，我才知道自己原来那么轻易地忽略了一些奇迹。外祖母实实在在经历了一些不平凡的岁月。她就是一个不平凡的人，她身上就滋生奇迹。她走过很远的路，弱小的身躯承担过一个家族的荣辱兴衰。她从出生到去世，多少困苦、多少没法忍受的东西，都一个人默默地咀嚼了。她抚养了孤独的女儿，照看了外孙，引导了他们往一个好的方向成长，并且率领着茅屋里一点微薄的力量，开拓出自己的一份生活。在这片荒野上，她使一座小茅屋蓬蓬勃勃，富有信心；她使这座小茅屋冒出了浓郁的炊烟。如果说我们这座小茅屋还有个后来，还可以迎接伤痕累累的父亲归来，那么我知道，这主要是因为有了外祖母。

　　我后来去看过外祖母的坟。它在离我们小茅屋并不太远的一块沙地上。老远就能看到那儿生了一棵弯弯的松树，坟上长满了荒草和一丛发亮的什么——走近了，原来是一片开得蓬蓬勃勃的金盏草。

　　浓郁的香气扑面而来……

阳　光

初春，或是冬天和深秋，只要天气稍微有些寒冷，人们就渴望暖融融的阳光。没有阳光就没有一切，没有人的精神，没有草叶的绿色。我闭上眼睛，就能想起小时候太阳将沙滩晒得暖融融的，我们在上面玩耍的情景。我们滚动着，让蓄满了热气的沙粒灌到衣领里，再沾上一身。白色的沙子可以把阳光反射过来，使我们感到无比惬意。阳光有无数的颜色，它可以像花朵一样，变成紫色，变成红色。我亲眼看到果子怎样吸来阳光的红色，花朵在阳光里欢笑；海边上大鱼跳出来也为了让阳光把身上的鱼鳞照亮。有一个野兔在沙子上翻着身体，晒着肚腹——它那么一个精灵警觉的东西竟然没有发现我走近了它。这全是阳光造成的……我们在草地上拣到一个绿色的玻璃片、一个红色的玻璃片，都要对在眼上看——绿太阳啊红太阳。早晨，每一个草尖都挑了一滴晶莹的露珠，上面闪出红色、蓝色、绿色……各种各样的光。后来微风吹过，露珠甩掉了，可阳光还在草尖上奔跑。我那个时刻低下头，让两眼和一片草芒贴在一块儿，会觉得阳光就像无数根细小的触觉一样，踏在草尖上刷刷往前跑动，不一会儿就跑遍整个原野……

母亲曾嘱咐我，平时要多站在泥屋前面晒晒太阳，她说这样会强壮。阳光把我的皮肤晒红了，后来又稍微有点黑。我慢慢长高了。由于我们这里到处是丛林，它们常常遮住太阳；再加上时不时遇上阴天雨天，所以阳光真稀罕。我到了十几岁的时候还一直认为阳光仅仅是白色的，它雪白雪白。

我后来长大了，一个人到外面闯荡。我永远忘不了夏天里那可以把东西晒焦的阳光——它使我的脊背起了水泡，让我在山野上没法躲藏，四处奔跑，汗水从头上浇下，流过面颊，流进胸部，把我整个洗了一遍。我渴，渴极了。那时候阳光是让人恐惧的，我亲眼看见一些动物蹲在树荫里张大嘴巴喘息，发出哀求。只有在冬天，我的衣服单薄，就选择了黑色布料，听说这样可以吸收更多的阳光，让我周身温暖。那时候我一边走一边想唱歌。我的歌声非常难听，我只让自己听这歌。我把小时候见过的一切、把后来在山路上见过的一切，都唱在歌里。阳光照着我的嘴巴，我的歌一串串顺着光线飞泻。我看出阳光确实是有颜色的，它从松树空隙里射过，闪着一道绿色；它从柞树间射过，闪着棕红……

山里的孩子吃着草叶和糠末，顶多吃一点红薯片，可是他们都黑乎乎油亮亮，十分健壮。山区少女长了好看的眼睛，头发乌黑，面色也发黑，可是那种黑红的颜色透着无法比拟的美。我想起了在泥屋前面晒过的阳光，我知道是什么使山里孩子这么健康。这里的阳光比别处的阳光更温厚，也更有营养。

阳光还要让人一点一点觉悟。一天中午，我走过了很远很远的路，穿过一片片丛林,来到了海边,一眼看到了一群赤身裸体拉网的人。他们的身子被阳光炙着,早已成了乌黑的颜色——那是真正的黑颜色,跟墨差不多。那时我心中一动,突然想:阳光可以把一切都炙成碳,黑色的碳!

我想起晒过的无数次阳光——它原来在人体内默默点燃,就是它在使人成熟、使人强壮——最后又是它使人变成碳……我是在一瞬间,由一溜乌黑的人影想起了这个道理。

我注意观察起来。我发现,一根小草从发出嫩芽那一天起,就在抵挡着阳光。开始的时候,它在阳光的照射下发出水汽,让其包笼着自己,使阳光不至于炙到它娇嫩的赤裸的躯体;但后来它还是慢慢老壮,颜色再也不是那种浅绿色,而是墨绿色了;再后来它黄了梢头——这正是太阳炙成的。它一点一点失了水分,全部失去,变为干草。

冬天里,阳光与寒冷一起,将一地绿色全部扫尽。雪落雪化,天阴天晴,地上的草和树叶都变得乌黑。它们很快被风切碎,散落在田野里,整个冬天的土地都被一片黑灰色的糠末所覆盖,而它们以前都是活生生、水灵灵的绿色;这是被整整一年的太阳烤成的。

秋天的果子被太阳晒红了,红得像火焰;阳光接着炙它。先是烤熟了果肉,再烤内部的种子,使它们子粒乌黑;不用多久,整个果子都要烤成一个焦球,悬在枝干上。

如果在原野上点一堆火,红色的火一会儿就把草叶和树枝、木柴烧成了黑色的炭,这是一个很快的、毫不掩饰的过程。它不像阳光那么有耐性,那么缓慢。只有阳光才会用多半年的时间,甚至是几十年的时间,把一种物质烤成汁水,把它烤死,变成黑色的炭。它对待万物的态度是不一样的。烤果子,顶多烤上几个月就成了;烤茅草,要烤上多半年;炙海边的人,由于太急躁,人的表皮都发黑暴皮,有时像破棉絮一样揭下来。人的胸膛里有一颗心脏，它一刻不停地把脉管的血推动到周身旋转。血脉的网络抵挡着阳光，使热力不能够透到里面，于是人才活下来。当他们躲开阳光一段时间，就会轻轻地、不动声色地把表层的那层炭抹掉。太阳还能在一个中午把人的皮肤揭下一层，它是想一层一层把人炙熟，但它一时总也达不到目的。

人每天都要暴露在阳光里，阳光也有耐性，就每天照射他。他从娃娃变成小伙子或姑娘，又变成满脸胡须、满头白发的老人。阳光花费了几十年的功夫，终于把他们烘烤得皮肤干枯、满是皱纹，肌肉贴紧在骨骼上。他们走路开始摇摇晃晃，就像一个等待采摘、悬在树梢上的果子一样。阳光还要耐心地烘烤，直到他们真的变成碳……

那是一个残冬。荒原上刮着干燥的风，不知怎么，有一个地方有一片一望无边的炭迹。我知道这是有人扔下了火种烧成的。可是这片炭迹却让我更多地想到了阳光的力量。我想这是阳光在人不注意的那一刻，偷偷地、用最快的速度在这片荒原上烙了一下……当然，这片痕迹是火烧成的，它与阳光烤成的毕竟不一样。可是我却一下子想到了阳光，想到了那种缓慢的、残忍的力量。什么东西都被阳光炙着，我没有看到任何东西最终会躲过阳光。

芦青河的下游，最后的一湾水也快晒干了。太阳还是热辣辣地悬在空中。后来，河底全露出来了，一条河死亡了。无数的沙石晒得干枯泛白——这是另一种炭的颜色。鱼很快死亡，它们被炙着，一会儿就变得又松又脆，不久就像杨树叶一样被风哗哗吹跑了。

阳光真厉害啊。

那一个雨夜，她坐在我的自行车后座上，怀抱着手风琴。我蹬着自行车，顶着淅淅沥沥的雨水。那个夜晚我觉得道路两旁的田野被雨水击打着，发出了迷人的气味。我身上全部被雨淋透了，奇怪的是一点也不感到冷。秋天的雨水很凉啊。那个夜晚我一点也不觉得天阴发黑，只觉得四处都那么明亮清澈。大概这是因为我和她在一起的缘故。

她不怎么说话，但常常微笑。我知道她在后边抱着手风琴常常微笑。她使我想起了阳光照在衣服上的那种感觉。她好像就是阳光。没有她，我那段倒霉的少年时光就真的是凄凉一片了。因为她透泄了一束阳光，才使我不感到委屈。我没有过多地抱怨那段日子。后来我离开了平原，到南部山区——我想她会等我归来的。我流浪的目的是为了归来，我想永远和她在一起。

走的时候找她告别，可是没有找到。行程紧迫，我不得不怀着她留给我的温馨上路。

在山区我一遍遍想起了她，有一次实在遏制不住，就跑回了小平原。怀抱手风琴的姑娘哪去了呢？她长得很快，似乎一下子就蹿高了，可是她也比过去变白了，变漂亮了，只是脸上没有了那种微笑……

那一次归来，我终于知道有一个皮肤黝黑、又高又细的家伙缠上了她。她似乎无力拒绝。她甚至给那个小伙子织了一件白线背心。这种背心由网扣组成，是不能抵挡太阳的。那个小伙子穿上这种背心，很快就会被阳光晒花了皮肤。

最后他们生活在了一块儿。我那时正度过一生里最艰难的岁月。我常常饥一顿饱一顿，身上衣衫单薄，实在冻得受不了，就到山崖前晒一会儿太阳。

我心中那不可遏制的思念和嫉妒掺和一起，真想学一个好汉用刀子把谁宰了。可是我没有理由。

不知不觉，我跨过了一道道山峦，走过了最坎坷的一段路，穿过一片片丛林和荒野。走着走着，我的腿脚粗壮起来，身上有了力气。我是给阳光晒得结实了、健壮了。

一晃几十年过去了,我再一次回到平原上,马上想到的是要去看看她,看看她过的日子。我听说她在一片葡萄园里,我赶了过去。

迎接我的是她的男人。我简直不能相信一个人可以变得这么快——他高高的个子已经弓起来了,再也不能挺拔站立;他瘦得简直十分可笑,令人惊讶,眼睛僵僵的,深陷在眼眶里。他的皮肤像擦了一层黑油。再清楚不过的是他真的衰老了,牙齿脱落一半,嘴巴瘪着,说起话来发音不清。他真诚欢迎我,激动地抱住了我的身子摇晃。

我怜悯地握住了他的手。

按理说他这样年龄不该老成这样。可是我明白,他与我不同,他这些年里身边一直有一道阳光——他注定会比别人更早地变成一块炭。想到这里,我转过身,眯着眼看了看火辣辣的太阳。

阳光这会儿也不放松,它强烈注视着我们。这会儿我感到了什么,赶紧扯起他的手躲进了小屋子。

葡萄园当心的小屋子收拾得干干净净,很像一个标准的农家。又瘦又老的男人招呼了一声,她出来了。

我回避都来不及。

她让我同样吃了一惊。因为她像男人变得差不多一样厉害,粉红色的脸庞如今已经变成了黝黑色,简直成了一个干瘪老太婆。她脸上没有一丝光泽,往日的美目被松拉的眼皮包裹,只能睁开一条缝。她丑了,枯干了。她怎么变得这样快啊?我握起了她的手。她似乎把过去的一切全忘掉了,只顾客气地迎接我这个"客人",嘴里说个不停。

她已经是一个碎嘴的、爱叨叨的老太婆了。

她的牙齿同样脱落了不少,发音像男人一样含混。她说自己老了,不行了……显然,这里的太阳更野性一点,她给烤得多厉害。我扯着她的手,另一只手又搂住她的男人。我们三个一块儿走出泥屋。在门口，我们不得不顶着天上热辣辣的太阳。她说：

"晒得慌，咱还是进屋吧！"

我扳住他俩的肩头，耽搁了片刻，才转身回到屋里。我们在屋里坐了一会儿，又出去看他们的葡萄园。

葡萄收过了，藤蔓上还留着一些焦干的穗子。我问：

"怎么不把它摘掉？"

男人笑笑："不行了，这些晚茬葡萄糖度太低，没人要了。"

我说："酒厂也太苛了，他们光挑好葡萄，你们种葡萄的怎么办？"

"没办法，种葡萄的多了，种葡萄的人就要受气。"

他跟我讲了很多种葡萄的艰难。他说他和妻子种这片葡萄，差不多天天要在园里忙，给葡萄剪枝、打杈，还要给它打药、松土。早晨差不多一睁眼就干，直到太阳落山，他们一直要在这园子里，两手不停地忙。我这时急急插了一句：

"你们不能戴一顶斗笠吗？"

女人笑了："戴什么斗笠，那样做活要碍事的，风一吹，斗笠就在头上拧啊拧啊，还不如让太阳晒着呢，晒常了也就不觉得怎么了。"

"我如果让太阳晒一会儿，皮肤就要起水泡……"

男人笑了，拍着手："我们不碍事，夏天的太阳也不怕。不过我们两个都晒黑了——比你刚看见我们的那些年黑多了吧？"

我没有做声。岂止是黑多了——他们自己没有察觉，他们已经变成了炭。

他们没有察觉到这一点，只以为是皮肤改变了颜色。实际上我心里完全清楚：他们正在迅速地变成一块炭……

阳光啊！

面对星辰

二十多年前，当我还在山区和平原上到处奔走的时候，她曾经为我悉心包扎过伤口。她有一口动听的异地口音，所以当地人都叫她"西莱子姑娘"。后来因为忙生活，当然也由于一些难以言说的原因，我们分手了。

二十多年来我们彼此离得很远，但我相信都没法把对方遗忘……今天，当我的双脚又踏上了这片原野的时候，心中立刻有一股热辣辣的东西在流淌。我费力地打听着西莱子姑娘，最后才得知她仍在这片荒原上的葡萄园里操劳，如今已经与她的丈夫分离了，带着她刚刚三岁的小女孩果果，在那片葡萄园里安了家。那里的一处很逼仄的屋子，就是她们母女长久的居所。

我在葡萄园四周徘徊。多少个夜晚我走到园边，听着护园狗的吠叫，但总没有勇气直走进去。我只在远远的地方注视着她的身影。由于距离太远了，我没法看得更清，我只能看见一个有些陌生，又似乎特别熟悉的轮廓。我很想和她说点什么。我想面对面地看看岁月留在她脸上的痕迹……

初秋的风把一园果实都吹得紫红，我心里的某种东西好像也在成熟。那种注定要来临的难堪的相逢、那种尴尬的会见，搅得我心神不宁。

一天的星星出奇的亮、出奇的大，这秋夜的星空映着我的眼睛，无数神秘的闪亮与夜露一起垂落，沉入心底。

当年有多少话语和呼唤遗散在这无边的原野上，在这黝黑的丛林里。

这一天的星星大睁着询问的眼睛……好一个狂傲的流浪汉子，你能跑到哪里？你的足迹印遍山岭和平原、繁华的闹市，最终还是走向了这片故土。你长久牵挂的那个人是谁？你曾经邂逅的那个人是谁？你要和谁同床共枕直到白头？你有多少思慕？多少烦恼？在这秋天的夜晚里，在这海滨清冷的空气中，你到底想了些什么？你有多少难舍难分的东西？你身后留下的到底是什么？

我叹息着，轻轻往前挪动脚步。我相信她也在遥遥注视——她知道我来到了这里吗？她知道我在她的园边徘徊吗？

大约五年前，我听说她的父亲——一个海滨小城里的工程师得了不治之症，那是她唯一的亲人。她哭得死去活来。她那个丈夫就在不久之后背弃了她。她开始忍受双重的折磨……我知道了，我在遥遥注视。我真想即刻赶到她的身边——有一只娇柔的手轻轻拽住了我的衣襟，使我不能举步。黄色的尘土在空中翻卷，黄河的沙土搅得我睁不开眼睛。我只能在很远的地方向那片绿色平原眺望。

一天的星辰和露水一起垂落下来。它们离我越来越近，越来越近，就像一片大睁的眼睛。我在这低垂的星辰下徘徊不止。

又是一个夜晚，葡萄园的清风直面扑来，护园狗的吠声比往日更加烦躁不宁。我像倾听着一种长久的呼唤。我终于迎着这呼唤走进了园子。

微弱的星光下我看清了护园狗。它是一只浅黄色的、二尺多长的小狗，黑色的小脸膛上，一双眼睛被露水弄得湿漉漉。它昂着亮亮的小鼻子向我嗅着。奇怪的是它连一点声响也没有发出。我敲响了泥屋小门，里面传出轻轻的呼吸声。门"吱"一声打开了。

她站在门旁。

"西莱子姑娘……我早就来了……"

她点点头，冷冷地看着我。

我从她的身侧进到屋里，我想看一眼熟睡的孩子。她跟在我的身边，我俯到孩子身上看了看，见到了一个美丽的女孩。她正甜睡，身上搭了一块向日葵花瓣那样的金黄色毛巾。孩子的睫毛很黑很长，小鼻孔圆圆的。我想在她娇嫩的脸蛋上亲一下。我又撩开毛巾，看了看她的小手，盖上了。她在我身后说：

"叫果果。"

我重复了一声："叫果果。"

这时有一股熟悉的气味飘进了我的鼻孔，我转身看了她一眼。她问：

"要看看我的葡萄园吗？"

"走吧，我们到外边走一走。"

我们走在园子里。她离我很近，但是我们没有碰着。我多想牵住她的手——就像当年那样，但我终于没有伸出手去。离小屋一百多米远的地方有一个露天小草铺子，上面有一架破烂的帐子，里面有一只枕头和一床毛巾被。显然她晚上要在这里过夜，看护葡萄。那时候她会把护园狗也牵过来。我问：

"一个人不害怕吗？"

她摇摇头："我也惯了。放过好几枪——要不他们总在园子边上闹……我已经什么都不怕了。"

"你的枪在哪？"

"藏在铺子下边。"说着从铺子下一个隐蔽的角落里摸出了一支长枪。那枪被摩挲得油光光的，看出来她经常使用。

"你不怕把他们打伤吗？"

"不怕。我在这个世界上就是一个人了。我一个女人家，他们来欺负我，打伤他们又怎么？我打死他们！"

我身上战栗了一下。但与此同时，我突然就握住了她那滚烫滚烫的手。她推开了我。

我呆站了一会儿，又往前走去。这些葡萄树都看不太清，但我知道它们长得非常好。如果我没有记错的话，那么大概是这片原野上唯一像个样子的葡萄园了。这几年酒厂和葡萄榨汁厂早就饱和了，人们纷纷毁掉了葡萄园。再加上防风林一片片倒下，流沙又狂起来，每年开春和秋末都有葡萄树给陷到沙里。人们只在荒地上开出一小块好土，种上不用操心的什么花生啊、地瓜啊，聊以自慰。

西莱子姑娘的葡萄园管理得这么好，可以想象她付出了多么巨大的劳动。这片园子饱浸了她的汗水。我想在今天她也只有种葡萄了，她不可能有其他维持生计的选择。因为她一来到这片平原上就在葡萄树下奔波，她的千辛万苦和无数美好的记忆，都多少与这些葡萄树有关……种植业的失败，使往日那些经营果林的人像逃避瘟疫似的远远逃离。西莱子姑娘完全可以逃到小城里去，因为她这儿没有家了，她如今真的是被遗弃了；但她却迎面站在了风沙里，好像要故意在这里留下什么标记似的——这里竟然由一个好女人看管住了一片绿洲。

她摘下来一串葡萄，我一个颗粒一个颗粒往嘴里填着。清香和甘美渗透了我的全身。我燃上了一支香烟。烟雾顺着被葡萄汁润湿的喉咙漫过，立刻泛出一股特别的香甜。我大口地吸着香烟。接着我说了一句蠢话：

"西莱子姑娘，我不知道这些年你把我忘了没有。"

"我这辈子只有一件事情没有做好，就是没把你一下子丢到脑后去。我是因为认识了你才过得这么糟。你没有给我带来什么好处，你该明白。"

我点点头。我想肯定是这样。

她又说："有时候我真恨你。我想，世上谁能交给一个男人这样的权力？他怎么可以糟蹋了我全部的日子，糟蹋了我这一辈子？我早知道你来了，也想去找你，不过一次次我都把自己阻止了。我干吗要去？这个人糟蹋了我一辈子。我被他给毁了。我觉得世上没有谁会这样妨碍我——我跟这个人是什么关系呢？我现在什么都没有了，一个人拉扯孩子，当壮劳力，浑身的土洗都洗不净……忘了你，忘了过去，说得多容易，做不到啊。我的心交给一个人就不会交给另一个人——不管他是谁。这就是我的千辛万苦开头处。可那个人到天边去了，他跑了，走了，走得干干净净。我常想，有一天如果我在半路上遇到他，像见到仇人一样抓破他的脸？向他开一枪……？我不该这样吗？我不该这样吗？"

她肯定失去了理智，她的责备太重了。不过我也无言以对，因为她在受苦……她的手和头一块儿撞击着我的胸部。我沉沉的身躯竟然一动不动。她打了一会儿，手里的猎枪掉在了地上。她跺着脚，把头伏在了我的肩膀上。我用手抚摸她的脊背，轻轻拍打两下，把她扶起来。我说:"走吧,好好看看你的葡萄园。"

这片葡萄园确实太小了,我们只用了十几分钟就沿它转了一圈。葡萄树上老有什么滴滴嗒嗒在响,我想那是一些不安分的昆虫,或者是凝聚在叶片上的露滴。

我在园子里逗留到半夜,西莱子姑娘说:"你躺一会儿吧。你会很疲劳的。"说着让我躺在那个露天的小铺子里,她也回去休息了。

我一个人躺在那儿,倾听着外边滴滴嗒嗒的露水声。

平原上的夜,露水真盛啊。不知过了多久,我听到外面有轻轻的脚步声,我想大概她要在园子里边最后看一遍。我怎么也睡不着。天有些闷热,我就把帐子扯到一边去,这样我仰着脸,又和一天的繁星遥遥相对了。我大睁着眼睛看着天空。天真蓝啊,没有一丝一缕的云彩。我会记住这片繁星闪耀的夜空——我走了那么多地方,但不曾看见一片夜空比得上这里的明净和妩媚……这会儿脚步声仍然在响,好像近了一点。又过了一会儿,我身边放上了什么,用手一摸,原来是身上包裹了毛巾的果果。一股暖流从我心中流过,但我没有动。我佯装睡去。又一会儿,我听见护园狗哼哼唧唧的声音。原来它也给拴到了铺柱上。这会儿西莱子姑娘上了铺子,但她马上转过脸去歇息了。她好像一下子就睡过去,因为再也没有动一下。果果就睡在我们两人之间。我觉得时间过得飞快,这时候忍不住爬起来,在灰暗的光色下端量着她。她当然老了一点儿,但还是比我年轻。奇怪的是她差不多一点也没有胖。无法掩饰的怨艾留在她的眉梢上,好像再也驱除不掉。她穿了一件黑色和红色横条相间的连衣裙,苗条而丰满的形体凸现出来,看上去像一只漂亮的雌蜂。她的两只胳膊等于是雌蜂的两只小而灵巧的翅膀。我把她这对翅膀抬起来,合到一起。她还没有醒。我把果果小心翼翼地移开,挨到了她的身边。一种女人特有的气息团团环绕了我。我愿意一直这样睡去。后来她睁开了眼睛。她一直看着天空。她轻轻说:"我们睡不着,就让我们说话吧。让我们好好说一会儿。"她的手握住了我的手。有好长时间我们就这样仰躺着,面对星辰……

"你准备就一个人过下去吗?"

"……过下去。"

"我来到葡萄园,干扰了你的生活吗?"

"一点也没有。"

我说不上高兴还是失望。我听着她说下去。

"你想想,过日子总有好些想不到的事儿。什么下了一场糟糕的雨啦,葡萄得病啦,卖不出去啦,各种事儿都要发生。这些都要我去应付啊。"

我打断她的话:"那么你也在应付我了?"

"嗯。怎么不是呢?不过我应付你要用全身的力气,我差不多都快抵挡不住了。你比什么都难应付啊……"

说到这儿,她的右手从我的手掌中抽出,越过我的身子给果果盖了盖被子。

"果果长得很像我,白天你再好好看她,一定会喜欢。奇怪的是那个人离开我,一点也不想果果。好像果果身上一点也没有他的东西似的。果果长大的时候也许会像他一点儿。这说不定……"她这样说着,突然又转了话题:"我现在一个人管着这片园子倒也挺好。你呢?你能告诉我这些年是怎么过的吗?"

我不由自主地从一边摸出一支香烟。我刚刚划亮火柴,就被她夺走了。她说孩子在一边,别抽了。我说:

"这些年的日子怎么说呢?我走了不少地方。过得还算愉快。因为大家都说我过得还算愉快。我自己也就没有什么好说的了。不过我还是到处奔跑,怎么也不能在一个地方待下来。我也有个窝,我的小窝很温暖。可我还是要到处奔跑。你知道,我这个人好像是游荡惯了。我老像是在寻找什么丢失的东西,又像被什么催逼着赶路。我老想走啊走啊,脚底发热。我回忆了一下,好像从十几岁时就有这种感觉。不过那时要寻找的东西都是具体的,随着慢慢长大,具体的东西就从我的视野中消失了。我也不知到底要寻找什么。它是一个人吗?一个声音吗?一盏灯吗?一本书吗?都不知道。它闪闪烁烁,像在远方向我呼唤似的,我前进一步,它就后退一步。有时我觉得它就在眼前,有时又觉得它一辈子也不能挨近。它这会儿就好像藏在你的葡萄园里,就好像藏在你的身上、你的魂灵里。我怎么也说不清……"

我的喉咙一阵发热,她的手按在我的眼睛上,我明显地感觉到有什么东西把她的手掌润湿了。我把她的手掰开。我说:"我非常害怕冬天,那时候很冷,我像你一样,要一个人想办法抵挡这些寒气。秋天很快过去了,接着就是冬天。冬天对谁都一样啊,它是非常寒冷的。"

她长时间默无声息。我知道她在倾听,她不会睡过去。果果翻动着身子,呼唤了一声。那声音多么稚嫩,多么弱小,很快就消失在夜晚的园子里了。护园狗烦躁地在铺柱那儿磨着脊背,轻轻地哼着。黎明就要来了。我听见整个原野上一种躁动不安的声息,正沿着地平线向这儿移动。远处的海浪似乎随着星辰的隐退而变得愈加清晰。我仿佛看到在淡淡的星光下,海水起伏,波纹十分微小;一两个被海水蚀白了的船儿轻轻摇荡,船上斜搁了几支残橹。在雨声一样细碎的枝叶抖动声里,我感到了一点凉爽。这时我又一次俯起身来看着她的脸。我发现她微微闭着眼睛,两道睫毛那儿分别有一两个泪珠。她睁开了眼睛,说:"这个夜晚,我们俩一点也不困,谈了好多话。不过我们心里想的,肯定比谈出来的要多好多。"她把我的两只手端起来,合到一起拍打着。

　　天上的星辰开始模糊，天空出现了一抹淡淡的白光。我坐起来，注视着一旁的果果。这个娃娃嘴巴动着，发出了细碎的梦呓。我把耳朵对在她的嘴上倾听，一切都含混不清。我什么也没有听懂。在她的梦里，有着她母亲和父亲童年的故事。这故事也包含了我——一个在原野上赤脚奔波的少年。我不知道这个夜晚会不会编织进孩子崭新的梦里。我多愿意在她的梦幻里充当一个角色。我吻了吻她嫩嫩的两腮。我把眼睛对在她的眼睛上，用眨动的睫毛去扫动她。孩子有些厌烦地伸出小手推了我的前额一下。她这一下推走了我好多的念头。我大睁着眼睛看了看四周，走下铺子。西莱子姑娘也坐起来。她注视着地下的猎枪——那杆枪已经被露水打湿了，冰凉的枪筒上凝满露珠。我把枪拣起来，倚放到铺柱上，吸了一口清新的空气。

　　天就要亮了。天上已落下了最后的一颗星星……

童年的马

农场主汉斯养了很多马。他的农场大极了,一眼望不到边。这儿没有马车,耕作全部实现了机械化,就连挤牛奶也不用人工了。土地上一片葱绿,安静得很。他的马厩里有那么多马。

汉斯和家里的客人领我从马厩通道上缓缓地走过。他和他的朋友不时地伸出手去拍拍马的脑门。一个老太太还把手伸到了马的嘴唇里边,去抚摸它的雪白的牙齿。我这时叫了一声,所有人都回头看我。老太太看了我一眼,但她的手还在马嘴里。最后,她吻了吻马嘴,才恋恋不舍地走了。

马槽里是机制饲料,那样子有点像感冒胶囊,长条型暗绿色,很硬。不过马的牙齿肯定不怕它。马的牙齿多么坚实。

马安详地看着从它面前走过的人们,暂时停止了进餐。我觉得这些马都很礼貌、很漂亮。我看着老太太刚才吻过的那个马的嘴巴,心中活动了一下。灰色的马嘴柔软,有着细密的小茸毛,非常温暖。这匹马的眼睛是那样美丽。不过哪匹马的眼睛不美丽呢？

"维利，你怎么样？该看你的了！"

汉斯这时招呼一个六七岁的小男孩——我估计那是他的宝贝儿子。小男孩的蓝色眼睛异常兴奋地眨了眨，回身就要往家里跑去。汉斯的夫人俯在汉斯耳边说了句什么，汉斯立刻对跑着的维利说："那算了吧维利，喂，我是说待一会儿再说吧。"

维利怏怏地转回来。

有个叫玛丽的小女孩对他笑着，露着一口有着黄斑的牙齿。我想这会是他的妹妹吧？维利毫不介意地向小女孩走去，两手插在衣兜里。

大家仍在马槽前边指指点点地走着。汉斯几乎每匹马都要拍打一下；有时还要夸奖一句什么。从马厩中走出去，往左一拐，来到一片用原木简单围了围的草地。有五六匹马在草地上玩着。一匹棕马、一匹黑马，还有一匹花斑马。我们弯腰钻过原木栅栏，踩在了草地上。

每个人都接近了自己喜欢的马，嘴里呼叫着什么。只有我离马较远。

那个老太太大叫着，两手挥舞着奔向黑马，搂住了马的脖子。我的心紧缩着。我希望老太太快些离开黑马。他们玩得真好，有一匹马噔噔地在草地上跑起来，像是在为我们表演。有个客人为马鼓掌，马停止了步子，他也就不鼓掌了。他对我说：莱茵河畔哪儿找这么好的农场，哪儿找这么好的马！

维利和玛丽毫不费力地钻过栅栏。他们的手一会儿就贴在了马的长脸上。

一阵热乎乎的感觉传遍了我的全身。我欢快地叫了起来。饲养员老木头咕咕哝哝地走过来，用手扳开我们几个小家伙，说："踢着！不怕踢着？"

我们才不怕呢。这匹白马是我们真正的朋友。它浑身没有一丝杂毛，像雪一样。马不像人那样，由于头发的长短而一眼即可辨认男女，所以我们都不知道它是男的还是女的。我个人一直认为它是女的。不过我没有更多的根据。

它的眼睛又大又亮，蓝莹莹的。它看着我，会喜欢我吗？如果一匹这样的马在喜欢我，那么我一定是个了不起的好孩子。我伸手去抚摸它的脖子，觉得它真光滑。我把手指插进了鬃毛里，然后又去捏它的嘴唇。像面团那么柔软，热乎乎的。

"走开了，走开了！"老木头从饲养棚里端出一个木架子，把一个柳条扁筐放到上面，然后倒进一些碎谷草和糠粉，用水拌着。

白马的嘴巴颤了颤，吃起筐里的东西。

我们知道它吃饱了之后，要套上大车，去芦青河边拉沙子。赶车的是老鲁，如果他高兴了，我们就可以坐上他的空车到河上玩。

"上车呀，上呀！"大家呼喊着往大车那儿跑——正这会儿有人在一旁打了个口哨，大家不由得站住了。我可知道打口哨的那个人是谁，他是我的哥哥嘛，这会儿站在杨树下，一只手插在衣兜里，另一只手搔着头发。他的制服上衣扎在裤子里，电镀腰带在阳光下闪闪发光。那是多好的一条腰带。

大家看了看哥哥的腰部，重新向大车涌去。

"你们要到哪里去呀？"

他在快活地呼喊。没有一个人回答他，因为都知道他是明知故问。哥哥也不生气。其实他才不在乎我们要干什么呢。我知道他只关心一个人，并且那种愉快的心情就是从那个人身上来的。

我们坐在了车上，一齐向杨树下的人呼喊起来："哎——哎——！"

我真替哥哥难为情。谁都知道他在等人，每天的这会儿他都在杨树下——那儿地势高，又有荫凉，站在那儿，一眼可以望到村子东边那道整齐的篱笆，篱笆后边有一条白砂小路……哥哥是多么棒的一个小伙子。我不信我们大车上的这一伙会有谁将来比他更棒。

这个夏天哥哥刚好十九岁。我也会有这么美妙的年纪吗？嘿，可不是谁都能有这样的十九岁的。

大约是这年春天（有人说更早更早，好像是下第一场雪的时候），最漂亮最温顺的姑娘罗玲子就常常和哥哥在一起了。他们干什么都爱待在一块儿，我如果跟上，哥哥就说："去找你那一伙吧。"再不就说："老鲁的大车来了，人家都上车去了。"我多少知道那是怎么一回事儿。我愿意永远待在罗玲子的身边。我没有任何恶意，也不想妨碍他们。我把她看成最好的一个姐姐。有一次在场院上看星星睡着了，醒来发现在她的怀中。她让我的头枕在她的胳膊上。我高兴的真想哭一场。

我想所有的人都会嫉妒哥哥，其次是嫉妒我。

大家又一阵呼喊。罗玲子出来了。她径直向大杨树走去……白马咴咴叫着，老鲁咳着走过去。

老木头收拾着地上的什么，老鲁拍了拍白马。白马蓝色的大眼闪了一下，嗅了嗅老鲁的手。"走吧伙计，你看那一车猴子。"

我们都听到了，一边笑一边跺脚，说："老鲁骂人！"

维利喜欢那匹花斑马，他撇开玛丽，一个人跑去。老太太摆手让维利搂紧马的脖子，她要为他拍张照片，结果维利太矮，怎么也不能把胳膊从它脖子上弯过去。汉斯两手插在裤兜里笑。

"维利！维利！"

汉斯夫人从屋子里出来，笑吟吟地喊小男孩，做了一个手势。维利立刻离开花斑马跑去。玛丽也激动地叫了一声，随在后边。

客人中有人鼓掌。老太太从后面急急地赶到我身边，欢快地说着什么。可惜我一点也听不懂她的话。她的步子像年轻人一样轻捷，一会儿又赶到前头去了。

我们停在了一个小赛马场上。这儿有跑道、有一道道红白木栏。"唷唷唷——哟——"一个人在我身后叫着。他说："这是莱茵河边上最漂亮的一个小赛马场了。不是吗？"

我想大概是的吧。

木栏有的很低，有的很高。我的目光在木栏上停留一瞬，赶紧移开。

我们的小骑手出现了——他当然是维利，此刻已穿上了白衣、马靴、头盔，手提一副小马鞭。他要为我们大家做骑术表演——那是一匹小矮种马，雪白雪白，这会儿英武地闯入场内。

玛丽随小白马跑了一段，待追赶不上的时候，就气喘吁吁地停在我们身边。小姑娘的神情有些严肃，不时扬手向场内的维利叮嘱一句。

维利骑得非常专注。他松松地抓着马缰，让马儿嗒嗒跑着。阳光照着他圆圆的黑帽。一切都很漂亮。我想他很快会在这些木栏间飞驰而过。

我身后有人愉快地喘息，我回头一看，哦，是汉斯夫人。她两手搭在玛丽的小肩膀上。玛丽的眼睛让阳光耀得睁不开。那金色的睫毛合到了一起，连小鼻子也蹙了起来。

汉斯在一边鼓掌。

维利的屁股翘起，右手的鞭子一起一落。小白马渐渐跑得快了。小白马跑到我们这几个人跟前时，我们赶紧鼓掌。它好神气哟，周身上下都给披挂好了，有极合体极讲究的小马鞍、马蹬，有彩色的鞍垫；额上垂下了红色的丝质缨穗。它真是一匹盛装小赛马。

小白马越跑越快。它沿着椭圆跑道疾驰。这样跑着，它突然离开跑道向内斜刺——冲向了场地中心的红白木栏——我的心跳加快了——可它毫不犹豫地飞跃而过……大家一阵欢呼。接着小白马一连跳过了三道木栏。

"喂,维利!我说你干得很来劲。对,下一个……"汉斯摆了一下头。

维利似乎谁的声音也没听到,继续扬鞭催马。玛丽眯着眼睛嚷叫,引得别人把目光移到她身上。她被迅疾奔跑的小白马激动了,不顾一切地喊着。我相信这喊声维利是听得到的,因为他的屁股翘得更高,身子差不多伏在了马背上。小白马的跨度进一步加大,像一道白色的波浪在飘涌翻腾。

人们都屏住呼吸。这真是棒极了。不过如果稍有闪失——我禁不住回头瞥了一眼兴高采烈的汉斯夫人……

罗玲子同哥哥一起乘车了。老鲁把车子赶得飞快,当驶入密密的树林子里时,他就胡乱唱起来。阳光透过树木射进来,罗玲子满脸光彩。奇怪的是我们这一帮子此刻倒一声不响。

哥哥随老鲁一道唱——他有一副最柔美动人的嗓子。我敢说这辈子也听不到比哥哥再甜美的吟唱了。罗玲子凝视着哥哥,什么都忘掉了的样子。

白马轻松地拉着车子,轴部发出了吱吱的声音。一群灰喜鹊被新闯入的马车惊飞了,展开一片灰绿的翅膀。老野鸡咯咯地叫着,回答它的似乎是河对岸的一只白羊。

马车驶进沙湾时,大家都跳下来。老鲁把铁锹什么的掀下车,哥哥、罗玲子他们开始装砂。我们欢呼着奔向水边——水太凉,但让水漫过赤脚已经是十分满足了。跳下河洗澡的时刻还没有来,那要等到七月。我们的裤子打满了补丁,红红绿绿的布料映在河水里。差不多没有一个穿鞋子。大家都知道,长到哥哥那么大的时候,就有了鞋子和更多的东西。

比如，可以有制服衣服——虽然那是爸爸年轻时穿过的——那是他从一座海滨城市里带回来的；特别让人兴奋的是可能还要有一条电镀腰带。

罗玲子与哥哥一起装车，她的后背正对着我们。我知道她的那件黄色上衣（多好看！多好看！）是野蒜叶子染成的。我还知道她胸前肩膀下边一点刚刚贴上了一枚桐树五花叶子。这种有着粘毛的桐叶可以粘在衣服上。罗玲子的裤子有三块补丁，不过这补丁是用六种颜色的小布对成的。反正她怎么样都是好看的。

老鲁把装满的车子赶走时，哥哥和罗玲子可以坐在河湾，直等到空车返回来。我们在水边逮一条小鱼，后来逮住了。

"要小鱼吗？"我们朝两个人喊。

罗玲子奇怪地低着头，脸像红颜色一样红。哥哥离她的耳朵二尺多远，正在商量什么——"要小鱼吗？"我们偏要问。

她抬起头，得救似的向我们跑来。她惊喜地看我们不值一提的收获。我发现她的脸有一层细密的小汗珠，一双眼睛亮极了。她回头叫了一声，对哥哥说："他们真逮住了一条小鱼……"

"是吗？"哥哥爬起来，一副惊奇的样子。

这有什么好惊奇的——他们装得太过分了。

太阳就要落了。我们随车回村去。一群穿得破破烂烂的孩子跟在马车后边放声歌唱，踏着暮色——我们过得真来劲！树林子每到了傍晚就激动起来，差不多有一万种鸟儿在树梢上飞。

老木头迎接了大车。白马被卸下来牵在一边。它一点也不累，精神头儿好像很大。老木头离开了——有谁喊了他一声。我们几个被哥哥轮流扶上马背坐一会儿。不知谁问了哥哥一句：

"你骑过大白马吗?"

哥哥看一眼罗玲子,笑着摇头。

"你敢骑上大马跑吗?"

哥哥想摇头,但一对上罗玲子的目光,就怔住了。

罗玲子还是那样看着哥哥。哥哥拍了一下白马,牵过缰绳,说:"是啊!我们骑马去!我们到河滩上!"

白马飞奔。它不知沿跑道旋了多少圈,步子依然轻快。我们的小骑手有些累了,脸颊流下汗水。玛丽睁大了眼睛,回头和汉斯夫人争执着什么。维利坐在了马鞍上。马缰有些松弛了。小白马开始减速。

维利终于像个英雄一样结束了表演。他从马背上跳下来。

大家鼓掌跑过去。第一个吻到维利的是玛丽,她快幸福得哭了。接着是汉斯和夫人。好多人在夸马。我不知怎么想起了老太太,这会儿发现她正频频地吻着小白马。

汉斯走到小白马身边,用厚厚的大掌拍拍它的屁股,又招呼维利牵上他的马。

大家跟上汉斯夫人进屋里去。客厅宽敞得很,几个很大的沙发随便地放在灰绿色的地毯上。一角像一个小酒吧间,摆满了各种酒和饮料。那雪亮的不锈钢酒具和颀长的玻璃杯占据了整整两个格子。汉斯夫人给客人斟酒和各种饮料。我挑了一杯加冰的柠檬水。

这时维利卸了骑手服装,把马送到马厩里,来到了客人们中间,老太太搅着一杯浓浓的咖啡,把旁边的一杯递给维利。维利喝了一小口,发现是加糖的,就放下来去取可口可乐。他吻了吻老太太。

我们中间最胖的一位先生在喝红葡萄酒。他系了一条深红色的大领带,领带垂在胸口,又吃力地爬上隆起的肚腹。我不好意思地向他笑笑。

他好像很健康。

汉斯端着一杯矿泉水走过来，介绍他的这位巴伐利亚州最胖的朋友说："他从来不喝啤酒，但是每年可以喝掉几大桶红葡萄酒。"

玛丽首先笑起来，又一次露出有黄斑的小牙齿。

"我还以为最使人发胖的是啤酒呢。"我说。

"葡萄酒。葡萄酒。"汉斯摆着手，用手帕擦嘴。

外面传来一声马的嘶叫。玛丽咯咯地笑。我觉得这会是那匹小白马在叫。我这会儿还惦念着它。我问维利："长大了要当个骑手吗？"

维利不明白地看着我，好像问："我现在不就是个骑手了吗？"

汉斯重复了一遍我的话，小维利冲玛丽说："那当然了！"

汉斯夫人介绍说："五岁那年他就坐到马背上了。不过那会儿汉斯要和他一块儿——维利，我说得对吗？"

维利红着脸。

"有一次他摔下来过。"玛丽急急地插一句。

"就是的。怎么样？"维利咬咬嘴唇。

老太太叫了一声，耸耸肩膀。

看来那一次维利并没有受伤。不过小白马跳栏的时候可是顶危险的了——如果马被绊了一下，就会在疾速奔驰中立刻仰翻过去——这时马体与木栏恰好交成九十度。小骑手正正当当地压在马的脊背下。那是很可怕的。那是不能想的。

小白马在冲刺。木栏，红的白的相叠式的障碍，一点点逼近了。跳。相交成九十度……小骑手在马背上颠簸一下。马又冲向另一个木栏……我喝了一大口柠檬水。

马又一声鸣叫。

它奔驰在河边树丛之中。白马大概这辈子也没让人骑过，很反感地弯着脖子去看背上的青年。我们一伙跟在后面跑着,欢呼着,连罗玲子也跳起来了。一会儿白马消逝在绿树后面了,我们给抛在一边;一会儿白马又出现了。哥哥的样子有些紧张,双手用力抓着马鬃。

罗玲子看着哥哥的样子,笑弯了腰。

"你肚子疼吗?"有谁挖苦哥哥。

哥哥于是尽力挺直了腰,但一只手还插在蓬松的鬃毛里。他飞快地瞥了一眼罗玲子。但他的目光还没有完全收回去,白马一下子站直了身子。那一刻哥哥就像搂紧了一棵白色的大树。

大家吓得一齐吼叫。

幸亏白马的脊背又变得水平。这家伙沿着树空儿蹿跑,我真怕它把哥哥的腿挤伤。它发疯一样蹿起来。罗玲子喊:

"你跳下来呀!你怎么不跳?"

他像没有听见。白马终于没有把他甩下来,开始一溜小跑向前。大家都松了一口气。

我们跟住白马。这样跑了一会儿,白马突然长啸一声飞驰起来。一道白影在绿丛间闪了一下,接着不见了。马蹄的嗒嗒声开头还听得见,后来什么也没有了。"白马飞了。"我心里有什么敲了一下。

一会儿老木头和老鲁满头大汗地追过来,问:"白马呢?"

我们都朝前噘嘴。罗玲子告诉:哥哥在上面——在马背上面。

"你是说他骑马走了?"老鲁一拍膝盖:"光腚马可不是好骑的!"说着脸上的汗直往下掉。

"你们看你们看!"说话间有人指着前边嚷。

白马出现了——它像箭一样出现了——背上的人仍然紧紧伏着——啊,他真是好样的!大家一齐鼓掌。罗玲子高兴得说话变了声音,像小孩子一样哼哼唧唧的。

白马唰的一声飞到跟前，又唰的一声停住了。我还没有看清是怎么回事，只见背上有什么东西往前一射——落在马头前边五六尺远的地方。

那是哥哥！他脸贴着地，而地上是去年收割的紫穗槐的茬儿！老木头和老鲁赶紧去拉他，一翻他的身体，大家都"啊"地叫了一声。

哥哥满脸是血。

我们都呜呜地哭起来……哥哥被无声无响地抬着。白马自己走在人群的后面。天就要全黑了。

从此哥哥脸上缠满了纱布。

好像这层纱布永远也扯不掉了，我真着急。罗玲子陪哥哥玩，他们有时走到河滩上去，回来捧一大把紫色的野花。

纱布间只露出一对眼睛。那时这眼睛好看极了。

一天早晨，医生来取纱布。罗玲子跟在医生后边。纱布取下了，她从后面探头望了一眼，立刻捂上了脸。哥哥叫着她。她飞快地跑掉了。

哥哥的脸布满疤痕，像打上了不同颜色的补丁。发红、发黑，甚至发紫——像紫穗槐的花朵那样颜色……

我再也没有见罗玲子来找哥哥。

哥哥的头发长长的，肮脏发臭。他一个人到河滩上，回避着所有的人。

我的头发长长的，肮脏发臭。我一个人到河滩上，回避着所有的人。

炎热的夏天过去，接上是秋天。我们失去了全村最美丽的一个姑娘。

一个阴雨天，我手持一把刀子，偷偷摸进了饲养棚。我贴着墙往前移动。白马咀嚼的声音很响。我离它只有几步远。后来我蹲到了木槽跟前。白马抬起头看着我。它的蓝蓝的大眼睛、眼睫毛,它的灰蓝色的绸布一样的嘴巴,它的光滑的脖子——上面一条微凸的活动的血管……刀子掉在槽里。白马奇怪地看着我。我把脸贴在了白马的脖子上。

"我明年就六岁了。"玛丽对汉斯说。

"唔,那就明年吧。"汉斯抚摸了一下她的头发。

"可维利是五岁呢——是吧维利?"

维利先呷一口饮料,然后点点头。

胖胖的先生调皮地看了看玛丽,又瞟一眼汉斯夫人。汉斯说:"那不行。你要六岁才骑的。"玛丽跑开了。

喝过了酒和柠檬水之类,汉斯提议大家去参观他的奶场——就是离这儿三百多米那几幢灰顶房子。大家站起来。

照例是老太太跑在前边。她的裙子在微风中抖着,一个小巧的皮包一直挂在胳膊上。胖先生试图追上她,但一直没有成功。

一排排奶牛表情麻木地看着来人。它们的下边连着挤奶器及长长的导管,导管又像电缆一样成一束,进入一个不锈钢大罐。我小心地摸一下钢罐,发现它灼热烫人。一个个仪表大如牛眼,与奶牛互相注视。

"哟哟哟……"老太太的手透过铁栏去抚摸一头头牛,很激动的样子。

维利随客人看了一会儿牛,无精打采地走出来。他的目光一转到那边儿,就立刻发出了光彩。那儿是用原木围起来的草地,上面就是那些棕马、黑马和花斑马——它们的个头都很大。

玛丽也走到哥哥身边去了。

这会儿传来一阵机器的轰鸣声。我看到有两辆大叉车往这边开来了。汉斯老远向他们打招呼，转身告诉我：他们是来农场实习的两个大学生，现在正运送麦草。

隆隆声大起来。我看清了前边一辆车上是一个姑娘——修长的身材，黑眼、黑头发，像有几分土耳其血统。她穿了一件小花儿衬衣，完全被汗水弄脏了。但这些都丝毫不能遮掩她的美丽。她劳动得多么带劲、多么认真。她的车子前部叉起了一个巨大而坚实的麦草捆，就像是她的双手举着往前走一样。后面一辆是由一个小伙子开动的。小伙子棕发蓝眼，穿了深红色的运动衫。维利向他说什么，他的车速稍微放慢了。

这时姑娘的车已经离我很近了。她有几分严厉地向后面的小伙子喊了一声，小伙子赶忙加大油门跟上来。

两辆车都因为太快而跳动着，很像一匹大马。

玛丽靠着汉斯夫人站着，左手食指咬在嘴里。汉斯站在一边看着两辆车开过去，眼睛眯着。我突然发现汉斯的个子非常高，而且打了裹腿。

1987年9月写于济南
1988年7月改于龙口

蜂　巢

　　春天就要从这片荒野上消失，天气将一点点变得炎热。大片大片的槐花开放了，浓烈的香气覆盖了一切。放蜂人从四面八方汇拢而来，帆布帐篷在草地上一座连着一座，弯弯曲曲绕了几里长。蜂群拥挤着，从帐篷间隙涌出，急不可待地扑到山一样的槐丛上。
　　蜂箱砌起了一道城墙。
　　蜂群有时卷成一个筒状，往天上旋，像故意做什么游戏。它们翻过一片槐林，落到更远的槐林上了。
　　一个脸色发黑、又粗又矮的汉子提着一块爬满了蜜蜂的东西，那是巢脾。他伸出一根手指在密集的蜂子间轻轻推动，立刻刮去了一层。巢脾那种规则的六角形闪出了一片。
　　一个像他一样粗壮的女人正提着一桶蜜，摇摇晃晃往一边走。她瞟了一眼脸色发黑的粗壮汉子，鼻子里吭了一声。她把蜜桶提到了帐篷里，只露出一半脸，喊着：

"老班！"

老班提着那个沾满了蜜蜂的巢脾往前走了一步。

女人朝他摆一下手，老班就把那个巢脾放到蜂箱里。

他拍拍手，从衣兜里摸出一个黑胶木烟斗叼上。

女人把一桶蜜倒在一个更大的桶里，坐在那儿揩手。老班走过去。女人问：

"你刚才干什么？"

"什么干什么？"

"就是刚才那一会。"

"啧，"老班大吸一口："我在摆弄那个东西嘛。"

"……"

老班不出声地笑，紧咬烟斗，脸上立刻出现了一道下流的皱纹。他伸手在胖女人额头上抹了一下：

"我刚才琢磨了一下巢脾……一群蜂里就有一个王。看见了吧？那家伙天生就肥大，所有的蜜蜂都要围上它做事哩。王就是王。所有的蜂都必得围着王……"

肥女人有五十多岁了，皱纹不多，似乎有点浮肿。她的眼睛已经瞪不圆，眼皮松得厉害。可是这双眼睛在十几年前还是很妩媚的。她咕哝着："王……就是王，就是王……"

老班胖胖的食指在她脑壳上又抹了一下，转身到蜂箱跟前忙去了。他没有忘记把烟斗熄灭，装到了衣兜里。

胖女人像咀嚼什么东西一样磨动牙齿，看着外面的老班。她这样注视了一会儿，提着蜜桶走出帐篷。她的身影慢慢消失在一片槐林里。

槐林的另一面同样立着很多帐篷。一个穿着粉红色衣服的姑娘在那儿搅着什么，见了胖女人，赶忙放下手里的活计。胖女人从衣兜里

掏出一把东西给了她:

"小芬子,吃了吧。"

"不!"

"我费了好大劲儿才从那个村子弄来,你吃了吧,管事。"

小芬子咬着牙关,摇头。

"那个……该死的东西!"

小芬子说:"你快别说了,这不关你的事。"

胖女人说:"你知道什么?我的话没有错。你用鼻子嗅嗅我身上的肉,你嗅啊!"她说着真解了衣怀,往小芬子跟前凑。

小芬子推开了她。

胖女人坐在那儿,手里抓紧了沙土。一会儿她脸上滚下了泪珠。小芬子重新搅起东西,忙起来了。

胖女人哀求什么,咕哝:

"没良心的东西啊,金明多么好,他死了,你就一点不难过……"

"难过又能怎么?难过也不能老哭啊。我哭了多少天,这还不够吗?"

胖女人紧盯着旁边那个帐篷。往常就从那个帐篷口走出一个十九岁的小伙子。他多瘦,多精神。队伍从江南一路往这边赶,一踏上这个半岛,两顶帐篷就常常挨到一块儿了。头儿老班有一天对金明说:

"我看你还是养好那群蜂子吧,你手头有多少蜜?还想喂别人……"

金明手里握了一把小刀,这把刀被他磨得雪亮。他听了并不搭理,只是"砰"地一下把刀甩到了前面的一棵树干上,然后过去费力地取下刀子。

老班走开了。

金明从衣兜里摸出一个铝制小烟斗。那个烟斗前边拉了一个奇怪的弯,而且烟杆很长。他叼在嘴里吸一口,舒舒服服喷出一口烟。

小芬子坐在一边,一直看他们。老班喘着粗气从她跟前走过。

小芬子像是自语说:

"多准……甩到哪儿是哪儿。"

老班身后留下了一串又深又大的脚印。

"像一头老野猪……"她又说。

前不久的夜里,还有一头野猪摸到她的帐篷里,用力压在她的身上,呼呼喘。小芬子推不动它。它獠牙弯弯,硌她的胸部。"大约就是这对獠牙的缘故,这片荒滩上放蜂子的人都要怕它了……"她在最后的那一会儿直想哭。它一声吼叫,那些前来劫蜜的人就吓得魂不附体。

老班也许亲手杀过人啊。有人说几年前他还年轻,曾一口气杀了三个劫蜜的野人。后来他带着一伙放蜂人远逃他乡,官府也没法追究。

野猪常在半夜钻到一些帐篷里,奇怪的是大伙都睁一只眼闭一只眼。日子过到今天,出了个金明,他才第一回把野猪从她的帐篷里赶跑。

小芬子真快活。

可是就在她夸过他的刀法不久,有一天金明正在割蜜,突然蜂群反了!先是几十只蜂子勇猛地扑过来,接着又是一大群。金明慌慌喊叫,拼命扑打。只一会儿,他的脸就肿得变了形。

小芬子吓得掩口,傻了。

整整一大群蜂子都沾到了金明身上。

小芬子想起用一件衣服扑打,奇怪的是蜂子死也不顾地蜇起金明,不理不睬小芬子。金明躺着,后来又站起,简直就像一个蜜蜂做成的躯体。

小芬子扔了衣服，捂上了眼睛。一会儿她听见了沉重的呼叫声，像是从土底下发出。人倒下了。

金明死得好可怕，整个身子像发酵的面粉一样鼓胀，青一块紫一块，有的地方还流出了黑血。他当天就被放蜂人埋掉了。

小芬子哭得死去活来。

老班卡着腰站在一边。后来他走近了，一只肥大的手在小芬子头顶轻轻敲了三下，又迈着沉重的步子消失在槐林里……

胖女人数叨着小芬子。那会儿小芬子不愿说出心中的隐秘。

金明刚死，野猪又在帐篷里钻来钻去了。

一天半夜，老班正在月光下走，突然林子里跳出了一个人，她揪住老班胸口的衣服，死劲拧着往怀里拉。老班想动手，发现是那个胖女人，就哼了一声。胖女人手一抖，松了。

"野猪……"

老班吐了一口。

"我求求你了。"胖女人跪在地上，"别人我不管，我跟你说过，她有九成是你自己的孩子……"

老班又吐了一口："呸！我还不知道你那心眼吗？"胖女人绝望地哭起来。老班嫌脏似的用袖口揩掉她落在胸前的泪水："你那会儿来往的人多了，想蒙我……"

老班用最腌臜的字眼骂着胖女人，伸腿把她蹬到一边，回自己的帐篷去了。

胖女人整整哭了一宿。

第二天，月亮好亮，胖女人在星月的照耀下往槐林深处走去。槐花的香味熏得她老想呕吐。她依偎在一棵槐树上歇了歇，又往前走。有一片很齐整的茅草，她在上面躺了下来。肥胖的身躯压在了一条蛇的身上，蛇蜷动了一下跑走了。胖女人睁眼望着星星，想起了一个人。那个人是她以前的男人，一个身材弯曲、不像样子的老头儿，外号叫"老锅腰"。老锅腰带着一伙人放蜂子，已经十几个年头了。后来老班来了，教会她怎样恨老锅腰。老锅腰发狠揍她，他揍人真是一把好手。他有几个坚硬的指甲，就用这指甲去掐她的肉，把她弄得血迹斑斑。她几乎没有办法战胜老锅腰。还是老班帮了她。

"你看看我怎么整治他吧。你让他跑开，还是让他死呢？"

"把他赶开，再也不见……"

"那中。"

老班斜披了一件衣服，喝了一碗米酒，摇摇晃晃去找老锅腰。老锅腰当时正弄蜂巢，见了老班眼也不睁。

老班说："你从今天以后，离开这一伙，重入新伙去吧。简单收拾收拾，到明天日头出来的那会儿，别再让俺看到。"

老锅腰像被烟呛了，大咳起来，说：

"那么你就等日头出来再看吧。"

"你是个好伙计。"老班说。

第二天早晨，老班掀开了老锅腰的帐篷——老家伙牢牢地压住了胖女人。老班大喝了一声，胖女人抬起头来。这时老班才看清：她的四肢都被老锅腰用绳索捆起来了。老锅腰歪着头笑起来。老班走了。

第二天他塞给胖女人一个小瓶子，里面装了一种药膏。

胖女人回到家里，在黑暗中把药膏抹在了老锅腰的衣服上。

老锅腰一觉醒来，穿上衣服到蜂箱那儿割蜜去了。刚站在那儿没有多会儿，就有一群蜂子围上了他，它们发疯一样往他的脸上蜇去。老锅腰在地上滚动，像球一样旋转。那群蜜蜂越聚越多，慢慢把老锅腰全部遮住，就像一层落叶遮住了黑色泥土一样。老锅腰的嚎叫声由大到小,渐渐像线一样细了。

他最后死的时候,锅腰也挺直了。他本来瘦骨嶙峋,可是最后也胖起来了。人们都害怕看到这样的身体,于是很快把他埋在了沙滩上。

大约有两个蜂群因为歼灭老锅腰而全部毁掉了。

胖女人一直用手捂上了眼睛。她的手掌慢慢往下滑动,当手掌从嘴巴上离开,就咕哝出一句:

"真是报应……"

她坐在草地上,惊恐地问远处的夜色:"她真是我的孩子吗?是,是……"她问着,又一下躺倒了……

这个夜晚剩下的一点时间,胖女人就在草地上躺着。露水打湿了她的衣服,她一动不动。

就在这同一个夜晚,老班奇怪地失眠了。他躺在那个最大的帐篷里,用力伸展四肢。这个夜晚好像在等待什么。他等待着一个奇妙的想法。这个想法实际上早就有了,但奇怪的是它老要从他的脑袋里飞开去,像蜜蜂一样卷成筒状,飞到老远老远的槐林那边。那真是一个妙极了的想法,这样美妙的主意他一辈子也没有太多。他想那个胖女人病得好重,该是从根医治的时候了……那时候嘛,先好好亲她,抚摸她,夸夸她,然后悄悄给她抹上一点儿,她那件又脏又破油迹斑斑的衣服也要……老班一笑就露出黑色的獠牙。

这片草地上就有,但不易找到。那是一种植物茎叶,还要再配上一种紫色的花朵。

老班这个晚上一直琢磨的,就是那种植物,那种紫色的花朵。他决意在天一放亮时就到林子深处去。这样想着,他迷迷糊糊睡了一点。

胖女人在黎明时分被冻醒。她睁开眼,突然看到不远处有一个人笨模笨样在寻什么,一颗心咚咚跳起来。她马上钻进了更密的一丛茅草中。

老班在寻什么呢?

她在茅草的空隙里把老班看得一清二楚。这个粗壮的、结实的汉子啊,不知不觉间已经完全衰老了。这家伙如今有七十岁了。他可远比一般人强壮,腰背不弓不弯,气色也好。他呼吸粗壮,像一头健壮的老猪。他的头发白了多半,眼睛也略有昏花,瞧这会儿不得不使劲低头,辨认着地上的一切。

"老天爷,千万别让他先找到那种草哇。"

老班刚刚转过,胖女人赶紧爬起来。她想起的第一件事就是要赶在前边找到那种植物——还有那紫色的花朵。

她踉踉跄跄往前跑,伸长的脖子像羊。

她突然跳了起来。她差不多毫不费力就看到了那种植物——旁边就是一些紫色的花朵。

"天意天意!"她把它们紧攥在手里,忘情地呼叫。

天上有几个老鸦一叫,嘴巴里的几根枝条松落下来,打在她的头上。她来不及抚摸一下打散的头发就一扭一扭往帐篷里跑——一边跑一边把东西塞进嘴里,咀嚼不停。

她把嚼成的粘糊糊吐在手心里,紧紧握起拳头。她在帐篷角落找出了一个小瓷钵,把掌心里的东西抹到里面,然后又严藏起来。

那个男人大喘着从林子里钻出来,头上沾满了衰败的槐花。胖女人一眼就看出这个男人脸上有了死相。"不错,他活不久了。"

老班走过来问:

"你咕哝什么?"

"我呀做了一个梦,梦见有一群乌鸦落在你头上。"

"胡诌!"

"落在你头上,那不是一个吉兆。"

老班干笑两声,露出一对獠牙。他眯起眼,嘴唇努得很长,乜斜着胖女人。胖女人在围裙上擦擦手,抓起老班的左手:

"给你看看手相吧。"

老班让她看。在他的印象里,这个女人至少给放蜂人看准了两次。一次她说有个放蜂人将有一次劫难,结果不久之后的一个大风天里,有人把他的蜂箱点着了火,熏死了好几群蜂子。还有一次她说一个结实的壮年汉子有凶相,两天之后那人就在海里淹死了……这会儿老班半信半疑让她看起来。胖女人把脸上的一点灰土揩了揩,两眼快要抵到他的手上,说:

"你的寿限到了,看看这里横着来了两道,寿线断了。"

老班像狮子一样吼:

"断在哪时哪刻?"

胖女人仰起脸,眯着眼睛:

"日头升到枝梢那会儿……"

老班像咽下一口什么东西,喉咙里发出咕咚一声。

他们两人睡得很好。

太阳出来了,老班穿起衣服往外走,他要到远处一个蜂群那儿去看看。胖女人擦擦眼角,去叫上小芬子,说要一块儿去看点什么。小芬子像被什么线牵着一样,跟着胖女人就走。一会儿她们就看到了前面的老班——他正摇晃着身子朝一片蜂箱那儿走。

蜂箱前面的蜜蜂围成一团。

胖女人伸手指了指东方。小芬子一看,太阳正像一个巨大的火球悬在枝梢上。胖女人嗓子撕裂一般大喊一声。小芬子一转脸,马上掩了嘴巴:一群蜜蜂追逐着老班,老班两手在头上拼命扑打,可是那些蜜蜂纷纷粘上了他的脸。

老班的嚎叫啊。

那些蜜蜂像听到了什么号令一样，一群群扑到了老班身上。

她们两个站在不远处，都看到了老班粗壮的身子密密糊了一层蜜蜂——老班先是四肢绷紧了站着，接着发出一声沉闷的叹息，倒在了地上。

他在地上作了一个很规范的"大"字。

蜜蜂仍把老班严严遮住。

两个女人在一边流着泪水，不停地呼叫。一些放蜂人听到了喊声，都放下手里的活计往这边奔跑。

大家都看到了老班的结局。

这是蜜蜂毁掉的第三个人了，第四个是谁呢？

他们互相看着，极力想从对方脸上看出什么异样的痕迹来。可是他们看不出。

致不孝之子

……

尽管我对家里人、对你都隐瞒着什么,你们也知道我在这里待不了太久。那一天到来时,你不会吃惊,只会悲痛。悲痛就足够了。我已七十多岁,可以了。

原说你秋天回来,现在看不能了。也好,纸上谈吧。我有些憋气,当面谈断断续续反而容易遗忘。随想随记。我这一生、我与你、你今后,合在一起想。

作为一个失意的父亲,我想我培养了一个陌生的儿子。你很特别,很争气,太好了,好得不像我的儿子。

我曾经给你带来了少年的磨难,和许许多多的、长时间的羞愧。可是这些后来又成了你的资本。现在我老了,秋叶已落,难免感慨。你在大都市,终于远离了父亲的土,回头一想,会庆幸得欢喜。我像你这般大也不在土上,也从事体面的职业,小有名声。我的厄运有一多半是自己找来的。结果换来饥寒辛苦的大半辈子。我们全家因我而穷困,这是我的欠和恩。

……荒疏了文字,失去了文化,让你后来轻视。是因为辛苦的生活让我难以兼顾。你有个好脑子,刻苦,会成。你想让命离我更远,就拼力。走了,成了,越来越远,我不敢认你这个儿子了。

日夜回想许多,都关于你。很难过。我自知无力更改你什么了,还是记这些不废的废话给你,权做遗产。它会告诉你:我总算像个父亲那样,在最后日月里,认真想过你了。

简单一句话:你使我失望、痛心。有时很愤懑。想给你最后命个名,又找不到合适的字句。用个老旧易行的说法吧:你是个不孝之子。

"孝"字蒙了一层灰,还毕竟是个好字。不孝就不好,是对长辈不行义,等于无良知和叛卖。

我的指控在左邻右舍眼里极难成立。看来你已无可挑剔:嘘寒问暖,寄钱物,接我去住。你待我很好。

可我总是觉得你不孝。

这是个固执的印象,这时要真实记下,存个心情给你、给我。

你看到此不要以为人老迈了,心衰意迷,加上长期疏远文字,不知 dog 是狗之类……其实我并未糊涂。你之不孝,也包括对我逐年轻视。不关心我的想法,不看重我的意见,把我视为一个物质主义者,只用满足衣食之方代替一切,搪塞一切。

你不愿与我讨论人情世事。我偶有提示,你即滑过。这是对父亲的精神怠慢,形同欺辱。

你太匆忙,每天有无数学问要做,有那么多名流要过往,在学术上成了精。你读过的书、特别是外文书,比我当年多上十倍。看着你一边结领带一边用眼角瞟公文包,我很气愤。

你误以为这是老年人的孤寂以至嫉妒心理做祟。这回你错了。我虽走入老境,却已抵达安静,害怕打扰,只想留下更多自己的时间。干什么?用来忆想。忆想有快乐。

我的时间并不宽裕。我与一些老年人不同,很忙。人一生奔波,只为了心上的积累。我到了使用积累、自我犒赏的时候了。要不是因为你,我会活得更好。是你的不孝伤疼了我。

因为你是我的儿子,我必须牵挂你。我还爱你。絮叨即是父责。

在你这个百年不遇(至少在我们家是如此)的成功者眼里,倒霉的父亲一生没什么可自豪的。若有,也仅仅因为生了你这么个聪明儿子。错了,我自豪,但不是为你。忆想中自豪感多多涌来。

……不是我少年得志的"成就",也不是青年的辉煌。当然美誉不少,你母亲不失时机地爱上我:这一点最有助于我的幸福。还没有踏入中年我就走了下坡。尔后一路跌落,坠入深渊。去农场、隔离、蹲监,直到多年劳改。最后——遣返。

我感激她与我一起,并且一生忠诚。

忆想之中,自豪感就从下坡路上生出,越来越多;伴随它的有苦,有屈辱,有疼。可是都没能淹没自豪。

你懂事之后目睹过我的苦。我在泥里趴着做活,病中雨中雪中,都要做……大雪天被驱上街头扫雪,与其他"异类"一起。这一幕,多么令你羞辱。

我自知坎坷的由来。我对投向的煎熬可不能悔恨。因为在大多数时间里,我知道这是必然结果。也就是说,我是在一种自我把握之中受苦的。

当年，一开始，要摆脱这些，就得重找做人之路。这不能。

……那一天逼讯直到深夜。下半夜三点了，他们再一次让我签字做诬……我拒绝了。这是个开端。你对这段历史已经听熟了。

类似场景不难遭逢，人人如此。

我做过的，很简单。不过是求个真实无愧，不做诬而已。一点也不深奥。结果也就苦难临头，也就自豪。

看上去我败了，一贫如洗，殃及全家。实际上我胜了。我是险胜。胜者，活得像人而已。

我如今就为这一生的不断险胜而自豪。

儿子，你险胜过吗？

大约与年轻和磨损有关，我多多沉默。一起住时，我亦如此。这或可加剧你之误解，你认定父亲眼浊心钝，早无热情。有时提笔忘字，向隅出神，进而加重你之误解。你将父亲看成一个只需安度晚年，与世无争的人。他已无是非感，无激动，更没有你们过量吞服文明药者之敏感。是也，非也。

我提醒你想想父亲的过去、父亲为人的性质。质不变，其他亦不变。

你的交往、学术活动，言行内外，皆不避年迈的父亲。这是你的疏漏。我几次与你讨论，你总是不屑于多谈，瞒哄而过。这又是你的大疏漏。

你不知我正看着你呢，心里除了哀痛，更多怜悯。我的目光，是射向儿子的光，是充满惊讶的光，更是投向平民之子的光……

不，你不是平民之子。我再斟酌，要否认这个说法。因为更真实更准确点说，你应是来自最底层——平民之下者——的儿子。

接下来不由得深长思之：这样一个儿子又该生成什么模样？

自问中，我想抓住症结。

这样一个儿子，有什么权利，没有什么权利，与其他儿子又该有何区别，不可不想个分明。

你经历磨难甚多，看过磨难甚多，为了喘息、活，当年和亲人手足并用，挣扎到流血。你已不凡。后来呢，你当多多行善。远离恶行邪念，该是本能。

你生在地狱，所以尚不能称做"平民之子"。

"平民之子"即应自我苛刻：平民之子以下者呢？

你从地狱之隙挣出，对这个世界的奥妙污脏凶险，无所不知。再聪明曲折的书生，在你眼里也形同傻子。你把嘲笑收在心底。

这或许不错。不过无论如何，你也无由丢失纯谨。

……那天你与同伙吵得我难眠。细节不甚清楚，但我知道你们要做点什么。最后议定你来执笔。因为寻到了更有权势者或更有用者，你要进击自己的导师了。他视你如兄弟手足，且已百疾缠身。但你执意要做，硬了心肠。

接下去要寻个堂皇理由，再搬弄时髦的词儿，借以吓人的名义。其实都无济于事。

类似的关节、场合还有许多，不再一一。

总之你太精明，人海中避害趋利，游刃自如。宦路仕途，文墨生涯，学术人生，陷坑累叠，你懂得不是太少而是太多。可叹小小年纪。

异常苦难之童年少年生活会教导出两类：一类更善，一类更凶。人若恐惧，就会一生屈从、苟且。人若挺拔，就会升华自身，不再畏惧。

你则过于惧怕，怕蹈父之覆辙。

覆辙不好。但不能因此而行亏，而加害他人。

那一夜我想得太过遥远。我想：仅此一分好处在诱惑，你就能对导师落井下石；如果几十倍大的利益拥来，你能否用不太痛苦之方杀死亲母？我全身战栗，汗出如豆粒。

日常中，你的一些聪巧多具有如上性质。我注重性质的分析。

你因胆怯心虚，总要设法拢一伙一帮，寻找安全快意，并假设道德支持。也罢。无效无益。

挺拔之人、清洁爽气之人，从不如此。

我只见过群蝇而没见过群鹰。

你母亲在四十年前，即我遭返土上之前，有机会更有理由离去。慕她者不止一人，个个运气强我十倍。她很美丽。我劝她走吧，她说："闭嘴。"

她先是等了我许多年。后来我们一起回了。这一场没头没尾的煎煮、超出想象的野蛮欺辱，两人都在一块儿受。

吃了半辈子薯干，玉米饼是精食点心。她像村里妇女一样用蓝布包头，扎上围裙，到沟里寻柴草。她学会了炖薯干。刚开始常常烧焦，我笑，她哭。她说自己真是个无用之人。

她在煤油灯下缝补。她多么美丽。更打动我的，是她的心性之美。

我想起她的去世就难忍悲恸。那病是生你时落下的，时好时坏。有多少辛劳愁苦等着他。你碰伤了手，她哭。你被同学打破了头，她哭。你因出身不能升学，她哭。

你不会忘记母亲那一头白发。

你只要回家晚一点，她都站在村头树下等。我等不及出去找人，老远先看见那白发在黑影里飘。

你可能要说，世上所有母亲都是这样。也许正是。不过我总觉得，其他母子是分开的，而你一直是母亲连着的命，是她接着长的命。当她设法把生命之汁一点一滴注到你身上后，她就死了。

我对下一代的恩情，不及她万分之一。

那个秋天，早晨，是10月末，老天反常地下了一场雪。她离开了我们。

你一直不解，我为什么不随你搬至城里。你厌恶这个屈辱不祥之地。我理解。不过我没有离去之念。

有土就活人。我活下来了，老伴入了土。我得守着有她的土。这地方让我舍弃知识，沤我磨我，几十年了，耐性和用心让我费解。我剩下的功夫不多了，就留下解它罢。我得守着有她的土。

你就得来回跑路。你做得像个孝子，大包小裹回乡探亲。街坊们站在那里瞅，分享荣耀。瞅与不瞅大不一样，乡亲的眼光比别处——世上任何一处的目光都沉。这重量你全部收下了。

你过去在地上爬、全身泥巴时，你们见过。什么都见过。这是归来人、体面人的一忌一喜。你的穿着各处、身份名声，他们也一一见过。你满足欣悦，心里也不能不做。

……想起那个旱天，你不足十六，被打发去田里抗旱。人长得又瘦又小，这样的都去看水。可是他们偏要让你去扳辘轳。你连水斗都提不稳，央求也没用。是心里的犟劲儿帮了你，硬是做下去。从一大早做到半下午，你实在难挨，手一松，辘轳柄打破了头，血染了脖子。你还是挣着爬起。

你在那口半枯的井上苦做三天。第四天井筒酥泥塌了，人差点活活埋进。辘轳和水斗埋上了。领工的头儿骂你、踢你，还说你是什么人的子弟，故意破坏一口水井……围上的人没几个敢说句公道话，只看你糊在身上的血土。

　　人的残忍、不公至此，已无话可诉。那一夜我用盐水给你洗了伤口，熬一瓢薯面咸粥分食了，上炕睡觉。我想你妈许久。她离去难说不是福。可是余下者还得活。活吧。

　　那时你在田里、在学校，最怕听的几个字就是父亲之名，怕被斥为什么"子弟"。你常常打抖，像害冷。这证明着我的亏欠。我又证明着谁的亏欠……

　　无语无方，忍着熬着。寒冬一到人更苦，父子都去深翻队。沟底结冰，沟沿遮去你的头。你把冻土铲到沟畔，铁锹举到一半，土块就砸到头上。我给你做一双草靴，极大。我之拙手只会做这双草靴了。靴帮缝了生猪皮，防水。

　　每天天不亮爬起，去工地。你说不起了，再不起了，趴在炕上哭……还是穿上铁硬的生猪皮草靴，迎上顶头风走了。口袋里塞了干粮，是地瓜窝窝。

　　顶头风夹沙带雪，至今响我耳边。

　　儿子，也许这辈子再没那样的顶头风了。你那个冬天给吹得胆寒，就一生背过身去。

　　我说了，这些乡亲都见过。

　　你心底慢慢生出个结：混好了，回见江东父老。

　　这个结把你盘住，害你一生。

　　那天你提上公文包匆匆离去，想不到我会逐字推敲那几页纸。老花镜许久不戴了，为了心静。你把几页纸遗在桌上，想不起我。我说过，我失去了文化。可我并未失去其他。纸上的概念术语已不易懂。

但一目了然者,是你过于偏嗜复杂繁琐,其实终究只为遮去一个简单:能否存一丝勇气?或可不卖良心?

我一生见识粗臭文字可谓多矣,不愿你再续作。直看得我手足俱冷。

你在家中、在朋友间津津乐道于某某人之赞扬。大可不必。你显小了。其实仅从心智而论,你也该存个警觉。对来自利益之人的提携,犹要疑惧。

昨天常让你羞愧难当。其实何必。它不过是命中一截。将其抽去,人生即中断。你难以割绝昨日,用力也是枉然。

我在阵阵喘息憋闷中苦苦想去的是,我已无望看到更远的去路,不知你之终点。我也不知你缘何走到时下一步。

知识既不害人,血脉又无劣痕,余下的全是困惑。空气中有一种元素腐蚀了我的儿子。肯定如此。它漫漫无边,无声无息,浸染始终,无坚不摧。

可是真正的人宁可贫困艰难至死,也要一如鹰隼,伸开双翅击打空气。

这些豪言殊为多余。仅有不可回告的隐语,用明白的声气传出。它是关于魂灵之隐语,隔代相悟也未可知……

人老了好比走近。走近了定数,也走近了谜底,人愈平静。想起有后人,有个接续,又复走远。焦虑就如此这般生出。

你长成这副模样我心不甘。

入夜,倾听自己粗重喘息,自知末路已至。

我梦见最多的还是你的母亲。醒来不胜伤感。她左边一绺发上有一支卷丹花,灿烂灼目。这是误记。她生前从不如此——许是在另一世界焕发欣悦，盼念与我相会。时候真也不早。

关于生母的记忆，你该有许多罢。她之温柔善良、美丽、忍耐，都达到个极数。我爱她，今日愈爱。我在日常苦寂中，相依相扶中，无意间被她进一步教导。这些都留在忆想里。我晚年的岁月只靠她温暖。

生母会给人不息之力。我那次去城里，所遗下的物品中有一件竖条衣褂，肩部襟上都有补丁，针脚密密。我是把它还你。想你不至扔掉。

你的妻子扔掉也等于你扔掉。她是个水性孩儿，随和、清澈，你要对得起这样天然的生命。

我私下还为这外姓孩儿难过呢。

我家对她有亏欠……她应随从更优良的人。

年轻时我常把美好一面显露给爱人。为了这深爱。久而久之，我在变好。这算个报答，她对我，我对她。不能忍的日子太久，可庆幸者唯有我与你母亲一起。

……居城时，我见你偶尔迁怒于妻。多半为世俗物利所急。她对你比其他贵重十倍。无疾即福，要善待家人。

你太机敏。这些年，你这样的青年多起来了。这是时代之不幸。我预言一下：只要人类还期望好好活下去，时代就最终不会属于你们。时代也会慢慢设法，伸出看不见的手。人们从前纵论经济，常说"第三只手"云云。世道人心，大概也有"第三只手"罢。

你给我钱物，让我"安度晚年"。老人，伤心几至绝望，如何"安度"……

……无非是个"有知识的蠢人"。卑微者之精明首先葬送自身，尔后污浊世界。时人敏捷许多，你精明人亦精明，一举一动尽收眼底。

我儿勿躁。笃定沉思。

要朴素真实地做人。要有耿直之美。

我想告诉你的是：真理这东西还是有的。

你活着感激谁？谁给了你生命并使之延长？追根究底，也不得不认定：真与善使人生，假与恶使人灭。孝，就是感念回报。古往今来，一切背弃真善的行为，都是不孝的行为。

诚然，如上的话并不能阻止你精明地笑或恼。

但我说过，我要在纸上记下来。

记下来留与你。你看了能长一分也好；扔掉，会知道我想些什么。

问母亲

有一个问题一直使宁子烦恼。那就是他出生在六十年代，因而无法亲睹更早一些时候的自然风貌。而据说那时这片土地是极其特别的。

他现在是一个挺不错的小伙子，长了一头稍微鬈曲的头发，一双通常人们所说的忧郁的眼睛。他在一座海滨城市读书，就是在那儿他常常想到出生的地方，想到家。快到放假的时候他就兴奋起来，那是因为就要见到母亲了。可是每当接近那片土地，他就一阵阵沮丧。

田野上长着庄稼，一小块一小块的，颜色不一，高矮不一，像打了各种布料的补丁。很多土地荒芜了，杂草丛生。那是因为下面正开采煤矿，土地下沉，已经没法耕种……汽车再往前，出现了沙丘。稀稀落落的杂树棵子分布在沙丘间，上面是快乐的麻雀。

他的家在沙丘前面，四周全是大同小异的荒地。那是一座孤零零的房子——原来它处在一片果林里，现在果林没有了，它只好和沙丘做伴了。

白发苍苍的母亲从园艺场退休了,没事了就在屋子前后种了几棵榆树。榆树黑油油的,像她的宁子的头发。

宁子待在屋子里,常常要问母亲。他问得最多的还是这片土地原来的模样。母亲告诉他这儿是一片樱桃树,那儿是柳树;他听迷了。他的脑海里全都是树,各种颜色的树,红的、紫红的、墨绿的,晚上他就睡在这色彩斑斓的树林里了。

可是呼啸的风沙常常在半夜把他吵起来。那时他大睁着眼坐在炕上,一声不响地凝望着漆黑的夜色。沙粒拍打窗户,发出一种奇怪的声音。他从这声音里就知道那沙粒是多么细小。后来他觉得屋顶上也爬满了沙粒。

有一次他半夜里醒来,正坐着出神,母亲从另一间屋里走来了。

宁子赶忙点了灯。母亲的满头白发在灯下泛出淡淡光亮。她衣服穿得非常齐整,显然早就醒了。她问:"睡不着吗?"宁子点点头。她坐在了炕上:"风沙太大了。白天倒好一些。这是海风,大概和海潮有关系……"

"妈妈……"

宁子弓着的身子挺直了。

母亲看着他。

他抿了抿嘴:"妈妈,反正睡不着,咱今夜说话吧!"

母亲笑了。她合在一起的手动了动,说:"好啊,说话吧——说什么呢?"

说什么?又一股沙末拍在了窗户上……"说说树林子的事吧。不过这回得从头说起,这样我就听不糊涂了。我真想亲眼看看那时候才好……妈妈你说吧。"宁子不安地活动着。

"先说什么地方?"

"说房子的西面吧——你不是说原先贴墙这块儿全是葡萄蔓子吗？"

母亲抚了抚头发："嗯。那时候葡萄园和果树林混在一块儿，这样果树通风透光，长得就好。葡萄架子搭得矮，就到你胳肢窝那儿。果园好大，我们的房子全包在里面。葡萄蔓子爬到窗户边上，开了窗子就能摘葡萄吃。一到了秋天，各种果子的香味顶鼻子。到了春天——那才叫春天哪，全家人一有空闲就跑到外面来——杏子花先开，接上是李子花。我们屋后有棵大李子树，我一辈子就看见这么一棵大李子树。它的树桩几个人也抱不过来，桩子长到一米多高的分杈了。每个杈子都比水桶粗，然后再分出细一点的杈子。一层一层分出来，这棵大树占了好大一片地方。你想想就是它开花了，小白花一球一球，到处都是它的香味。差不多世界上的蝴蝶和蜂子都飞到了这棵树上，它们热热闹闹的，我一辈子也忘不了……后来又开了苹果花、梨花。最好看的就是梨花。它们的花瓣儿比什么都白、都娇，花梗也长，不结梨也值了。接上又是桃花，桃花在果林里像火苗似的……"

宁子问："果园外面的春天呢？"

"外面的春天太大太远了，望也望不到边。先是柳树条儿爆出小绒绒球儿，杨树长出毛胡胡，再是地上开出野花来。小蜥蜴在地上跑，刺猬也慢腾腾地爬。冬天积在树林子里的雪一点点化尽了，顺着下坡地哗啦哗啦流，流上好几里远。树林从一开春就有水滋润它们，枝枝丫丫绿葱葱的，树皮儿青了，光滑了，上面有一层香粉似的白霜。不多几天一片树林子全都长出小叶子，越长越大，林子的颜色也越变越绿。这时地上落满了毛胡胡，踩在上面软乎乎的。青草从枯枝败叶下面钻出来，地表上也是一片绿色。那是灌木和乔木混生地，野兽多，就在树棵子里蹿来蹿去。我看见的有鹰、野鸡、猞猁，还有狐狸。最多的是野兔，它们太多了，也就引来猎人。"

宁子见母亲停住了，就插话说："林子里没有鹿和狼吗？人家说那时候什么都有。"

母亲摇摇头："没有鹿。鹿是很早很早以前才有的，我记事的时候只听说有狼。可很少有人见它，那些到林子里打柴、挖野菜蘑菇的，从来没受野物伤害。咱这儿的猎人说起来也好，守规矩。比如说春天，野兔怀崽，他们见了从来不开枪。林子太大了，人可不像如今这么多。那时林子就是林子，人就是人……"

宁子听到这儿笑了，说一句："那当然了。"

"现在不行。现在人和林子混在一起，人比林子里的树还密呢。前几天我去一个集市买东西，那个集市就开在一个大河套里。河干了，两岸是树林子。我到那儿给吓了一跳。真不知道从哪里来了这么多人，人山人海，挤满了河套，又挤到林子里，树林让人给淹了。我在心里想：天哪，这么多人，占多少地方，人都没有立脚的地方，还哪里长树去。我算明白了一片又一片林子到底是怎么变没了的。它们是让人给挤开了……"母亲说到这儿叹一口气，用手抚了一下衣襟，好像上面有沙子似的。"那时你觉得林子没有边，林子里面什么都有。我从这屋子往西走，走出果园，再走进杂树林，回家来的时候衣襟里就兜满了东西。干蘑菇、枣子、野果、栗子，什么都有。只要用心找，什么都找得到。有一年入冬了，第一场雪都下过了，我到林子里还捡回了两串红果——它们的干枝让风吹折了，跌在地上，又让树叶子盖了好几层；雪化掉，叶子让风掀开一点，它们的红脸就露出来。你可不要以为果园里什么果子都有，不，这种红果子是野生的。香味浓得顶鼻子，谁见了都会抢到手里。我从来不敢在林子里走得太远，因为它没有边儿，迷了路就是麻烦事。那些猎人有个好鼻子，闻闻味儿就知道走到了哪里。不过那时候猎人很少，遇到一个背枪的在林子里走可是稀罕事。人们瞧不起打猎的,谁家有个猎手,娶媳妇也就难了,人家会说:'他家里有个耍枪的。'女方听了这句话就不去他家了。"

宁子觉得这一切新鲜得很。他在这儿可从来没见什么猎人,因为没有树木了,野物也就少得可怜。只有麻雀还算不少,不过谁打它们呢?他想早生十几年就好了,那样就可以跟上母亲到林子里。天哪,那可算是个什么地方啊,棒极了。他的脸颊热乎乎,一双眼睛用力地望着母亲,听下去。

母亲微笑着,像不好意思似的。"说起来也怪,我们这些女人就喜欢下雨,喜欢不大不小的雨下两天三天,那才称心如意。到了雨天就合伙往林子深处钻,也忘了迷路的事。树枝上滴着雨,水汽蒙蒙,到处湿漉漉滑溜溜,青草也绊人。我们这些女人头发上全是水珠,衣服上挂满草籽,疯了一样在树隙里蹿。不知跌了多少跤,爬起来就笑。大家还放开嗓子喊,把一群群鸟儿吓得落下又飞起,嘎嘎大叫。雨水滋润出又白又嫩的蘑菇,它们长胖了,草叶就挡不住了。我们每次去林子里都要用衣襟兜出一些蘑菇来。在树丛里遇上一片干干净净的白沙可不容易,大家赶紧坐下,掏出面饼吃起来。一路上也采了不少甜的酸的果子,就把它们夹到面饼里当馅子。有的果子不酸不甜的,带一股药味儿,可我们还是喜欢吃。有一种豆子大的紫果儿长在藤子上,长得密密麻麻,采了藤子放在手里一揉,果子就落满了两只手。这种果子能把嘴角染得乌紫。不过它可真甜,有个奇怪的名儿,叫'小孩拳'……"

这个名字在宁子听来可真棒。他咂了咂嘴:"为什么叫那个名字?一定是有什么原因的。"

"什么原因?"母亲把手握起来给他看看,说:"那果子的模样就像小孩子握紧的拳头。"

"哎呀……"宁子兴奋地咂着嘴。

母亲继续说下去:"林子里的鸟儿太多了,长尾巴喜鹊、花喜鹊、黄鹂、画眉、山鸡、蓝点颏、雀鹰、布谷鸟,多得说不完。它们一天到晚吵闹,呼地飞起来,飞过去。说起来也许没人信,那些鸟儿还会逗弄着人玩儿。果园里一个穿花衣服的小姑娘,有一次让一群灰喜鹊给气哭了。它们成一大群落在树枝上,喳喳叫个不停,拉出长腔儿。小姑娘用沙子扬它们,它们就跳一跳,落到另一棵树上。小姑娘骂它们,它们就扇动翅膀大叫。小姑娘走开,它们就追上吵。就这样,小姑娘后来给气哭了……还有一个人,这个人我也见过,前几年刚刚去世。他想穿过一条小路去海边,半路上遇见了一只狼躺在那儿。他知道狼吃兔子,从来不伤人,可还是不敢往前走。那只狼啊,也真是个懒东西,它躺着,睁开一只眼望望那个人,又闭上了。那个人说:'我要过去。'狼又睁了睁眼,懒得动。那人就握起拳头吓了吓它,它才打个哈欠,爬起来走了。"

宁子问:"这就是我们屋子西边的林子吗?那么东边呢?再说说东边吧。"

"东边,靠近我们家的还是果园。出了果园,就是一片杨树。这片林子没有西边林子那么多杂树,一棵一棵利利落落的。人如果蹲在树根下,能望到老远。这些树都笔直笔直,比着劲儿往上长。你进了这片林子,就能听见呼呼呜呜声,那是树响。树多了自己会响。我还记得树皮上有很多记号,那都是采药材的人划上去的。他们怕迷路。这儿的药材挖也挖不完,干这事的又不多。那时干什么的都不像如今这么多,都是三三两两的。他不声不响地在林子里走,谁也不搅闹。如今呢?一听说哪里有什么,呼啦一声人山人海就拥过去了,人一过,地上什么也没有了,干干净净。前年传说海上生了什么花蛤儿,几天工夫就把海边围起来。我去海上看过,黑压压一片,问一问,全是来挖花蛤的。三天工夫花蛤就挖完了,如今海里再不会有像样的花蛤了。去年沙丘地上生出一些沙参棵,不知怎么让人发现了,一传十,十传百,两天工夫满沙滩上全是挖沙参的人,也不知从哪儿来的。一天多的时间人光了,大沙滩上什么都没有了,连青草也踩死了……很早以前东边的杨树林子可不是这样。那里面真静,走上一天也遇不到一个人。做伴的就是杨树,是这片林子,你说话、挖药材,看你听你的只是一边的树。那时候林子就是林子,人就是人。如今倒好,人站在沙滩上像林子一样……"

"妈妈!"宁子蹲起来,叫了一声。他喘息着,脖子有些红涨。"可人是动物啊,他到底不能进行光合作用——我是说人没有叶绿素。人群黑压压一片,只是像林子而已。真正的林子没有了,没有了,妈妈!……"

母亲的两只手在一起拧着,再没说话。她心里知道那林子到底是怎么没有的,可她不愿提它。还是说说原来的树林子吧——"刚才说到了哪里?杨树。对,刚才说了杨树林子。我还没说树底下的野瓜呢。那儿到了夏天、秋天,一定是藏下了许多的瓜。有西瓜、黄瓜、花皮脆甜瓜……也不知是哪儿吹来的种子,什么瓜都全了。我知道那些野生的瓜最爱藏在什么地方,每次都能找到两三个。如果哪块白沙地长了旺草,草棵又在树根下变稀了,那么树下准生了一株什么瓜。青草和瓜秧一块儿长在肥沃地方,后来瓜秧长壮了,打败了青草。不信过去看看,一棵瓜秧上结了两个西瓜。要摘下大的,留下小的。那西瓜个头大,像脸盆口那么大。我把大西瓜一口气抱回家,满脸是汗。我该怎么夸这个瓜呢?我说不出来……"

"它一定很甜,很甜很甜。"

母亲点点头,又摇摇头。"它给打开来,香气就一下溢满屋子。没有办法,有人老远走过来,刚从窗下走过,就闻到瓜味,跨进门来要瓜吃。它脆得很,如果摔在地上,就能跌成一小块一小块。哎,反正如今再也没有那样的瓜了。那是林子里结出的甜果,是大树林子安安静静生出来的。没有大树林子,怎么也不会有这样的西瓜。如今人们可以种上十亩西瓜,可以挑选出最大最好看的,可只要吃一口就知道了,全不是那么回事。真正的瓜是自然而然地生出来的,它跟树林子、跟野花做邻居。瓜秧旁边就是千层菊、是草籽,你能说它们的香气熏不透瓜吗?早晨和夜晚,大树上滴下露水珠像小雨一样洗着瓜秧。大林子绿荫看不到边,风是凉的,凉气老深老深。要不这瓜打开来能透着凉意?那是树林子蓄在里面的。反正是这么个理儿:没有了那片林子,就没有那样的瓜。如今的瓜别说不甜,就是甜,那也像是甜在舌尖上,甜不到肚里。瓜瓤儿软蔫蔫、热乎乎,放到冰上冰、水里泡,只顶一会儿事,离开冰和水又热了、蔫了。它的内里不是凉的。它会凉吗?太阳晒,热沙子烙,种瓜的人一天好几次去调弄瓜秧。人身上的热燥全都顺着秧儿传到瓜上了,那瓜长成了也是个热瓜。说到这儿你该明白了孩子,如今不会有那样的瓜了,不会有了……"

宁子默不作声看着跳动的灯苗。他像刚刚吃了一口没有成熟的瓜,满口苦涩。他想如果不听母亲的这番话,一辈子也不会知道如今的瓜到底缺少的是什么。那片茂盛的、无边无际的杨树林!它消失在哪里?它怎么会从这片土地上走开?是人把它赶开的吗?人怎么会有这么大的力量呢?他紧紧地皱着眉头,两只手揪紧了衣服。"让我吃到那样的瓜吧,让我伸手摸一摸……"他自语着,后来竟被自己心底泛起的奢望吓了一跳。额上有一层汗珠渗出来,他一动不动地看着母亲的白发。

"有时我们到林子里去，最担心的事就是迷路。杨树林子让人迷失方向再容易不过了。因为它们长得又高又大，走到哪儿都一样；再说它挡住了太阳和月亮星星，人在林子里连个透亮的地方都看不到。有时候也怪，刚刚还清醒着，低头摘一个野枣，抬起头就不知道东西南北了。刚刚迷路那会儿不急，我们几个人还笑。可慢慢就急了。我们就念叨给四周的树木听：大树林子啊，俺可知道你是个好心眼的人。你不会撇下俺，让俺受饥受渴。你是闷得慌，想留住人儿多玩一会儿，你不是坏心。看看吧，来林子里的人也太少了，你多少天不见一个人影，躁得慌。其实俺在这儿多待上十天半月也没啥，反正你不会饿着俺。到处是瓜呀果呀，吃也吃不完。不过大树林子啊，你知道俺都是有家有口的人，俺这会儿要回去奶孩子……大伙儿这么一念叨，有时还真的就清醒了，一睁眼就认出了东南西北。这是真的。"

宁子完全相信这会是真的，尽管他没有理由。

"你看，树木从来不欺负人。树木长成了一片又一片，望不到边，它跟人还是相处得挺好的。我就琢磨：这世上就该着树比人多才好，树多成林，人要走进林子里。反过来，树走进人群里，人比树多，世道也就不会好。你一路上会看到不少村庄，一座房子连着一座，街道上只有星星点点的树。那是怎么了？那是树走进了人群里。反正我一想起很早以前的大杨树林子，就觉得如今的事情是给翻过来了。今天的人像过去的树一样多，过去的树像今天的人一样密。这一翻我就不自在了，胸口堵得慌，晚上做噩梦，睡不着。我想出门走一走，怕葡萄藤绊脚，腿抬得老高跨出门去，可一出门脚就给沙子陷住了。我这才想起林子没有了，我老糊涂了……"

母亲没有糊涂。她把四周的林子记那么清楚，怎么会是个糊涂人。宁子又说："妈妈，您再说说我们屋子南边吧，原来讲好了要一边一边挨着说嘛,妈妈!"

"挨着说,"母亲像吃东西一样蠕动了一下嘴巴,说下去,"穿过果园往南不远就是榆树林子了。也有别的树,不过还是榆树多。我们这会儿屋前屋后栽着的榆树,就是那片林子留下的根苗。要入林子,先得过一道水渠。这渠其实是通了芦青河上一道汊子,所以它长流水,没干过。河涨水它涨水,河里的鱼顺着渠水跑了来。这条渠可是林子里最宝贵的一条水龙,人恋它,满地野物也恋它。待在渠岸上看半天,会看到喜鹊山鸡、野猫狐狸都来喝水。渠水清得见底,钓鱼时,不用鱼漂,可以清清楚楚看到鱼怎么张嘴啃饵。水浅的时候,就有人下去洗澡,会摸鱼的顺便摸几条鱼。渠上有独木桥,我记得是一根老柳树卧在上面。那个老柳树让人踩了多少年,雨后还从缝隙里生出白蘑菇来。到林子里去干什么?要干的事可多了。哪里有榆树林子,哪里就能过好日子。开春,到林子里采榆钱——你不要以为那一定是缺粮食。榆钱蒸熟了,那清香气让人忘不了。这儿的人每年都要吃上榆钱,这样才算过了一个像样的春天。还有榆树根,从上面剥下根肉晒干,用石臼捣成细面——做面条的时候撒上一层,那面条就一根一根滑溜溜的,还有一股香味儿。女人最喜欢它的还是用来浆衣服。衣料洗好了,再用掺了榆根粉的水揉一遍,晾干,用棒槌敲出来。这会儿你再看那衣料吧,又亮又挺,穿都不舍得穿呢。"

母亲讲到这儿满脸微笑,她好像又亲手整过那样的衣料了。"你看现在的布料花花样样,做成西服、中山装,都好看得不得了。其实他们是没见过早时候调弄过的衣料,那是没法儿比的⋯⋯说这些干什么。还讲林子吧。那片榆树林子里黑乌乌的,野物很多。狐狸最爱藏在这里边。狐狸不是害人的东西,不像传说那么坏。不错,它们聪明,爱学着人做事情,可那也不是使坏心眼。打个比喻吧,听说果园里有个年轻女人，孩子生下来了，她学南方人，用摇篮把孩子吊起来。有一天她上厕所去，回来篮子里就没有了孩子。她急呀哭呀到处找，找到园子边上，护园的老头告诉她，刚才有个狐狸抱着孩子跳上了独木桥，一晃一晃进了榆树林子。他真想开枪打，可又怕伤了孩子——'你那孩子又白又胖……'护林老头这么说。那个女人听了，一下子瘫在渠边上。"

宁子愣愣地盯着母亲，赶紧问："后来呢？"

"后来她叫上好多人，进榆树林子找孩子。她哭成了泪人。可林子黑乌乌的，凉气透过衣服，没边没沿的。大伙儿都骂该死的狐狸，骂该死的林子，也不管有没有道理。哪儿找去？也看见过几个狐狸，不过它们都没有抱孩子。年轻媳妇问打猎的人：'狐狸是不是吃肉的动物？'人家回答她是。她说什么都完了，什么指望都没有了。一连找了三天三夜，不知迷了多少次路，结果什么也没找到。大伙又回到了果园里。再后来又过去了三个月，年轻媳妇有一天听到有小孩哭的声音，跑到摇篮那儿一看，她的孩子躺在里边，只不过比原来大了也胖了……不错，是她的孩子。全园的人都赶来看这个奇迹。人们从小孩子身上闻到了一股狐臊味儿，还从他的头发上发现不少狐狸毛。这回大伙更信着狐狸抱走了孩子，并且相信人家狐狸又送还了。年轻媳妇说：'就该着让咱孩儿遇上个好心狐狸啊。'园里上岁数的老人说，这一定是那个狐狸妈妈突然失了崽儿，奶子胀得慌，一急，就来偷个孩子喂上了。它的奶子不胀了，也就还了孩子。大伙都觉得这理儿说得通，从那儿以后，没有一个人再打狐狸。那片榆树林也让人觉得亲了。那个小媳妇后来站在渠边上嚷道：'你呀，你是个好心的狐狸，不过你差点没把俺吓死啊！……'就是这么个故事。"

宁子大气也不出一声。他仿佛看到了那个野物的善良的面容，看到了它怎样操劳……他伏在了窗子上。外面黑漆漆一片,风沙呼叫着。一股沙末扬在窗子上,如果不是玻璃阻隔,那么此刻他的双眼也就给迷上了。他相信就是这些不知疲倦的飞沙,覆盖了一个又一个美丽而又逼真的故事。那时候故事就在身边,就在林子里。

"榆树林子往南到底有多远,谁也不知道。我们反正记住了它是南边的林子,颜色发黑。我们跟它叫黑林子。那里边生了很多野眉豆、野菜豆,它们的秧儿就顺着树杈杈爬上去。走进林子,一会儿就能摘下一萝豆角。还有野西红柿,那种柿子模样奇怪,像小枣子那么大,一棵结上上百颗。这样的西红柿就像我说过的瓜一样,又脆又凉,鲜味儿顶鼻子。那时候园里做活的人很少自己种菜吃,都是到黑林子里去采。土豆、山芋,什么东西都有。那时都觉得小日子挺富足的,没觉得缺什么。那时的野花满地都是,黑林子里更多。这世上如果连野花都找不到地方开了,那这世头也就太可怜了。你想想如今有个好看的野花留下几颗籽,它们到哪里落脚?到大沙滩上?那儿一阵风沙就把它卷走了。落到远处的田埂上?种地的人一锄头就把它收拾了。房前屋后都有用场,没有它们的地盘。它们的好去处还是在林子里,在大树底下。那儿太阳不毒,风也不凶,大雨来了,先让树枝遮一遮。黑林子里蓝花红花,金的银的,什么都有。有一种花是黑的,粉绒绒的,谁见了都爱。我每次进黑林子都要采一大捧花回来,我的屋子里天天都有鲜花。孩子,相信妈妈的话吧,我们得想法给野花找个落脚的地方……"

屋子里沉寂了半晌。这会儿只有窗外的风沙声了。宁子声音涩涩地说:"我们,动手在屋子前面建个花圃……"

母亲摇摇头:"不行。我试过,风沙把花瓣儿都打残了……再说,哪有那么大的花圃?你可知道有多少种野花?那是办不到的。"她垂

着头,使灯光照到了银白的头顶。她好像在看着自己的一双皮肤松弛的手。这样停了一会儿她说道:

"接上说我们屋子的北面吧——只剩下这一边了。往北走,是高高低低的沙岭,沙岭上生了林子。这一边和别处不一样,就是果园和别的林子界线不那么明显。你往前走,会看见榆树和槐树,也会看见杏树和桃树。直走到五六里、七八里外,才算见到清一色的大柳树林子。这才是最迷惑人的地方,是人们去得最勤的一片林子。别处有的,差不多柳树林里都有了。这儿动物又多又杂,猎人也多一些。果园里背枪那些老头儿差不多都是好猎手,不过他们是些守规矩的好人。他们都知道不守规矩的人没有好结果。这儿的柳树没人伐,自生自灭,有的老柳树中间枯了,积了泥土,泥土中又生出了新的柳树来。鸟儿最愿结伙到柳树林里来,它们一块儿落在树上,一些干枯的细小枝条都给压折了,我们那会儿就到树下捡这些干树枝,用它烧饭最好不过了。清早,到柳树林里去吧,大伙在那儿碰面,捡树枝,哈哈笑一阵,一天里再也不会心烦。柳树底下有一种野葱和野蒜,见了就顺手拔起来;柳树腰上还生一种圆圆的黄色东西,其实就是一种蘑菇,我们叫它'柳树黄'。'柳树黄'最喜欢野葱野蒜,合到一起蒸出来,上面会浮一层黄蒙蒙的油。那才是美味。这种种好东西捡也捡不完,因为林子太大了。哪怕一大群人一块儿进了林子,散开以后就看不见了。事情就怕翻过来——我说过我怕翻过来,像现在这样就是翻过来了。一大片树散开在人山人海里,看上去才有几棵树呀……人们在柳树林里做什么,如果不小心让什么划破了手,就要赶紧拔一株刺刺菜,把里面的绿汁滴到伤口上,血立刻就停了。要是伤口太大,那就得取树根草叶间的一种干粉菌子——它像小乒乓球那么圆,生在那儿,你揪起来,如果它成熟了,轻轻一挤就出来一些灰色粉面,敷到伤口上,就不疼不痒,几天就长好了。林子里什么都为人准备好了,只要寻找,就会合心合意。"

宁子想起一件事情,怕母亲忘了,就提醒说:"不是过去有一个'黑湖'吗?人们都说它就离我们不远呢。"

母亲点点头:"它就在柳林里边。如今想想有点怪,当时可没人说怪。比如说它从来不干不涨,老是那么深——它可是在沙滩上啊,水该渗掉的。它一直么旺。更怪的是它的水那么黑,又是透明的,见底见沙,鱼在里面游。那些鱼全是黑的,最大的半尺长,从来没人去逮。这个湖最里边不知有多么深,因为没人到湖里去。湖里有一个兽,有一回站在当心被人看见了,就没有人敢下水。谁也不知道那是个什么兽,有人说是红的,赤红赤红;有人说是黑的,就像湖水一样。那个黑湖其实不算大,就像一个水库。不过大伙儿都叫它湖。人们去林子里常见那个湖。后来林子没有了,垦荒的人要整平土地,那个湖一夜之间就干了。它干了,其实是渗掉了,染黑了方圆十几里的泥沙。你现在往北走,还能见到那一大片黑颜色。这就是告诉后人,以前这儿真有个黑湖。"

宁子见过那片黑砂。他觉得奇怪的是,就是用墨汁染成的,这些年的风雨也该洗净了啊!这真是一种不能估测的天然的力量,永远让人费解。这个谜要藏到多久?

妈妈说下去:"我就爱瞎琢磨。我老想:等到那一天老柳树林子再长起来的时候,黑湖又会生出来了。没有它,林子里的百兽到哪儿喝水去?那是它们自己的井啊。它们离开了,井就塌了。说来也怪,柳树林里最多的一种鸟不是别的,是乌鸦!它们多的像云彩,飞起来遮住太阳。是乌鸦染黑了湖水,还是湖水渍黑了它们的翅膀,没人知道。反正大家说:'没有办法的事,一块地方出产一种东西。'这儿的人没有去打乌鸦的，他们觉得这是柳林自己的鸟儿。后来有一个好吃懒做的人开起了烧锅，他到了半夜三更就背个口袋进柳树林去。他的烧锅不是牛肉驴肉，是乌鸦肉。这是无本生利的一桩买卖，他越做越起劲。你知道他怎么逮乌鸦？他在它们睡熟了的时候赤脚摸上树去，顺着枝杈往前摸。乌鸦都一个个蹲在那儿睡觉，一棵树上几十只。他怕惊动它们，知道惊动了一只，好几棵树上的都会飞走。他的手摸到乌鸦，就猛劲捏住它的脖子，拧两下掖到腰带上。乌鸦来不及吭声就给挂了一腰带，他再把这些死鸦装到口袋里背走。烧锅就开在柳林边上，黑色的乌鸦羽毛被南风吹到林子里，像盛开的一些黑花。这样过了半年多，报应来了。那个人被谁在夜间杀死，躺在烧锅边上，脖子给拧折了，就像他拧乌鸦那样……"

宁子长长地舒了一口气。

"再后来，柳树林里真的开满了一种黑绒绒的花朵，人们都说这是乌鸦的魂灵。这样的花在东边的杨树林里也有，不过不像这儿那样成片地开。我那时把这些黑花摘一大束捧回来，插在窗台的瓶里。你不知道这种花有多么香，那气味有点像丁香，也有点像菊花……乌鸦在柳树林里嘎嘎叫着，再也不安静了。这样一直到柳林没有了，黑湖没有了，乌鸦也无影无踪了……孩子，我讲完了，我把四周的林子都讲了一遍，不知你听明白了没有。"

"可是，"宁子干咳了一声，"这么多的林子到底是怎么给弄光了的呢？像变戏法似的……"

母亲摇着头："林子太大了，它是一点点被啄光了的。这些三天三夜也说不完，你自己会明白的。你问的只不过是过去的林子，你问这房子的四周是什么样儿……那是让人迷路的大林子啊，数不清的野物。一万种鸟，一万种花草和浆果。到了秋天，林子里的红叶树像火苗一样烧起来。芦青河顺着渠汊流进林子深处,半夜里会听见水噜噜响……"

一阵又一阵风沙拍着窗户。风随着夜色奔跑,在冰凉的沙野里嘶叫。一股股沙末从窗子缝隙蹿进来,迷了母亲的眼睛。母亲揉着眼,拉上窗帘,扑打着衣襟。

宁子一声不吭地坐着,后来扑在母亲怀里。他久久地伏着,像睡着了一样。母亲抚摸着他的鬈发、粗壮的肩膀和手臂。后来她捧着孩子的脸看着,发现儿子眼眶里嵌满了泪水。母亲吃惊地端量着儿子。他说:

"妈妈,我恨……"

"恨什么?"

"不知道。但是我恨!……"

纸与笔的温情（代后记）

尽管最早的文学不是写在纸上的，但用纸和笔成就文学却是很早以前的事情了。它简直是很古老的事情了。更早是用竹简木片、兽皮锦帛加刀锥羽毛之类，用这些记录语言和心思，传达各种各样的快乐和智慧。后来有了纸，也有了很好的笔，如钢笔。这就让文学作家更加方便了，快乐了。

他们有可能因此写得更多了吗？当然是这样。但是并不能保证写得更好。

纸与笔使作家写得更快了一些，特别是钢笔，内有水胆，不用蘸墨水了，所以中国人一直叫它为"自来水笔"。墨水自来，多么方便，那么写作者在写作时，等待的永远只是脑子里的东西了。而在古老的时期就不是这样，古老的时期，人想好了一句话，要费许多力气才能记下来。

现在我们不得不正视这样一个问题：是谁处在等待的地位？是工

具还是思想？这可能是不一样的。这在写作中也许是一个不小的问题。有人以为工具的问题只是一个可以忽略不计的小小的问题，我不那样看。特别在今天的作家那里，总愿意证明电脑打字机的诸多好处，证明它的有益无害。也许真的是这样。不过另有一些人心里装着的却是一个反证明，他们很想证明它对写作是有害的，只苦于无法像数学家物理学家一样得出求证罢了。

在缺纸少笔的时代，在竹简时代，人们为了记录的方便，就尽可能把句子弄得精短，非常非常精短。读中国古文的人都有个体会，那时的文字简洁凝练到了极点，大多数的词只有一个字。现代汉语的词则要由两个字或更多的字组成。把一段古文翻译成现代语文，一般要增加两到三倍的长度。

中国古典文学的美，美到了无与伦比，难以取代。有人说中国现当代文学的美也是不能取代的——那也许，那是因为它就这样了，它已经无法变成另外一种模样了。但是起码现在的人普遍认为，中国文学的最高峰仍然在古代。为什么？理由很多了，我看其中的一个理由大概是不能忽视的，那就是因为书写工具的变化，是它的缘故。

西方的文学是不是与中国文学走了同样的轨迹，我手里没有更多的资料，还说不准。

总之从古到今可以这样概括：工具变得越来越巧妙越来越灵便，文学作品的数量也随之增多，品质也在改变，但却不是越变越好了。其实文学写作无非是这样：用文字组成意趣，它一句话的巧妙，思想的深邃，着一字而牵连大局——这一切都得慢慢来才行，要一直想好了，再记下来。这个过程太快了不行。工具本身既然有速度的区别，那么速度快到了一定的程度，就要催促和破坏思想了。这是个简单的原理。

显而易见，现代写作工具的速度在催逼艺术，催逼它走向自己的反面，走向粗糙的艺术。实际上，许多古老的艺术门类就是这样，它一旦离开了对原有的生产方式的维护，背弃了这种方式，也就开始踏上了死亡的道路。它会慢慢消失。文学似乎仅仅是一种写在纸（竹简、帛）上的、一种语言的艺术，这个事实是有目共睹的。现在越来越多的人发出惊呼，说文学阅读正在被其他的方式所取代。他们这是在悲叹文学的命运，它极有可能迎来的最终的消亡。

如果这种恐惧有一定的真实依据的话，那么我认为它其中的一个原因不是别的，正是因为今天的文学大多已不是写在纸上的东西了。这一来它就与其他的视听产品，与其他的娱乐方式没有什么根本的区别了。它们的品质大同小异。

现在的文字通过键盘，以数字方式输入，闪现在荧屏上。阅读和传递也是以数字方式实现的。我们都知道，现在还有个要命的网。当然，现在主要的文学作品最终也要印在纸上，但那只是以数字方式输出来的东西，是一种数字转化而已。就在这种转化当中，有一些最重要的特质被滤掉了。这种特质是什么，我们暂时还不能准确地知道，但我们大致可以明白，那是诗性——文学中最为核心的东西。

数字的传播和输入方式影响了思维，改变了文学作品的质地和气味，这已经不难察觉。作为时代性的转变，渐渐蔚成风气，终于使各种文学写作发生了流变，甚至也波及到传统的写作：那些仍然使用纸和笔的人，也在自觉不自觉地跟进，无形中模糊了与数字输入品的界限。

我们都知道，中国汉语使用一种象形文字，那么写字就等于是对物体形状的一次次描摹。当然了，文字进入记录功能愈久，这种描摹的意识就会大大减弱以至于没有。但它的确是有这种功能的，它在人的意识中潜得再深,也还是有的。它也许藏到了人的意识的最深处,藏到了潜意识之中。所以说,从本质上来看,写字是很诗意的一种事情。所以中国有书法艺术,而其他国家的拼音文字就难以做成这一艺术。

以数码形式输入的文字仅仅是一种代码,它的过程取消了描摹的诗意。而人在纸上无数次的描摹所引起的生命冲动,它的快感,它不断重复的联想功能,也都一并取消了。从这个角度看问题,看待写作工具的变化,就不仅仅是个速度催逼思想的问题了。

文学在很大程度上是一种描摹,文字的书写,也是一种描摹。可见它们同质同源。

所以,真正意义上的文学作品,读者首先看到的总是"文字",而不是"代码"。这里所说的"文字"不是一般的文字,而是具有强烈"文字感"的文字。而现在的许多作品正好相反,我们在阅读中首先感到的不是文字,而是一些符号在眼前匆忙掠过,它们只是充任了符号的功能,相当急促地、直接地表达了一种意思或故事。没有了文字感,当然也就没有了传统意义上的语言。而文学是一种语言的艺术——没有了语言,也就没有了文学。所以,人们痛感文学在消亡,这原来是有道理的。

现代传媒中出现的文字、它所运用的语言,一般来说只具有符号和代码意义。作为一种代码,它需要简便快捷,因而突出的也只能是文字的符号功能。

最终,如果文学作品的阅读过程中没有了文字和语言的深刻感受,没有了关于它的快感,文字和语言就真的只能成为一种代码和符号,它在使用中也就与一般的现代传媒没有了根本的区别。既然没有区别了,文学又如何能够存在、如何具有存在的必要呢?既然从文学作品中读到的东西，所要取得的一切信息，如阅读的快感，种种的期待，几乎从其他的艺术门类、从其他的传播媒介中也能够获得，甚至更为强烈和方便——读者为什么还需要文学作品呢？

由此可见，文学赖以生存的基础就这样给抽掉了，如此下去的消亡也就是必然的了。

在当代，恰恰是文学写作者自己，而绝非其他任何人，造成了文学的危机。有人说现代传播手段的发展促成了文学的萎缩，挤掉了它应有的空间——这是一种似是而非的说法，是一种夸大其词。因为艺术本来就有各自不同的功能与空间，文学，诗意，它的创作与接受本是一种生命现象，源于生命的本质需求，说白了就是：只要有人就会有文学。如果有人想在这个越来越缺少诗意的世界上彻底消灭诗，那么至少也得先在这个世界上消灭人类自己。

可见只要人类存在一天，诗也就会存在一天，这是毋须怀疑的。这不是关于诗的什么大话，而不过是一些实在话罢了。

文学既要存在，就要独立，独立于其他的传播方式和表达方式。而现在许多人做的正好相反：不是强化这种区别，而是淡化这种区别。具体到文字，就是漠视和削弱文字感——不是在写作中走进语言的艺术，而是逐步取消语言的艺术。从文学写作发生发展的历史，从它的现状来看，可以说从来没有过的大浮躁弥漫过来了，写作活动变得急切而匆忙。它像数字时代一样追求速度，当然不会有好结果。

其实文学应该做的恰恰是要慢下来，越来越慢。这就是文学与时代的对应。笔和纸当然是这个时代的宝贵之物，它们比起冷漠的荧屏来，当是很温情的东西。写作与纸笔为友，互为襄助，这才是天经地义的事情。依我看，纸与笔较有可能让现代写作者耐住心性，并且在其中再次找到文字的那种非同一般的特异感受。

感性一点讲，真正的文学语言不是呈现颗粒状的，而是一股浓浓的热流，是非常黏稠的。文字首先要不是冰冷的颗粒，词也不要是。它们本身是有生命的，有毛茸茸的感性，有令人难以忽略的个性。只有这样的文字流，才谈得上是语言，才谈得上语言的魅力，也才谈得上文学。

作家脱离了纸与笔的温情，总是令人惋惜的。脱离了，就不能谈文学了，这样说有点耸人听闻；可是我们知道，文学这个古老的东西，最初是一个人在寂寞空间里展开的手工，这恐怕是不能否认的。

说到文学的现代性，会产生出许多伟言要义。不过再大的要义，也要首先考虑文学的生存。现代化的、数码时代的文学，要生存就要回到自己的本质。于是，对于其他艺术门类，对于一般的传播和表达方式，文学当然不是去靠近，而是要疏离。文学与它们的区别越大越好。

纸和笔比起数码输入器具，更像是文学的绿色生产方式。古老的艺术魅力无穷，比如文学。其实这不是因为别的，而仅仅因为人是魅力无穷的。

2001 年 12 月 12 日于法国里昂第三大学